AF142598

HEIKE MECKELMANN

Küstensturm

ATEMLOS! Lotta Freimann wird kurz nach Ihrer Ankunft auf der Ostseeinsel Fehmarn tot am Strand von Staberhuk aufgefunden. Ihre Freundinnen Tilda und Stina sind erschüttert. Sie wollten den gemeinsamen Urlaub nutzen, um den Liebeskummer von Stina zu bekämpfen – und nun kämpfen sie im Wald von Staberhuk um ihr Leben. Ein Mann, der die Waldhütte mit einem gefährlichen Geheimnis aus seiner Vergangenheit verbindet, beobachtet die Frauen und bedroht ihre Leben. Kurze Zeit später spürt der Polizeihund Watson eine weitere Leiche auf. Die Kommissare Westermann und Hartwig suchen fieberhaft nach dem Täter. Die Dritte der Freundinnen verlässt die einsame Hütte und wird unter Polizeischutz gestellt. Doch dann will sie ihren Aufenthalt abbrechen und ihre letzten Sachen aus der Hütte holen. Es beginnt ein Wettlauf mit der Zeit, als der Mörder sich erneut auf die Jagd nach der jungen Frau begibt, um an sein Ziel zu gelangen. Wird es Westermann und Hartwig, mit Unterstützung der Hobby-Ermittlerin Charlotte Hagedorn, gelingen, den Mörder rechtzeitig zu finden?

© Jutta Mitschein-Schewe

Heike Meckelmann wurde in der Nähe von Elmshorn geboren und zog vor mehr als 30 Jahren auf die Insel Fehmarn. Sie betrieb nach dem Studium der Betriebswirtschaft auf der Insel lange Zeit einen Friseurbetrieb und eine Hochzeitsagentur. Viele Jahre arbeitete sie als Fotografin und nahm als Sängerin ein eigenes maritimes Album auf, bevor sie mit ihrer Familie eine Pension auf der Insel übernahm. Seit 2016 arbeitet sie als freie Autorin auf Fehmarn und schreibt Kriminalromane, die überwiegend auf der Insel spielen, und Reiseliteratur. Über 17 Jahre mit einem Fehmaraner verheiratet, bezeichnet sie sich durch und durch als Insulanerin, die ihre Insel genauso liebt, wie die Geschichten, die sie auf der Sonneninsel schreibt.

HEIKE MECKELMANN

Küstensturm

Kriminalroman

GMEINER

Personen und Handlung sind frei erfunden.
Ähnlichkeiten mit lebenden oder toten Personen
sind rein zufällig und nicht beabsichtigt.

Immer informiert

Spannung pur – mit unserem Newsletter informieren wir Sie
regelmäßig über Wissenswertes aus unserer Bücherwelt.

Gefällt mir!

Facebook: @Gmeiner.Verlag
Instagram: @gmeinerverlag
Twitter: @GmeinerVerlag

Besuchen Sie uns im Internet:
www.gmeiner-verlag.de

© 2021 – Gmeiner-Verlag GmbH
Im Ehnried 5, 88605 Meßkirch
Telefon 0 75 75 / 20 95 - 0
info@gmeiner-verlag.de
Alle Rechte vorbehalten
1. Auflage 2021

Lektorat: Claudia Senghaas, Kirchardt
Herstellung: Mirjam Hecht
Zeichnungen im Buch: © Kornelia Groll
Umschlaggestaltung: U.O.R.G. Lutz Eberle, Stuttgart
unter Verwendung eines Fotos von: © Dirk Hinz / photocase.de
Druck: CPI books GmbH, Leck
Printed in Germany
ISBN 978-3-8392-2836-4

Entzünde im Wald ein Licht für jede dort verborgene
Seele ... es wäre taghell.

(Heike Meckelmann)

Eiskalte Regentropfen peitschten wie Nadelstiche in sein Gesicht, als das Boot auf unbeherrschten Wellen mitten in der Nacht Richtung Strand schlingerte. Das Kribbeln nahm zu, als er daran dachte, wie er ihren Körper entsorgt hatte. Er wollte mehr …

»Lass uns Steine werfen«, rief Jonas seinem Vater zu. »Ja, such flache Stücke, damit kann man wunderbar ditschen.«

»Was ist ditschen, Papa?« Der achtjährige Blondschopf aus einem kleinen Dorf von der Ostküste Fehmarns sah seinen Vater von der Seite an. »Ditschen … das bedeutet, dass man einen Stein so auf die Wasseroberfläche wirft, dass er mehrmals wieder hochspringt, bevor er im Wasser verschwindet.«

»Aha, dann ditschen wir jetzt die Steine ins Wasser.« Aufgeregt lief er am Strand umher, um passende Stücke zu finden.

»Paaapa, da liegt eine Frau!«, brüllte Jonas und deutete auf den Fuß der Steilküste, die senkrecht nach oben ragte. Nicht weit entfernt der Leuchtturm von Staberhuk.

»Du tüddelst«, rief sein Vater und stapfte durch den Sand. »Das macht der Nebel, da kann man schon mal Gespenster sehen«, lachte sein Dad, dem das Lächeln gefror, als er die leblose Person entdeckte. Jonas hatte recht. Vor ihm am Strand lag eine Frau. Ihre langen blonden Haare hatten sich um ihr Gesicht ausgebreitet. Sie schaute mit starrem, gebrochenem Blick genau in ihre Richtung. Nico Weiland hielt seinem Sohn die Augen zu und zog ihn geschockt zur Seite. Der 40-Jährige war nicht leicht aus der Fassung zu bringen, aber das hier überstieg seine Toleranzschwelle. Er schluckte, zog sein Handy aus der Hosentasche und wählte die Nummer der Polizei. »Hier liegt eine tote Frau am Strand. Ja, die ist eindeutig tot. Staberhuk, unterhalb der Steilküste. Etwa 200 Meter vom Parkplatz entfernt. Gut, wir warten.«

KAPITEL 1

Es sollte eine Reise der Heilung werden und endete in einer Katastrophe.

Stina drehte den Schlüssel im Schloss. Leise öffnete sie die Tür zu Marcels Appartement. Ein sanftes Kribbeln durchströmte ihren Körper, als sie sein unwiderstehliches Lächeln vor sich sah. Er war ihre große Liebe. Zehn Jahre waren sie zusammen. Sie war ein halbes Kind, zurückhaltend und verspielt, als er sie in ihrem Lieblingscafé ansprach, in dem sie mit ihrer besten Freundin oft Zeit verbrachte. Nachdem er am Nebentisch seinen Espresso genippt, sich mit der Hand selbstsicher durch die dunklen Haare gefahren und die Mädchen minutenlang durch gletscherblaue Augen fixiert hatte, kam er zu ihnen und lud sie und ihre Freundin zu einem Kaffee ein. Auf Anhieb hatte der Mann sie beeindruckt, und sie verliebte sich augenblicklich in ihn. Dass er wesentlich älter war, spielte in ihren Augen keine Rolle.

Der 37-jährige erfolgreiche Geschäftsmann verwöhnte sie, bereitete ihr mit jeder Geste und teuren Geschenken ein Leben, von dem andere in ihrem Alter nur träumen konnten. Sie wohnte zu Hause, bis sie mit dem Studium begann, und ihre Eltern beobachteten die Beziehung zuerst mit gewissem Argwohn, der sich schnell auflöste, weil sie ihre Tochter bei Marcel Andresen sicher aufgehoben wähnten. Dennoch baten sie Stina, bis zum Abschluss ihres Studiums in ihrer eigenen Wohnung zu bleiben.

Sie entwickelte sich zu einer attraktiven Frau, weshalb er sie wie einen kostbaren Schatz im Auge behielt. Er war nicht eifersüchtig, er wollte seinen Besitz schützen.

Zu ihrem 27. Geburtstag hielt er den Zeitpunkt für angebracht zu heiraten. Als Zeichen steckte er ihr einen funkelnden Diamantring an den Finger. Das alles klang nach einer fetten Seifenoper.

Heute wollte sie ihn überraschen. Stina hatte sich den Nachmittag freigehalten, obwohl sie für ihre Abschlussarbeit lernen musste. Die zierliche Studentin absolvierte ein Studium in Sport und Politik. Marcel hatte sie gebeten, nicht zu studieren. Er hielt es nicht für angebracht. Sie sollte als Frau an seiner Seite brillieren und brauchte in seinen Augen kein Studium. So schmeichelhaft sie es empfand, so verbissen stritt sie mit ihm um ihre persönliche Freiheit. Marcel war erfolgreicher Startupper und verdiente ein Vermögen mit seiner Marketingfirma im Bankenviertel von Frankfurt. Sie wollte ihm nicht nachstehen und ihre Unabhängigkeit bewahren. Aber heute hatte sie vor, ihn zu verwöhnen.

Lautlos schlich Stina voll Vorfreude in den Flur, zog das Haargummi aus ihren langen weizenblonden Haaren und schüttelte sie. Marcel liebte es, wenn sie ihre Haarpracht offen zur Schau stellte. Er nannte sie dann Rapunzel, was den eigentlichen Stand ihrer Beziehung offenbarte, las man zwischen den Zeilen. Diese Märchenfigur saß in einem Turm gefangen, genau wie sie, nur dass ihrer luxuriös war und sie nicht erkannte, dass er von dort alle Fäden zog.

Ihre blauen Augen strahlten, als sie den weitläufigen, mit schwarzem Marmor gefliesten Flur entlangschritt, um den Wohnbereich zu betreten.

Vor einer halben Stunde hatte sie in Marcels Firma angerufen. Seine Assistentin, die ihn besser kannte als jeder andere, hatte ihr mitgeteilt, dass er zu einem Termin sei und dann direkt nach Hause fahren wollte. Jetzt würde sie ihn überraschen. Ihr Blick wanderte zur modernen, ebenfalls mit schwarzen Fliesen und gleichfarbigen Hochglanzschränken ausgestatteten Küche, um dann beim Panoramablick der Frankfurter Skyline hängenzubleiben. Diese Aussicht würde in naher Zukunft ihr Zuhause sein. Ihr Herz schlug heftig. Sie warf einen Blick auf den funkelnden Verlobungsring, der an ihrem linken Ringfinger sein Feuer versprühte, wie Marcel es ausdrückte. Langsam zog Stina eine Flasche aus ihrer dunkelblauen Ledertasche … *Dom Perigon* … An diesem Abend wollte sie ihm zeigen, wie sehr sie ihn liebte. Dazu gehörte nicht nur der Champagner, sondern auch das rote Nichts aus hauchdünner Seide, das mehr zeigte als verhüllte und das sie in ihrer Tasche verwahrte. Marcel hatte nie verlangt, sie in Dessous zu sehen, was sie zur Kenntnis nahm, aber nicht beunruhigte. Er war eben anders als andere Männer. Sie drückte das weiche Leder der Tasche an sich, um diesen besonderen Schatz zu hüten, und bekam rote Wangen. Stina zog am Wasserfallkragen ihrer meerfarbenen Bluse, als hätte sie Atemnot. Sie öffnete den Kühlschrank, um die Flasche kaltzustellen, als sie im Hintergrund leise Musik wahrnahm. Stina blieb stehen und lauschte. Sie legte ihre Tasche auf die Kücheninsel, um nachzusehen, woher sie kam. Marcel hatte sicher vergessen, das Bluetooth-Gerät im Bad auszustellen? Sie wusste, dass dies vorkam, weil er ständig in Eile war. Ein Workaholic. Und zu Hause konnte er nicht sein, das hatte sie von seiner Assistentin erfahren.

Stina hielt noch immer die Flasche in der Hand und huschte auf dem Steinboden Richtung Schlafzimmertür, um in das angrenzende Bad zu gelangen.

Als sie die schweren schwarz lackierten Eichentüren aufschob, blieb ihr Herz für einen Augenblick stehen. Das Szenario, das sich ihr bot, ließ sie geschockt im Türrahmen verharren. Innerhalb eines Moments zersprang das Bild einer glücklichen Beziehung in 1000 Scherben. Sie war wie gelähmt und nicht in der Lage, ein einziges Wort herauszubringen. In ihr explodierte das Gefühl, jemand würgte sie und sie müsste sterben. Ihr wurde schwindelig. Ihr Blick war starr auf das Bild vor ihr gerichtet.

Auf dem Kingsizebett lag Marcel … nackt auf dem Rücken. Er hatte die Augen geschlossen und stöhnte erregt. Auf ihm hockte rittlings eine Frau mit schulterlangen, lockigen dunklen Haaren, die sich in Ektase wild mit den Fingern durch die Mähne fuhr. Seine Hände hatten ihre Hüften gepackt und gaben den ruckartigen Takt an. Sie stöhnte aufgegeilt und bewegte sich im vorgegebenen Rhythmus auf Marcels Lenden. Er schnaufte durch die Nase und befahl mit eiskaltem Ton: »Los, gib's mir. Fick mich! Härter, du Schlampe.« Er rammte die Unbekannte wie einen Amboss auf seinen Schwanz und schien kurz vor dem Höhepunkt zu stehen. Stina sah sein verzerrtes Gesicht, dann glitt ihr Blick zum gläsernen Nachttisch. Dort lag ein Streifen mit weißem Pulver und ein zusammengerolltes Stück Aluminiumpapier. Sie wusste sofort, dass es sich um Kokain handelte.

Tränen stiegen in ihre Augen, als Marcel nach den Brüsten der Frau griff und sie hart durchknetete. In Ekstase schlug er die Augenlider auf.

Sein verzerrter Blick traf ihren. Ruckartig stieß er die stöhnende Person von sich und schnellte hoch. Seine Bettgefährtin landete neben Marcel auf der Matratze und sah ihn fassungslos an. Im gleichen Moment entdeckte sie, warum er sie heruntergestoßen hatte. Sie erfasste die Situation, lehnte sich lasziv auf die Seite und fuhr ihrem Liebhaber besitzergreifend mit den Fingerspitzen über seine nackte Brust. Lächelnd wischte sie mit der anderen Hand Pulverreste von ihren Lippen, um sie genüsslich vom Handrücken zu lecken.

»Stina, es ist nicht, wonach es aussieht«, war Marcels peinlicher Versuch, seinen Hals aus der Schlinge zu ziehen, und der erniedrigende Satz, der 1.000-fach in derartigen Situationen benutzt wurde, um zu retten, was nicht mehr zu retten war. Er stieß die Frau erneut von sich, schnellte aus dem Bett, streifte eine am Boden liegende Hose über die Hüften und schoss auf seine Verlobte zu. Seine dunklen Haare hingen ihm vor den Augen. Stina holte aus, schlug Marcel die flache Hand ins Gesicht, drehte sich um und griff nach der auf dem Tresen liegenden Tasche. Sie war im Begriff, fluchtartig die Wohnung zu verlassen, als sie bemerkte, dass sie die Flasche Champagner noch immer in der Hand hielt. Sie holte tief Luft, und drehte sich um. Mit eiskaltem Blick ging sie zurück, sah Marcel mit wutverzerrtem Gesichtsausdruck im Raum stehen und schmetterte den *Dom Perigon* gegen die Wand über dem Bett. Die Fremde schrie auf und hielt schützend ihre Arme vor die Augen. Die Flasche zersprang in 1.000 Stücke, und die Scherben fielen auf die zerwühlten Seidenlaken. Der Champagner hinterließ einen riesigen Fleck an der Betonwand, der sich Richtung Fußboden ausbreitete. Stina drehte sich um und rannte zur Eingangstür. Sie hörte seinen Schrei durch das Loft hallen, als sie die Tür hinter sich schloss. Dann war ihre Kraft verbraucht.

Sie wollte ihn nie wiedersehen …

KAPITEL 2

Der schlanke Mann sog die Luft tief in seine Lungen. Sie roch nach Freiheit. Er zog den verschlissenen Bundeswehrrucksack über die linke Schulter und setzte einen Fuß vor den anderen.

Er drehte sich nicht ein einziges Mal um. Mit jedem Schritt folgte er dem inneren Drang, dieser Gegend den Rücken zuzukehren. Er nudelte den winzigen silbernen Stecker in seinem Ohrläppchen, bis es rot anschwoll, dann steckte er eine Hand in die Hosentasche der verwaschenen Jeans, die locker auf seinen Hüften saß. Mit der anderen zog er die dunkle Kapuze seines Hoodies tief in die Stirn. Nachdenklich zog er die Hand wieder aus der Tasche und betrachtete die Innenfläche. 27 Euro 75. Für einen Moment blieb er stehen, zog die Augenbrauen hoch, begutachtete die Münzen und die beiden zerknitterten Zehn-Euro-Scheine. Emotionslos ließ er die Hand wieder in der Tasche verschwinden. Er hatte die leise Ahnung, dass ihm nichts anderes übrig bleiben würde. Er musste per Anhalter fahren. Das Geld brauchte er. Schließlich benötigte er heute noch irgendetwas Essbares. Ludger Hanke zog den Reißverschluss der schwarzen Bikerjacke hoch und stapfte weiter.

Trotz der prekären Finanzlage legte sich ein überlegenes Lächeln auf seine Lippen. Er stellte sich an den Straßenrand und hielt immer dann, wenn ein Wagen heranrollte, den Daumen hoch. Etliche Autos fuhren an ihm vorbei, ohne seiner Person Beachtung zu schenken. Wer will auch einen bärtigen Kerl mit finsterem Blick neben sich auf dem Beifahrersitz sitzen haben?, überlegte er und stiefelte weiter. Niemand hielt in der darauffolgenden Stunde an. So lief er eine gefühlte Ewigkeit und etliche Kilometer durch eisige Kälte. Der Januar forderte seinen Tribut, die Minusgrade drangen langsam durch seine Kleidung. Er war sich sicher, dass über kurz oder lang ein Wagen halten würde. Es hatte angefangen zu schneien. »Verdammt!«, murrte er, das Wetter war niederschmetternd und die Nässe setzte seiner Kleidung und dem Gemüt zu. Er fing an zu frieren. Häuser wurden mit jedem Kilometer seltener. Vom Winter kahl gefressene Bäume säumten stattdessen die Straßen. Zielstrebig folgte er der Allee. Es kann ja nicht ewig dauern, irgendein Idiot … seine positive Energie erhielt erste Kratzer. Seine Lippen liefen blau an und die Laune sank auf ein Minimum. So habe ich mir meine Freiheit nicht vorgestellt, dachte er und legte an Geschwindigkeit zu. Ich muss irgendwo unterkommen, wenn nicht bald …

In diesem Moment unterbrach tiefes Brummen seine Gedanken. Hanke blieb stehen und neigte seinen Kopf so, dass er das Fahrzeug trotz seiner Kapuze erkennen konnte. Mit pfeifendem Ächzen hielt neben ihm ein 40-Tonner. Ludger atmete erleichtert auf und öffnete die Beifahrertür. Der

Fahrer, ein grauhaariger Mann um die 50, sah ihn durchdringend an und fragte: »Wo soll's hingehen«?

»Richtung Küste?«

»Könnte was werden, wenn du nicht wählerisch bist. Ich
muss über Kiel nach Flensburg.« Der Fahrer verzog seinen
Mund und zuckte die Schultern.

»Flensburg, Kiel, perfekt!«

KAPITEL 1

»Don't lie to me, lie to me, promise me«, dröhnte es durch den Wagen, als Lotta und Tilda ihre Stimmen zum Besten gaben. Dann verstummte das Lied der Sängerin Lena. Lotta Freimann, die blonde OP-Schwester, die den Golf steuerte, schaltete das Radio aus. »Da, die Ostsee!« Johlend hob Tilda, die auf dem Beifahrersitz saß und ihre Füße auf das Armaturenbrett gelegt hatte, ihre Hand und deutete mit ihrem Finger Richtung Windschutzscheibe. »Geil, das ist ja so geil!«, rief sie und rutschte auf dem Sitz von einer Seite zur anderen. »Nun mach mal halblang. Das ist ja nun nicht so aufregend«, entgegnete Lotta, gähnte und rollte ihre grünen Augen. Sie war müde. Außerdem kannte sie die Insel seit ihrer Kindheit. Sie hatte oft mit ihren Eltern auf Fehmarn die Ferien verbracht. Für sie war die Ostsee eine vertraute Umgebung. Es war für sie wie nach Hause kommen. Wenngleich ihr Herz ebenso zu klopfen anfing, wie das ihrer Freundin, die vor Energie nur so strotzte. Sie freute sich darauf, Tilda und Stina *ihre* Insel näherzubringen. Stina Christiansen, die schweigsam im Fond des Wagens saß, beugte sich nach vorn und stützte ihre Ellbogen auf die Lehnen von Fahrer- und Beifahrersitz. Wortlos warf sie einen Blick auf ihre Armbanduhr und blies sich eine lange blonde Haarsträhne aus dem blassen, schmalen Gesicht. Es war kurz vor 15 Uhr. »Wow«, hauchte sie beeindruckt, als sich wie aus dem Nichts die Stahlbetonbrücke träge aus dem Nebel schälte. »Die wirkt unheimlich in diesem Dunst«, sagte Stina mit brüchiger Stimme. »Und die wollen sie abreißen? Eine Konstruktion, die die Geschichte dieser Insel entscheidend geprägt hat? Ein Wahrzeichen, das selbst wir in unserem Kaff kennen? Denen sollte man mal die Konsequenzen aufzeigen«, philosophierte Tilda, nahm ihre Füße von der Ablage. »Ich fass es nicht.« Sie quetschte ihre Nase gegen die Seitenscheibe.

»Ich hoffe sehr, dass sie bleibt. Ich liebe diesen überdimensionalen Kleiderbügel«, erwiderte Lotta nachdenklich, und eine Falte bildete sich auf ihrer Stirn. Sie hatte ihre taillenlangen weizenblonden Haare mit einem Gummiband stramm am Hinterkopf zusammengerafft, sodass ihr apartes Profil reizvoll zu Geltung kam. Der elfenbeinfarbene Rollkragenpullover aus Mohairwolle schmeichelte ihrem Teint, wodurch sie der amerikanischen Schauspielerin Gwyneth Paltrow noch mehr ähnelte. »Die Brücke steht außerdem unter Denkmalschutz. Aber wer kann schon voraussehen, was Politiker sich alles einfallen lassen, um sich der alten Lady zu entledigen. So viel ich vor Kurzem erst gelesen habe, wird sie wohl erhalten bleiben. Dafür soll jetzt unterm Sund ein weiterer Tunnel gebaut werden«, sagte Lotta. »Warum das denn?«, wollte Stina wissen. »Na, für die vielen Züge und die Lkws, die bisher über die Brücke rollten.« Die zierliche Freundin auf der Rückbank versank wieder in ihrer Sprachlosigkeit, spielte mit einer Haarsträhne. Sie starrte aus dem Fenster, um auf das graue Wasser zu schauen, das ihre Laune widerspiegelte. Lotta konzentrierte sich auf die zum Teil gefährlich rutschige Fahrbahn. Der Wagen rollte langsam über die Brücke. Lotta, die normalerweise zehn- bis zwölf- Stunden-Schichten als Operationsschwester schob, spürte die Müdigkeit in jedem Knochen. Sie gähnte zum wiederholten Mal und fing an zu reden, um nicht am Steuer einzuschlafen. »Der neueste Stand ist anscheinend, dass sie die Brücke für den langsamen Verkehr erhalten, und die Bahn, Laster und Pkws durch den Tunnel sollen. Dann gäbe es hier sogar zwei unterirdische Wege auf Fehmarn. Aber genau weiß ich es leider auch nicht. Niemand wird schlau aus den wenigen Informationen, die durchsickern.« Lotta schüttelte den Kopf. »Warum noch einen Tunnel? Gibt es schon einen auf der Insel? Und woher weißt du das alles? Wir leben in Frankfurt«, wollte Tilda wissen und nagte an ihrer Unterlippe und betrachtete ihre Fingernägel. »Nein, aber hätte mich auch gewundert, wenn du dich mit dem Weltgeschehen auseinandersetzt. Hör mal, Tilda, hier soll zwischen Puttgarden und Rodby immerhin der längste Tunnel Europas entstehen.«

»Und was ergibt das für einen Sinn?«, fragte Tilda. »Aha, jetzt kommen Tildas Sinnfragen. Aber mal ehrlich. Keinen, wenn du mich fragst! Hier ist alles wunderbar so, wie es ist. Niemand, außer einer Handvoll Leute, braucht dieses Megaprojekt. Aber da wirken sehr wohl andere Mächte, wenn du mich fragst. Oder was meinst du, Stina, brauchen wir einen Tunnel?«

Die Studentin zuckte die Schultern. »Ist mir, ehrlich gesagt, egal.« Sie lehnte sich in die Polster zurück und schloss die Augen. Sie sieht mitgenommen aus, überlegte Lotta, als sie in den Rückspiegel sah, und seufzte.

Wenig später fuhren sie die Abfahrt Richtung Burg hinunter. »Zehn Minuten, dann haben wir es geschafft«, sagte die Krankenschwester und hielt sich erneut die Hand vor den Mund, weil sie das Gähnen nicht unterdrücken konnte. »Ich bin total müde.« Die Sportstudentin drehte den Kopf zum Fenster und kaute auf ihrem Nagel. Sie hing unübersehbar eigenen Gedanken nach. Ihr war es gleich, ob sie die Brücke abreißen würden oder Tunnel bauten. In ihrem Schädel drehte sich alles um das schrecklichste Erlebnis in ihrem Leben. In ihrem Blick offenbarte sich tiefe Traurigkeit, die selbst die vor ihnen auftauchende Altstadt von Burg nicht vertreiben konnte. Ein verräterischer Glanz bedeckte ihre Augen. Der immer dicker werdende Kloß im Hals erschwerte ihre Atmung.

Die Frage, was falsch gelaufen war in ihrer Beziehung, beschäftigte sie, seit sie Frankfurt verlassen hatten … eigentlich seit sie aus Marcels Loft geflohen war. Sie allein fühlte sich schuldig an der Trennung. Warum bin ich nicht mehr auf ihn eingegangen? Vielleicht habe ich ihm nicht genug gezeigt, dass ich ihn liebe. Vielleicht hätte ich …? Stina versank in Selbstvorwürfen und sah nach draußen, ohne auch nur irgendetwas wahrzunehmen. Tränen stiegen in ihre Augen und kullerten über ihre eingefallenen, blassen Wangen.

»Jede Menge Läden«, tönte Tilda und verwuschelte ihre langen dunklen Locken. In ihrem Gesicht zeichneten sich tiefe Grübchen ab, als sie Lotta grinsend von der Seite ansah. »Party und Shoppen fallen schon mal nicht aus.«

Lotta schüttelte den Kopf und drehte ihr Fenster einen Spalt herunter. »Du hast immer nur das eine im Sinn. Party und Shoppen. Wir wollen uns ausruhen, lesen und Stina aufmuntern, hast du das schon wieder vergessen? Und wie passt das alles nur mit deinen philosophischen Sinnfragen zusammen? Kneipen und Shoppen.« Sie deutete mit einer Kopfbewegung auf das Häufchen Elend auf der Rückbank. Tilda verzog den Mund und sah ihre Freundin beleidigt von der Seite an. »Männer hast du auf deiner Agenda vergessen. Hier ist sowieso der Hund begraben. Schau dich um. Wo man hinsieht, gähnende Leere. Hier sind so gut wie keine Menschen in diesem Kaff«, maulte Tilda und raufte sich die vom Kopf abstehenden Haare. Der Wagen rollte die Breite Straße entlang. »Da wird man ja wohl darauf hoffen können, dass nachts was abgeht. Wir müssen unser Stinalein zumindest ablenken.« Damit drehte Tilda sich um und zwinkerte der Studentin mit dem Liebeskummer aufmunternd zu.

Die junge Frau guckte ihre Freundin an und musste auf einmal lachen. »Das kann ja lustig werden. Ich freue mich auf die Woche mit euch. Und Party können wir auch in der Hütte veranstalten. Wein haben wir ja genug dabei. Außerdem siehst du schon aus, als wenn du gerade erst von einer Fete kommst.« Lotta hatte Burg längst verlassen und durchfuhr den Ort Staberdorf. »Nett«, stellte Stina fest und betrachtete die kleinen Häuser links und rechts der Straße. Dann wurden die Lichter und Gebäude immer spärlicher, und das milchig trübe Wetter zog wie eine Fahne über die vorbeiziehenden Felder. Es dämmerte. Wenig später lenkte Lotta ihren schwarzen Golf in einen schmalen Privatweg. »Darfst du da so reinfahren? Da war ein Verbotsschild!« Tilda deutete auf das nicht zu übersehende Schild. »Wir dürfen«, entgegnete Lotta und fuhr unbeeindruckt weiter. »Das habe ich mit der Eigentümerin des Gutshofes abgesprochen. Normalerweise darf kein Fremder hier reinfahren, Privatweg, aber als Mieter vom Ferienhaus …«, sie lächelte.

Kurz darauf bog die 28-Jährige in einen schmalen Waldweg ein. Sie stellte den Scheibenwischer an, weil der Nebel sich immer wieder schwerfällig auf die Frontscheibe legte und die Sicht erschwerte. Wenig später stoppte sie am Wegrand, der genau hier das Ende ihrer langen Fahrt bedeutete. Dahinter begann der Wald, das Staberholz, in dem sich die Ferienhütte befinden sollte. Groß und mächtig hatte er sich vor ihnen aufgebaut und wirkte nicht gerade vertrauenerweckend. Mittlerweile war es 15:30 Uhr. »Wird schon duster«, flüsterte Stina. »Wird Zeit, dass wir die Hütte finden.« Sie zog ihr Handy aus der Jackentasche, um die Taschenlampe anzustellen, warf einen Blick auf das Display und entdeckte unzählige WhatsApps und Anrufe in Abwesenheit. Der kann sich melden, bis er schwarz wird, dachte sie, zog die Augenbrauen zusammen und presste die Lippen aufeinander. Sie schaltete das Handy komplett aus und steckte es zurück in ihre Tasche. »Und wo ist jetzt die Hütte? Ich bin schon total gespannt«, wollte sie stattdessen wissen und verzichtete auf die Taschenlampe.

»Mitten im Wald, ist nicht mehr weit. Hat die Besitzerin am Telefon versprochen. Den Rest müssen wir von hier aus allerdings zu Fuß marschieren.«

»Also laufen. Bewegung hält den Geist wach und bringt den Körper in Wallung«, sinnierte Tilda, rutschte mit den Füßen in ihre derben Stiefel, band die Schnürsenkel zu und sprang aus dem Wagen. »Boah, ist das kalt«, rief sie und hechtete bibbernd in engen schwarzen Jeans und dunklem Pullover zum Heck des Golfs, um ihren dicken, wadenlangen rabenschwarzen Wintermantel aus dem Kofferraum zu ziehen. Sie öffnete die Klappe, zog den Mantel heraus und streifte ihn über. Dann griff sie nach der abgewetzten Ledertasche, in der sie ihre Sachen verwahrte. Lotta, ebenfalls in

Jeans und Stiefeln, zog den Reißverschluss ihrer blauen Daunenjacke hoch, die auf dem Rücksitz gelegen hatte, und stieg ebenso aus. Gefolgt von Stina, die sich einen rosa Schal um Hals und Haare schlang, der in Kontrast zu ihren himmelblauen Augen stand. »Ist schon sehr einsam hier«, stellte sie leise fest und schluckte.

»Wieso, wir wollten doch eine Hütte im Wald, jetzt hast du sie. Bin echt gespannt, wie das Teil aussieht«, sagte Tilda, lachte, und es klang frech.

Alle drei schulterten ihre Rucksäcke, packten die Taschen. Dann stiefelten sie los. Auf Tildas Rücken, in ihrem Bundeswehrrucksack, klackerte es verdächtig. »Sag mal, hast du nur Flaschen mit?«, fragte Lotta und drehte sich zu ihrer Freundin um. »Nö, aber ein bisschen Flüssiges muss sein. Ich wusste ja nicht, wann wir einkaufen können, und bis dahin hält mein Bestand den Geist beieinander.« Sie zuckte grinsend die Schultern. Je weiter sie ins Innere des Gehölzes vordrangen, umso stiller und unheimlicher wurde es. Ein nicht zuzuordnendes Rauschen durchdrang die Bäume und ließ die Baumwipfel zittern. Stina war sich auf einmal überhaupt nicht mehr sicher, ob es eine gute Idee war, hier den Urlaub zu verbringen. In einer Hütte, in einem finsteren Wald, zumal das Wetter ihnen augenscheinlich einen dicken Strich durch die Rechnung machen könnte.

»Das ist spuki«, rief Tilda und sprintete voraus. »Hey, seht mal, da vorne ist sie.« Die dunkelhaarige 28-Jährige zeigte mit dem Finger auf die Hütte, die, umgeben von dicken Baumstämmen, eine furchterregende Kulisse gefunden hatte. »Das ist echt krass! Wie das Hexenhäuschen von Hänsel und Gretel. Da bekommt der Begriff Märchen eine völlig neue Bedeutung. Und ich bin die böse Hexe …« Sie eilte mit wehendem Mantel auf die Hütte zu, gefolgt von Lotta und

Stina, die sich fragend ansahen. »Die tickt manchmal sehr sonderbar. Findest du, es war eine gute Idee hierherzukommen?«, flüsterte die Sportstudentin und betrachtete die milchigen Nebelschwaden, die wabernd über den Boden zogen. »Auf jeden Fall. Du sollst mal sehen, die Woche wird klasse, und du wirst keinen Gedanken mehr an – wie hieß der Kerl noch gleich? – verschwenden«, munterte Lotta ihre Freundin auf und verzog ihren Mund zu einem Lächeln. »Wirst sehen, wird toll!«

Stina seufzte und folgte den Freundinnen, die auf den Eingang der Hütte zutraten, der auf fünf knarrenden Stufen über eine kleine Veranda erreichbar war. Tilda hatte ihre Tasche fallen lassen, die aussah, als hätte sie bereits mehrere Kriege überlebt und wartete vor der Holztür darauf, dass irgendjemand die Haustür öffnete.

»Schlüssel?«, forderte sie Lotta mit einer lässigen Handbewegung auf.

»Der soll da unten hinter dem Stein versteckt liegen. Guck doch mal«, deutete die OP-Schwester mit dem Finger zurück zum Treppenabsatz.

Tilda ließ den Rucksack von den Schultern gleiten und stieg die Holzstufen wieder hinunter. Sie musste achtgeben, dass sie auf den zum Teil moosbewachsenen Stufen nicht ausrutschte. »Die hätten ruhig vorher saubermachen können, bevor man sich hier das Genick bricht. Das sieht alles schon ganz schön marode aus«, murmelte Tilda. Der genauso vermooste Findling drängte sich an die Hauswand, direkt unter einem von Holzläden verschlossenen Fenster, als müsste er die windschiefe Hütte vor dem Zusammenbruch schützen. »Hier ist ni… doch, hab ihn.« Sie zog eine verwitterte Dose hinter dem Stein hervor. »Da muss erstmal jemand drauf kommen«, sagte sie, zog die Augenbrauen hoch und hielt die verrostete Büchse in die Höhe. »Uhu«, tönte ein unheimlicher Ruf durch den Wald, der Stina eine Gänsehaut über den Rücken jagte.

»Was war das?«, fragte sie flüsternd und drehte sich eingeschüchtert um. »Das, meine Süße, war, wenn ich mich nicht täusche, eine Eule«, sagte Lotta.

»Woher willst du das wissen? Es hört sich gruselig an.« Stina verschränkte die Arme vor der Brust und verschanzte ihre Lippen hinter dem Schal.

Lotta schmunzelte, obwohl ihr der Eulenschrei genauso einen Schrecken eingejagt hatte. Sie wollte der Freundin Mut zusprechen und schob sie zur Tür. »Weil ich es weiß!« Tilda steckte gleichmütig und unberührt von dem Schrei des Vogels den Schlüssel in das Schloss und drehte ihn langsam herum. Sie öffnete die knarzende Tür und stieß sie mit dem Fuß auf. Ernüchtert stellte sie fest, dass es im Inneren der Hütte stockdunkel war und sie nichts erkennen konnte. Mit der Hand fuhr sie an der Wand entlang und suchte nach einem Lichtschalter. Ihre Finger ertasteten ihn und bewegten den Hebel. Die Birne einer Glaslaterne, die mittig über einem Holztisch hing, leuchtete dezent auf. »Boah, das ist ja traumhaft.« Sie trat zurück, griff Rucksack und Tasche und verschwand in der Hütte. Die Mädels folgten ihr. Stinas mulmiges Gefühl in der Magengegend breitete sich weiter aus, als es im hinteren Teil der Waldhütte leise knarzte. »Was war das?«, rief sie. Wäre ich bloß zu Hause geblieben …

✳

Im Frankfurter Bankenviertel saß Marcel hinter seinem Schreibtisch und warf einen Blick aus dem bodentiefen Fenster über die Dächer der Stadt. Er trommelte mit den

Fingerkuppen auf die dunkle Eichenplatte. Sein Gesicht war wutverzerrt und die Wangenknochen traten hart hervor. Unter seinen Augen lagen tiefe Schatten. Er hatte die letzten Nächte nicht geschlafen und über seine Nachlässigkeit nachgedacht. Seine Faust krachte hart auf die Schreibtischplatte, als seine Assistentin den Raum mit einem Becher Kaffee betrat. »Marcel, was ist? Kann ich dir helfen?« Sie kannte ihren Chef besser als jeder andere in diesem Büro. Heimlich verehrte sie ihn, hatte es ihm aber nie zu verstehen gegeben. Allein, dass sie an seiner Seite arbeiten konnte, machte sie glücklich. Vielleicht hat er sich von seiner Freundin getrennt, überlegte sie, und ihre Hoffnung, ihn doch eines Tages für sich zu gewinnen, stieg. Er drehte sich um und sah ihr in die Augen. »Raus! Ich hab ganz klar zu verstehen gegeben, dass ich von niemandem gestört werden will.« Anika Wortmann schluckte ernüchtert, bekam einen roten Kopf und stellte hastig den Kaffeebecher auf die Schreibtischplatte. Sie kämpfte mit den Tränen. Dann drehte sie sich um, um das Büro schnellstens wieder zu verlassen. Sie schloss leise die Tür hinter sich und bekam gerade noch mit, wie ihr Chef mit einem Schrei den Becher gegen die Tür schmetterte.

Marcel Andresen sprang von seinem Ledersessel auf und steckte die Hände in die Taschen seiner Hose. »Verdammt, wie konnte mir das passieren?«, murmelte er. »Wie konnte ich sie mit nach Hause nehmen? Ich hätte damit rechnen müssen.« Er presste seine Kiefer wütend aufeinander. Mich hat noch niemand verlassen, was bildet sie sich ein? In seinem Kopf arbeitete es ununterbrochen. Er erinnerte sich daran, dass er vor etlichen Jahren wegen seiner Frauengeschichten und seines Drogenkonsums schon einmal eine Beziehung zerstört und sogar seinen Job verloren hatte. Frankfurt sollte sein Neuanfang werden. Er hatte sein altes

Leben komplett hinter sich gelassen, und dann traf er diese blonde bezaubernde Studentin, die ihn vom ersten Moment an faszinierte. Wie sie mich angelächelt hat … Marcel starrte über die Dächer der Stadt.

Die Frau, mit der Stina ihn erwischt hatte, war eine von vielen. Er hätte nur vorsichtiger sein müssen. »Verdammt.« Marcel konnte nicht aus seiner Haut und brauchte dieses andere Leben, um seine Neigungen auszuleben. Stina hingegen war die perfekte Frau, die ihm nie auf die Schliche kommen würde, weil sie gutmütig und lieb war. Sie war die Frau, die er heiraten wollte. Die künftige Mutter seiner Kinder, die seinem Leben die Ruhe gab, die er brauchte. Er hätte weiterhin seine Spielchen fortführen können, ohne dass sie es jemals erfuhr. »Hätte, hätte …«, schnaufte er und zerrte die Jacke von der Stuhllehne. Sie hatte ihn enttäuscht und er würde das nicht hinnehmen. Er entschied, wo und wann es endete. »Das macht man mit mir nur einmal«, knurrte er gefährlich leise und verschwand aus seinem Büro. Aufkeimende Wut und unsägliches Verlangen wüteten in ihm.

*

In der Hütte roch es nach Holz, Moos, gefolgt von einem Geruch, der nicht zuzuordnen war. »Macht mal sämtliche Fenster auf. Hier muss dringend gelüftet werden. Die scheint schon länger leer zu stehen«, murmelte Lotta pragmatisch, rümpfte die Nase und setzte ihre Tasche am Boden ab. Zielstrebig stakste sie zum Sprossenfenster, das sich über der Spüle befand, und versuchte, es mit beiden Händen zu entriegeln. »Das geht so nicht«, stellte sie fest. »Wir müssen zuerst die Fensterläden von außen öffnen. Die sind verhakt.« Sie trat vor die Tür. Draußen war es durch den dichten

Baumbestand mittlerweile dunkel. Stina, die ihr gefolgt war, sog die feuchte Waldluft tief in ihre Lunge und half Lotta. Nacheinander öffneten sie die Läden aller drei Fenster und befestigten die angebrachten Haken an den Halterungen der Holzwand. Das unheimliche Rauschen, das sie vorhin im Wald wahrgenommen hatten, schwoll immer mehr an. Der Wind hatte zugenommen. Tilda, die die Freundinnen durch das Fenster beobachtet hatte, stieß den Fensterflügel von innen auf und rief mit einem Grinsen im Gesicht: »Knusper, knusper, knäuschen, wer knuspert an meinem Häuschen. Kommt nur herein, hier gibt es leckere Weinchen und ein wärmendes Feuer.« Sie kicherte. Lotta stand mit verschränkten Armen vor der Hütte, schüttelte den Kopf und schmunzelte. Stina eilte zurück ins Innere, zog das Handy aus ihrer Jackentasche, stellte es an und warf erneut einen Blick auf das Display. Jede Menge Mitteilungen waren dazugekommen. »Er soll in der Hölle schmoren«, schnaubte sie und schaltete das Telefon sofort wieder aus.

Die nach Moos riechende Waldluft drang durch das geöffnete Fenster in das Häuschen ein und durchzog den Raum.

»Das riecht schon wesentlich besser. Lasst die Tür auch einen Moment offen stehen. Wir werden erst mal die Hütte inspizieren«, sagte Stina. Sie zog ihre Jacke aus, legte sie über einen der leeren Stühle, sah sich um und schlich auf eine Tür zu, die sie anhand eines Emailleschildes als Badezimmer ausmachte. Sie öffnete die Tür. Enttäuscht starrte sie in den schmalen Raum, der einem Schlauch ähnelte. »Hier riecht es auch nicht gerade berauschend. Keine Badewanne, und die Dusche ist, ehrlich gesagt, eine Katastrophe.« Sie deutete auf das winzige Waschbecken und die Toilette, die direkt unter ein schmales Fenster gequetscht war. »Nicht gut!«

»Wir sind hier in einer Waldhütte. Was hast du erwartet?

Badewanne mit Whirlpool? Hier geraten wir an die Basis des Lebens. Einfach und gediegen bringt es uns back to the roots.« Lotta lachte, als Tilda ihre Freundin beschwichtigte. »Ich glaube, wir werden hier jede Menge Spaß haben. Und sieh mal, wir haben hier sogar einen Kamin. Genügend Holz hab ich unter dem Dachvorstand gesehen. Wirst sehen, das wird richtig kuschelig«, sagte die praktisch veranlagte Lotta und versprühte Optimismus. »Und was ich noch anmerken wollte und ich hoffe, ich habe euren ungeteilten Zuspruch: Ab jetzt herrscht Handyverbot! Wir werden hier wirklich in der Natur mit der Natur leben und uns nur auf uns beschränken. Ich halte das für eine tolle Erfahrung.« Tilda streckte die Hand aus und forderte die Handys der Freundinnen ein. »Ich möchte nicht, dass uns in dieser Woche irgendetwas stört.« Lotta überreichte es ihr bereitwillig. Stina zögerte. Sie musste wissen, was Marcel … Widerwillig reichte sie Tilda ihr Telefon. Die Philosophiestudentin legte die Handys in die Schublade einer Kommode, die unter dem Spülbecken direkt unterhalb des Fensters eingebaut war. Stina umfasste ihre Schultern. »Ist ganz schön eisig hier«, murmelte sie und zog ihre Jacke wieder an. »Ich mach gleich Feuer«, kündigte Tilda an und ging auf die noch verschlossene Tür zu. »Da ist sicher unser Schlafzimmer«, lotste sie die Freundin von ihrem Handy weg.

»Uhu«, schallte der Ruf der Eule aus dem Wald. »Mach die Fenster zu«, rief Stina und hielt sich die Ohren zu.

Draußen war es stockdunkel. Tilda drehte den Türknauf in der Hand, um in das zweite Zimmer zu kommen, als der Fußboden im Nebenraum knarzte. Die drei Freundinnen fuhren zusammen. Stina schrie. Dann schlug die Haustür mit lautem Knall ins Schloss.

＊

Der Lkw hielt auf einem Rastplatz an der A1. Der Fahrer stieg aus. »Bin gleich wieder da«, murmelte er und verschwand. Der Fahrzeugführer seiner Mitfahrgelegenheit steckte den Tankstutzen in die Öffnung und wartete. Es dauerte eine Weile, dann verschloss er sie wieder und stiefelte Richtung Kassenhäuschen. Ludger Hanke nutzte die Zeit, öffnete die Beifahrertür und schwang sich aus dem Führerhaus, um eine zu rauchen. Neben ihm hielt ein weiterer Lastwagen. Der schlaksige Mann mit dem langen Zopf und dem dichten Bart stand rauchend da und sah sich um. Der Fahrer stieg ebenfalls aus und grüßte. »Na, auch vollmachen?«, fragte er und deutete auf den Tank des Fahrzeugs. »Ne, nur 'ne Handvoll Wasser loswerden.«

Ein schwarzer Audi stand abseits und zwei Männer beobachteten die Lkws, zwischen denen sich der hagere Mann bewegte.

»Auch gut«, antwortete die schlanke Gestalt und zog an der Zigarette. »Wo geht's denn hin?«, wollte er wissen. »Kopenhagen«, lautete die knappe Antwort.

»Da müssen Sie doch über Puttgarden.«

»Genau, mein Bester.«

»Können Sie mich mitnehmen? Ich muss genau dorthin.«

»Kein Problem. Steigen Sie ein. Ich bin gleich wieder da.« Der Raucher grinste und sah sich um. Keine Menschenseele zu sehen. Nur der Wagen, in dem die Männer saßen. Sie schienen ihn zu beobachten. Der Bärtige drückte die Zigarette am Boden aus und schlich auf das Auto zu. Ein dritter Mann stieg gerade in den schwarzen Audi mit Lüneburger Kennzeichen. Mit einem Satz stand er neben dem Wagen und sah die Männer durchdringend an. Dann verschwand er zwischen den Lkws, zerrte seinen Rucksack aus dem Führerhaus und öffnete die Fahrertür, sodass niemand mitbekam, dass er umstieg. Wenig später kam der Fahrer der neuen Fahrgelegenheit zurück, während der andere noch immer an der Kasse wartete, um sein Geld loszuwerden. Er grinste und wusste, dass er seinem Ziel näher kam. Die Männer in dem Audi sahen dem Lkw nach und warteten auf den Fahrer des ersten Lastkraftwagens, um die Verfolgung aufzunehmen.

✻

Der nächste Morgen war wesentlich freundlicher. Der Nebel hatte sich verzogen, und die Sonne lugte zwischen dichten Wolken hervor. Der Wald lag in einem diffusen Licht und wirkte friedlich. Selbst der Wind hatte sich ausgetobt.

Die drei Freundinnen lagen auf ihren Matratzen und schliefen. Es war kurz nach 7 Uhr, als Lottas Lebensgeister erwachten. Sie reckte sich unter ihrer Decke. Ausgeschlafen blinzelte sie mit den Augen und warf einen Blick durch die Fensterluke, die direkt über ihrem Kopf im Dach eingebaut war. Vereinzelte Sonnenstrahlen, die es durch die Bäume hindurch geschafft hatten, kitzelten ihre Nasenspitze. Sie wunderte sich, dass sie überhaupt so lange geschlafen hatte. Als Krankenschwester war sie an weniger Schlaf gewöhnt. Es zeigte ihr, wie sehr sie die Ruhe brauchte. Als sie sich bewegte, um ihre Glieder auszustrecken, kam auch Leben in die anderen beiden. Tilda, absolut keine Frühaufsteherin, setzte sich auf und stieß mit dem Kopf gegen einen der dicken Dachbalken im Dachgeschoss. »Oh Mann, das gibt eine Beule«, jammerte sie, verzog das Gesicht und fuhr sich durch die zerzausten Haare. Die Freundinnen kicherten. Stina zog die Beine an und sah verschlafen in die Runde. Sie würde am liebsten unter der Decke liegen bleiben, obwohl sie normalerweise jeden Morgen joggte. Die Welt der drei jungen Frauen sah heute wesentlich freundlicher aus als gestern bei der Anreise.

Die am Vorabend unbehagliche Atmosphäre der Ferienhütte hatte sich nach dem Lüften der Räume und dem Entzünden des Feuers im Kamin aufgelöst. Selbst die Geräusche, die sie aus dem ungenutzten Nebenzimmer wahrgenommen hatten, stellten sich als Sinnestäuschung heraus. Ein Haken, der sich aus der Verankerung eines der Fenster gelöst hatte und vom Wind fortwährend knarzend gegen das Holz der Hütte schlug, war die Ursache und hatte beim Öffnen der Tür auch die Haustür zuschlagen lassen. Zwei Flaschen Wein später hatten sie die nötige Bettschwere und sich schlafen gelegt.

»So, Mädels, aus dem Bett. Der Tag wartet.« Lotta schlug ihre Decke zurück und begab sich auf die Knie. Leise kroch sie bis zum kleinen Sprossenfenster, das sich neben der Leiter befand. Die zusätzlichen Schlafplätze hatten sie gestern Abend unter dem alten Giebeldach des Holzhauses entdeckt. Blau-weiß gestreifte dicke Matratzen, die fast die gesamte Fläche des Raumes bedeckten, ergaben eine urige Schlafstätte. Sie beschlossen in ihrer Weinlaune, dass sie gemeinsam auf dem Dachboden schlafen wollten.

Stina lag wohlbehütet in der Mitte des Matratzenlagers und fühlte sich sicher aufgehoben. Ihre langen blonden Haare umrahmten ihr zerknautschtes Gesicht. Tilda hatte sich wieder unter die Decke verzogen und sie so weit über den Kopf gezerrt, bis nur noch dunkle Haaransätze wahrzunehmen waren. Stina drehte sich auf die Seite und stützte sich auf einen Ellenbogen. »Lass uns Frühstück machen, später erkunden wir den Wald«, flüsterte Lotta und erhob sich. »Wirst sehen, dann sieht die Welt gleich anders aus.

Hier ist es sicher und niemand wird uns stören.« Die OP-Schwester kletterte die Stufen hinunter. Sie hatte für alles eine Lösung parat und packte an, wenn es nötig war. Stina schlug die Decke zurück und folgte ihrer Freundin, während Tilda sich murrend umdrehte.

Die 28-jährige Lotta Freimann entdeckte eine Kaffeemaschine, öffnete die Türen des einzigen Hängeschrankes und hielt Ausschau nach Filtertüten. Sie fand eine Dose mit Kaffeepulver, nahm sie heraus und schüttelte sie. »Die ist voll«, strahlte sie. »Ich hatte es gehofft. Den Kaffee hatte ich vergessen. Oder hast du?«

Stina schüttelte den Kopf. »Ich hab an gar nichts gedacht. Mein Kopf ist leer. Nicht mal Zahnpasta habe ich eingepackt.« Sie zuckte die Schultern, stand wie eine Porzellanpuppe vor ihrer Freundin. »Kannst du von mir haben. Hast du wenigstens eine Zahnbürste?« Stina nickte. »Na, dann ist das doch kein Problem. Was uns fehlt, besorgen wir später, wenn wir in Burg einkaufen.« Die Studentin war erleichtert.

Lotta, die Souveräne in dieser Runde, lächelte und stellte die Kaffeemaschine an. »Komm, Lütte, wir decken den Tisch. Tilda ratzt länger, so wie ich sie kenne.« Die Krankenschwester öffnete die Tür und trat auf die Veranda. Sie reckte sich in ihrem Jogginganzug, schüttelte die langen Haare und sah um sich. Die Sonne tauchte den Wald in ein stimmungsvolles Licht. Es herrschte eine unbeschreibliche Ruhe. Nicht einmal ein Vogel war zu hören. Hoffentlich bleibt das so, dachte Lotta und machte sich daran, die Fensterläden zu öffnen. Sie empfand die Ruhe als große Erleichterung, die sie für gewisse Zeit von ihrer schweren Arbeit abschalten ließ. Stina entriegelte die Fenster in allen Räumen von innen, bis frische Waldluft die Hütte durchwehte. Anschließend inspizierten sie die wenigen Schränke auf der

Suche nach Geschirr. Zehn Minuten später war ein kunterbunter Frühstückstisch gedeckt. Lotta nickte und lächelte. Sie sah selbst ungeschminkt, mit zerwühlten Haaren und im Jogginganzug faszinierend aus. Sie zog ihre Tasche zu sich, die sie gestern Abend neben dem Sofa abgestellt, hatte und öffnete den Reißverschluss. Gelassen nahm sie Brot, Margarine, Marmelade und Obst heraus.»Das hast du alles besorgt?«, staunte Stina.»Ne, ich hab nur meinen Kühlschrank geplündert. Langt fürs Erste, oder?«

Die Freundin nickte und sog den Holzgeruch der Hütte ein.

Während sie gemütlich am Tisch saßen, Brot aßen und heißen Kaffee schlürften, schnupperte Tilda eine Etage höher den Duft des Wachmachers. Ausgeruht und gut gelaunt kletterte sie wenig später in langen Sporthosen und einem ausgeleierten Shirt die Stiege hinab. Ihre dunklen, ewig zerzaust wirkenden Haare legten sich um ihr blasses Gesicht und ließen es noch schmaler erscheinen.»Hm, das riecht aber lecker. Ich sehe schon, das wird ein geiler Tag«, sagte sie und kräuselte spitzbübisch die Nase, bis ausgeprägte Grübchen sich auf ihren Wangen zeigten.

Lotta zog die Augenbrauen hoch und grinste sie an.

Eine Stunde später stapften sie satt und fröhlich durch das Staberholz, um die Umgebung auszukundschaften, die für die kommende Woche ihr Zuhause sein würde. Es gab kaum Nennenswertes in dem Wald zu sehen, der mit seinen gerade mal fünf Hektar Fläche nicht groß herauskam.»Verlaufen können wir uns hier jedenfalls nicht«, frotzelte Tilda und sammelte einen dicken Ast vom Boden auf.»Nein, aber die Umgebung ist vielfältig. Ich bin mit meinen Eltern früher so oft hier gewesen. Der Wald liegt direkt an der Steilküste, das sehen wir uns nachher genau an. Und der

Leuchtturm von Staberhuk ist nicht weit entfernt. Dazu kann ich euch interessante Geschichten erzählen. Aber lasst uns jetzt erst mal den Wald erkunden. Ist immer gut, wenn man weiß, wo man sich befindet und … wo das Auto abgestellt ist«, lachte Lotta.

Stina Christiansen knibbelte an ihrem Zopf. »Wieso müssen wir wissen, wo der Wagen steht? Im Dunkeln kriegen mich sowieso keine zehn Pferde aus der Hütte.« Sie schüttelte den Kopf. Das Ende ihres Zopfes schlug ihr dabei ins Gesicht. Sie zog den rosafarbenen Schal enger um ihren Hals. Ihre empfindlichen Wildledersstiefel rutschten über den feuchten Boden und verdreckten bei jedem Schritt mehr. »Die richtigen Schuhe hast du aber nicht eingepackt«, stellte Tilda belustigt fest. »Kein Problem, wir fahren heute Nachmittag in die Stadt und kaufen ein. Dann können wir uns mit Lebensmitteln eindecken und nach passenden Schuhen für Stinchen schauen«, sagte Lotta und erschrak plötzlich.

Es raschelte hinter ihr. Sie drehte sich um. »Das war sicher nur eine Taube. Ist dieses Idyll nicht wundervoll? Bringt unsere Seele ins Gleichgewicht«, lachte Tilda und sprang amüsiert zwischen den am Boden liegenden Ästen umher. »Ich hab keine Lust mehr, hier herumzustreunen. Du hast doch eben von einem Leuchtturm gesprochen. Lass uns mal da hinlaufen«, flüsterte Stina. Die Geräusche im Wald lösten Beklemmungen in ihr aus. Sie fühlte sich beobachtet. Das Staberholz verbreitete, trotz der Sonnenstrahlen, Unheimliches. Es herrschte kein Wind, wurde aber zunehmend diesiger. »Dieser verdammte Nebel, die merkwürdigen Laute«, stellte sie fest und suchte nach dem Ausgang. Sie kannte zwar die Umgebung, aber den Wald hatte sie nie wirklich ausgekundschaftet. »Ach, wie gut, dass niemand weiß, dass ich Rumpelpumpel heiß' ...«, johlte Tilda und tanzte wie ein Kind zwischen den Bäumen.

Bis Stina auf einmal schrie und ohne Vorwarnung Richtung Lichtung rannte. »Was ist denn?«, fragte Lotta.

»Da war ein Schatten!«

KAPITEL 3

Hauptkommissar Dirk Westermann, Leiter der Oldenburger Mordkommission, saß am Schreibtisch seiner Dienststelle und las einen Bericht. Die Tür öffnete sich, und sein Kollege Thomas Hartwig betrat das Büro. Der Hauptkommissar sah ihn fragend an: »Wo ist dein Wolf?«

»Mein Wolf ist ein top ausgebildeter Polizeihund, was selbst dir nicht entgangen sein dürfte und wir haben soeben die letzte Prüfung absolviert.« Seine Augen leuchteten, und er wedelte mit dem Zertifikat in seiner Hand. »Unser Watson ist seit heute als staatlich geprüfter Polizeihund in Sachen Drogen und Leichen unterwegs.« Der durchtrainierte, smarte Kommissar konnte sich ein Grinsen nicht verkneifen, während er sich mit der Hand durch die dunklen, bis in den Nacken reichenden Haare fuhr. »Ich habe ihn hinten im Wagen und wollte wissen, ob du mit uns eine Runde durch den Wald laufen willst.«

»Welchen Wald?«, fragte Westermann, schob die Brille aus alter Gewohnheit in die nackenlangen, weißen welligen Haare, obwohl er die Lesebrille im letzten Herbst durch eine Gleitsichtbrille ersetzt hatte. Der schwarze Rahmen stand ihm gut zu Gesicht und ließ ihn markant erscheinen. Er warf einen Blick auf die Sportklamotten des jüngeren Kollegen. »Ich dachte, wir könnten Richtung Eutin, kurz vorm Kellersee ist ein Waldgebiet. Ich hab das Gefühl, ich muss unbedingt raus und eine Runde joggen. Hast du Lust?« Westermann nickte, stand auf und griff zu seinem Caban. »Ja, ich brauche auch dringend frische Luft. Dieser Mief hier drinnen macht mich zurzeit platt. Nur Routine ist nicht die große Herausforderung. Unendlich viel Aktenkram führt zur Stumpfsinnigkeit. Und bei den Cold Cases kommen wir auch nicht richtig voran. Außerdem habe ich, gelinde gesagt, riesigen Kohldampf.« Dirk Westermann rieb seine Hand über den flachen Bauch, dann kraulte er seinen weißen Dreitagebart. »Kohl, da sagst du was. Wenn wir gelaufen sind, können wir am Kellersee leckeren Kohleintopf essen. Ich kenne da ein nettes Lokal.«

»Kiek mol einer an. Du kennst ein nettes Restaurant am Kellersee?«

»Was dagegen? Komm!« Westermann stand auf, klappte die Akte zu und ging um den Schreibtisch. Er zog die Ärmel seines grauen Sweatshirts nach unten und schob ein Feuerzeug, das neben dem Computer lag, in die Tasche seiner Jeans.

Der Kommissar zog seine Jacke an, und die beiden Polizeibeamten verließen die Dienststelle. »Wir sind per Handy zu erreichen, wenn etwas sein sollte!«, rief Westermann seinem Kollegen Evert zu, der gerade auf den Eingang zukam. Der nickte. Thomas Hartwig öffnete die Heckklappe, Watson sprang heraus und lief mit wedelndem Schwanz auf den Hauptkommissar zu. Der einjährige tschechoslowakische Wolfshund hatte an ihm anscheinend einen Narren gefressen.

Thomas Hartwig holte die Leckerlis aus der Tasche seiner verwaschenen Jeans und beobachtete die begeisterte Begrüßung zwischen Westermann und dem Diensthund. Seine Wangenknochen traten hart hervor. Ihm missfiel, wie der Hund an seinem Chef hing. Schließlich hatte *er* die komplette Ausbildung mit Watson absolviert und teilte mit ihm seine Junggesellenbude in Neustadt. »Vielleicht hättest du dir den Hund anschaffen sollen«, grummelte Thomas. »Steig ein, Verräter«, lotste er Watson zurück in den Hundekäfig.

»Wann fährst du nach Fehmarn?«, wollte Hartwig wissen, während er den Wagen lenkte.

»Am Wochenende. Katrin möchte zu einer Vernissage, und ich begleite sie. Nettes Event mit Kanapees und Champagner.« Thomas prustete los. »Soll ich dir Watson zur Verstärkung mitgeben? Der räumt mit Sicherheit den Laden auf.«

Dirk lachte und schüttelte den Kopf. Er hatte im eigenen Wagen miterlebt, dass der Hund, sobald er nicht unter Kontrolle war, ein Flegel seiner Zunft war und jede Menge Schaden anrichten konnte. »Ne, lass mal. Ich werde allein mit denen fertig. Außerdem haben wir ja Charlotte dabei, die wird uns schon rechtzeitig da rausholen.« Dirk Westermann dachte daran, wie er der Fotokünstlerin Charlotte Hagedorn das Leben gerettet hatte, während Hartwig und er gemeinsam auf Fehmarn ermittelten. Und er musste schmunzeln, als er daran dachte, dass er durch sie ihre Nichte Katrin kennen und lieben gelernt hatte. Es war damals sein erster Mordfall auf der Insel, und er würde den grausamen Überfall auf die Künstlerin niemals vergessen.

»Ich muss dringend tanken«, murmelte Hartwig und fuhr von der Straße ab. Westermann nickte und sie hielten an den Zapfsäulen. Auf dem Gelände standen nur zwei Pkws und ein Lkw. Der Hauptkommissar blieb im Wagen sitzen und unterhielt Watson, der sich fiepend bemerkbar machte. Neben dem Lkw stand ein Mann mit dichtem grauem Bart und Zopf, der den Rauch seiner Zigarette so intensiv inhalierte, als sei es die erste nach langer Zeit. Dirk beobachtete den schlanken, trotzdem muskulösen Mann, der Jeans trug, die ihm irgendwann mal gepasst haben mussten. Überhaupt sah er angeschlagen aus. Die blasse Haut und der ungepflegte Bart verstärkten die tiefliegenden Augenringe. Er hatte etwas an sich, das bedrohlich wirkte. Seine dunklen Augen hatten einen lauernden Blick, der Westermann an ein jagendes Tier erinnerte. Selbst Watson knurrte verhalten, als er den Mann aus dem Fond heraus beobachtete. »Westermann, du spinnst. In jedem Kerl siehst du einen potenziellen Mörder. Mensch, lass gut sein. Watson, sei ruhig, alles in Ordnung.« Hartwig kam zurück und stieg ein. Er reichte Dirk ein Eis und packte sich selbst eines aus. Im hinteren Teil des Wagens fing es an zu rumoren. Der Hund knurrte leise bei jedem Bissen, den die Männer sich genehmigten.

Auf einmal stand der Bärtige unmittelbar neben dem Wagen und starrte die Kommissare mit eisigem Blick an.

*

»Da hinten kann man den Leuchtturm sehen, zumindest seine Umrisse«, rief Stina und fing an, ihre Schritte zu beschleunigen, nachdem sie sich beruhigt hatte. Ihre Fantasie hatte ihr einen Streich gespielt, und sie war froh, auf einer Wiese zu stehen und nicht mehr im Wald umherirren zu müssen.

Lotta erreichte die Freundin, und sie stapften weiter Richtung Leuchtturm. »Müsst ihr so schnell gehen?«, maulte

Tilda, die hinter ihren Freundinnen her stolperte. Ihr Mantel wehte bei jedem Schritt auseinander und sah aus wie schlagende Flügel, als sie sich um die eigene Achse drehte, um den Wind durch ihre Haare wehen zu lassen. Die schmale Straße zum Turm erschien ihr endlos, und sie verspürte überhaupt keine Lust mehr, noch weiterzugehen. Sie hätte es vorgezogen, sich auf eine Bank zu setzen. Sie steckte gähnend die Hände in die Manteltaschen und schlurfte hinterher.

Der Nebel wurde dichter und zog vom Wasser aus über die Felder ins Landesinnere. Es war zwar kein bisschen Ostsee zu sehen, aber das Rauschen der Wellen klar und deutlich zu hören. Um die Frauen herum entstand eine milchige Suppe, die sich zäh ausbreitete. Lotta und Stina hatten das Gelände des Leuchtturms erreicht und begutachteten die Umzäunung. Sie warteten auf Tilda. »Sag mal, hast du eigentlich noch andere Klamotten als deine Grufti Outfits?«, fragte Stina.

»Nö«, war die knappe Antwort. »Lass uns ums Grundstück rumlaufen, dann kommen wir runter ans Wasser. Direkt zum Turm können wir sowieso nicht«, schlug Lotta vor. Stina folgte ihr auf dem Wanderweg Richtung Strand. Hinter sich hörte sie leises Knarzen und drehte sich mit unsicherem Gefühl um. Dann sah sie erleichtert, dass Tilda über das grün gestrichene, hüfthohe Metallgeländer kletterte. »He, warum sind wir denn hier? Stellt euch nicht so an! Ihr wolltet doch zu diesem Leuchtfeuer der Historie.« Mit einem Satz landete sie auf der anderen Seite des Zauns. »Bist du wahnsinnig? Das ist verboten!«, fluchte Lotta. »Wenn uns hier jemand sieht. Das gibt richtig Ärger. Dieses Grundstück ist fast historisch. Hier hat der Maler Ernst Ludwig Kirchner einige Sommer verbracht, um seine Bilder zu malen. Unglaublich. Da springt man nicht mal eben über den Zaun.«

»Mann, nun stellt euch nicht an wie Püppchen. Ihr wolltet Abenteuer und Erholung. Wo erholt man sich besser als an einem Leuchtturm. Wir beschreiten den Weg der alten Seebären.«

Sie winkte ihre Freundinnen heran, die an einem kleinen Haus stehengeblieben waren, das sich auch auf dem Grundstück befand. »Ich geh da nicht rüber«, murmelte Stina. »Sei kein Frosch. Wir wollten was erleben oder etwa nicht? Tilda hat recht«, antwortete Lotta und zog ihre Freundin hinter sich her.

Entschlossen liefen sie zum Metallzaun und kletterten ihr nach. Erleichtert rannten sie Tilda hinterher, die mit verschränkten Armen vor dem Leuchtturm stand und ihre Fingernägel begutachtete. Prustend blieben sie vor dem zweifarbig gemauerten Bauwerk stehen. »Das sieht aber urkomisch aus. Ist denen das Geld für die anderen Steine ausgegangen?«, kicherte Stina und betrachtete die farblich unterschiedlichen Mauersteine. »Ne, soweit ich weiß, war der Turm anfangs komplett aus gelben Steinen. Die haben dem Wetter wohl auf der Westseite nicht standgehalten, sodass sie ausgetauscht werden mussten. Ich finde, das hat was«, lachte Lotta und stiefelte einmal um den Leuchtturm von Staberhuk herum. »Es ist toll, auf den Spuren Ernst Ludwig Kirchners zu wandeln, oder?« Stina sah sie fragend an und stapfte in ihren vom Dreck versauten Stiefeln weiter über das Grundstück. Sie entdeckte eine hölzerne Pforte, die auf ein Portal führte. Von dort aus hatte man einen fantastischen Blick über die Ostsee. Der Riegel des quietschenden Tores schlug, nachdem sie hindurchgeschlüpft war, in einem Schnappschloss ein. Die zarte Person betrat eine vorgelagerte Empore, die einem Balkon ohne Geländer glich und jetzt nur einen kleinen Ausblick auf Teile der Ostsee und den Strand bot. Sie war enttäuscht, dass sie nur einige Findlinge sehen konnte, die verstreut im Sand lagen. Das Meer war weitgehend vom Nebel verschluckt worden. »Das müsst ihr euch ansehen!«, rief sie. »Das ist der Hammer.« Sie trat einen Schritt zurück und setzte sich auf eine verwitterte Holzbank, die im geschützten Teil der etwa acht Quadratmeter großen Plattform vor einer Hecke aufgestellt war. Lotta und Tilda kamen über das Rasenstück angelaufen. Sie staunten, als sie die Freifläche betraten. »Wow, da kann man sicher weit gucken, wenn klare Sicht ist, und das Meer bis zum Horizont bestaunen«, flötete Tilda. Sie näherte sich der Felskante, die zum Strand hin senkrecht in die Tiefe abfiel, und wedelte mit den Armen, während Lotta bei Stina stehen blieb. »Halt Abstand, oder willst du den Abgrund runterfliegen«, mahnte sie und presste die Hand auf ihr Herz. Tilda grinste sie an und tänzelte weiterhin gefährlich nahe der Felsklippe herum. »Tanz auf dem Drahtseil«, flötete sie ausgelassen. Der Mantel flatterte wie Fledermausflügel. Es schien, als würde sie jeden Moment abheben. »Lass das! Findest du das cool?«, rief Stina und wurde blass. Ohne Vorwarnung geriet Tilda in ihrer unbekümmerten Art gefährlich ins Straucheln. Sie ruderte mit den Armen und schien das Gleichgewicht zu verlieren. Starr vor Angst standen die Freundinnen da, unfähig, sich zu bewegen und auch nur einen Schritt auf sie zu zu machen. Tilda riss erschrocken die Augen auf, als ein Stück des Bodens unter ihrem Fuß wegbrach. Ein markerschütternder Schrei hallte über die Ostsee.

KAPITEL 4

Der Tag gefiel ihr. Es war genau diese Art von Stimmung, die sie mit ihrer Kamera einfangen wollte.

Das Wetter war kühl, neblig und wirkte geheimnisvoll. Charlotte Hagedorn trällerte, als sie, mit ihrem Rucksack auf den Schultern und in ihren dicken Wollmantel eingepackt, ihr Fahrrad über den Sandweg Richtung Staberhuk dirigierte. Sie kratzte sich mit einer Hand unter ihrer mit Delfinen bestickten Mütze. Die Künstlerin wusste aus Erfahrung, dass sie bei dem Wetter fast eine Stunde unterwegs sein würde, bis sie ihr Ziel erreichte. Sie kannte sich aus. Sie liebte es, auf der Insel Fotos zu machen, wenn keine Sonne schien. Sie inspizierte selbst Orte, die Insulaner nie vorher aufgesucht hatten. Unheimliche Orte, an denen Geheimnisvolles aufzuspüren war. Nicht umsonst nannte man sie die Miss Marple der Insel. Durch ihre manchmal etwas eigenwillige Art, Ereignissen nachzugehen, hatte sie den Kommissaren Dirk Westermann und Thomas Hartwig von der Mordkommission

Oldenburg das eine oder andere Mal bei der Aufklärung einiger Mordfälle auf Fehmarn helfen können. Selbst wenn ihre Hilfe nicht immer erwünscht gewesen war.

Sie sah auf ihre Armbanduhr. Es war fast 9 Uhr, als sie die Spitze des Leuchtturms Staberhuk in weiter Ferne wahrnahm. Ihr Herz klopfte, und eine frische Röte überzog ihr Gesicht. Ob dies an der Vorfreude auf ihre Fotosafari im Nebel lag oder der fast 16 Kilometer langen Strecke geschuldet war? Wild entschlossen trat sie in die Pedale ihres roten Fahrrades und hatte nach weniger als zehn Minuten ihr Ziel erreicht.

Ein Leuchten trat in ihre Augen. Pfeifend fuhr sie den schmalen Sandweg entlang, bis sie nicht mehr weiter konnte. Die kleine Teerstraße, die den Radweg kreuzte, stoppte ihren Übereifer, und sie bremste quietschend den fast 20 Jahre alten Drahtesel aus. Sie sprang übermütig vom Rad und rückte ihren Rucksack zurecht. Der Blick nahm ihr wie immer den Atem.

Der 1903 massiv erbaute, jüngste Leuchtturm im Südosten der Insel, hatte es ihr von Anfang an angetan.

Der Turm thronte direkt an der Steilküste und lieferte nach wie vor eine strategisch wichtige Befeuerung der Seestraße. Charlotte Hagedorn kannte viele Geschichten um diesen Leuchtturm. Sie stellte ihr Fahrrad an einem wilden Rosenstrauch ab, der direkt am Hang gewachsen war und von dessen Blüten sie jedes Jahr wunderbar duftende Rosenmarmelade einkochte. Erleichtert kraxelte sie, das Ziel am Fuß der Steilküste im Auge, zwischen dem Buschwerk den Abhang hinunter, um für einen Moment an ihrem Geheimstrand auszuruhen. Sie wollte sich das Leuchtfeuer aus genau der Perspektive anschauen und Fotos schießen.

Charlotte strahlte, als sie den Turm hinaufblickte, der von den wenigen Sonnenstrahlen ausgeleuchtet wurde. Sie setzte sich auf einen der großen Findlinge und stellte das Objektiv ein. Dann richtete sie die Kamera auf das verschwommen wirkende Meer, das spiegelglatt und in Nebel getaucht vor ihr lag. Sie roch den Seetang, der sich zwischen den Steinen aufgehäuft hatte, und drückte ab.

Auf einmal hörte sie Gelächter und sprang auf. Ihre Augenbrauen zogen sich zusammen und sie fühlte sich gestört in diesem Moment der Stille.

Unwirsch reckte sie ihren Kopf erneut. Die Neugier war größer als ein unheimlich anmutendes Foto. Sonst wäre sie nicht Charlotte Hagedorn. In dem Moment nahm sie eine Person auf dem vorgelagerten Portal des Leuchtturmgeländes wahr. Sie sammelte ihren Rucksack vom Boden, steckte die Kamera hinein und begab sich auf den Rückweg. »Warte«, grummelte sie und kraxelte den Weg zurück, den sie vor Kurzem erst heruntergeklettert war. Charlotte Hagedorn klopfte ihren Mantel ab, auf dem sich Sand und Äste verfangen hatten. »Na warte«, murmelte sie erneut und marschierte energisch auf den Eingangsbereich des Leuchtturms zu. Sie wusste, dass niemand sich auf dem Gelände aufhalten durfte, der keine ausdrückliche Berechtigung dazu hatte. Das Tor war verschlossen. Eigenartig, dachte sie und rüttelte daran, ohne dass es sich nur einen Zentimeter öffnen ließ. Wie war da jemand rein gekommen? Entschlossen rückte sie ihre Mütze zurecht, sah sich um, und kletterte mühelos über das Geländer. Eilig huschte sie am rot-gelben Leuchtturm vorbei, der sich wenige Meter hinter dem Tor emporstreckte, und verbarg sich hinter einer Hecke, die zur vorgelagerten Freifläche führte. Von dort schienen die Geräusche zu kommen. Zuerst vernahm sie leises Gekicher, dann wurde der Tonfall mit einem Mal ernst und angsterfüllt. Sie unterschied drei Stimmen. Charlotte lugte hinter dem Busch hervor und erfasste augenblicklich die Situation. Eines der Mädchen ruderte wild mit den Armen und drohte den Abhang hinunterzustürzen. Zwei andere standen regungslos vor der alten Bank. Charlotte setzte zum Sprung an.

Sie griff, ohne zu zögern, nach dem Arm des Mädchens und riss es von der bröckelnden Kante zurück. Beide fielen zu Boden. Tildas Beine hingen weit über dem Abhang und sie versuchte krampfhaft, sich mit ihren Fingern an der Hand der fremden Frau festzukrallen, um nicht wegzurutschen. Eine falsche Bewegung, sie würde den Halt verlieren und in die Tiefe stürzen. Mit der anderen grub sie sich immer wieder in den losen Sand, der keinen Halt gab. Charlotte hielt das Handgelenk des Mädchens so fest umschlungen, wie sie konnte. »Helft uns endlich!«, schrie sie wutentbrannt mit hochrotem Kopf den beiden anderen Mädchen zu. »Ich kann sie nicht mehr lange halten!«

*

Der Beifahrer stieg aus dem Führerhaus des Lkws.

Er hatte die Insel seiner Begierden erreicht. An Fehmarn hatte er viele Erinnerungen, die gerade in seinem Gedächtnis nach oben geschwemmt wurden.

Mit einem kurzen Gruß verabschiedete er sich von dem Fahrer. Es war Mittag, als er an der Ausfahrt Richtung Burg stand. Da er kaum Geld in der Tasche hatte, musste er sich zu Fuß auf den Weg zu seinem Ziel aufmachen. Er stöhnte. Der Fußmarsch würde ziemlich viel Zeit in Anspruch nehmen. Mit zwei Stunden rechnete er mindestens. Als er die Hauptstraße entlang stapfte, entdeckte er auf der rechten Seite eine Fastfood-Kette. Er schluckte und wollte sich einen

Burger und ein Getränk leisten, weil sein Magen seit Stunden knurrte. 27 Euro 50 Cent waren nicht viel. Wo er schlafen konnte, wusste er. Das würde ihn nichts kosten. Er lächelte verhalten, kaufte drei Burger für je einen Euro und einen großen Becher Kaffee und machte sich wieder auf den Weg. Morgen würde die Welt ganz anders aussehen.

Burg ist echt tot zu dieser Zeit, überlegte er und wollte schon Richtung Sahrensdorf laufen, als ihm eine bessere Idee kam. Obwohl er ahnte, dass sich auf Fehmarn einiges verändert hatte, wusste er doch, dass im Hafen von Burgstaaken immer Boote im Wasser liegen blieben, die meist Anglern gehörten, die auch im Winter fischten, oder Seglern, die zu träge waren, ihre Schiffe einzuwintern. Er würde mit einem der Boote dorthin fahren, wo er sich verstecken konnte. Dieses Wissen entlockte ihm ein verächtliches Grinsen. Mit finsterer Entschlossenheit lief er den Staakensweg hinunter, um wenig später ins Hafengelände zu gelangen. Die Enttäuschung war allerdings groß, als er das fast leere Hafenbecken erblickte. Kaum ein seetüchtiges Wasserfahrzeug, das er für sich nutzen konnte. Drei einsame Segelboote, ein GFK Boot und ein Angelkutter. *Otto*, wer nannte sein Schiff *Otto*? Er strich mit der Hand über seinen Bart, betrat den Steg und begutachtete die offene Kunststoffschale, die am Ende des Bootsstegs lag. Vielleicht ein bisschen auffällig … aber es war ja bald dunkel. Alles gut, wenn genügend Sprit im Tank ist. Aber der Weg war nicht ohne, und wenn das Benzin ausging, hatte er im Dunkeln die Arschkarte gezogen. Er lief zurück zum Angelschiff mit dem merkwürdigen Namen. Der Aufwand, um in die abgeschlossene Kajüte zu gelangen, war für ihn ein Leichtes. Nur, wie kam er an den Strand? Dieses Boot konnte er nicht ans Land ziehen. Viel zu groß. Und zu dieser Jahreszeit vor Anker zu liegen und ins eiskalte Wasser zu müssen, um an den Strand zu kommen, war absolut keine gute Idee.

Er entschied sich für die einfachere Lösung der offenen Version, die höchstens sieben Meter lang war und sich bis an den Strand bringen ließ. Diese kleine offene Nussschale war genau das, was er suchte. Es dämmerte. Der Wind hatte aufgefrischt. Prüfend sah er sich um. Kein Mensch weit und breit. Lächelnd stieg er in das Kunststoffboot und hoffte, dass der Motor ansprang. Er öffnet den Benzinhahn, zog den Choke, dann das Zugband mit hartem Ruck. Kurzes Brummen, nichts. Vorsichtig sah er sich erneut um. Noch einmal griff er den Knauf, zog ihn ruckartig heraus, und endlich fing der Motor an zu blubbern. Erleichtert hob er den Tampen vom Holzpflock und fuhr an. Er guckte sich noch einmal um und stellte fest, dass niemand ihn bei der Aktion beobachtet hatte. Als er die Hafeneinfahrt hinter sich gelassen hatte, steuerte er Richtung Staberhuk. Der Wind kam aus Ost und blies ihm eiskalt ins Gesicht. Jetzt konnte ihn nichts mehr aufhalten. Ein paar Dosen rollten auf dem Boden des Bootes von einem Ende zum anderen. Es störte ihn nicht. Der einsetzende Regen umgab ihn wie ein unsichtbarer Mantel.

✳

Aus ihrer Schockstarre gerissen, warf Lotta sich auf den Boden, um ebenfalls nach Tildas Hand zu greifen. Sie hing nach wie vor wie ein Sack mit den Beinen über dem Abgrund. Charlotte versuchte mit eiserner Kraft, sie zu halten. Stina rutschte auf Knien zur Kante und zerrte am Hosenbund der Freundin. Mit gebündelter Kraft zogen sie die schlanke Frau von der Felskante. Schweißgebadet saßen sie wenig später alle erschöpft nebeneinander auf dem kalten Boden und starrten sich an. »Was hast du dir dabei gedacht, junge Dame«, schalt Charlotte Hagedorn das schwarz gekleidete Mädchen, dem sämtliche Farbe aus dem Gesicht gewichen war. Lotta und Stina schauten verschämt zu Boden. »Und was habt ihr im Sinn gehabt, hier herumzulungern? Ihr wisst wohl, dass das Privatgelände ist und Zutritt strengstens verboten?«

»Und Sie, wohnen Sie etwa hier?«

Charlotte erhob sich. »Nein, aber ich kenne mich hier aus. Dies ist Privatgrund, auf dem niemand, außer dem Besitzer des Hauses am Eingang und dem Pächter des Leuchtturmwärterhäuschens, etwas zu suchen hat. Da hier zurzeit keine Menschenseele urlaubt, gehe ich davon aus, dass ihr hier eingestiegen seid, oder sehe ich das falsch?«

»Sie wohnen doch auch nicht hier, oder irre ich mich?« Tilda, die ihre Selbstsicherheit wiedergefunden hatte, stellte sich auf die Beine.

»Nein, ich wohne hier nicht und wollte euch nur vor gewaltigem Ärger bewahren. Glaubt es mir. Wenn die Eigentümer kommen, gibt es richtig Ärger.«

»Und was machen Sie dann hier?«, wollte Stina wissen und stand ebenfalls auf. »Ich hatte vor, Nebelfotos zu schießen. Das Licht war perfekt, und dieser Ort hat etwas Geheimnisvolles.«

»Das ist ja interessant«, entgegnete Lotta. »Dann können Sie mir vielleicht ein paar Tipps geben. Sind Sie denn Fotografin? Ich möchte unbedingt eine Fotoreihe erstellen und bin auf der Suche nach den passenden Motiven.« Charlotte sah die attraktive Blondine an und neigte den Kopf. »Haben Sie denn eine anständige Kamera dabei?«

»Ja, meine Nikon und … ich denke schon.«

»Ja, dann könnte das was werden. Aber nicht mehr heute.

Mir ist die Lust für den Moment vergangen. Ich brauch erst mal ein Likörchen.«

»Oh, dann kommen Sie doch mit uns. Wir haben jede Menge in der Hütte. Das beruhigt unseren Geist«, murmelte Tilda versöhnlich.

»Wo seid ihr denn untergekommen?«, wollte die Fotografin wissen. »In der kleinen Holzhütte im Wald«, sagte Lotta und deutete hinter sich. Die Mädchen kletterten über den Zaun und verließen das Grundstück. Charlotte tat es ihnen gleich und quälte sich über das Geländer. Sie nickte zustimmend, als sie wieder festen Boden unter ihren Stiefeln hatte: »Das Angebot nehme ich gerne an. Ich muss nur mein Fahrrad holen.«

Sie eilte zurück zum Knick und holte ihr Vehikel. Gemeinsam spazierten sie Richtung Waldhütte.

»Oh, das ist ja gemütlich«, offenbarte Charlotte ihre Verwunderung, als sie eine halbe Stunde später in die Hütte eintrat. »Ich dachte immer, die steht längst leer.«

»Na ja, wir haben gebettelt, damit wir sie bekommen. Die Besitzer wollten sie über den Winter eigentlich gar nicht mehr vermieten, und wie ich die Besitzerin verstanden habe, im kommenden Sommer abreißen. Sieht ja nicht unbedingt nach Luxusresort aus. Aber wir haben es dringend gemacht und schwupp – hatten wir das Knusperhäuschen. Gerochen hat es hier drinnen auf jeden Fall, als wenn es ewig nicht mehr vermietet wurde. Voll modrig«, lachte Tilda und rümpfte die Nase.

»Wir mussten jedenfalls lange lüften, und der Geruch vom Holz im Ofen und der frischen Waldluft hat den Rest aus der Hütte verscheucht.«

»Es stank hier drinnen merkwürdig«, warf Stina ein und kräuselte die Nase.

»So nach Gruft. Eine Gruft an der Küste … Küstengruft. Wäre ein guter Titel für einen Thriller«, überlegte Tilda und zog eine Flasche aus ihrem Rucksack. »Schnaps?«

Charlotte lächelte wissend und nickte. »Warum lächeln Sie so eigentümlich?«, wollte Stina wissen. »Zum einen heißt es bei uns nicht einfach Schnaps, sondern *Likörchen*. Zumindest bei meinen Freundinnen und mir. Und zum anderen, wisst ihr um diesen Wald und das dazugehörige Gut? Hier gibt es jede Menge alte Schauergeschichten, die immer wieder gern erzählt werden.« Sie hielt inne. Tilda stellte ein kleines Glas vor Charlotte auf den Tisch und goss ihr von dem klaren Schnaps ein. »Oh, sehr interessant. Erzählen Sie.«

Die Künstlerin winkte ab und leerte ihr Glas. »Da gibt es die Geschichte der weißen Frau, die sich die Leute hier seit Jahrhunderten erzählen und die einem noch heute eine Gänsehaut über den Rücken laufen lässt. Sie handelt von einer jungen Frau, die im Kindsbett verstorben ist und noch heute als Geist ihr Kind auf dem Hof sucht. Immer wenn dort ein Kind geboren wurde, hat man alle Spiegel im Haus verhängt. Es hieß, man sollte nachts immer ein Licht im Haus brennen lassen, damit die weiße Frau das Kind nicht holt. Gesehen hat sie allerdings noch niemand. In den 50er Jahren ist dort sogar mal ein Kind im Teich vom Staberhof ertrunken. Aber ich denke, ihr sollt ein paar schöne Tage erleben und dürft euch die Laune nicht von Spukgeschichten vermiesen lassen.« Sie schüttelte ihre graue Mähne die, seit sie die Mütze vom Kopf genommen hatte, statisch aufgeladen um das Gesicht herum stand. »Wie – Spukgeschichten?«, fragte Tilda und klatschte begeistert in die Hände. »Dass dich das interessiert, hätte ich mir ja denken können«, griente Lotta. Charlotte Hagedorn betrachtete die schlanke, hoch gewachsene Studentin, deren Gesichtsfarbe selbst einer Geistererscheinung glich. »So, wie du daherkommst, könntest du die Rolle der *Weißen Frau vom Staberhof* sofort übernehmen.«

Die Künstlerin erhob sich. »Ein andermal. Ich muss wirklich los.« Sie klopfte sich auf die Oberschenkel. »Es wird dämmerig. Ist ziemlich früh dunkel und ich habe einen langen Heimweg. Wir sehen uns bestimmt noch einmal. Dann können wir darüber ausgiebig plaudern und dir kann ich einige Tipps für gute Fotos geben. Ich weiß ja jetzt, wo ihr untergekommen seid. Wie lange bleibt ihr?«

»Eine ganze Woche!«

»Na, dann ist jede Menge Zeit für Geistergeschichten!«

KAPITEL 5

Der dunkelhaarige Marcel Andresen stand an den Tresen gelehnt, leerte sein Whiskyglas in einem Zug und stellte es zurück auf die Theke. Seine Freunde drängten sich angeheitert um die Bar und vernichteten eine Runde nach der anderen. Sie nannten es After-Work-Party, er wusste, dass sie sich hier mit Frauen für die Nacht verabredeten. Es war ein Spiel. Er steckte eine Hand in die Hosentasche seines teuren Designeranzugs und zog das Handy heraus. Ein kurzer Blick … keine Antwort. Seine Gesichtszüge verhärteten sich. Die Wangenknochen traten hart hervor und seine Haut wirkte bleich. Mit zusammengekniffenen Augen und stechendem Blick beobachtete er die Frauen, die zu laut lachten und um die Männertraube herumstanden, als hätten sie es mit Stars zu tun. Marcel sah sich als Tier in einem Wolfsrudel. Nur, dass er sich heute nicht am Fang der Beute beteiligen wollte.

Frankfurt war das ideale Pflaster für Startupper. Männer

und Frauen, die über Geld und Macht verfügten. Sie nahmen sich, was sie wollten. Vorrangig die Wölfe unter ihnen.

Marcel stand als Zuschauer abseits der Horde. Er sah auf seine schwarze Uhr am Handgelenk. Ihn nervte dieser Abend gewaltig. Er wollte nach Hause, aber aus irgendeinem Grund konnte er sich nicht aufraffen. Marcel wollte nicht in die Wohnung, in der ihn alles an Stina erinnerte. Auf einmal richtete er sich auf. Dass mir das nicht früher eingefallen ist, dachte er, stieß sich vom Tresen ab und verließ, ohne dass jemand es bemerkte, die Kneipe.

Der Unternehmer schlug den Kragen seines Mantels hoch und stiefelte in eleganten Lederschuhen durch den Regen zum Parkplatz. Er drückte auf den Schlüssel in seiner Hand und stieg in den schwarzen Porsche. Jetzt wusste er, was er zu tun hatte. Er würde zu Stinas Wohnung fahren und sie zur Rede stellen. Wie kann sie es wagen, meine Anrufe zu ignorieren, wütete er innerlich. Mit starrem Blick drückte er den Schlüssel in seiner Hand, stieg ein und zog die Tür so heftig zu, dass es knallte. Marcel startete den Motor und verließ mit durchdrehenden Reifen das Gelände.

Eine halbe Stunde später hielt er vor dem Haus, in dem seine Verlobte ihr Appartement hatte. Stina wohnte dort seit zwei Jahren und war nicht dazu zu bewegen, bei ihm einzuziehen. Sie wollte zuerst in Ruhe ihr Studium abschließen. Auf eigenen Beinen stehen, hatte sie gesagt. Marcel lächelte verächtlich, als er den Altbau hinauf sah. Es brannte kein Licht in ihrer Wohnung.

Auf der anderen Seite hatte ihre Weigerung ihm neue Möglichkeiten aufgezeigt. So konnte er, wann immer er Lust hatte, willige Frauen in sein Bett holen. Er liebte es, sie zu benutzen, hart mit ihnen umzugehen, und nicht selten verließen die unbedarften Mädchen weinend seine Wohnung.

Ihm war es egal. Sie waren austauschbar. So konnte er Neigungen nachgehen, von denen niemand etwas ahnte, Stina schon gar nicht. Sie hatte damit nichts zu tun, und so sollte es bleiben. Sie war sein unschuldiger Engel, die Mutter seiner zukünftigen Kinder. Marcel presste die Zähne aufeinander und stieg aus dem Wagen.

»Scheiße. So kommst du mir nicht davon«, fluchte er und trat in den Hauseingang. Marcel klingelte mehrmals bei Stina, bis er sich sicher war, dass sie nicht zu Hause war. Dann kam ihm der Gedanke an die Nachbarin und er drückte auf deren Klingel. Der Türsummer brummte, und er eilte die wenigen Stufen hinauf. »Ach, Marcel, du bist es«, murmelte die sportliche Mitzwanzigerin nicht erfreut. Er sah, wie sie mit der Hand durch ihre kurzen dunklen Haare fuhr. Eilig zog sie ihr Höschen zurecht und hielt die Arme verschränkt vor ihre Brüste, über denen sie nur ein durchsichtiges Trägerhemd trug. Sie schien geradewegs aus dem Bett zu kommen. »Dass du dich hier überhaupt noch her traust!« Die Frau funkelte ihn böse an und wollte die Tür zuschlagen. Marcel stellte den Fuß dazwischen. »Wo ist sie? Ich muss sie sprechen. Ist sie hier?« Er sah sie durch verengte Augen an und wurde noch blasser. Die Frau, die halbnackt vor ihm stand, fühlte sich plötzlich unwohl. »Ich werde dir ganz sicher nicht erzählen, wo sie hingefahren sind.« Sie hielt inne und wurde sich augenblicklich ihrer Worte bewusst. Sie wurde rot und biss sich auf die Lippen. Marcel sah sie entgeistert an und schnaubte gefährlich. »Wer ist der Kerl? Rede!«, schrie er so laut, dass Speichel in ihre Richtung spritzte. Mit Wucht stieß er die Tür auf und drängte Hanna Westphal in den Flur ihrer Wohnung. Mit einem derartigen Angriff hatte sie nicht gerechnet. »He, was willst du? Ich weiß nicht, wo sie hin sind.«

»Mit wem ist sie weg? Wie heißt er?«, schrie er noch einmal. Sie schüttelte den Kopf. »Nein, das tue ich nicht! Wenn ich dir das erzähle, spricht sie nie wieder ein Wort mit mir.« Marcels Blick ließ sie erschrocken zusammenfahren. Schweißperlen traten auf seine Stirn. Er nahm den Arm hoch, legte seine Hand um ihren Hals und würgte sie. Hanna wollte schreien, aber ihre Stimme erstarb. »Wenn du mir nicht augenblicklich verrätst, was ich wissen will, mache ich dich kalt«, flüsterte er eisig und drückte fester zu. Die junge Frau keuchte, versuchte zu atmen und verzweifelt seine Hand von ihrem Hals zu befreien. Ihr Gesicht wurde tiefrot und ihre Augen quollen aus den Augenhöhlen hervor. »Rede!«

»Sie sind ans Meer … ans Meer, eine Insel auf Feh… Fehmarn … lass endlich los.« Marcel lockerte erstaunt den Griff. »Sie machen Urlaub in einer Hütte im Wald«, krächzte sie und versuchte mit letzter Kraft, seine Hand von ihrem Hals zu lösen. Ihr wurde schwindelig und sie hatte Angst, die Besinnung zu verlieren.

Marcel ließ los, holte aus und stieß sie gegen die Wand. »Wer ist *sie*? Rede!«, schrie er. Sie sackte zusammen. Am Boden kauernd, hielt sie mit der Hand ihren Hals und sog gierig Luft ein. Im Rachen brannte es, als hätte jemand ätzende Flüssigkeit hineingeschüttet. »Mit ihren Freundinnen. Nur mit Freundinnen«, röchelte sie. »Wenn du mich belogen hast, komme ich zurück und … töte dich«, sagte Marcel gefühllos, sah auf sie hinunter, stieß ihr seinen Schuh mehrfach brutal in die Seite und verschwand.

Sie lag mehrere Minuten am Boden und konnte sich nicht bewegen. Schmerzen und Panik erfassten ihren Körper. Die Verletzungen lähmten sie und sie hatte Angst aufzustehen. Sie wusste, dass sie ihre Nachbarin in Gefahr gebracht hatte.

Sie musste Stina warnen. Der Typ ist zu allem fähig, dachte sie verzweifelt. Mit schmerzverzerrtem Gesicht quälte sie sich hoch, bis sie auf wackeligen Beinen stand. Sie hielt sich am Türrahmen fest, hangelte sich an der Wand entlang, bis sie in der Küche war. Immer wieder griff sie mit einer Hand an ihren Hals. Sie riss ein gelbes Post-it vom Kühlschrank. Ihr Handy lag auf dem Küchentisch. Sie schleppte sich hin und ließ sich ächzend auf einen Stuhl fallen. Schwer atmend griff sie nach dem Telefon und wählte mit zittrigen Fingern die Nummer, die Stina auf dem Zettel notiert hatte, bevor sie losgefahren war. »Für alle Fälle«, hatte sie gesagt. Hanna wartete. »Dieser Teilnehmer ist vorübergehend nicht erreichbar … dieser Teilnehmer ist vorübergehend nicht erreichbar …«

*

Charlotte huschte durchs Wohnzimmer und strich mit dem Finger über den Sockel der Vitrine. »Heiland Mailand. Ich glaube, ich muss mal wieder sauber machen, ist schon eine Weile her.« Sie betrachtete ihre Fingerkuppe und pustete den darauf liegenden Staub herunter. Katrin sah von ihrem Buch auf und blickte ihre Tante fragend an. »Na, dann hast du ja jetzt jede Menge Zeit. Im Januar sind keine Veranstaltungen, die du sprengen könntest, und auch sonst ist es mehr als ruhig auf der Insel, oder?«

»Was soll das heißen?«, sagte Charlotte und stopfte eine Haarsträhne zurück in ihren Zopf. »Ich sprenge schon mal gar nichts, und du könntest mir ja vielleicht beim Sauber-machen behilflich sein. Was hältst du davon?«

»Ehrlich gesagt, nichts! Man sieht den Staub doch gar nicht. Es ist dunkel! Ich möchte sehr gern noch einen

Moment weiterlesen und später nach Oldenburg fahren. Ich will mich mit Dirk treffen. Wir haben uns seit zwei Wochen nicht mehr gesehen. Ich habe wirklich Sehnsucht nach ihm«, flüsterte sie und schniefte. Charlotte sah Katrin an und erkannte Traurigkeit in ihren Augen. »Weinst du?«

»Nein, ich glaube, mich hat eine Erkältung erwischt. Ich muss mal wieder Ingwertee trinken.«

»Hast du von diesem Virus gehört? Nele hat mir davon erzählt, dass in einer Stadt in China Fälle von schwerer Lungenentzündung aufgetreten sind. Da sind sogar schon Menschen gestorben. Stell dir das mal hier vor«, sagte Charlotte und schüttelte den Kopf.

»Das will ich mir gar nicht vorstellen. Außerdem ist das weit weg«, entgegnete ihre Nichte. »Ich will jetzt auch los.« Katrin legte ihr Buch aus der Hand.

»Hm, hast recht. Ist weit weg. Wuhan, ich weiß nicht mal, wo das ist. Dann hole ich mir mal mein Putzzeug, und du gehst kuscheln«. Ihre Nichte schüttelte den Kopf. »Anstatt sich beim Putzen zu verausgaben, solltest du dich lieber ausruhen. Du siehst irgendwie blass aus, Tantchen. Mach mal halblang.«

Charlotte Hagedorn fühlte sich tatsächlich seit Tagen schlapp. Sie empfand keinerlei Antrieb. Deshalb hatte sie sich aufs Fahrrad geschwungen, um an die frische Luft zu kommen, und war zum Leuchtturm Staberhuk gefahren. Die kühle Brise tat ihr gut und das Zusammentreffen mit den jungen Frauen hatte ihr wieder frischen Auftrieb gegeben. Das ist der Winterblues, dachte sie und machte sich auf den Weg, um ihren Putzeimer aus dem Schrank zu holen.

✳

Am gleichen Abend hatte sich das Innere der Hütte in wohlige Atmosphäre verwandelt. Im Ofen knisterte ein behagliches Feuer, und die Stimmung war gelöst. »Wollen wir zusammen kochen? Ich habe einen Bärenhunger«, fragte Stina. »Na, das ist ja mal eine Ansage«, erwiderte Lotta und sprang vom Sofa. Sie hatte sich in eines ihrer mitgebrachten Bücher vertieft. »Jeder macht, was er am besten kann. Ich setze Wasser für Spaghetti auf.«

»Ja, und ich mache die Tomatensoße. Jemand etwas dagegen?« Tilda sah beide unbeeindruckt an. »Und ich sorge dann mal für die Getränke.«

»Nein, du kannst Zwiebeln und Speck würfeln und braten.«

»Jaja, damit meine Tränen fließen, wenn ich diese runden Titanen besiege«, sprach Tilda mit weinerlicher Stimme, hielt eine Zwiebel in ihren Händen und streckte sie zur Decke. »Aber sie werden mitnichten in Edelsteine verwandelt. Das werden die Götter nicht zulassen. Es werden keine Freudentränen sein.«

»Oh Mann, unsere Philosophin«, lachte Lotta. »Okay, dann brauche ich auf jeden Fall einen anständigen Küchenwein. Wer ist dabei?«, grunzte Tilda. Die Frauen nickten. Die Studentin zog eine Rotweinflasche aus ihrem Rucksack und öffnete sie. Sie setzte die Flasche an die Lippen und nahm einen tiefen Schluck. Grinsend stellte sie sie auf den Tisch. »Aber sonst geht's noch, oder?«, entgegnete Lotta und sah sie fragend an. »Wir sollen doch jetzt wohl nicht alle aus dieser Flasche trinken.«

»Mann, stellt euch nicht so an. Das haben wir früher immer so gehalten, und da hat es niemanden gestört. Und wir haben mehr als eine Pulle genauso leer gemacht.« Tilda zog weitere Zutaten aus der Einkaufstasche. Sie suchte nach einem Brett und fing an, Speck und Zwiebeln mit einem scharfen Küchenmesser zu zerhacken. »Sei nicht beleidigt. Ist alles gut. Und lass den Speck, der ist schon tot«, griente Lotta und griff nach der Rotweinflasche. Sie nahm einen tiefen Schluck, bis sie prustete, weil Tilda mit heraushängender Zunge die Lebensmittel bearbeitete. Sie hielt Stina die Flasche entgegen, die es ihr gleichtat. Und auf einmal gackerten alle drei, bis Lotta zusammenfuhr und ihren Blick abwandte. »Habt ihr das auch gesehen?«, wollte sie wissen und rieb sich die Hände. »Was?«, fragte Stina verunsichert. »Ne, ich dachte, ich hätte einen …« Sie schüttelte den Kopf und lenkte das Gespräch wieder auf das Essen.

Die Frauen alberten herum, bis die Spaghetti in einer großen Emailleschüssel mit Tildas Speck-Zwiebel Gemetzel dampfend auf dem Tisch standen. Die zweite Flasche Wein wurde geköpft, und Stinas Liebeskummer schien für den Moment vergessen. »Nun sagt mal, wir haben es doch hier nett getroffen, oder?«, wollte Lotta wissen. »Ja, du hast recht. Diese Abgeschiedenheit lässt uns entschleunigen. Mir tut das nach den Gesprächen mit unserem Professor wirklich gut.«

»Ja, du bist doch bald fertig mit deinem Studium. Und hast du schon einen Praktikumsplatz?«, wollte Stina wissen. »Ich werde aller Wahrscheinlichkeit nach in den Journalismus gehen. Das interessiert mich am meisten. Da kann ich mich entfalten! Praktikum? Darum kümmere ich mich, wenn wir wieder zu Hause sind.«

»Was hast du da hinten eigentlich für ein Buch liegen?«, fragte Lotta und deutete auf die interessant anmutende Lektüre, die auf dem kleinen Tisch neben dem Sessel lag.

»Das ist von Kant *Kritik der reinen Vernunft*. Ich lese es gerade zum dritten Mal«, erklärte Tilda und sprach weiter, »das ist eines der weltweit meistbeachteten Werke der Philosophie.«

»Und worum geht es?«, wollte Stina wissen. »Kant widmet sich darin einer philosophischen Schlüsselfrage: Was kann ich wissen? Oder anders ausgedrückt: Kann es Urteile unabhängig von Erfahrung geben? Ist sehr aufschlussreich. Sollte jeder gelesen haben.«

»Aber im täglichen Leben hilft es mir nicht unbedingt«, murmelte Lotta. »Mein Fokus ist auf die Pflege und Betreuung kranker Menschen gerichtet und auf die tägliche Unterstützung der Ärzte. Der Wille, zu helfen und Leben zu retten, ist in meinen Augen reine Philosophie.«

»Was habe ich es als Sportstudentin doch leicht«, seufzte Stina und drehte eine Haarsträhne zwischen den Fingern. »Na ja, als leicht würde ich es nicht bezeichnen, den ganzen Tag Kindern Sportunterricht zu geben. Das erfordert absolute Disziplin. Ich möchte in der heutigen Zeit kein Lehrer sein. Du bekommst nicht unbedingt einen leichten Beruf«, entgegnete Lotta und ließ ihre Gabel sinken. »Na ja, die erste Hürde ist wohl, dass man Freude am Umgang mit Kindern und Jugendlichen haben sollte. Und das ist für mich schon ein riesiger Motivator. Ich liebe Kinder. Ich denke, ich habe genügend Durchsetzungskraft, Geduld und ein sicheres Auftreten. Das braucht man, wenn man auf Lehramt im Sport studiert. Und sportmotorische Vorkenntnisse habe ich auf jeden Fall durch meine eigenen Sportarten. Ich weiß, das ist für mich genau der richtige Beruf … meine Berufung, um es zum Abschluss auch philosophisch auszudrücken.«

»Ich kann nicht mehr.« Tilda folgte ihr und legte ihr Besteck aus der Hand. »Ich bin so satt, ich mag kein Blatt.

Und genau aus diesem Grund lasst uns endlich ankommen, alles Berufliche loslassen und … Party machen. Deshalb sind wir doch hier, oder?« Tilda zog die Schublade auf, nahm ihr Handy heraus, obwohl Lotta gerade Zweifel anmelden wollte, und legte es mitten auf den Esstisch. Sie hatte ihre Playlist angestellt, weil sie wusste, dass sie kein Netz in diesem Wald empfangen konnten, und erhöhte die Lautstärke. Übermütig schob sie den Stuhl beiseite und rief: »Los, Mädels, jetzt wird sich vom Alltag losgelöst. Kommt schon.« Sie zog Stina hoch und forderte Lotta mit eindeutiger Geste auf, sich ebenfalls zu erheben. Tilda zuckte und sprang im Rhythmus der Musik. Sie schüttelte ihre Haare und wirbelte wie im Rausch durch die Hütte. Stina lachte und fing an, im Takt durch den Raum zu tänzeln. Sie griff Lottas Hände, und am Ende sprangen die drei Frauen, wie Hexen ums Feuer, durch das Zimmer. Der Partymix, den sie heruntergeladen hatte, brachte die Freundinnen von ihren negativen Gedanken ab. Vor der Hütte war es dunkel. Ein Reh, das unweit der Holzhütte nach Nahrung suchte, verharrte still und beobachtete das Treiben in der Hütte mit aufgestellten Ohren und starrem Blick aus dem sicheren Versteck.

»Ich muss mich einen Augenblick setzen, ich kann nicht mehr«, prustete Lotta und ließ sich mit hochrotem Kopf auf einen der Stühle sinken. Die beiden anderen kicherten und schleuderten ihre Haare durch die Luft. Die OP-Schwester sah ihnen dabei zu. Sie spürte einen kalten Luftzug im Nacken und hatte den Eindruck, jemand würde ihr etwas zuflüstern. Lotta drehte sich erneut um, weil die Empfindung, beobachtet zu werden, immer intensiver wurde. Allerdings behielt sie ihr Gefühl für sich, um Stina nicht zu ängstigen, die gerade alle Probleme vergessen zu haben schien. Sie stand auf und trat ans Fenster.

Im Wald war es stockdunkel. Das Licht aus dem Raum

erhellte nur eine kleine Fläche vor dem Haus. Sie riss sich zusammen und gesellte sich zurück zu den Freundinnen. In Gesellschaft war ihr eindeutig wohler.

»Ist hier schon ein bisschen unheimlich mitten im Wald«, hauchte sie Tilda ins Ohr, die verschwitzt um sie herumtanzte. Die Philosophiestudentin warf einen Blick zum Sprossenfenster und rief, als hätte Lotta sie aufgefordert: »Geisterstunde! Was hat die Alte erzählt? Hier gibt es jede Menge Geschichten über den Wald und den Staberhof. Hat sie doch gesagt, oder?« Stina blieb augenblicklich stehen, sah sie an und nestelte nervös an ihren Haaren herum. »Lass das Thema endlich mal ruhen. Wir sind hier, und alles ist bestens. Mach mir nicht immer Angst.«

»Das ist doch um einiges besser, als über deinen Kerl zu reden, oder?« Lotta ging entschlossen zum Tisch und drückte auf das Handy, bis die Musik verstummte. Sie wollte sich lieber setzen, um sich weiter zu unterhalten. »Hey, was soll das?«, rief Tilda und blieb verschwitzt stehen.

»Dann eben Geisterstunde. Was haltet ihr von Gläserrücken? Ich finde, wir sollten die Stimmung nutzen, um ein bisschen Spaß zu verbreiten«, sagte Tilda und änderte ihre Meinung so schnell, wie Lotta das Handy ausgeschaltet hatte. »Brauch ich nicht, auf keinen Fall«, erwiderte Stina, setzte sich und zog ihre Füße auf die Stuhlkante, als hätte sie Angst, etwas könnte um ihre Beine schleichen. »Schisser!«, tönte die quirlige Freundin.

»Bin ich überhaupt nicht.« Sie nagte auf ihrer Unterlippe. »Dann machen wir das eben. Ich will hier nicht immer als Spielverderber dastehen. Ist doch sowieso alles nur fauler Zauber.« Stina rollte mit den Augen und täuschte Gleichgültigkeit vor. Sie stand auf, stapelte die Teller aufeinander und machte Anstalten, sie in die Spüle stellen. Dabei stolperte sie über die Kante des Sisalteppichs, der unter dem Küchentisch ausgelegt war, und ließ sich zurück auf ihren Stuhl fallen, bevor ihr die Teller aus den Händen gleiten konnten. Tilda zog die Augenbrauen hoch, als sie ein Stück wesentlich helleren Holzboden unter dem Teppich entdeckte. Sie sprang zum Tisch und sank davor auf die Knie. Sie hatten vielleicht einen geheimnisvollen Platz aufgespürt. Tilda zerrte am Teppich und schlug ihn zurück, soweit es möglich war. Begeistert stellte sie fest, dass der Holzboden darunter anders aussah als im Rest des Raumes. Sie klopfte gegen das Holz und sah die Mädchen an. »Klingt das nicht merkwürdig hohl?« Tilda presste das Ohr auf den Boden und lauschte den Geräuschen, die sie selbst verursachte. Lotta sah Stina kopfschüttelnd an.

»Was vermutest du denn unter dem Tisch?«, fragte sie ihre Freundin.

»Vielleicht ist darunter ein Keller. Und da liegen Schätze vergraben«, flüsterte Tilda verschwörerisch. »Wir sind hier in einer Hütte, tief im Wald.

Da könnte sich wer weiß was befinden …«

»Was sollte jemand in dieser Waldhütte mit einem Keller? Völlig unpraktisch«, entgegnete Lotta und zog das Haargummi aus ihren Haaren. »Es klingt aber hohl. Hört ihr das nicht? Vielleicht gibt es da tatsächlich einen Keller oder ein Verlies, und da unten liegt eine Leiche … uahh …« Lotta lachte, und Stina zog die Beine noch enger an ihren Körper. Ihre Miene verfinsterte sich immer mehr.

»Blödsinn! Ein Keller in einer Hütte im Wald.« Lotta schüttelte erneut den Kopf und zog die Augenbrauen hoch. »Du mit deiner Fantasie. Da ist nichts als Erde unter dem Holz. Du spinnst!« Tilda klopfte, lauschte und untersuchte den Boden auf einen Verschluss. Sie verzog das Gesicht, schmollte und sah ein, dass die Freundin recht hatte. Ernüchtert zuckte sie die Schultern und zog den Teppich wieder zurück. »Dann eben nicht. Lass uns endlich mit dem Gläserrücken anfangen«, murrte sie.

Lotta folgte einem Instinkt, bewegte sich zur Tür und trat nach draußen. Sie nahm leise Geräusche wahr, die sich im Gehölz verbreiteten. Äste knackten, und ein undefinierbares Pfeifen tönte zwischen den Bäumen. Angestrengt blinzelte sie in die Dunkelheit und hatte erneut das Gefühl, als würde sie beobachtet werden. Schnell drehte sie sich auf dem Absatz um und schloss die Tür.

Eine Gänsehaut jagte über ihren Rücken.

✳

Marcel raste mit über 200 Stundenkilometern über die Autobahn Richtung Fehmarn. Er hatte sich, als er Stinas Nachbarin aufgesucht hatte, auf den Weg machen wollen, um sie zu suchen. Allerdings hatte sein anschließender Alkohol- und Kokainkonsum ihn völlig aus der Bahn geworfen. Er touchierte mit seinem Porsche einen Baum und war nach Hause gefahren, um wenigstens ein paar Stunden Schlaf zu finden. Heute, drei Aspirin und zwei Liter Wasser später, klärte sich das Chaos in seinem Kopf. Mit dem Restalkohol im Blut setzte er sich frisch geduscht hinter das Steuer des schwarzen Wagens. Der Startupper wunderte sich über die Beule auf der Beifahrerseite. Es war nicht das erste Mal, und morgen würde er den Wagen in die Werkstatt bringen. Aber jetzt musste er handeln. Er würde seinen Charme einsetzen. Das hatte bei Stina bisher immer gewirkt. Er lächelte, und im nächsten Moment erstarrte sein Blick. Und wenn sie nicht funktioniert, wird sie mich kennenlernen, dachte er verbissen. Seine Hände umkrampften das Lenkrad. Die Knöchel traten bleich hervor. Ein Blick in den Rückspiegel zeigte ihm sein wutverzerrtes Gesicht. Die Anspannung steigerte sich mit jedem Kilometer. Was bildete die sich ein? Er trat das Gaspedal bis zum Anschlag durch. Mit der rechten Hand öffnete er das Handschuhfach und wühlte sich durch Pfefferminzbonbonpapier und missachtete Strafzettel. Dann ertastete er mit seinen Fingerspitzen ein kleines silbernes Päckchen. Er brauchte jetzt etwas, um herunterzukommen. Marcel öffnete das gefaltete Silberpapier mit zwei Fingern, während er sich weiter auf die Fahrbahn konzentrierte. Weißes Pulver kam zum Vorschein. Marcel warf einen Blick darauf, lächelte und hielt sich das Kokain unter die Nase. Dann sog er den Staub tief in seine Nasenlöcher. Die Geschwindigkeit des Wagens behielt er bei. Das Papier fiel achtlos zu Boden. Marcel zog noch einmal gierig Luft durch die Nasenflügel und schloss für den Bruchteil einer Sekunde die Augen. Dann drehte er die Musik im Radio auf und hielt weiterhin das Gaspedal bis zur Bodenplatte durchgedrückt. So raste er dahin. Die Lichter der Autos zogen rote Fäden und verschwammen vor seinen Augen.

*

Eine halbe Stunde später saßen die Freundinnen um den hölzernen Couchtisch. Tilda breitete einen Bogen Papier aus, den sie aus einer alten Einkaufstüte gebastelt hatte, und kritzelte mit einem Kugelschreiber sonderbare Zeichen, Buchstaben und Zahlen darauf. In der Mitte des Papierbogens stand ein umgestülptes Wasserglas. Sie sah sich um und entdeckte auf dem Fenstersims eine Kerze. Lächelnd stellte sie die auf den Tisch zu den anderen Sachen. »Die ist zwar halb heruntergebrannt, aber das dürfte reichen.« Sie entzündete sie. »Stinchen, mach bitte das Fenster auf.«

»Und wozu soll das gut sein?«, wollte sie wissen und biss sich auf die Lippen. Ihre Hände schwitzten, und ihr Mut hatte sie längst verlassen. Sie hatte keine Lust mehr, Gläser zu verrücken, traute sich aber nicht, dies kundzutun. »Damit die Seelen der Verstorbenen, falls wir welche erreichen, auch wieder raus können.« Tilda holte einen Salzstreuer vom Regal und fing an, einen Salzkreis auf den Tisch streuen. »Was soll das denn werden?«, wollte Lotta wissen. »Um bösartige Geister fernzuhalten, die es nicht unbedingt gut mit uns meinen«, antwortete sie. »Und die weiße Kerze?«, fragte Stina mit glasigem Blick. »Damit wir nur Kontakt zu positiven Wesen bekommen«, flüsterte sie mit ernster Miene. »Und – nicht lachen. Das ist respektlos. Passt auf, dass das Glas nicht umkippt.« Die Mädchen sahen Tilda schweigend an. Lotta spürte erneut einen kalten Luftzug ihren Nacken streifen und war sich plötzlich nicht mehr sicher, ob dies alles hier eine gute Idee war. Jetzt hat sie mich mit ihrem Gerede über Geister völlig eingelullt. »Is was?«, wollte Tilda wissen. Lotta antwortete nicht und schüttelte nur den Kopf.

»So, es kann losgehen. Und bitte bleibt ganz cool, egal, was passiert.« Die Krankenschwester glaubte weder, dass man Geister rufen konnte, noch an den Hokuspokus, den Tilda gerade veranstaltete. Aber sie war schon zu betrunken, um energisch einzuschreiten. Die ganze Veranstaltung ging ihr gehörig gegen den Strich.

Stina schien ebenso angetrunken zu sein wie sie selbst. Sie saß gleichmütig auf ihrem Stuhl und folgte dem Spektakel ohne einen Anflug von Angst. Stinas Blick wirkte abwesend. Tilda löschte das Licht der Deckenlampe und setzte sich zu ihren Freundinnen.

»Gebt mir eure Hände«, flüsterte die dunkelhaarige Studentin und reichte den Mädchen die Hände. Die drei schlossen einen Kreis. »Bist du da? Ist irgendjemand hier?«, fragte Tilda mit ernster Miene, während Lotta sich das Lachen kaum verkneifen konnte. Die Einzige, die angetrunken versuchte, der Vorstellung zu folgen, war Stina. »Ist jemand hier? Geist, wenn du da bist, melde dich«, murmelte Tilda mit lallender Stimme. Ihre Augenlider verengten sich, und sie schüttelte vielsagend den Kopf.

Es folgte Schweigen. Lotta zog einige Minuten später ihre Hand zurück, lächelte und wollte aufstehen. »Das darfst du nicht. Du sollst den Kreis nicht unterbrechen.« Tilda sah sie wütend an. »Ach, du mit deinem Hokuspokus«, sagte Lotta und stand auf. Sie zog ihre Jogginghose hoch und trollte sich Richtung Badezimmer. Sie drehte sich um und murmelte: »Lass uns endlich schlafen gehen. Der Unfug hier nervt, und ich habe keine Lust mehr. Morgen können wir weiter auf Geisterjagd gehen. Sieh dir Stinchen an. Sie ist grottenmüde, und wir sind alle drei ziemlich betrunken, wenn du mich fragst.« Sie öffnete die Tür zum Badezimmer, als mit lautem Knall das Fenster zuschlug.

»Da siehst du, was du angerichtet hast«, rief Tilda und wurde bleich.

KAPITEL 6

Marcel erwachte, und sein Schädel drohte zu platzen. Was war das für ein scheiß Zeug?, fragte er sich und hielt sich den Kopf. Ich muss hier augenblicklich weg. Sein Haar wirkte ungekämmt. Seine Gesichtsfarbe glich einem Berg Asche und ließ ihn erbärmlich aussehen. Er öffnete die Wagentür, stieg aus und schleppte sich zum Toilettenhäuschen, um wenigstens Wasser über sein Gesicht laufen zu lassen.

Benommen startete er wenig später den Wagen. Er hatte einen üblen Geschmack im Mund und wusste nicht, wo genau er sich befand. Nur, dass er auf einem Rastplatz gelandet war. Marcel warf einen Blick auf die Digitalanzeige des Armaturenbrettes. Es war 16 Uhr. Mann, das Zeug hatte es in sich. Hat mir völlig den Kopf weggepustet. Er ließ den Porsche langsam auf die Fahrbahn rollen. Es dämmerte. Marcel wartete, bis ein Hinweisschild ihm zeigte, wo er gelandet war, und schaltete das Radio ein. Er öffnete das Seitenfenster und sog die eiskalte Nachtluft ein. Dann griff er zur Wasserflasche, die neben ihm in einer Halterung stand. Marcel leerte die Flasche in einem Zug. Ihm war übel, aber er wollte das zu Ende bringen. Nichts würde ihn davon abhalten, Stina zurückzuholen. Heiligenhafen: er war kurz vor der Insel. Ein verächtliches Grinsen zog über sein Gesicht. An Fehmarn hatte er Erinnerungen. Er war viele Sommer zum Surfen auf der Insel gewesen. Und wo gesurft wurde, war auch jede Menge hübscher Mädchen. Er leckte sich die Lippen.

Jetzt musste er nur herausfinden, wo seine Freundin untergetaucht war.

＊

Nächster Abend

»Warum willst du denn nicht mit?«, fragte Tilda und sah Lotta verständnislos an. »Ich habe einfach keine Lust auf eine Liebesschmoranze und ich halte es auch nicht unbedingt für sinnvoll, Stina so eine Schnulze vorzuführen. Ich dachte, wir wollten gemeinsam hier etwas in der Hütte unternehmen.«

»Was willst du hier denn machen? *Mensch ärgere dich nicht* spielen? Die Séance hast du ja bereits gekillt.« Tilda

streifte ihren Mantel über. »Wir können uns doch unterhalten. Da gibt es so viele Themen, über die es sich zu philosophieren lohnt«, versuchte Lotta, das Ruder herumzureißen und Tilda zu locken. »Reden können wir noch die ganze Zeit, die wir hier verbringen. Ich habe jedenfalls Lust auf einen romantischen Film, und du, Stinchen?«

»Ne, ist schon in Ordnung. Ich möchte auch lieber einen Film anschauen, als ständig ins Grübeln zu geraten oder nochmal diesen Geisterscheiß zu erleben. Mein Handy habt ihr mir schon abgenommen. Ich brauche Abwechslung, sonst drehe ich in dieser Einsamkeit durch. Und reden, da hat Tilda recht, können wir die ganze Zeit über.«

Lotta Freimann gab sich geschlagen. Gegen die Argumente der Freundinnen hatte sie nichts mehr einzuwenden und überlegte, ob sie nicht doch mitfahren sollte. Wenn sie genau darüber nachdachte, fand sie es aber auch ganz prickelnd, für ein paar Stunden sich selbst überlassen zu sein. Tilda vereinnahmte Menschen um sich herum, und oft war sie ziemlich anstrengend. Sie würde ihr angefangenes Buch weiterlesen und fand, es war genau die richtige Atmosphäre, alleine in der Hütte, im Wald … Lotta lächelte. Dann wieder dachte sie an die Ablenkung in Burg. Hinterher vielleicht noch einen Cocktail trinken …

Stina hatte ein schlechtes Gewissen und sah sie fragend von der Seite an. Sie drehte sich noch einmal um, während Tilda längst die Hütte verlassen hatte. »Fahrt ihr nur los. Ich bleibe hier und mache mir einen gemütlichen Abend. Wein haben wir ja genug.«

»Nun komm mit«, bettelte Stina. Lotta war hin und her gerissen. Sie setzte sich auf, als wollte sie aufstehen, um sich dann doch wieder ins Sofa zurückfallen zu lassen. Dann hatte sie sich entschieden. »Alles bestens, mach dir keinen Kopf. Habt einen schönen Abend«, zwinkerte sie Stina zu. »Du passt aber bitte gut auf meinen Wagen auf«, mahnte sie ihre Freundin und reichte ihr den Wagenschlüssel, der vor ihr auf dem Tisch gelegen hatte.

»Was glaubst du?«

Dann war sie verschwunden.

Es fing an zu regnen, und der Wind nahm zu.

KAPITEL 7

Das Boot schlug bei jeder kurzen, harten Welle gnadenlos auf die Wasseroberfläche auf. Er hatte Mühe, den Küstensaum zu erkennen, weil der Regen sich zu einem undurchdringlichen Vorhang verdichtet hatte, der ihm die Sicht erschwerte. Seine Lippen waren zu schmalen Strichen zusammengepresst, als erneut eine wuchtige Welle das GFK Boot gefährlich von der Seite erfasste und Gischt in sein Gesicht peitschte. Er war dankbar, als die letzte Woge, die ihn an den Strand drängte, sich hinter ihm brach. Mit steif gefrorenen Fingern drückte er den roten Knopf, der den Motor des Außenborders zum Schweigen brachte. Die Küstenlinie lag direkt vor ihm. Das etwa sechs Meter lange Boot schob sich mit der letzten Welle Richtung Strand. Er zog den Motor hoch und wischte sich mit der Hand über das Gesicht, um das Salzwasser aus den Augen zu entfernen. Kaugummi kauend kletterte er aus dem Kunststoffboot. Mit dunkler Regenjacke und Wathose bekleidet, die er im

Boot neben einem Anker und mehreren Dosen gefunden hatte, watete er mit unsicheren Schritten durch das knöcheltiefe Wasser. Konzentriert zog er das Schiff an einem Tampen hinter sich her, griff nach dem Anker und warf ihn in die Ostsee. Er musste schließlich irgendwie wieder zurück zum Hafen kommen und wartete, bis sich das Boot in den Wind gelegt hatte. Angespannt zerrte er den Rucksack aus der offenen Schale und schulterte ihn. Mühsam stapfte er an den Strand, um durch den feuchten Sand den Fuß der Steilküste zu erreichen. Er warf einen Blick nach oben und hoffte, dass der Aufstieg nicht zu anstrengend würde. An einer nicht einsehbaren Stelle kletterte er den zum Teil weggebrochenen Hang hinauf, bis er das freie Feld erreichte. Mit schweren Schritten stapfte er an Knicks entlang. Ein missbilligendes Lächeln umspielte den Mund in seinem finster aussehenden Gesicht. Es war sehr viel leichter gewesen, als er für möglich gehalten hatte. Niemand hatte seinen Weg und seine lang ausgegrübelten Pläne bisher durchkreuzt, und so steuerte er unerkannt sein Ziel an. Die Dunkelheit spielte ihm hervorragend in die Karten.

Der Mann setzte seinen Weg Richtung Lichtung fort, zog den Kragen der Watjacke hoch, die ihm um den Körper schlotterte, damit nicht noch mehr Kälte und Feuchtigkeit den Nacken hinunter kriechen konnte. Seine Bewegungen wirkten mechanisch und schleppend, als wäre er angetrunken. Jeder seiner Schritte erzeugte ein glucksendes Geräusch, wenn der Stiefel im morastigen Grund versank. Dann sah er durch den zunehmenden Regen den düsteren Umriss des Waldes. Die kühlen Böen peitschten unentwegt in sein Gesicht. Eine Gänsehaut überzog seinen Körper und er stiefelte weiter. Sein Ziel lag direkt vor ihm, und er würde es zu Ende bringen. Die Gestalt versuchte, die Kälte zu ignorieren, die sich eisig um seinen Körper schloss, und zog den Rucksack fester an sich. Bindfadenartiger Regen rieselte zwischen dunklen Baumstämmen hindurch. Jeder Schritt knatschte. Angespannt erreichte er das eng gedrängte Gestrüpp, das für ungeübte Spaziergänger einen undurchdringbaren Eingang darstellte und durch das er in das Innere des Waldes gelangte. Als wäre der Regen nicht genug Behinderung, dröhnte einsetzendes, fernes Donnergrollen neben der Brandung. Zusammen ergab es eine unheimliche Atmosphäre, die ihm perfekt erschien, um nicht durch Geräusche auf sich aufmerksam zu machen. Niemand würde ihn bei seinem Vorhaben stören.

Er zog die Augenbrauen hoch, als er weiter in den Wald eindrang. Dann suchte er mit seinen Blicken die Dunkelheit ab. Irgendwo hier musste die verdammte Hütte sein. Ich kann mich nicht so in der Richtung geirrt haben. Erleichtert blieb er stehen, als er einen kaum wahrzunehmenden Lichtschein entdeckte. Der Mann stapfte weiter und hoffte, dass das Licht nicht aus der Hütte kam. Dort konnte, nein, durfte niemand sein. Nicht zu dieser Jahreszeit. Die Erkenntnis, dass er seinem Ziel verdammt nah war, ließ seinen Herzschlag beschleunigen, aber trotz allem ein ungutes Gefühl in ihm aufsteigen und seinen Puls weiter nach oben schießen. Bei jedem seiner Schritte zerbrachen Äste unter seinen Füßen. Die Taschenlampe in seiner Jackentasche ließ er ausgeschaltet. Er wollte unter keinen Umständen gesehen werden und schlich weiter durch die schützende Dunkelheit. In seinen Ohren dröhnte die Brandung, und im zunehmenden Donnergrollen ging das Geräusch seiner Schritte unter. Er liebte die anschwellende Geräuschkulisse, deren Intensität immer mehr zunahm, je länger er sich hier aufhielt.

Das Szenario rief ein Ereignis aus seiner Jugendzeit in ihm wach. Er hatte mit einem Freund in einem Waldstück ein neues Zelt ausprobieren wollen. Es war eine Nacht, an die er sich sein Leben lang erinnern würde. Die Angst hatte ihn und seinen Freund damals fast wahnsinnig werden lassen. Die unheimlichen Geräusche hatten die beiden 14-Jährigen in Angst versetzt und die ganze Nacht wachgehalten. Sie hatten in dem Zelt gekauert und bei jedem unerklärlichen Laut gedacht, dass Monster sie holen würden. Nie wieder würde er im Wald kampieren. Wie konnte ich das vergessen? Er schüttelte sich und sah das fahle Licht direkt vor ihm durch die Bäume schimmern.

Der Schein dieser Lichtquelle beunruhigte ihn. Nur noch wenige Meter, dann hatte er sein Ziel erreicht. Schlagartig fragte er sich, ob es eine gute Idee gewesen war, ohne Vorbereitungen hier aufgekreuzt zu sein. »Verdammt, ich hätte mich vorab informieren sollen.«

Ein Blitz erhellte den Himmel, und er zuckte zusammen. Hinter einem Baum, direkt vor der Hütte, stoppte er. Sein Hals war ausgetrocknet und er schluckte, während er sich mit der Hand über die von Wasser getränkte Kapuze fuhr.

Dann donnerte es wieder, und ein Blitz folgte. Das Gewitter rückte näher. Er zerrte am Kragen der wattierten Jacke. Ihm wurde heiß, obwohl es eisig kalt war. Er überlegte, wie er sich jetzt, wo er das Ziel direkt vor Augen hatte, verhalten sollte. Was würde er vorfinden? Entschlossen schlich er zur Treppe.

Sein Kiefer knirschte, als er mit zusammengebissenen Zähnen die Treppe hochschlich. Er wandte den Kopf. Alles um ihn herum war dunkel und ruhig, nur eine Krähe flog mit einem unheimlichen Schrei dicht über seinem Schädel hinweg. Er verbarg sich im Dunkeln neben der Tür, lehnte sich gegen die Wand und drehte den Kopf Richtung Fenster. Mit einem Blick erfasste er die Situation im Inneren der Hütte.

Eine Frau saß auf dem Sofa und hatte es sich mit einer Wolldecke und einem Buch gemütlich gemacht. Der kleine Kaminofen brannte, und ein Glas Rotwein stand, halb geleert, auf dem flachen Holztisch vor ihr. Die ist jung, vielleicht Mitte 20. Ihre langen blonden Haare betonten die dunklen blauen Augen. Sie trug einen Jogginganzug. Er schnaubte und riss den Kopf zurück. Ein weiterer Blitz zuckte über den nachtschwarzen Himmel, und unmittelbar darauf hallte ein Donnerschlag. Schnell presste er seinen Körper gegen die Holzfassade und hoffte, dass sie ihn nicht bemerkt hatte. Entschlossen schlich er auf der Veranda um die Hütte. Wut breitete sich in seinem Körper aus. Ihm war kalt. Er hatte sich vorgenommen, seinen Plan umzusetzen. Die Frau, die allein auf dem Sofa saß, hatte ihm einen gewaltigen Strich durch die Rechnung gemacht. Das war nicht das, was er vorzufinden gehofft hatte.

Er warf einen Blick ins Innere des zweiten Raumes. Niemand hält sich da auf, so viel ist schon mal sicher. Also ist sie offensichtlich alleine. Oder ist noch jemand im Dachgeschoss? Ich muss es riskieren. Vorsichtig fasste er an das marode Sprossenfenster. Leise fluchend rüttelte er daran, als er das Licht einer Taschenlampe auf sich zukommen sah.

*

Lotta Freimann war nicht anwesend. Zumindest nicht im Geiste. Vertieft in ihren mystischen Thriller hatte sie Raum und Zeit um sich herum vergessen. Draußen prasselte der Regen unaufhörlich gegen das Fenster. Der Wind ließ die Äste eines Baumes an der Scheibe entlang schaben. Es klang wie die passende Untermalung zu ihrem Buch und hörte sich an, als tobte die Ostsee direkt an der Hütte vorbei. Sie empfand keine Angst, als ein Blitz das gemütliche Zimmer der Waldhütte erhellte. Im Gegenteil. Ein wohliger Schauer stellte ihre Nackenhaare auf, der genau zur Stimmung der Handlung in ihrem Buch passte. Eine Frau, die sich vor einem Killer in einem Wald versteckt hatte, beflügelte ihre Fantasie. Sie sah auf und zählte nach dem Blitz die Sekunden, bis zum Einschlag des ersten Donners. Eins, zwei, … das Gewitter muss direkt über der Hütte sein, mutmaßte sie, beugte sich nach vorn und griff zur Rotweinflasche. Langsam füllte sie ihr Glas und hielt es gegen die weichen Lippen, um einen Schluck zu sich zu nehmen. Lotta stellte das Weinglas zurück auf den Holztisch und schlang die rote Wolldecke um ihre Füße, die sie entspannt auf dem Sofa ausgestreckt hatte. Ihre langen, glatten Haare fielen weich auf die Schultern. Die behagliche Wärme des Kaminofens erfüllte all ihre Sinne mit Geborgenheit. Zumal sie genügend Holz im Korb hatte, der ihr Gewissheit verschaffte, zumindest solange in dieser gemütlichen Stimmung verbringen zu können, bis ihre Freundinnen zurückkehrten. Sie räkelte sich unter ihrer Decke. Ein weiterer Blitz erhellte den Raum und sein Inventar. Ihr Blick fiel auf den hüfthohen Tisch aus verwittertem Holz, der das Zentrum der Hütte bildete. Lotta hatte diverses Obst aus ihrer Tasche hervorgezaubert, und nun lag es dekorativ in einer getöpferten Schale und lockte zum Verzehr. Die attraktive Krankenschwester fuhr sich mit der Zunge über die Lippen, stand auf und huschte zum Tisch. Mit wenigen Schritten erreichte sie den Sisalteppich, der unter dem Holztisch lag, und stolperte, genau wie vorher Stina, über die gesäumte Kante. Jetzt, wo sie allein war, wollte sie selbst ein Auge auf den Holzboden werfen, der beim Abendessen für Gesprächsstoff gesorgt hatte. Sie rückte den Stuhl zur Seite, schlug den Teppich zurück und begutachtete den Boden. »Da ist nichts«, murmelte sie und klopfte mit der Faust gegen die Dielenbretter. Es klang zwar hohl, dennoch konnte Lotta keinerlei Verriegelung entdecken, die auf eine Luke hinwies. »Zu viele Geistergeschichten. Alles nur Einbildung.« Sie schüttelte den Kopf und erhob sich. Sie rollte mit ihrem Fuß den Teppich in seine vorherige Position, griff zur Obstschale und nahm sich einen Apfel heraus. Gutgelaunt begab sie sich zurück auf ihr gemütliches Sofa.

Fortwährend kratzten die Äste der alten Buche wie magere Finger an der Fensterscheibe, als wollten sie sie warnen. Lotta mochte diese gruselige Atmosphäre, die sie nicht mit dem spannendsten Kinoabend hätte tauschen mögen. Was sollte sie im Kino, wenn die Umgebung dieser Waldhütte genügend Raum für Fantasie bot? Leises Knarzen an der Eingangstür ließ sie aufhorchen.

✳

Als Marcel auf dem Parkplatz stand, überkam ihn plötzlich bleierne Müdigkeit. Der Alkohol und das Kokain hatten ihn zermürbt. Dennoch ließ er nicht locker.

Niemand würde ihn davon abhalten, sich selbst von der Lage zu überzeugen. Und wenn sie ihn betrog, dann …

Er zog sein Handy aus der Tasche und suchte nach der Tourismusinformation. Die mussten wissen, wo diese verdammte Hütte stand. Tatsächlich befand sich das Büro unweit der Stelle, an der er gerade parkte.

Marcel grinste. »So einfach ist das!«

Zehn Minuten später verließ er zufrieden den Infokiosk. Ein smartes Lächeln, eine freundliche Geste … und er hatte die gewünschte Information in der Hand. Er wusste, wie er seinen Charme einzusetzen hatte.

Eilig lief er zurück zum Wagen. Der Regen hatte die Jacke in der kurzen Zeit völlig durchnässt. Er zog sie aus und legte sie auf die Rückbank. Gott sei Dank trug er einen dicken Pullover, der ihn zumindest nicht frieren ließ. Marcel sah auf sein Navi und gab die Wegbeschreibung ein. Zwölf Minuten, das ist ja ein Witz. Marcel Andresen startete den Motor und fuhr die Kopfsteinpflasterstraße bis zum Ende. Er folgte den Anweisungen des Navis und befand sich nach der angegebenen Zeit auf einer Privatstraße. Ungeachtet des Fahrverbotes fuhr er weiter. Er ahnte, dass ihn niemand bei diesem Wetter von seinem Vorhaben abhalten würde … und auch nicht könnte. »Sie haben das Ziel erreicht. Das Ziel befindet sich auf der linken Seite.«

Da ist gar nichts. Marcel sah sich um. Sein Kopf dröhnte. Er konnte kaum etwas erkennen, außer dem Waldgebiet, das direkt vor ihm lag. Er parkte den Wagen am Straßenrand, nahm die Taschenlampe aus dem Handschuhfach und stieg aus. Aus dem Kofferraum holte er seine Steppjacke, die er bei seiner letzten Sauftour durch die Kneipen dort vergessen hatte. Marcel zog die Jacke über, zog die Kapuze des Pullovers über den Kopf und machte sich auf den Weg. Er würde sie zurückholen, so viel war sicher.

*

Erneut zuckte ein Blitz durch die Fenster. »Eins, …«, zählte Lotta, als krachend der Donner folgte, um in der Dunkelheit ohrenbetörend seinen Schrecken zu verbreiten. Sie legte das Buch auf ihren Schoß, zog die Decke bis zum Kinn und warf einen letzten Blick in den Raum, der nur durch das Kaminfeuer und die Deckenlampe erhellt wurde. Dann schüttelte sie den Kopf, leerte ihr Glas und vertiefte sich wieder in ihr Buch. Sekunden später hielt sie die Geschichte erneut gefangen.

Der Regen trommelte unaufhörlich auf das Dach der Hütte, während draußen direkt über ihr das Gewitter tobte. Wie schon an den Tagen zuvor überkam sie auf einmal wieder das mulmige Gefühl, beobachtet zu werden. Ihre Stimmung kippte, und sie bereute bereits, nicht doch mit den Mädels in die Stadt gefahren zu sein. Lottas Gesichtsausdruck wurde zunehmend ernster. Sie zog sich schützend die Decke über den Körper und wandte sich wieder ihrem Thriller zu, der jetzt weitaus mehr Angst verursachte, als sie abzulenken. Lotta schlug das Buch zu. Sie legte es auf ihren Schoß und lauschte zur Tür, bis … sie aus den Augenwinkeln einen dunklen Schatten auf sich zuspringen sah und zwei eiskalte Hände von hinten ihren Hals packten.

✳

Zufrieden verließen sie das Filmtheater in der Altstadt von Burg. Es goss nach wie vor in Strömen. Tilda zog die Kapuze ihres schwarzen Ledermantels über den Kopf und hakte sich bei Stina unter, die vorsorglich einen Schirm in ihre Tasche gesteckt hatte, ihn aufspannte und über sie beide hielt. Tilda grinste. »Das war ein toller Film, aber das Ungetüm in deiner Hand kannst du vergessen«, sagte sie, als plötzlich eine Windböe den Regenschirm erfasste und ihn nach außen stülpte. Stina stemmte sich gegen den Wind und raffte den Schirm, so gut es ging, zusammen. »Der ist hin!« Sie zuckte die Schultern und klemmte das Ungetüm unter ihren Arm. »Aber das Kino in Burg ist auch wirklich superschön. Hab lange nicht mehr so gemütlich gesessen.« Sie stiefelten den Kinogang entlang, der sie wieder auf die Breite Straße führte.

»So, wie ich gelesen habe, ist es eines der schönsten Filmtheater im Norden. So etwas wie ein Kulturzentrum«, erklärte Tilda. »Ne, war okay«, sagte sie und hakte sich bei Stina unter »Wollen wir noch einen trinken?«

»Ach, ich weiß nicht. Ist schon 22.30 Uhr. Ich finde, wir sollten Lotta nicht zu lange alleinlassen.« Sie stieß einen kleinen Stein mit dem Fuß beiseite. »Ich hätte jede Menge Schiss ohne euch in dieser Hütte. Mich gruselt's schon, wenn ihr bei mir seid. Alleine wäre ich niemals hergekommen. Lass uns heimfahren.«

»Ach, sei kein Frosch. Was soll denn passieren? Ist doch easy und cool in der Hütte.« Tilda grinste ihre Freundin von der Seite an. Tiefe Grübchen zeichneten sich in ihren Wangen. »Okay, wir fahren bald zurück. Aber einen Absacker musst du uns genehmigen. Pack den Schirm ins Auto und dann los.« Stina nickte, wenngleich sie überhaupt keine Lust hatte, sich in eine Kneipe zu setzen. Dennoch wollte sie nicht schon wieder die Spielverderberin sein. Sie lief auf die andere Straßenseite, öffnete das Auto und legte den kaputten Regenschirm auf die Rückbank. »Ich habe da vorhin ein Schild gesehen, nur ein paar Häuser weiter. Ein Gläschen und dann fahren wir sofort zur Hütte.« Wenig später betraten sie eine Diskothek, wenn man sie überhaupt so nennen konnte, die sich abseits der Hauptstraße in einer Gasse befand. Sie öffneten die Tür, und deutsche Schlager jaulten ihnen unüberhörbarer entgegen. »Oh, mein Gott. Hier ist ja der Hund begraben«, maulte Tilda, als sie sich in der fast leeren Kneipe umsah. Am Tresen saßen zwei Gestalten, die sich augenblicklich umdrehten, als die Mädchen den Raum betraten. Die Philosophiestudentin verzog das Gesicht. »Altersheim hier, oder was meinst du?«, flüsterte sie Stina zu, die erleichtert schien, dass in dieser sogenannten Diskothek nichts los war. »Alles leer, und die Musik ist nicht auszuhalten.«

»Draußen Sauwetter, hier drinnen saublöd«, feixte Tilda. »Lass uns verschwinden. Mir ist der Appetit auf ein Getränk vergangen.« Sie schob ihre Freundin zurück auf den Gehweg. Sie hasteten durch den Regen über die menschenleere Kopfsteinpflasterstraße. Stina öffnete im Näherkommen mit dem Schlüssel das Auto, das auf der anderen Straßenseite parkte. Beide waren froh, als sie endlich im trockenen Wagen saßen. »Ist doch klar. Wir haben Januar. Was erwartest du denn? Die dicken Partys sind längst vorbei. Ich schätze, dass der Laden gerammelt voll ist, wenn Saison ist, wetten?«

»Ja, nur dann haben wir nichts davon. So schnell sieht mich hier keiner mehr.« Tilda starrte aus dem Fenster in die Dunkelheit, als Stina den Parkplatz verließ und Richtung Staberdorf fuhr. »Zumindest bin ich hier weit weg von … von Marcel«, flüsterte sie, und sofort waren die Traurigkeit und ihre Wut zurück.

*

Lotta schrie auf. Sie schaffte es, sich dem Würgegriff der eisigen Pranken zu entwinden, ließ das Buch fallen und sprang entsetzt vom Sofa auf. Ohne sich umzusehen, schoss sie panisch auf die Tür der Hütte zu. Sie hoffte, dass sie den Angreifer für einen Moment erschreckt hatte und er stehen geblieben war. So blieb ihr ein Vorsprung von wenigen Augenblicken. Panisch riss sie die knarrende Holztür auf und lief, nur in Jogginghose, leichtem Sweatshirt und auf Socken, in die Dunkelheit hinaus. Die Haare wehten ihr ins Gesicht und hingen ihr wenig später in nassen Strähnen vor den Augen. Lotta hörte, dass, wer auch immer sie angegriffen hatte, ihr folgte. Sie vernahm ächzendes Stöhnen unmittelbar hinter sich. Weiter, ich muss weiter. Sie stolperte durch den Wald. Es blitzte, sie erschrak und blieb wie erstarrt stehen. Weiter, Lotta, du musst dich verstecken. Jeder Baum, der genügend Deckung bot, wurde zum Schutz gegen den vermeintlichen Eindringling, der ihr dicht auf den Fersen schien. Ihr Körper zitterte und sie presste die Faust an die Lippen, um ihren keuchenden Atem zu verdecken. Tränen rannen über ihre eiskalten Wangen. Die Brandung und das Donnergrollen, die sie vorhin noch wohlwollend zur Kenntnis genommen hatte, dröhnten jetzt schmerzhaft in ihren Ohren. Ich muss mich auf näher kommende Geräusche und knackende Äste konzentrieren. Wieder hielt sie die Luft an. Dass es ein Mann war, hatte sie sofort erkannt, auch wenn sie sein Gesicht nicht gesehen hatte. Das tiefe Atmen, die schweren Schritte, der männliche Geruch.

Wie von einem Tier und … diese großen Hände. Alles ging so schnell. Sie hielt den Atem an und lauschte, während ihr Herz bis zum Hals schlug.

In kürzester Zeit war sie komplett durchnässt. Lotta lehnte sich zitternd gegen einen dicken Baumstamm. Hinter ihr brach Holz. Sie hielt den Atem an.

Ein weiterer Blitz erhellte die jetzt furchterregende Umgebung. Zweige bogen sich bedrohlich in ihre Richtung, und sie hatte das Gefühl, als würden sie nach ihr greifen wollen. Realität und Fiktion verschmolzen. Sie zitterte so stark, dass ihre Zähne klapperten, und befürchtete, der Verfolger könnte es hören. Ihre Füße waren nass und schmerzten. Sie wagte kaum mehr, Luft zu holen. Was will der? Es gibt nichts, was …

Lotta liefen fortwährend Tränen über die Wangen. Ihre Haut glühte, obwohl sie erbärmlich fror. Ihr Körper zitterte unkontrolliert. Sie musste es bis zur Straße schaffen, um Hilfe zu finden. Hier im Dickicht war sie dem Angreifer schutzlos ausgeliefert. Vorsichtig wandte sie ihren Kopf und sah sich um. Nichts! Es waren keine Schritte mehr zu hören. Vielleicht ist er in die andere Richtung gelaufen? Lotta nahm all ihren Mut zusammen und rannte los. Sie lief um ihr Leben. Die Dunkelheit machte es unmöglich, den Weg zu erkennen, der aus dem Wald herausführte. Sie stolperte immer wieder über dicke Äste, spitze Zweige und Steine bohrten sich in ihre Fußsohlen. Humpelnd hastete sie in die Richtung, in der sie die Straße vermutete. Ich muss hier raus! Lotta streng deinen Kopf an. Weg, ich muss weg!

Als sie den Waldrand erreichte, hatte sie vollständig die Orientierung verloren. Und – es gab keine Straße!

Sie weinte verzweifelt, beugte ihren Oberkörper, um zu verschnaufen. Sie hielt sich die Seite, weil Schmerzen ihr den Atem nahmen. Sie musste einen anderen Weg einschlagen. Sie richtete sich auf und rannte los, als sie plötzlich gegen ein Hindernis prallte. Aufschreiend sprang sie einen Schritt zurück, strauchelte und fiel zu Boden. Hastig versuchte sie, wieder auf die Beine zu kommen. Mit schreckgeweiteten Augen erkannte sie den riesigen dunklen Schatten, der sich vor ihr aufgebaut hatte. Ihr Peiniger war ihr gefolgt und hatte sie eingeholt. Lotta ließ entmutigt die Schultern sinken. Sie wusste, dass sie verloren hatte. »Was wollen Sie?«, flüsterte sie und hielt sich den Handrücken vor ihre Augen, weil das einer Taschenlampe Licht in ihren Augen schmerzte. Ich muss ihn beruhigen, dachte sie. »Ich gebe Ihnen, was sie wollen, und meine Freunde kommen gleich. Bitte, lassen Sie mich gehen!« Sie vermied es, von ihren *Freundinnen* zu sprechen. Dann würde er sofort wissen, dass er mit ihnen leichtes Spiel hatte. Sie konnte nicht erkennen, wer sie verfolgt hatte. Lotta blieb bewegungslos stehen. Sie hoffte, dass er sich wieder verzog. Aber sie wusste, dass es nicht so sein würde. Sie hatte nur eine Chance. Sie öffnete die Lippen zu einem Schrei, als er mit einer Hand ihren Arm packte und die andere auf ihren Mund presste. Sie schmeckte nach Gummi. Er hat Handschuhe an …

Die dunkle Gestalt hielt inne, Regentropfen krochen seinen Nacken hinunter, als er die zitternde Frau betrachtete. Er neigte den Kopf, sah ihre entsetzt geweiteten Augen. Sie wusste, wenn nicht jemand ihren Schrei gehört hatte, war sie verloren. Sie wand sich unter seinem Arm.

»Pst, ganz ruhig, ich möchte dir nicht wehtun«, warnte er. Er drückte ihre Schultern hinunter, bis sie auf die Knie sank. »Leg dich hin«, befahl er mit ruhigem Ton. Langsam beugte Lotta ihren Oberkörper Richtung Boden. »Dreh dich um«, befahl er. Gebrochene Äste bohrten sich in ihren Rücken. Sie presste die Lippen zusammen, um keinen Laut von sich zu geben. Übelkeit stieg in ihr auf.

Der Unbekannte hielt den Strahl der Lampe auf ihr Gesicht gerichtet, sodass seines im Dunkeln blieb. Er wusste genau, was er tat. In aller Ruhe zerrte er ihr die Hose bis zu den Knien herunter und schob anschließend ihr Shirt hoch. Lotta hörte sein erregtes Schnaufen. Sie fühlte die gierigen Blicke auf ihrem Körper. Sie schämte sich. Die Finger des Angreifers fuhren sanft über ihren Venushügel hinauf bis zu den Knospen ihrer Brüste. Er stöhnte. Dann nahm er die Hand zurück, als schreckte er vor irgendetwas zurück. »Nur ansehen, ich will dich nur ansehen.«

Lotta blieb wie versteinert liegen.

*

Ungefähr zur selben Zeit fuhren die Freundinnen mit laufendem Scheibenwischer den schmalen Feldweg hoch, der vor dem Wald endete. Tilda knipste die kleine Taschenlampe an, die sie in der Schublade der Küchenkommode entdeckt und vorsorglich mitgenommen hatte. »Für alle Fälle«, kicherte sie. Ein schmaler Lichtschein erhellte die Baumkronen, als Tilda den Lichtstrahl in die Höhe lenkte. »Lass das, das sieht unheimlich aus«, wisperte Stina, und ihre Laune kippte von einer Sekunde auf die andere. »Ich glaube, wir sollten uns sputen, wenn wir nicht komplett nass werden wollen«, murmelte Tilda und schloss den obersten Knopf ihres Mantels. Schlecht gelaunt zog sie die Kapuze wieder über den Kopf. Stina nickte und sie setzten sich in Bewegung, so schnell es ihnen im dichten Unterholz möglich war. Im Wald regnete es zwar nicht so heftig wie vorhin auf der Straße, dennoch fielen dicke Tropfen von den Blättern auf ihre Köpfe, was die Sache nicht angenehmer machte. Tilda fuchtelte mit dem Lichtstrahl ihrer Lampe unkonzentriert durch den Wald. »Da vorn ... gleich sind wir da.« Erleichtert stapften sie durch das dunkle Gestrüpp. »Wenigstens das Gewitter hat aufgehört«, stellte Stina fest. Hinter ihr knackte es. Erschrocken fuhr sie zusammen und blieb regungslos stehen. Tilda hielt ebenfalls inne und lauschte. »Ist da wer?«, fragte sie in die Dunkelheit. Dann sah sie einen Hasen zwischen den Baumstämmen davonlaufen. Sie schüttelte beruhigend den Kopf, zog Stina am Jackenärmel und sie marschierten weiter. »Los, komm, Angsthase.« Endlich erreichten sie die Hütte. »Sieht aus, als wäre sie schon schlafen gegangen. Alles ist dunkel«, sagte die Sportstudentin und wollte klopfen, während sie zeitgleich die Klinke herunterdrückte. Mit ungutem Gefühl bemerkte sie, dass die Tür nicht verschlossen, sondern nur angelehnt war. »Die ist nicht abgesperrt?« Ihre Augenlider flatterten ängstlich, und sie warf Tilda einen fragenden Blick zu. »Die hat sie für uns aufgelassen, du Dummerchen. Wie hätten wir ohne Schlüssel reinkommen sollen?«

»Aber nicht einfach so. Das ist doch verrückt!«

Tilda schob sich an der Freundin vorbei, trat als Erste in die Hütte und schaltete die Deckenbeleuchtung ein. »Irgendetwas stimmt hier nicht. Der Ofen brennt, und Lottas Buch liegt am Boden«, wisperte Stina, während sie sich hinter Tilda verschanzte.

»Die schläft längst, wetten? Der ist der Thriller aus der Hand gefallen, das hat sie geweckt, und sie ist todmüde auf die Matratze«, grinste Tilda und öffnete die Tür zum Bad. Alles war dunkel. »Ich schau oben nach. Die liegt längst in den Federn.« Die dunkelhaarige Studentin knöpfte ihren Mantel auf, streifte ihn ab und legte ihn über die Stuhllehne. Sie schlüpfte aus ihren Stiefeln, ließ sie achtlos am Boden liegen und stieg die knarrenden Stufen der Dachgeschossleiter hoch. Stina verharrte stocksteif in Jacke und Mütze, als müsste sie die Hütte gleich wieder verlassen. »Komisch, sie ist nicht da!«

»Vielleicht ist sie in dem Schlafzimmer unten, damit sie ihre Ruhe hat. Ich sehe mal nach«, stotterte Stina, wickelte den Schal vom Hals und war im Begriff, die Zimmertür zu öffnen, als Tilda sie mit gedämpfter Stimme zurückhielt. »Dann lass sie schlafen. Vielleicht möchte sie einfach nur ihre Ruhe haben und war deshalb nicht mit. Wollen wir die zusammen leer machen?« Sie blieb neben der Leiter stehen und deutete auf die halb volle Flasche, die noch immer auf dem Tisch stand. »Ne, ich möchte eigentlich auch zu Bett, ich bin todmüde.« Sie hielt sich demonstrativ die Hand vor den Mund, um zu gähnen. Als sie die Klinke erneut herunterdrücken wollte, um sich zu vergewissern, dass Lotta wirklich im Bett lag, fauchte Tilda: »Untersteh dich. Lass sie in Ruhe«, Stina zog die Hand zurück.

Eine halbe Stunde später lagen sie unter warmen Decken und schliefen beide tief und fest.

*

Der schlanke Mann betrachtete die hilflos am Boden liegende Frau, die sich zitternd die Jogginghose hochzog und das Shirt über die Brust zerrte. Er setzte sich rittlings auf Lottas Schoß. Befriedigt streichelte er mit behandschuhten Händen ihren nackten Bauch, während sein Gewicht ihr den Atem nahm. Wimmernd liefen Tränen über ihr Gesicht, als die Pranke des Angreifers sich bleischwer auf ihren Mund legte. »Pst, nicht weinen. Ich tue dir nicht weh.« Er griff mit seiner anderen Hand in die feuchte Jackentasche. Ihr Peiniger schwitzte und wischte sich Schweißperlen von der Stirn. Langsam zog er ein Tuch heraus. Mit Daumen und Zeigefinger zwang er Lottas Lippen auseinander, die weiter mit schwindender Kraft versuchte, sich aus der Umklammerung zu befreien.

Er lächelte. »Pssst …« Langsam schob er ihr das Stück Stoff in den Rachen, das er in der Tasche der Watjacke gefunden hatte. Es roch nach Öl und Motorschmiere. Ihre angstgeweiteten Augen starrten in seine Richtung und sie stieß einen erstickten Schrei aus. Lotta würgte. Der Wind hatte den Himmel an einigen Stellen aufgerissen und nur wenig Mondlicht erhellte die Gegend unwirklich. Sie konnte sich nicht bewegen. Sie war gefangen in einem menschlichen Schraubstock. Die Schockstarre und der unsägliche Schmerz im Hals bissen sich in ihr fest. Ihr Peiniger beugte sich zu ihr herunter, anscheinend wollte er ihr angsterfülltes Gesicht bes-

ser sehen. Dann hob er den Kopf wieder und sah sie verächtlich lächelnd an. »Geile Sau … schade, dich nicht gefickt zu
haben. Aber das wäre nicht klug … sehr schade.« Bedäch-
tig legte er beide Hände um ihren Schädel und führte eine
schnelle ruckartige Bewegung aus …

Der regungslose Körper der jungen Frau lag mit weit aufgerissenen Augen vor ihm.

Seine Erregung stieg erneut. Er schob das Shirt wieder
hoch und stöhnte. Dabei massierte er seine Hosenwölbung
lange und hart, bis er in seiner Hose zum Orgasmus kam.
Zufrieden zog er das Stoffknäuel aus ihrem Mund und verstaute es in seiner Jackentasche. Dann stand er auf, zerrte
ihren Körper in die Höhe und wuchtete ihn auf seine linke
Schulter. Befriedigt stapfte er über freies Feld, bis er die
Klippe erreicht hatte. Ein kurzer Blick Richtung Strand,
dann hob er sie mit beiden Händen und einer erstaunli-
chen Leichtigkeit in die Höhe. Wie eine Puppe warf er sie
den Abhang hinunter. Ein dumpfes Geräusch zeigte ihm,
dass sie etwa vier Meter unterhalb am Fuß der Klippe auf-
geschlagen war. Ein Lächeln umspielte seine Lippen, als er
zufrieden den Weg zurück zur Hütte antrat.

*

Nico Weiland zog seinen Sohn außer Sichtweite und forderte ihn auf, sich in den kalten, feuchten Sand zu setzen.
Der Junge war geschockt. »Du bleibst hier sitzen, und ich
schau nach, ob sie nicht vielleicht noch lebt. Verstanden?«
Der schlaksige Jonas nickte und zitterte am ganzen Körper.
Der einen Meter 70 große Vater fuhr sich durch die kurz
geschnittenen blonden Haare, öffnete seine dunkle Jacke,
weil er anfing zu schwitzen, und eilte zurück zu dem Platz,

an dem die vermeintliche Tote lag. Doch schon, als er sich der Stelle näherte, wusste er, dass ihr nicht mehr zu helfen war. Der gebrochene Blick hatte sich nicht verändert und er sah sofort, dass er hier nichts mehr tun konnte. Einige Ungereimtheiten störten ihn: Warum liegt sie mit dünner Kleidung und nur in Socken am Fuß der Steilküste? Er kniete sich neben die Frau und tastete nach ihrer Halsschlagader, um festzustellen, ob vielleicht doch noch ein schwacher Puls tastbar war. Doch sie fühlte sich ebenso kalt an wie der Sand unter seinen Knien. Sie muss schon länger hier liegen, vermutete er und erhob sich. Was für eine hübsche Frau, stellte er fest, betrachtete sie und verspürte einen dicken Kloß im Hals. Ihre schlanke Figur, ihr hüftlanges hellblondes Haar und ihre grünen Augen. Er schüttelte sich und eilte zurück zu seinem Sohn, der vor Angst und Aufregung schlotterte. »Papa, ich will nicht mehr ditschen, ich will nach Hause«, schluchzte der Achtjährige.

KAPITEL 8

Jasper Veit öffnete die Tür zum Büro von Olaf Schütt. »Na, was gibt's?«, fragte der Dienststellenleiter und sah den Kommissar mit dem akkuraten Kurzhaarschnitt an. Er, den sie hinter vorgehaltener Hand einen harten Hund nannten und der nicht jedermanns Sache war, trat vor den Schreibtisch seines Vorgesetzten und sagte mit finsterer Miene: »Die haben am Strand von Staberhuk eine Frauenleiche gefunden.«

»Nein! Nicht schon wieder. Wer?«

»Nico Weiland. Er ist mit seinem Sohn am Strand.«

»Nein, ich wollte fragen, ob du weißt, wer die Frau ist.«

»Weiß ich nicht.«

»Jo, denn lass uns los. Hat er irgendwas gesagt?«

»Nein, nur dass sie tot ist. Er hat ihren Puls nicht mehr fühlen können, und sie soll seiner Meinung nach schon länger am Strand liegen. Und dass ihm das Ganze nicht geheuer vorkommt.«

»Wieso nicht geheuer?«

»Sie hat wohl nicht allzu viel an, wenn du verstehst.« Veit zog den Reißverschluss seiner Jacke hoch.

»Nackt?«

»Nein, aber ohne Schuhe, wie ich das verstanden habe. Und keine Jacke.« Der Dienststellenleiter sah ihn fragend an, stand auf und stöhnte. »Ich dachte, dass zumindest im Januar mal alles ruhig bleibt. Verdammt!« Er zog die Dienstjacke vom Haken und folgte Jasper Veit zum Ausgang.

Jan Becker sah von seinem Schreibtisch auf. »Gibt's was Besonderes?«

»Ne, nur eine Leiche am Strand«, sagte Veit trocken und marschierte Richtung Parkplatz. »Zieh die Jacke an!«

Entschlossen liefen sie 20 Minuten später den unebenen Weg hinunter zum Strand. Schütt zog den Kragen seiner Jacke zusammen und rückte die Dienstmütze zurecht. Sein Kollege Becker folgte ihm auf dem Fuß. Der Dienststellenleiter ließ den Blick über den Strand streifen. Am Saum zur Wasserkante türmten sich Unmengen Algen, die einen mörderischen Gestank verbreiteten.

»Das sieht alles aus, als hätte jemand die Farbe aus allem rausgezogen«, sagte er, als er Sand, Wasser und Himmel betrachtete.

»Mann, bei dem Schietwedder kannst dich auch nur die Klippen runterstürzen. Aber so ist wenigstens der Strand leer«, grummelte Becker und stapfte dorthin, wo Nico Weiland aufgeregt winkte. »Fischkopp! … Jaja, wir kommen ja schon«, brummte Schütt und starrte den Kollegen kopfschüttelnd an. Man sah, dass er nicht erfreut darüber war, einen Ort aufzusuchen, an dem sich eine Leiche befand.

Als sie Nico und seinen Sohn erreichten, schlotterte der Junge noch immer erbärmlich. »Mann, Nico, de Jung muss in die warme Stube«, stellte Schütt fest. »Das hält der aus. Wie sollte das denn gehen? Ich musste schließlich auf euch warten.« Er deutete Richtung Leiche.

»Na, deine Frau hätte ihn ja abholen können.«

»Du kannst doch nicht allen Ernstes erwarten, dass ich ihr den Anblick hier antue, oder?

Reicht schon, dass der Lütte …«

Nico Weiland streichelte Jonas mit der Hand über den Kopf, der sich eng an seinen Vater gedrängt hatte und immer noch Rotz und Wasser heulte.

Unweit der Stelle, an der sie gewartet hatten, nahm Schütt eine Erhebung wahr. Zügig schritt er mit Veit darauf zu.

»Verdammt, das ist ja 'ne ganz junge Deern«, bemerkte Olaf Schütt, zog die Augenbrauen zusammen und schnaufte. Eine steile Falte bildete sich zwischen seinen Augen, und er ballte die Hände zu Fäusten. Mit hochrotem Gesicht kniete er sich neben sie. Die Tote lag circa zwei Meter vom Fuß der Steilküste entfernt. Das linke Bein lag merkwürdig verrenkt und unnatürlich vom Körper weggedreht. Ein Arm war abgespreizt und lag so neben ihrem Kopf, als würde sie winken. Der andere Arm lag verdeckt unter ihrem Rücken, ihr Blick war starr zum Himmel gerichtet. Fassungslos presste Schütt seine Fingerspitzen gegen ihren Hals und schüttelte den Kopf. »Nichts mehr zu machen.« Er sah den Kollegen an und verzog den Mund. Mit einem wütenden Schnauben zog der Hauptkommissar seine Schultern hoch und hielt den Schädel gesenkt. Der Dienststellenleiter wirkte wie ein Stier kurz vor dem Angriff. Es machte ihn zornig, dass es immer die Falschen traf, die ihr Leben lassen mussten. So oder so. »Wenn meiner Tochter so etwas passieren würde, ich würde es nicht überleben«, flüsterte er gefährlich leise. Er wollte der Toten gerade eine Haarsträhne aus dem bleichen Gesicht streifen, als ihm schlagartig klar wurde, dass er Spuren verwischen könnte. Er riss die Hand zurück. »Es sieht nicht so aus, als wäre sie ertrunken und angespült worden. Es wirkt aber auch nicht, als hätte jemand sie ermordet.« Schütt schüttelte irritiert den Kopf und erhob sich schwerfällig. Sein Gesicht glühte trotz der Kälte. Schweißperlen traten unter seiner Dienstmütze hervor. »Ich glaube, die Deern hat sich die Steilküste runtergestürzt.« Veit steckte die geballten Hände in die Taschen und presste die Zähne zusammen. Sein Blick schien emotionslos und sein Kinn wirkte kantig, als er die Tote durch graue Augen betrachtete. Der Cop, wie sie ihn auf der Wache nannten, rückte die Dienstmütze zurecht, sodass sie an seinen Brauen aufsaß, umrundete das Areal, schritt um die Leiche, zog sein Handy aus der Jackentasche und schoss erste Fotos. Schütt sah sich um. Er hoffte, irgendetwas zu entdecken, was mit dem Tod der jungen Frau in Verbindung zu bringen war. »De Deern hät ja nich mal Scho an«, sagte er monoton. »Die muss entweder hier aus der Gegend gekommen sein und hat sich die Steilküste heruntergestürzt oder – ist schlimmstenfalls hier abgelegt worden. Was ich nicht glaube. Ich denke, die Deern hatte Liebeskummer, wie das oftmals so ist.« Jasper Veit fotografierte beharrlich weiter und sprach kein Wort. »Ich habe die Befürchtung, wir müssen unsere Freunde aus Oldenburg herzitieren und dann den Bestatter rufen«, murmelte Schütt. »Mir wird ganz übel, wenn ich sie hier so liegen sehe.«

»Was brauchen wir die aus Oldenburg? Das war Suizid. Das können wir alleine regeln.« Veit war einer der Sorte, die ihre Sachen ohne fremde Hilfe von außen erledigten und ihren Zuständigkeitsbereich mit der vollen Härte des Gesetzes sauber hielt. Es passte ihm nicht, dass sich seit einigen Jahren ständig Kollegen aus Oldenburg und Lübeck hier einmischten. »Jasper, das muss ich dir doch nicht erklären. Wenn wir nicht sicher sind und kein eindeutiger Suizid erkennbar ist, müssen wir mit der Kripo zusammenarbeiten. Das ist eine ungeklärte Todesursache, da können wir nicht … Das war einmal. Das Risiko gehe ich nicht ein. Ich denke, wir sollten da nicht lang Rummanövern. Lass das die Kripo klären. Angespült wurde sie jedenfalls nicht. Sie ist komplett trocken.« Schütt deutete auf ihre Haare. Er zog ebenfalls sein Handy aus der Tasche und rief die Dienststelle in Oldenburg an. Dann stöhnte er. »De arme Deern!«

*

»Moin, Schütt. Na, das ist ja eine nette Überraschung. Habe schon länger nichts mehr von dir gehört. Soll alles ruhig sein auf der Insel. Was hast du denn auf dem Herzen? Klingst nicht gerade fröhlich.«

Dirk Westermann stand auf, lauschte, was der Kollege aus Burg zu berichten hatte, zog die linke Augenbraue hoch, strich sich über den akkurat getrimmten Bart und sah Thomas Hartwig, der gegen die Fensterbank gelehnt stand, an. »Ja, dann wollen wir mal. Hast du die Spusi … okay, dann mach ich das. Ja tschüss, bis später.« Westermann beendete das Gespräch und legte das Handy auf seinen Schreibtisch. Unverwandt sah er Thomas und dann Watson an, der neben seinem Herrchen auf dem Boden lag und schlummerte.

»Nun red schon, was ist los? Haben sie wieder jemanden umgebracht auf deiner Sonneninsel?«

»Blöde Frage, was glaubst du, ist passiert, wenn die Burger Dienststelle sich meldet? Kaffeekränzchen ganz sicher nicht. Zieh dich an, wir müssen. Sie haben eine junge Frau am Strand vom Staberhuk aufgefunden. Mehr weiß ich auch nicht. Unklare Verhältnisse. Pack deinen Hilfssheriff ein und dann ab nach Fehmarn.«

Hauptkommissar Dirk Westermann griff nach seiner Jacke und der Pfeife, die in einem Aschenbecher auf dem Schreibtisch lag. Watson öffnete ein Auge und beobachtete den Kommissar. Als er sah, dass der seine Jacke anzog, schnellte er hoch. »Du bist schneller als dein Herrchen. Willst auf Verbrecherjagd, oder?« Er lächelte, steckte die kalte Pfeife in den Mund und öffnete die Tür. Im Gehen zog er die dunkelblaue Mütze über den Kopf. »Los, oder brauchst du eine Extraeinladung, Jungchen?«

Knapp eine halbe Stunde später lenkte Hartwig den schwarzen Kombi auf den Parkplatz am Marinestützpunk Staberhuk. »Nächstes Mal schaffst du garantiert den Rekord, so wie du rast.«

»Wieso, das war doch normal.« Hartwig grinste und stieg aus, um Watson aus dem Hundekäfig zu lassen. Er war gerade dabei, die Schutzkleidung überzustreifen, als er noch einmal innehielt. »Komm, mein Freund. Wir wollen zuerst eine Runde spazieren gehen.« Damit steckte er Füßlinge und Handschuhe in die Jackentasche und nahm Watson an die Leine.

»Ihr geht nicht spazieren. Was erzählst du ihm denn da?« Westermann schüttelte den Kopf. »Hat deine Trainerin dir das so beigebracht? Glaube ich nicht!« Watson machte einen Satz aus dem Wagen und sprang aufgeregt an seinem Herrchen hoch. »Ist ja gut, mein Bester«, knurrte Hartwig. Sein Vorgesetzter knöpfte seine Jacke zu, stieg in den weißen Overall und streifte Handschuhe und Füßlinge über. Schütt hatte ihm mitgeteilt, wo sie sich aufhielten. Ein Blick genügte, dann hatte er die Kollegen entdeckt. Der Fundort der Leiche war mittlerweile großräumig mit Flatterband abgesperrt. Schütt und Veit standen mit einem Mann und einem etwa neunjährigen Jungen vor der Absperrung. »Geh du mal mit Watson voran. Lass ihm seinen Auslauf, und ich schau mir die Geschichte schon mal aus der Nähe an.« Hartwig nickte, versperrte die Wagentür und stapfte hinter dem Hund her, der wie ein Wirbelwind durch den Sand tollte. Immer wieder hielt Thomas ihn zurück und kraulte sein grau-weißes Fell. Der Hund reichte ihm bis zu den Schultern, wenn er sich auf die Hinterbeine stellte, und schleckte mit großer Hingabe über sein Gesicht. Dirk Westermann stiefelte zwischenzeitlich allein den Sandweg zum Strand hinunter.

»Na, Olaf, was gibt's?«, wollte der Hauptkommissar wissen nachdem er die Kollegen begrüßt hatte. »Jasper ...«

»Junge Frau, circa 20 – 30 Jahre alt. Die Todesursache konnten wir ohne genaue Untersuchung der Leiche nicht erkennen und wir wollten auch nichts vorwegnehmen. Ich nehme an, sie ist die Steilküste heruntergestürzt oder hat sich herunter... du weißt schon.

Keine sichtbaren Verletzungen, bis auf das anscheinend gebrochene Bein. Die beiden hier haben sie gefunden.« Olaf Schütt zeigte auf Nico Weiland und seinen Sohn, der immer noch zitterte und sich mit verweinten Augen an seinen Vater klammerte. »Brauchen Sie uns noch oder können wir endlich gehen? Sie sehen ja, der Junge muss ins Warme. Der steht total unter Schock.«

»Hat er die Frau gefunden?«, wollte Westermann wissen. Weiland nickte und sah den blonden Jungen an. »Habt ihr die Aussage?«, wandte er sich an Schütt. Der bejahte und stieg unter der Absperrung hindurch, gefolgt von Jasper Veit. »Dann können Sie gehen. Ihre Adresse haben wir?«, sagte er, an den Mann gewandt.

»Haben wir. Alles notiert.

Außerdem kennen wir uns seit … eigentlich schon immer!«, bestätigte Schütt.

»Gut, dann können Sie den mutigen jungen Mann nach Hause bringen. Der muss in die warme Badewanne.« Westermann beugte sich zu dem blonden Jonas und strich ihm mit der Hand über den Kopf. »Wahrscheinlich war die Frau krank, und es ist sehr gut, dass du besonders aufmerksam warst und sie gefunden hast.« Er reichte dem Jungen, der aufgeregt und stolz zu ihm aufblickte, die Hand, und Vater und Sohn verließen den Fundort. »Papa, hast du gehört? Ich war besonders aufmerksam!«

»Ja, mein Junge. Das warst du.«

»Die Spurensicherung ist unterwegs. Wird aber eine gute Stunde dauern. Habt ihr ein Zelt, damit wir den Fundort absichern können? Sieht verdammt nach Regen aus, wenn ihr mich fragt.«

Westermann guckte zum Himmel, schon spürte er erste Tropfen auf seiner Stirn. Mit dem Ärmel seiner Jacke wischte er sie ab. Veit nickte und lief zurück zum Parkplatz. Der Hauptkommissar aus Oldenburg hockte sich vor die Leiche und betrachtete sie eingehend. Auch er konnte außer dem verdrehten Bein keine sichtbaren Verletzungsspuren erkennen. Den Bruch könnte sie sich beim Sturz zugezogen haben, vermutete er, zur Sicherheit zog er aber den Ausschnitt des Shirts ein wenig nach unten. Sie wies keine Würgemale auf. Vorsichtig drehte er sie auf die Seite, um zu sehen, ob auffällige Verletzungen an Hinterkopf oder Rücken erkennbar waren, die auf Fremdeinwirkung schließen ließen. Westermann konnte nichts erkennen. Dass sie keine Schuhe trug und ihre Socken verdreckt waren, ließ nicht den Schluss zu, dass sie hier abgelegt wurde. Sie hatte sich auf jeden

Fall draußen bewegt. Die Frage war, woher kam sie ohne Schuhe? Westermann registrierte die kleinen Zweige, die sich an ihren Socken und der Jogginghose verfangen hatten. Die Sohlen der Strümpfe wiesen getrocknetes Blut auf. Sie musste sich beim Barfußlaufen verletzt haben. Vielleicht gab es einen Streit mit ihrem Mann oder Freund? Sie war weggelaufen. Hatte im Dunkeln die Klippe nicht gesehen und war abgestürzt. Aber warum war sie barfuß durch die Gegend gelaufen? In einem der Socken entdeckte er ein spitzes Stück Holz, das vermutlich in der Fußsohle steckte. Er sah sich um. Im Umkreis von mindestens zwei Metern lagen keine Äste dieser Art im Sand. Richtig klar war die Situation nicht. Sie brauchten die Rechtsmedizin. Das konnten sie nicht allein entscheiden. Westermann erhob sich und zog das Handy aus der Tasche.

Hartwig kam mit Watson an der Leine zum Fundort der Leiche. »Thomas, gib dem Hund einen Hinweis und lass ihn suchen. Vielleicht führt er uns.«

Der Kommissar, den er aus Neustadt nach Oldenburg geholt hatte, nickte und ließ Watson für einen Moment die Witterung der Toten aufnehmen. Unruhig verfolgte der Hund eine Spur, die Richtung Steilküste führte, dann zurück zur Leiche und wieder zum Fuß der Klippe. »Er läuft im Kreis. Was immer passiert ist, sie ist nirgends entlang gelaufen. Wahrscheinlich tatsächlich gesprungen oder gestoßen worden«, folgerte Hartwig. Westermann nickte. »Wenn sie sich runtergestürzt hat, musst du am oberen Rand der Steilküste weitersuchen«, entgegnete sein Chef. »Da könnten Spuren sein.«

»Glaubst du wirklich, dass hier noch irgendwelche Hinweise zu finden sind? Das ist alles vom Regen zerstört«, mutmaßte der Kommissar und machte sich mit Watson auf den Weg.

Am Strand unweit des Fundortes stand ein Mann und warf wie zufällig Steine ins Wasser. Ab und zu wandte er den Kopf, als beobachtete er genauestens, was sich dort, wo die Polizisten sich aufhielten, abspielte. Er zog unauffällig mit einer Hand sein Handy aus der Hosentasche und zeichnete, so wie es aussah, ein Video der Szenerie auf. Westermann schüttelte den Kopf und erhob sich. Er kannte sie, die Neugierigen, die immer wieder versuchten, einen Blick auf den Ort eines Verbrechens und die beteiligten Opfer zu erhaschen und Videos von Unfällen oder Tatorten ins Netz stellten.

Sensationslust hatte bedenklich zu- und die Hemmschwelle erschreckend abgenommen. Das war Fakt und keine positive Entwicklung. Es war eine der negativen Seiten der Polizeiarbeit.

Außer diesem Mann waren keine weiteren Leute am Strand von Staberhuk. In Westermann kochte es.

»Seht zu, dass ihr das Zelt aufstellt, bevor noch mehr Leute hier sind. Und nehmt diesem Kerl endlich das Handy ab!«

＊

»Sie ist nicht da, das Bett ist unberührt, und die Tür ist nur angelehnt! Ich weiß genau, dass ich sie gestern Abend abgeschlossen habe«, rief Stina, die gerade kreidebleich aus dem Nebenzimmer kam. »Kann nicht sein, sie ist sicher zum Bäcker. Oder joggen. Du kennst sie doch. Würde mich nicht wundern, wenn sie gleich mit Brötchen hier aufkreuzt. Sie hatte immer ihren eigenen Kopf. Und wie ich sie kenne, hat sie das Bett sehr wahrscheinlich vor dem Aufstehen gemacht.« Tilda lachte laut, als sie aus der offenen Dachluke hinunterschaute. »Würde mich jedenfalls nicht wundern. Vielleicht macht sie auch 'ne Inselumrundung.« Die Philosophiestudentin zuckte gleichmütig die Schultern, als sie auf dicken Socken die schmale Holztreppe herunter stieg. »Was weiß ich. Mann, ich habe einen Bärenhunger. Hast du Kaffee aufgesetzt? Sie war immer die Frühaufsteherin von uns. Wahrscheinlich feixt die sich einen und genießt die Ruhe ohne uns.« Tilda grinste, wobei ihre Grübchen sichtbar wurden.

Stina schüttelte ihre offenen hüftlangen Haare. Ihr Blick war fragend auf Tilda gerichtet, die sich ungerührt an den Tisch setzte, ihre langen Beine ausstreckte und darauf zu warten schien, dass ihr Frühstück serviert wurde.

»Das Bett ist unbenutzt! Kannst du mal nachsehen, ob ihr Wagen da ist?

Ich habe ein schlechtes Gefühl … das kann dir doch nicht egal sein! Du bist vielleicht 'ne feine Freundin«, fauchte Stina. Man sah ihr an, dass sie einerseits verunsichert war und gleichzeitig Wut in ihr aufkam. Auf ihrem Gesicht breiteten sich hektische Flecken aus. Tilda nahm vieles auf die leichte Schulter und fand ewig logische Erklärungen für alles, was um sie herum passierte. Sie ließ sich treiben und sah das Leben immer von der positiven Seite. Die Luft in der Hütte war auf einmal zum Schneiden. »Nun mach dir nicht gleich in die Hose, sie wird sicher jeden Moment um die Ecke kommen. Setz mal Kaffee auf.« Tilda wuschelte ihre zerzausten Haare zurecht und gähnte ungeniert. »Mann, bin ich platt. So ein Leben im Wald ist anstrengend. Nichts als Ruhe.«

»Wie kannst du nur so gleichgültig sein? Sie hätte uns Bescheid gegeben, bevor sie irgendwohin geht.«

Stina tappte barfuß zur Arbeitsplatte, nahm die Glaskanne von der Maschine und füllte sie mit Wasser, das sie in den Tank schüttete. Sie zählte Kaffee in den Filter und musste noch einmal von vorn beginnen, weil sie vergessen hatte, was sie gezählt hatte. Dann schaltete sie die Kaffeemaschine ein. Unschlüssig sah sie Tilda an, bevor sie im Badezimmer verschwand. »Sie hätte uns Bescheid gegeben«, murmelte Stina beunruhigt, während sie leise die Tür hinter sich schloss. Die Freundin stand auf und zog ihren Mantel über ihren Schlafanzug. Ihr Gewissen regte sich. Vielleicht hat Stinchen doch recht und irgendetwas ist faul. Sie stieg barfuß in die Stiefel, ohne sie zuzuschnüren, und verließ leise die Hütte. Eilig stiefelte sie durch den Wald. Es war neblig, aber es hatte zumindest aufgehört zu regnen. Sie nahm das Brausen des Meeres durch die Bäume als leises Hintergrundgeräusch wahr. Äste knackten unter ihren Stiefeln. Aber dann nahm sie ein leises Geräusch hinter sich wahr, das eindeutig nicht von ihr selbst verursacht wurde. Blitzartig drehte sie sich um. Ich spinn doch nicht, dachte sie. Sie war kein Feigling und ließ sich von nichts und niemandem einschüchtern. »Hallo? Ist da jemand?« Schon etwas beklemmend in diesem Wald, registrierte sie, schüttelte den Kopf und drehte sich wieder dem Ausgang des Waldes zu. Dann erkannte, was sie so in Schrecken versetzt hatte: ein Reh, das seinen Weg durch den Wald suchte. Mit verschränkten Armen vor der Brust stand sie wenig später neben Lottas Wagen. Sie blickte hinein … alles wie immer. Die Kleine steckt einen echt an mit ihrer Panik. Zufrieden trat sie den Rückweg an. Sie lauschte dem Rauschen der Wellen. Und dem Wind, der die Baumkronen umbog. Wieder ein kaum hörbares Rascheln. Leiser als das Knacken vor wenigen Minuten. Tilda blieb erneut stehen und bückte sich. Ihr Blick suchte nach einem Ast, der geeignet erschien, sich damit zu wehren. Sie griff danach und stapfte mit festem

Schritt weiter. Eine Hand zur Faust geballt, in der anderen den Schlagstock, wirkte sie nicht ängstlich. »Das ist irgendein Tier. Mein Gehirn spielt mir einen üblen Streich«, murmelte sie die Worte wie eine Formel. Sie erhöhte das Tempo und erreichte ohne Zwischenfall die Hütte. Als sie auf der untersten Stufe der Treppe stand, drehte sie sich noch einmal um, suchte mit einem durchdringenden Blick das Waldgebiet ab und schüttelte verständnislos den Kopf. »Alles Einbildung.« Sie stieg die Stufen hoch, stellte den Ast neben die Tür und betrat die Hütte.

»Na, ist das Auto da?«, fragte Stina, die den Tisch gedeckt und sich hingesetzt hatte, um zu warten. Sie hatte ihre Haare zu einem Zopf geflochten, Jeans und ein hellblaues Sweatshirt angezogen. Während sie wartete und dabei die Beine unter dem Tisch ausstreckte, erinnerte sie sich plötzlich an die Grube, die sich laut Tilda unterhalb des Teppichs befinden könnte. Ihre Nackenhaare stellten sich auf und sie zog automatisch die Füße an. »Alles in Ordnung. Das Auto steht genauso da, wie wir es abgestellt haben. Ich sag dir, sie ist joggen oder auf Erkundungstour. Lassen wir ihr den Spaß. Wir sollten das Gleiche nach dem Frühstück auch machen, wenn sie bis dahin noch nicht zurück ist. Ich wette, wir treffen sie spätestens dann irgendwo da draußen.« Tilda streifte den Mantel ab, legte ihn über die Stuhllehne und setzte sich an den Tisch. »Ihr Handy, sie hat sicher ihr Telefon mit.« Stina sprang auf und eilte zur Kommode, in der die Handys lagen, und zog die rechte Schublade auf. »Warum sollte sie? Wir hatten eine Abmachung!«

»Da liegt es«, flüsterte Stina enttäuscht. Im gleichen Augenblick beschlich sie wieder die Angst, dass etwas passiert sein musste. Lotta würde nicht ohne Handy … oder doch?

»Jetzt müssen wir schon wieder Brot essen«, maulte Tilda, als plötzlich die Holzdielen vor der Tür knarrten.

※

»Da ist nichts!«, rief Thomas Hartwig seinen Kollegen zu, als er oberhalb der Steilküste mit dem Hund das Areal absuchte. »Hier liegt nichts, was darauf schließen lässt, dass hier etwas vorgefallen ist, und Watson hat keinerlei Spur. Ist nur extrem matschiger Boden. Wenn hier Spuren waren, sind sie mit Sicherheit längst verwischt.« Er zuckte die Schultern und marschierte mit dem Hund zum Strand zurück. »Darum kann sich die Kriminaltechnik kümmern. War ja nur so eine Idee«, lenkte Westermann ein und wandte sich Veit und Schütt zu. »Bleibt ihr hier, bis die Spurensicherung kommt?«, wollte der Burger Dienststellenleiter wissen. Der Hauptkommissar aus Oldenburg nickte. »Dann fahren wir mal wieder zurück und erledigen unsere Arbeit in der Dienststelle. Ihr wisst ja, wo ihr uns finden könnt, falls etwas sein sollte. Ich denke, die Deern hatte Liebeskummer und ist runtergesprungen.« Westermann zog die Augenbraue hoch. Er hatte das Gefühl, als sei Schütt erleichtert, dass sie hier vor Ort waren. »Das wäre nicht das erste Mal, dass so etwas vorkommt. Der eine springt von der Brücke, der nächste vor den Zug oder fährt gegen einen Baum. Wir haben das alles schon einmal erlebt. So traurig es ist, aber …«, sagte Schütt zum Abschluss.

»Wenn sie von da oben heruntergesprungen ist, warum finden wir dann keine Spuren?«, fragte Westermann und sah ihn durchdringend an.

»Tja, wenn ich das mal wüsste. Das klärt sich sicher auf.«

»Das hoffe ich. Dazu müssten wir allerdings die Rechtsmedizin herbemühen. Das können wir nicht alleine entscheiden. Kommt mir sehr merkwürdig vor. Vielleicht hatte sie einen Herzanfall oder ist abgerutscht, also ein Unfall, bei dem sie sich das Genick gebrochen hat. Oder hat im Dunkeln die Felskante nicht gesehen. Ich hoffe nicht, dass etwas anderes dabei herauskommt«, beendete Westermann seinen Monolog und verschränkte mit einem Gefühl in der Magengegend, das einen bitteren Beigeschmack hatte, die Arme vor der Brust.

»Na, dann verabschieden wir uns. Bis später. Du kommst doch sicher in die Dienststelle, oder?«

Westermann nickte. Er holte die Pfeife aus der Jackentasche. »Ja, selbstredend. Ich denke, dass wir vorerst wieder nach Oldenburg fahren. Wir schauen dann mal, was an der Sache dran ist. Bis später, Olaf. Ich gebe dir Bericht.«

Die KTU traf ein. Die beiden Männer in weißen Overalls marschierten den Strand entlang.

Sie wussten, dass es unter Umständen Stunden dauern konnte, bis alle Spuren auf dem Gelände gesichert waren.

Es nieselte, und der Wind hatte beträchtlich zugenommen, als eine weitere Stunde später der Rechtsmediziner mit einer Assistentin aus Lübeck am Strand eintraf. Westermann bewegte sich vom Fundort weg. Er schritt Richtung Wasser und entzündete seine Pfeife.

»Moin, Alf! Guten Morgen.«

»Moin, Dirk. Das ist Nadina Olsen. Studentin und äußerst talentiert, wenn ich das mal so sagen darf.« Er lächelte die 27-Jährige freundlich an und fragte, an Westermann gerichtet: »Na, was habt ihr?« Der forensische Mediziner stellte sich neben den Hauptkommissar, während seine junge Assistentin sich auf das Zelt zubewegte.

»Kann ich dir nicht genau sagen. Frauenleiche zwischen 20 und 30, keine äußeren Spuren von Gewaltanwendung erkennbar. *Keine* stimmt allerdings nicht ganz. Sie hat sich nach erster Sichtung anscheinend einen Oberschenkelbruch zugezogen. Sieh's dir an. Wir haben alles so belassen, wie es vorgefunden wurde. Ein Vater mit seinem Sohn hat die Frau gefunden. Ich schätze, sie liegt seit gestern Abend hier. Aber genau …« Er hob die Hände und blies den Rauch in die Luft. Eine Möwe kreiste über den Köpfen der Männer. »Hau ab du und kack mir ja nicht auf meinen Schädel«, rief Bendix und stapfte Richtung Absperrung.

»Wir haben Watson oberhalb der Steilküste suchen lassen – nichts!«

»Hm, ich schick nachher die Kollegen nochmal da hoch. Vielleicht finden wir etwas. Aber zuerst müssen wir uns die Frau aus der Nähe ansehen.« Westermann klopfte die Pfeife aus, stiefelte zum Wagen. Der Kollege aus Lübeck stapfte auf das Zelt zu und verschwand darin. »Wir wissen nicht, ob hier ein Selbstmord oder doch ein Unfall vorliegt. Ich hoffe, du findest etwas«, sagte Westermann und betrat ebenfalls wenig später das Zelt. »Sonstige Verletzungen?«

»Nein«, antwortete der Hauptkommissar und beobachtete das Vorgehen des Rechtsmediziners. Bendix holte das Thermometer aus dem Koffer, zog die Hose der Toten hinunter und führte es rektal ein. »Wir haben draußen acht Grad, und ihre Körpertemperatur liegt bei 24 Grad. Ich schätze, sie ist 13 bis 15 Stunden tot.« Er entkleidete die Tote komplett und umfasste ihre Gelenke, um sie zu drehen. »Die Totenstarre ist vollständig ausgeprägt und die Leichenflecken sind vorhanden.« Nadina Olsen fertigte akribisch Notizen. Es war 11 Uhr und der Strand hatte sich bereits mit Schaulustigen gefüllt. »Woher kommen die alle? Hier war vorhin keine Menschenseele«, knurrte Thomas Hartwig. »Haltet uns die bloß vom Leib«, trug er einem Kollegen der Spurensicherung auf und streichelte Watson, der vor seinen Füßen lag, als ginge ihn das alles nichts an. Der Kollege aus Lübeck nickte. »Da passen wir schon auf. Wenn die zu nahe kommen … kennst uns doch. Ist wie beim Fußball …« Er grinste und hob die Faust.

Nachdem Bendix der Toten die Kleidung abgestreift und sie eingehend untersucht hatte, erklärte er: »Ich kann bis auf den Bruch keine Auffälligkeiten feststellen. Äußere Einflüsse sind keine vorhanden. Keine Einstiche, keine Einschüsse. Ebenfalls keine Drosselmarken oder Würgemale. Feine Abschürfungen, die allerdings durch einen Sturz verursacht sein könnten. Der Oberschenkel des linken Beins ist gebrochen. Wir müssen sie in die Rechtsmedizin bringen. Dann werde ich die weiteren Untersuchungen vornehmen. Bis dahin … wie es aussieht, ein Unfall oder schlimmstenfalls Suizid.«

»Was ist mit Mord?«

»Kann ich nicht ausschließen aber …« Bendix sah Westermann von der Seite an.

*

»Da kommt sie, hab ich dir doch gesagt, die war nur spazieren«, grinste Tilda und sprang vom Stuhl. Stina hatte die Hütte nicht verlassen wollen, solange Lotta nicht wieder zurückgekehrt war. Die quirlige Studentin riss die Tür auf. »He, Alte, wo warst du?« Sie blieb perplex in der offenen Tür stehen. Dann trat sie auf die Holzveranda und schaute sich um. »Da war niemand«, sagte sie leise, als sie wieder reinkam. »Du hast doch auch gehört, dass draußen das Holz der Veranda geknarrt hat, oder?« Stina nickte und blieb stocksteif im Sessel sitzen. Sie hatte sich ein Buch aus dem Regal an der Wand gegriffen und versuchte, sich abzulenken. Umso mehr erschrak sie, als Tilda die Tür wieder schloss und ihr mitteilte, dass sich niemand vor dem Eingang aufgehalten hatte. »Ich bin ums ganze Haus gelaufen. Da war keiner. Ich denke, wir warten bis heute Abend, und wenn sie dann nicht da ist, gehen wir zur Polizei. Ist das okay für dich?«, fragte Tilda, und man sah ihr an, dass auch ihre Selbstsicherheit zu bröckeln anfing. Tiefe Falten zeigten sich auf ihrer Stirn und intensive Furchen gruben sich in ihre Wangen. Aber sie wollte ihre Freundin nicht beunruhigen, deshalb versuchte sie weiterhin, Stärke zu demonstrieren. Stina strotzte ohnehin nicht vor Selbstbewusstsein.

Sie nickte halbherzig und klappte das Buch zu. Im Ofen knisterte bereits wieder das Feuer. Sie erhob sich vom Sessel und wechselte auf die Couch. Blass und verschreckt zog sie die Decke über ihren schmalen Körper. »Vielleicht war es auch nur das Holz im Ofen«, murmelte sie kaum hörbar. Wenig später senkten sich ihre Augenlider und sie schlief erschöpft ein.

Da war es 14:30 Uhr.

Tilda hielt es für ihre Pflicht, die schlafende Freundin zu beschützen. Sie setzte sich in den schweren Sessel und schlug das Buch auf, das Stina vorher auf dem Tisch hatte liegen lassen. Nach wenigen Minuten war sie so vertieft, dass sie komplett die Zeit vergaß. Sie schreckte hoch, weil sie keinen Buchstaben mehr entziffern konnte und erbärmlich fror. Es war schummerig im Raum, und das Feuer im Kamin war ausgegangen. »Verdammt, ich hab den Ofen vergessen.« Ihr linkes Grübchen zeigte sich deutlich, als sie den Mund verzog und aufsprang. Sie schaltete das Licht der alten Stehlampe neben dem Sessel an und bückte sich, um das Feuer wieder anzufachen. »Oh nein, Holz ist alle!« Sie raufte sich die dunklen Locken, schaute auf Stina, die noch immer tief und fest schlief. Geräuschlos hob sie den Holzkorb mit einer Hand an, um mit der anderen, so leise es möglich war, die Tür zu öffnen. Sie wollte auf jeden Fall vermeiden, dass Stina aufwachte. Die Arme ist total geschafft und es ist besser, wenn sie zur Ruhe kommt, dachte sie und schob sich vorsichtig durch die Tür. Dann zog sie die Holztür, die bedenklich knarrte, hinter sich zu. Sie wollte verhindern, dass weitere Kälte ins Haus drang. In ihren dicken Wollsocken schlich sie über die hölzerne Veranda, die sich auf der rechten Seite bis ans Ende der Hütte zog, sodass sie problemlos ohne Schuhe hinaus konnte. Eilig bewegte sich die schlanke, hoch gewachsene junge Frau in Jogginghose und schlabberigem Shirt auf dem knarzenden Holzdielenboden der Außenveranda zum Holzstapel. Der Boden verursachte Geräusche, die selbst ihr eine Gänsehaut über den Rücken jagten. Es ist arschkalt, stellte sie fest und beeilte sich, den Korb mit auf die passende Größe gehackten Holzstücken zu füllen, die feinsäuberlich unter dem Vordach aufgestapelt waren. Das Holz muss da schon Jahre liegen. Ist knochentrocken und total leicht. Sie hatte nicht für zwei Cent Lust, heute Abend in die Kälte rauszumüssen, außer sie fuhren zur Polizei, was genau darauf hinauslief. Mittlerweile war ihr klar, dass etwas mit Lotta passiert sein musste. Tilda schluckte. Ihr Hals wurde trocken. Sie hatte auf einmal einen dicken Kloß in der Kehle. Sie bückte sich, um den Korb anzuheben, als sie das Gefühl erfasste, eine eisige Hand würde ihren Nacken streifen. Sie musste stark sein. Eine von ihnen *musste* stark sein. Zu allem Übel sandte die Eule ihren unheimlichen Ruf durch den Wald, was Tildas Stimmung nicht gerade verbesserte. Verdammt, das ist hier echt nicht gemütlich in dieser Jahreszeit. Die sonst so unverwüstliche und überlegene Tilda fühlte sich partout nicht sicher in dieser Umgebung und wollte endlich zurück in die Hütte. Und am liebsten sofort nach Hause. Sie bekam immer mehr das Gefühl, eisige Blicke würden sich in ihren Rücken bohren. So schnell sie konnte, hetzte sie zurück zum Eingang. Mit dem Ellenbogen drückte sie den Türgriff herunter und schob sich in die Hütte. Sie schlug lauter, als gewollt, die Tür zu. Stina erwachte und rieb sich die Augen. »Wie spät ist es?«, wollte sie wissen. »Zu spät, denke ich«, entgegnete Tilda und stellte den Korb auf den Boden.

»Ist Lotta da?« Die Freundin schüttelte den Kopf. »Aber wir müssen wirklich zur Polizei!«

»Das machen wir jetzt auch. Sofort! Ich hab die Schnauze voll von dieser Hütte und von diesem Wald. Ich will nur noch das Feuer wieder anmachen, damit es nachher nicht so kalt ist, wenn wir wiederkommen. Ist das für dich in Ordnung?« Stina nickte, und in ihren Augen erkannte die Freundin pure Angst. Die Geräusche vor der Tür machten sie mittlerweile fast wahnsinnig. Das hatte sie sich alles ganz anders vorgestellt.

⁎

Der gerade aus dem Urlaub gekommene Polizeibeamte Kalle Jipp hatte den ersten Tag Dienst. Er musste sich einarbeiten und hatte sich dem Aktenstapel auf seinem Schreibtisch zugewandt, als zwei junge, äußerst gut aussehende Frauen die Dienststelle betraten, die gegensätzlicher nicht sein konnten. Die eine hoch gewachsen, sehr schlank und dunkelhaarig in einem merkwürdig düsteren Outfit, und die andere zierlich, engelsgleich in zarte Farben gehüllt.

Kalle setzte sich aufrecht hin. »Bitte? Was kann ich für Sie tun?«, fragte der Beamte mit Bassstimme und strich sich über seine kurzgeschnittenen dunkelblonden Haare. Der

Anblick der Damen ließ seine Brust anschwellen, das allerdings nur von kurzer Dauer.

»Wir vermissen unsere Freundin. Sie ist seit heute Morgen verschwunden«, erklärte Tilda und sah den freundlich lächelnden Beamten mit finsterer Miene an.

»Vielleicht auch schon seit gestern Abend«, flüsterte Stina hastig, und ihre Stimme schien sich zu überschlagen. Nervös knetete sie ihre Finger. Ihre Haare hingen ungekämmt auf die Schultern. Sie öffnete ihren rosafarbenen Anorak, weil es in der Dienststelle warm war.

»Nun mal ganz langsam. So schnell verschwindet niemand«, reagierte Kalle Jipp und stellte seinen Computer an.

»Aber sie ist verschwunden!«, rief Stina hysterisch. »Wohnen Sie zusammen, oder wie kommen Sie darauf?«

»Wir machen Urlaub auf der Fehmarn und haben ein Ferienhaus im Staberholz. Und unsere Freundin ist seit heute Morgen weg, wenn nicht bereits seit gestern Abend!«, presste Tilda wütend hervor.

»Vielleicht hat sie irgendwo anders übernachtet. Und wieso wissen Sie nicht, seit wann genau sie verschwunden ist?«

»Weil Stina und ich gestern Abend im Kino waren. Lotta ist zu Hause geblieben und wollte sich ausruhen.«

»Vielleicht war sie ja doch unterwegs, hat jemanden kennengelernt und die Nacht bei ihm …«

»Wollen Sie uns nicht verstehen? Unsere Freundin war im Ferienhaus.«

»Ja, ist ja gut. Haben Sie sich gestritten? Vielleicht ist sie abgehauen. Soll vorkommen.«

»Blödsinn, wir haben uns weder gestritten noch ist sie abgehauen«, krächzte Tilda. »Wollen Sie uns jetzt helfen oder nicht?«

Kalle Jipp stöhnte. Dann legte er die Hände auf die Tastatur seines PCs. »Also, grundsätzlich können Sie jede Person als vermisst melden, das ist Ihr gutes Recht. Allerdings mache ich Ihnen nur wenig Hoffnung. Dann wollen wir mal. Heißt?« Er sah die Freundinnen versöhnlich an. Wollte sich nicht gleich den ersten Arbeitstag durch zwei überdrehte Frauen versauen lassen. »Wie heißt die Freundin?«

»Lotta, Lotta Freimann«, sagte Tilda und steckte ihre Hände in die Manteltaschen. Sie warf einen aggressiven Blick auf den Polizeibeamten. »Und wie alt ist sie?«

»28«, entgegnete Stina, die fortwährend mit den Füßen wippte. Ihre Wangen glühten vor Aufregung. »28? Die Freundin ist erwachsen«, sagte Jipp und sah die Frauen fragend an. »Wir werden nur dann eine Fahndung einleiten, wenn die vermisste Person in Gefahr oder möglicherweise Opfer einer Straftat geworden ist. Verstehen Sie? Haben Sie Grund zur Annahme, dass hier eine dieser Möglichkeiten vorliegt?« Die Freundinnen sahen sich sprachlos an. Als Tilda den Mund öffnete, um dem Beamten ihre Meinung kundzutun, preschte der eilig vor. »Ich gehe davon aus, dass sie sich bald bei Ihnen meldet und sich nur eine Auszeit vom Urlaub genommen hat. Manchmal wird's gerade in den Ferien, so dicht aufeinander, zu eng. Warten Sie ein, zwei Tage. Wenn sie dann immer noch nicht da ist, melden Sie sich. Und falls ich etwas höre, lasse ich Ihnen eine Information zukommen. Ich weiß ja, wo Sie sind. Okay? Vielleicht ist sie längst in der Hütte aufgetaucht ...«

Kalle Jipp schaltete den Computer wieder aus, schüttelte den Kopf und nahm sich seiner Akten an. Wenig später hatte er die Frauen auch schon wieder vergessen. »Weiber!«

KAPITEL 9

Charlotte saß am nächsten Morgen im Schlafanzug und mit offenen Haaren am Küchentisch und wärmte ihre Seele mit einem Tee. Sie streckte die nackten Füße aus und faltete die Zeitung auseinander, die sie gerade aus dem Postkasten geholt hatte. Genüsslich biss sie von ihrem Honigbrot ab, das ihr allerdings im nächsten Moment fast im Hals stecken blieb.

Erster bestätigter Fall von COVID-Infektion in Deutschland. Von der Weltgesundheitsorganisation (WHO) wird das Virus zur gesundheitlichen Gefahr mit internationaler Tragweite erklärt.

Die Infektions- und Atemwegserkrankung COVID-19 wird durch das Virus SARS-CoV-2 aus der Gruppe, der Corona-Viren verursacht, und wurde Ende des Jahres 2019 in der Stadt Wuhan in China entdeckt. Charlotte stand der Mund offen. Sie schluckte und versuchte, das Gelesene zu deuten. Sie verstand nicht so recht, aber es machte sie sprachlos. Sie wusste, dass es nichts Gutes bedeutete, von einer Krankheit zu lesen, die sich über die Welt verbreitete. Dann las sie hastig weiter.

Wer ist die Tote vom Staberhuk? Charlotte zog die Beine an und setzte sich ruckartig kerzengerade hin.

Eilig rückte sie ihre Lesebrille zurecht und verschlang die Zeilen.

Eine etwa 20-30-jährige Frau wurde gestern Morgen am Strand von Staberhuk tot aufgefunden.

Die Polizei geht von einem Unfall oder einem Suizid aus. Weitere Angaben können aufgrund der laufenden Ermittlungen nicht gemacht werden. Die Frau mit blonden hüftlangen Haaren und grünen Augen trug einen grauen Jogginganzug und bunt bedruckte Norwegersocken. Sie wurde ohne Schuhe und Jacke aufgefunden. Die Kriminaltechnik untersuchte gestern den Fundort. Wer Hinweise zur Sache abgeben kann, bitte an Polizeidienststelle Burg, Telefon 04371 …

Charlotte Hagedorn saß immer noch kerzengerade auf ihrem Stuhl. Eine Hiobsbotschaft jagte die nächste. Und diese erschreckte sie richtig.

»Junge Frau zwischen 20 und 30 hüftlange, blonde Haare, Staberhuk.«

Die quirlige Miss Marple von der Insel kombinierte. Sie hatte das Gefühl, ihr Herz würde für einen Moment stehen bleiben. Ihre Wangen fingen an zu glühen, und sie sprang auf.

Sie erinnerte sich an die Frau mit den langen blonden Haaren. Der Hinweis Staberhuk brachte ihre Gedanken umgehend auf die richtige Spur. Das war eine von den drei Mädels, mutmaßte sie und griff entschlossen zum Telefon, als sie in Höhe des Bauchnabels Blut auf ihrer Bluse entdeckte.

»Wir fahren nach Lübeck. Ich will unbedingt der Obduktion beiwohnen. Mir ist das alles schleierhaft«, sagte Westermann und zog die Jacke vom Haken. »Danach werden wir uns darum kümmern, wer die Frau ist. Ich habe Schütt bereits angewiesen, ihr Foto abzugleichen.« Der Hauptkommissar forderte Watson mit einem leisen Pfiff auf, ihm und seinem Kollegen zu folgen. Der Wolfshund folgte aufs Wort. Er hatte sich exzellent in die Truppe Westermann und Hartwig eingefügt. Thomas Hartwig, der Fußballfan, dessen Mannschaft nach einer desolaten Niederlage gegen Sandhausen weiter in der Zweiten Liga herumstocherte, klopfte gegen seinen Oberschenkel und sie verließen die Oldenburger Dienststelle. Da der Fall nicht eindeutig war, wurde die Leiche nach Feststellung des Todeszeitraums und einer ersten Untersuchung am Fundort ins Institut nach Lübeck gefahren.

»Ich denke, sie ist da oben runter, und das war's.« Thomas schien seiner Sache sicher zu sein. »Und was glaubst du, warum wir dann keinerlei Hinweise gefunden haben?«, fragte Dirk Westermann. »Wenn sie wirklich Selbstmord begangen hat und heruntergesprungen ist, müssten da oben jede Menge Spuren sein. Fußabdrücke, abgeknickte Äste, irgendwas! Selbst Watson hat nicht den leisesten Anhaltspunkt eines Hinweises gefunden. Nein, da stimmt was nicht. Sie kann, da gebe ich dir recht, im Dunkeln spazieren gegangen sein, hat die Klippe in der Dunkelheit nicht gesehen und ist runtergestürzt. Wobei ich mich frage, wo ihre Schuhe dann abgeblieben sind.«

»Freiwillig würde wohl bei diesem Wetter niemand nur auf Socken durch die Wildnis laufen, oder? Sie muss ziemlich gefroren haben, so ohne Schuhe und Jacke«, bestätigte Thomas Hartwig. Dirk neigte den Kopf. »Drogen? Vielleicht stand sie unter Drogeneinfluss. Das würde erklären, warum sie auf Socken durch die Gegend gelaufen ist. Sie war nicht richtig bei Sinnen, und bei gewissen Medikamenten haben die Leute kein Kälteempfinden mehr. Reine Hypothese.

Eine weitere Möglichkeit könnte ein Herzinfarkt gewesen sein, was festzustellen wäre. Und deshalb fahren wir nach Lübeck, damit wir einen Schritt weiterkommen.«

»Und wir sollten herausfinden, ob sie vergewaltigt wurde!«, erwiderte Hartwig. Westermann nickte. »Wie kommst du darauf, dass sie missbraucht worden sein könnte? Ich habe auf den ersten Blick außer den Schürfwunden und dem gebrochenen Bein nichts feststellen können.«

»Auf den ersten Blick vielleicht nicht, aber wenn jemand sie überfallen und vergewaltigt hat und sie danach geflüchtet ist? Könnte doch sein, oder? Dann hätten wir einen Verdächtigen zu suchen, der … ach, was weiß ich. Wahrscheinlich war sie sturzbetrunken, hat sich verlaufen und ist runter gestürzt. Und Herzinfarkt in dem Alter?« Thomas stutzte und starrte aus dem Fenster.

»Halte ich auch für irrelevant. Die Sache mit den Schuhen, die finde ich persönlich äußerst merkwürdig. Wer läuft nachts sockfuß am Strand herum? Sehr suspekt«, brummte Westermann und kaute auf seiner kalten Pfeife. »Für mich ein klares Zeichen dafür, dass sie durchgeknallt war. Vielleicht ein Streit mit dem Lover … abgehauen und dann die Klippe runter. Oder sie stand tatsächlich unter Drogen! Das muss die Rechtsmedizin rausfinden.

Und die fehlenden Spuren lassen sich leicht erklären. Gestern und vorgestern ist jede Menge Regen auf die Insel geprasselt. Da werden selbst die letzten Hinweise auf dem Feld weggespült worden sein!« Thomas war sich seiner Sache absolut sicher und zuckte die Schultern. »Zumindest muss sie aus der Gegend sein. Die wird weder vom Festland oder irgendeinem Dorf der Insel auf Socken zum Strand vom Staberhuk gelaufen sein.« Westermann drehte das Radio leise. »Vielleicht ist sie ja aus einem Auto abgehauen. Stress mit dem Liebsten, raus aus dem Wagen, die Steilküste lang, abgestürzt? He, anlassen. Keith Urban ist der Oberguru«, bat Hartwig. »Lass uns den Parkplatz Staberhuk noch mal kontrollieren. Vielleicht steht da ein Wagen, der niemandem zuzuordnen ist. Da ist doch jetzt niemand Fremdes unterwegs.«

Es lief alles darauf hinaus, dass der Fall eigentlich keiner war.

Eine knappe Stunde später fuhren sie auf das Gelände des Instituts. Westermann stellte den Wagen ab. »Nimm Watson und mach mit ihm eine Runde. Ich gehe schon mal vor, und wir treffen uns dann in der Sektionshalle. Der Staatsanwalt hat die Untersuchung angeordnet und ist meines Wissens bereits vor Ort.« Westermann verließ den Wagen, zog das Feuerzeug aus der Jackentasche und entzündete seine Pfeife. Qualmend schritt er auf das alte Gebäude der Rechtsmedizin zu und blieb vor der Tür stehen, um noch ein paar Züge aus seiner Pfeife zu inhalieren. Wenig später öffnete er die Tür zum Obduktionsraum. Wie erwartet, war die versammelte Mannschaft vor Ort. Alfons Bendix stand neben der Toten, ein weiterer Mediziner achtete darauf, dass sämtliche Informationen aufgezeichnet wurden. Westermann nickte und gesellte sich leise zur Gruppe. Er fuhr sich mit der Hand durch die weißen Haare und rückte die Brille zurecht, die für ihn noch immer ungewohnt zu tragen war. »Einige äußere Einflüsse sind festzustellen. Die Schürfwunden an der linken Wange und den Schienbeinen dürften von einem Sturz herrühren. Keine Kratzspuren von Fingernägeln einer anderen Person erkennbar.« Er schabte Materialspuren unter den kurz geschnittenen Nägeln der Toten heraus und füllte sie in ein Glasröhrchen. »Ob wir Abwehrmaterial bekommen, hängt vom Ergebnis dieser Spuren ab.« Er legte das Röhrchen auf die Ablage neben dem Metalltisch. Als Nächstes hob er den Unterschenkel der Toten an. »Das linke Bein hat einen glatten Durchbruch im Oberschenkel, anscheinend ebenfalls eine Folge eines Sturzes.« Bendix legte es vorsichtig wieder ab.

»Bei der inneren Schau finden wir vielleicht noch etwas anderes. Ich öffne jetzt nacheinander Schädel, Brust- und Bauchhöhle.« Ein zweiter Kollege stand unmittelbar neben ihm und beaufsichtigte den Vorgang.

Die Oszillationssäge fing an zu rotieren. Der Arzt hob die Schädeldecke ab und entnahm das Gehirn. »Wir müssen herausfinden, ob es sich hier um Selbst- oder Fremdbeibringung handelt. War das Opfer handlungsfähig oder eventuell betäubt? Die Untersuchungen der Körpertemperatur, die bei Auffinden der Toten bei 24 Grad lag, der zeitgleich nur noch schwer wegzudrückenden Leichenflecken sowie der voll ausgeführten Totenstarre haben ergeben, dass die Person am 12. Januar in der Zeit von 22 bis 24 Uhr den Tod fand. Ob dies als Folge einer Selbsttötung oder einer Fremdeinwirkung, eventuell nach einer vorangegangenen Vergewaltigung, geschah, werden die weiteren Untersuchungen ergeben.«

Die Tür öffnete sich. Hartwig schlich leise in den Raum, fuhr sich durch die dunklen nackenlangen Haare und gesellte sich zu Westermann. »Hab ich etwas verpasst?«, flüsterte er und wurde sich sogleich der nicht passenden Frage bewusst. Sein Vorgesetzter schüttelte den Kopf und sah ihn frostig an. Thomas Hartwig stellte sich mit verschränkten Armen hin und tat, als ob ihn das alles nichts anginge. Die Untersuchung des Kopfes war abgeschlossen, und das Gehirn lag auf dem Seziertisch in einer Organschale. Fast eine halbe Stunde war vergangen.

Der Mediziner Alfons Bendix erklärte weiter: »Ich öffne jetzt den Brustkorb.« Mit routinierten Bewegungen setzte er das Skalpell über dem Schlüsselbein an und führte einen Y-Schnitt aus, der bis hinunter zum Schambein reichte. »Ich entferne das Brustbein und die angrenzenden Rippen.« Er handelte sachkundig, emotionslos und mit sicherer Hand. Der einzige Mann im Raum, dem die vorlaute Klappe gestopft schien und der mit seinen blauen Augen auf den Boden starrte, wurde ohne Vorwarnung blass. Es war der Moment, als Thomas Hartwig aufgab. Er kämpfte mit seinem inneren Schweinehund und … der Übelkeit, die die Magenwände hochkroch, als Bendix ihn grinsend ansah. Westermann verzog den Mund. Es war nicht das erste Mal, dass Hartwig beim Anblick einer Leiche übel wurde. »Es hat sich nichts geändert«, murmelte sein Vorgesetzter leise.

Wortlos, die Hand auf dem Mund, verließ der sonst vor Selbstbewusstsein strotzende Kommissar den Obduktionssaal. »Der Gute hat aber ein dünnes Fell«, stellte Bendix gelassen fest. Die Kollegen grinsten und folgten weiter dem Vorgang der inneren Leichenschau.

»Hatte sie Geschlechtsverkehr?«, wollte Westermann wissen. »Ich nehme einen Abstrich, um mögliche Spermaspuren sicherzustellen. Die Tote hatte nach meiner Begutachtung allerdings keine Kopulation, die mit Gewalt vollzogen wurde. Ich habe dahingehend bisher keinerlei Spuren, wie Verletzungen der Schleimhäute und so weiter, gefunden.«

»Was ist mit Drogen?«, fragte Dirk daraufhin. »Wir werden im Nachhinein eine toxikologische Untersuchung anberaumen, wenn wir hier fertig sind. Zu diesem Zeitpunkt gibt es noch keine Erkenntnisse. Ich gebe dir später alle Ergebnisse durch.« Und an seinen Assistenten gewandt: »Deshalb hinterher bitte sämtliche Proben sorgfältig lagern.

Das Einzige, was mich stört, ist dieser Geruch, den ich aus dem Mund der Toten wahrgenommen habe.« Bendix hatte längst bemerkt, dass etwas nicht in Ordnung war. »Es riecht nach Motoröl und Benzin. Der Geruch breitet sich allerdings nur im Mundbereich aus, was bedeuten könnte, dass sie einen mit Öl, beziehungsweise mit Benzin getränkten Lappen oder ein Tuch im Mund hatte. Einen Knebel? Ich habe Abstriche gemacht, die bereits auf dem Weg ins Labor sind, um auch nach Stoffspuren zu suchen. Danach wissen wir mehr. Erstickt wurde sie nicht. Das hätte ich an Einblutungen im Auge festgestellt.« Bendix sah die Männer an und begann, die Luftröhre zu öffnen, als Westermanns Handy plötzlich klingelte.

*

Charlotte wurde blass. Augenblicklich war das wichtige Telefonat, das sie mit Westermann führen wollte, vergessen. Sie schob die Bluse hoch und betrachtete den nicht gerade winzigen roten Fleck, der sich auf dem Stoff ausgebreitet hatte. »Oh, mein Gott, was ist das?« Mit mulmigem Gefühl huschte sie in den Flur, um in den Spiegel zu schauen. Sie knipste den Lichtschalter an und hob die Bluse. Dann zog sie ihr Unterhemd hoch, das ebenfalls blutdurchtränkt war. »Oh, oh … wenn das man gutgeht. Da bin ich doch ein Bangbüx.« Charlotte Hagedorn rückte die Brille zurecht und streckte ihren Bauch dem Spiegel entgegen, um besser sehen zu können. Sie pustete sich eine Strähne aus dem Gesicht, die ihr die Sicht versperrte. Auch ohne Festtagsbeleuchtung erkannte sie, dass das Blut aus dem Bauchnabel austrat. Darum hatte sich ein tiefroter Fleck gebildet, der zu allem Überfluss auch noch anfing, fürchterlich zu jucken. »Kaaaatrin!«, rief sie, wohl wissend, dass die nicht einmal zu Hause war. Ihre Hände zitterten, als sie zum Telefon griff. Sie trippelte ins Badezimmer und zog nacheinander vier Kosmetiktücher aus einer Box, die sie auf die Wunde presste. Sprichwörtliche Heidenangst in ihrem Blick eilte sie ins Wohnzimmer und wählte mit zitternden Fingern die Nummer von Katrins Handy. Sie wartete. Nervös lief sie im Zimmer hin und her, guckte immer wieder aus dem Fenster. Sie hoffte, dass am anderen Ende der Leitung abgenommen wurde. Draußen ist so dicker Nebel, stellte sie fest und eilte im gleichen Augenblick zur Tür, als könnte sie irgendetwas an der Situation ändern. Von dort aus zurück zum Fenster. Dann nahm ihre Nichte endlich das Gespräch an. »Katrin, du musst sofort nach Hause kommen … ich verblute!«

Am anderen Ende entstand ein kurzes Schweigen, dann: »Wieso verblutest du? Hast du dich geschnitten? Ich hab dir doch gesagt, du sollst vorsichtig mit den scharfen Messern umgehen.«

»Deern, es blutet aus meinem Bauchnabel.«

»Bleib, wo du bist, ich bin gleich da!« Das Gespräch wurde beendet, bevor sie überhaupt einen genauen Lagebericht abgeben konnte. Charlotte stand für einen Moment wie versteinert im Wohnzimmer, dann gab sie sich einen Ruck. Vorsichtig setzte sie sich in ihren Sessel, rutschte auf ihrem Po bis zur Kante, sodass sie ihre Beine ausstrecken konnte. Dann schob sie die Bluse erneut hoch, zog die Papiertücher von der Wunde und versuchte mit angespannter Miene, die Ursache der Blutung zu ergründen.

*

Westermann richtete seinen Blick auf das Telefon und nahm das Gespräch entgegen. Wenig später sagte er: »Ich muss dringend los. Halte mich bitte auf dem Laufenden! Wir haben eine erste Spur.« Eilig verließ der Hauptkommissar den Obduktionssaal. Im Saal wurde es totenstill. Alfons Bendix führte, nachdem Westermann das Institut verlassen hatte, professionell die weiteren Schritte der Obduktion durch. Henning stand neben ihm und folgte aufmerksam der Untersuchung. Seine Assistentin machte zusätzlich zur Aufnahme des Diktiergerätes handschriftliche Notizen. Nacheinander entnahm Bendix die Organe, nahm Maß und legte sie in die Waagschale. »Die Hauptorgane sind allesamt intakt. Keine Auffälligkeiten!« Er hob einen Lungenflügel an und hielt ihn in die Höhe. »Die toxikologische Untersuchung müssen wir allerdings noch abwarten. Ich komme zu keinem endgültigen Ergebnis … bis hierhin …« Plötzlich wanderte sein Blick zur Wand, an der die Leuchtwand mit den Röntgenaufnahmen des Schädels befestigt waren. Er stockte, hob den Kopf der Toten an und betrachtete das Röntgenbild genauer. »Wieso ist mir das nicht vorher aufgefallen?« Das Team sah ihn verwirrt an. Bendix klopfte auf die Röntgenaufnahme. »Die Aufnahme zeigt eindeutig, dass diese Frau einen Genickbruch erlitten hat, was ich vorhin bereits andeutete. Aber …!« Er stutzte. »Dass ich das nicht vorher gesehen habe.« Seine Kollegen sahen ihn erwartungsvoll an.

»Hier handelt es sich um eine seitliche Absplitterung des Nackenwirbels, das ist hier an den abgespreizten Knochensegmenten erkennbar und es könnte, nein es *ist* die Folge einer Drehung.« Henning, der eigentlich mit der Obduktion nichts zu tun hatte, sah ihn fragend an. »Was bedeutet das?«

»Das bedeutet, dass die Frau durch einen Genickbruch zu Tode kam, der bei erster Sichtung sowohl bei einem Sturz, aber auch durch Fremdeinwirkung hätte eingetreten sein können. Dies ist sicherzustellen. Allerdings ist dieser Bruch eben nicht glatt, sondern durch eine Drehung herbeigeführt worden, was, und ich sage es noch mal, an den seitlichen Absplitterungen deutlich erkennbar ist!« Bendix zeigte auf die entsprechende Röntgenaufnahme, die vor dem Leuchtkasten hing.

»Heißt?«

»Sie ist *nicht* bei einem Sturz zu Tode gekommen.

Da hat jemand Hand angelegt. Sie ist eindeutig ermordet worden!«

*

»Wieso verblutest du aus dem Bauchnabel? Hast du dich geschnitten? Ich hab dir doch gesagt, du sollst vorsichtig mit den scharfen Messern sein und dich nicht damit erdolchen«, rief Katrin, als sie 20 Minuten später die Wohnungstür aufschloss.

Ihre Tante entgegnete ihr mit mitleiderregender Stimme:

»Deern, das blutet *aus* meinem Bauchnabel. Ich hab nichts gemacht. Einfach so! Oh mein Gott.«

Charlotte saß in ihren Sessel, war mit dem Po bis zur vorderen Kante gerutscht, und streckte ihre Beine aus. Katrin riss sich den Schal vom Hals und streifte ihren Parka ab. Achtlos ließ sie beides auf den Stuhl fallen. »Tantchen, was machst du denn bloß?«

»Ich … ich gar nichts. Mein Bauchnabel macht.«

Charlotte zog ein verzweifeltes Gesicht. Katrin sah ihr an, dass sie Angst hatte. »Dass es aus dem Nabel blutet, habe ich vorher auch noch nicht gehört«, stellte sie fest. Besorgt beugte sie sich zur Wunde hinab, die unbedeckt vor ihr lag. Ein roter Kreis hatte sich um den zentralen Punkt gebildet, der geschwollen aussah und einer Gürtelrose ähnelte. Aus der winzigen Einbuchtung in der Mitte des Nabels sickerte Blut. »Tantchen, das sieht nicht gut aus. Hast du irgendwas damit angestellt?«

»Was sollte ich denn damit anstellen. Ich habe geduscht, mich angezogen und dann das Blut entdeckt. Alles wie immer.« Sie stöhnte auf und schob das Hemd wieder über die Wunde. »Ich hole dir ein Mulltuch und ein Pflaster, und dann fahren wir ins Krankenhaus.«

»Nein, ich will nicht ins Krankenhaus. Doktor Hormuth wird das schon wieder in Ordnung bringen. Außerdem könnte ich mich da mit diesem Corona-Virus anstecken. Nein, nein. Ich will zu meinem Hausarzt.« Katrin sah sie von der Seite an. »Ich weiß nicht, Tantchen, das sieht mir gefährlich aus. Ob er der Richtige dafür ist? Außerdem könntest du dich dort genauso anstecken. So, wie ich gehört habe, ist das ein ziemlich aggressives Virus, an dem bereits Menschen gestorben sind. In Nordrhein-Westfalen haben die einen richtigen Seuchenherd. Da sind viele an diesem Virus erkrankt.«

»Papperlapapp, ich will zu meinem Hausarzt. Der macht das schon.«

Charlotte Hagedorn stand auf und sagte: »Ich dachte, du willst meine Wunde versorgen?« Sie schaute ihre Nichte auffordernd an.

Katrin nickte und verließ das Wohnzimmer, um das Verbandszeug zu holen. Diesen Moment nutzte die Künstlerin, um das überaus wichtige Telefonat mit Dirk zu führen. Nach endlosem Klingeln nahm der Hauptkommissar am anderen Ende der Leitung ab.

»Gut, dass du rangehst«, flüsterte sie in den Hörer. »Ich muss dich dringend sprechen. Ich weiß, glaube ich, woher die junge Frau kommt, die ihr gefunden habt … Ja, ich bin zu Hause … Nein, ich muss zum Doktor … Was ich habe? … Ich verblute.«

»So schnell verblutet man nicht«, rief Katrin laut, die das Wohnzimmer wieder betreten hatte und kopfschüttelnd den Verbandskoffer in Händen hielt. »Du kannst es doch tatsächlich nicht lassen, Miss Marple«, zwinkerte sie ihrer Tante zu und sprach laut weiter, »und musst schon wieder einen Kriminalfall lösen … Das ist doch sicher Dirk am anderen Ende der Leitung.« Sie hörte das Gelächter ihres Freundes durch das Telefon. »Ich glaub's ja nicht.« Betreten sah Charlotte Hagedorn zu Boden. Der Rüffel ihrer Nichte hatte gesessen, und sie hatte ja auch recht. Vielleicht war sie schwer krank, aber nebenbei wollte sie trotzdem einen Todesfall aufklären, der sie eigentlich nichts anging. Und sie könnte sich mit diesem Virus infizieren und selbst sterben. In den Augen ihrer Tante entdeckte Katrin heilloses Durcheinander. »Gib mir mal das Handy«, sagte sie entschieden und deutete mit den Fingern darauf. »Sie sind im Staberholz, dort wohnen sie in einer alten Hütte«, rief sie, bevor Katrin ihr das Telefon wegnehmen konnte. Dann reichte Charlotte ihrer Nichte wortlos das Telefon.

»Na, mein Freund, habt ihr wieder einen neuen Mordfall zu klären, oder was gibt es so Dringendes, dass Tantchen dich von der Arbeit abhält? … Was, ein Todesfall? Nein, das glaube ich nicht. Oh, mein Gott. Dann kommst du sicher auf die Insel oder? … Sehen wir uns? Das ist zumindest die positive Nachricht. Ja, ich fahre jetzt mit Charlotte zu ihrem Hausarzt, und dann sind wir hier. Ja, mein Schatz, bis später. Ich freue mich auf dich«, flüsterte sie leise in den Hörer und reichte ihn ihrer Tante, nachdem sie das Gespräch beendet hatte.

Die Künstlerin warf ihrer Nichte einen resignierten Blick zu. »Ich wollte doch, ich musste noch …«

»Du wolltest erst mal gar nichts, du musst jetzt zum Arzt. Basta!«

Katrin Duvenstedt, die seit der perfiden Geschichte mit dem Überfall auf ihr Tantchen, mittlerweile über fünf Jahre mit der vitalen Miss Marple zusammenlebte, versorgte provisorisch die Wunde und drängte sie in den Flur. »Zieh deinen Mantel an, wir müssen. Sonst ist die Praxis zu.« Katrin zog ihren Parka über.

Sie fuhren in die Altstadt von Burg, wo sie und Charlotte einen neuen Hausarzt gefunden hatten, nachdem der alte aufgrund seiner üblen Vorgeschichte nicht mehr zur Verfügung stand. Aber das befand sich auf einem anderen Blatt Papier.

Die beiden Frauen schwiegen während der gesamten Fahrt. Als sie den Parkplatz des Ärztehauses in der Innenstadt ansteuerten, fragte Charlotte beiläufig: »Was hat Dirk vorhin zu dir gesagt?« Und Katrin antwortete, ohne weiter darüber nachzudenken. »Dass die junge Frau tot aufgefunden wurde und sie auf die Insel kommen, um den Fall zu untersuchen, der nicht eindeutig geklärt ist. Unfall oder Suizid.«

Die Freundin von Dirk Westermann zuckte die Schultern, schaltete den Motor aus und wollte aussteigen, als Charlotte die Augenbrauen hochzog und sagte: »Ich hab es gewusst, da kommt jede Menge Arbeit auf uns zu.«

Katrin starrte sie sprachlos an.

*

»Wir müssen zum Staberholz. Die Tote wohnte anscheinend in einer Waldhütte«, sagte Westermann, als er sich am Wagen einfand. Hartwig stiefelte mit Watson auf dem Gelände von einem Baum zum anderen. Er hatte seine rosige Gesichtsfarbe zurück und sich, so wie er aussah, von der Obduktion erholt. »Na, mein Jung, geht's dir besser?« Thomas nickte. »Außer, dass es saukalt ist. Aber ehrlich, dass du das alles so abkannst.« Er deutete hinter sich auf das rote Backsteingebäude. »Das ist doch der totale Horror, wenn du mich fragst. Die gehen damit um, als zerlegten sie ein Hähnchen, aus dem sie Suppe kochen wollen. Ich kann das überhaupt nicht nachvollziehen. Mein Beruf wäre das nicht«, rief er. Hartwig schüttelte angeekelt den Kopf und trottete mit Watson zum Wagen. Nachdenklich öffnete er die Kofferraumklappe, und der grau-weiße Wolfshund sprang ohne Zuruf in den Alukäfig. »Braver Hund«, sagte der Kommissar, kraulte seinen Kopf, gab ihm ein paar Leckerlis und schloss die Heckklappe wieder. Dann setzte er sich hinters Lenkrad und drehte den Schlüssel, um den Motor zu starten. »Was meintest du damit, wir müssen zum Staberholz?«

»Wir haben es immer noch mit einer unklaren Sachlage zu tun.« Der Hauptkommissar klärte seinen Kollegen auf. »Ich denke aber, wir haben eine erste Spur, die uns weiter bringen könnte. Ich habe gerade mit Charlotte telefoniert.« Thomas starrte ihn von der Seite an. Seine Haare standen wuschelig vom Kopf ab, und er rieb die Hände aneinander, um sie zu wärmen. »Halt das Lenkrad fest! Du solltest mal zum Friseur, Jungchen«, murrte Dirk Westermann.

»Und ich seh gut aus«, sagte er stattdessen und striegelte mit einer Hand seine Haare. »Außerdem hab ich mir das fast schon gedacht. Konnte ja auch gar nicht anders sein.«

»Was hast du dir gedacht?«

»Na, deine Miss Marple. Wir sind noch am Anfang der Untersuchungen, und sie glaubt, einen Fall lösen zu müssen.«

»Was hast du immer gegen Charlotte? Sie hilft uns, wo sie kann. Bisher waren ihre Hinweise jedes Mal hilfreich«, verteidigte er die Tante seiner Freundin. Westermann stellte die Klimaanlage ein, um die Scheiben von ihrem milchigen Belag zu befreien.

»Und wie kommt ausgerechnet sie jetzt darauf, dass die Tote in einer Waldhütte wohnte?«

»Sie kam gar nicht drauf, sie wusste nur, was sie laut Personenbeschreibung der Zeitung und Lage des Fundortes gelesen hatte. Sie hatte die Mädchen am Leuchtturm von Staberhuk kennengelernt und ganz nach Marple-Manier eins und eins zusammengezählt. Was ist so falsch daran? Allerdings wird sie jetzt auch wissen, dass der Fall unklar ist, und sie wird sich einmischen, bis die Lage geklärt ist.« Dirk Westermann schmunzelte und fuhr sich mit der Hand durch die weißen Haare. Er nahm die kalte Pfeife aus dem Mund, legte sie in den Metallhalter auf der Konsole und rückte seine neue Brille zurecht. »Und? Was noch?«, wollte Hartwig wissen.

»Ich habe mit Katrin telefoniert.« Westermanns Stimme bekam einen weichen Unterton. »Katrinchen«, lästerte Thomas, obwohl es ihm im gleichen Augenblick leidtat. Dieses Mädchen tat seinem Chef sichtlich gut. Er war offener in seiner Art und redete mit ihm sogar über Privates. »Sorry, sie passt wirklich gut zu dir. War nicht so gemeint.«

»Macht nix, für dich finden wir auch noch das passende Gegenstück.« Dirk schmunzelte *und* verschränkte zufrieden die Arme vor der Brust und warf einen Blick auf Thomas, der den Wagen Richtung Fehmarn lenkte. Seitdem sie Heiligenhafen hinter sich gelassen hatten, wurde der Nebel dichter. Jetzt tauchte im Dunst die Brücke auf. »Ist schon gespenstisch, wie sie da so aus dem Nichts auftaucht«, bemerkte Hartwig und betrachtete die Konstruktion, die sich vor ihnen aus dichten Nebelschwaden erhob. »Ja, das ist eine wunderbare Brücke. Wenn sie die abreißen, dann verlieren die Insulaner ihr Wahrzeichen«, antwortete Westermann gedämpft und sah zu, wie die Fehmarnsund-Brücke hinter ihnen wieder im Dunst verschwand.

Sie fuhren die erste Abfahrt Richtung Burg. Die Felder waren kahl, und ein trüber Schleier zog auch hier seine Bahnen. Wenig später hatten sie die Altstadt erreicht. »Alles tot hier. Im Winter ist hier echt der Hund begraben«, bemerkte Hartwig und fuhr die Kopfsteinpflasterstraße entlang. »Weißt du noch, als wir das erste Mal auf dieser Insel waren? Mir läuft immer noch eine Gänsehaut den Rücken hinunter, wenn ich an den First Case denke. Fast hättest du Katrin niemals kennengelernt und Charlotte … Mann, Mann.« Er sprach nicht weiter und deutete auf das Hotel, das sich gleich am Anfang der Breiten Straße auf der linken Seite erstreckte. »Und die nette Hoteldirektorin. Ist schon echt bemerkenswert, in welch kurzer Zeit wir die Insel kennenlernen mussten.« »Wir können von Glück sagen, dass alles einigermaßen glimpflich ausgegangen ist damals. Hätte weitaus böser enden können. Das Feuer, der Unfall … die Frauen haben verdammtes Glück gehabt«, murmelte Dirk.

Nur wenige Lichter brannten in einigen Schaufenstern und erhellten leergefegte Bürgersteige. »Ja, haben sie.« Hartwig sah aus dem Seitenfenster. »Ist schon ziemlich dunkel um diese Jahreszeit. Erst kurz nach 16 Uhr und stockfinster. Die Dörfer wirken irgendwie ausgestorben«, beendete Thomas seinen Satz, als sie durch Meeschendorf fuhren.

»Ich glaube, die Fehmaraner sind am Ende der Saison froh, wenn sie endlich ihre Ruhe haben und nicht mehr 100.000e Menschen über die Insel wandern. Die genießen den Frieden vor dem nächsten Touristenansturm«, meinte Westermann. »Ist schon heftig, wenn Fehmarn voll ist. Erinnere dich daran, als wir den Wolf gejagt haben. Überall Leute. Mir wäre das auf die Dauer zu viel, zumindest im Sommer«, fügte er leise hinzu. »Jetzt kann man die einsamen Strände endlich genießen.«

»Könnte man, aber du? Ich dachte, du willst irgendwann mit deiner Katrin ein Nest auf Fehmarn bauen? Da wirst du wohl oder übel auf die Insel ziehen müssen. Ich glaube nicht, dass sie von hier wegzieht. Denk an Tantchen.« Ein tiefer Seufzer drang aus Westermanns Kehle, und er sah schweigend aus dem Fenster in die Dunkelheit. Er hatte in letzter Zeit oft darüber nachgedacht, wie es wäre, mit Katrin gemeinsam eine Wohnung oder ein Haus zu mieten. Er wollte mit ihr zusammen sein, nicht nur an den Wochenenden. Westermann sah Staberdorf an sich vorbeiziehen. »Du hast recht, aber ich kann von Katrin kaum verlangen, dass sie ihre Tante verlässt, das würde sie niemals tun. Nichtsdestotrotz werde ich in naher Zukunft mit ihr darüber sprechen müssen! Aber warum erzähle ich dir das überhaupt … was geht das dich an?« Der Hauptkommissar schüttelte sich, als wollte er eine lästige Fliege verscheuchen.

»Hier müssen wir ab. Aber das ist ein Privatweg und Durchfahrt verboten«, sagte Hartwig und deutete auf das Verbotsschild.

»Da werden wir durchfahren müssen, wenn wir ans Ziel gelangen wollen«, sagte Westermann. Sein Kollege zeigte auf das Navi. »Der Wald muss hier irgendwo sein.« Suchend guckten beide aus den Fenstern. Draußen war nichts als

Dunkelheit. Nebelschwaden zogen auch hier über die weit gestreckten Felder. »Ganz fiese Suppe. Direkt unheimlich«, murrte Hartwig, der sich auf den schmalen Weg konzentrierte, um nicht von der Fahrbahn abzukommen. »Blöde Straße.«

»Das ist ein Privatweg, der muss nicht besser sein«, entgegnete Westermann. Thomas blinzelte. »Da vorn, diese riesige dunkle Wand. Das könnte der Wald sein.«

Hartwig drosselte die Geschwindigkeit und fuhr im Schritttempo weiter.

»Und wie kommen wir hier in den Wald, und wo ist das Haus?«

»Eine Hütte, wie ich verstanden habe, und die befindet sich laut Charlottes Aussage mitten im Wald.«

»Dann hoffe ich, dass ihre Angaben der Wahrheit entsprechen.« Hartwig trommelte mit den Fingern auf das Lenkrad und wandte den Blick von einer Seite zur anderen. Watson nahm die Unruhe im Wagen wahr und fing leise an zu jaulen. »Da steht ein Auto, das könnte der Frau gehören. Bieg mal in den Weg ein« forderte Westermann. Der Hauptkommissar ahnte, dass sie am Ziel waren.

Thomas stoppte den Wagen unmittelbar hinter dem dunklen Golf. »Frankfurter Kennzeichen. Wenn das ihrer ist, dann kommt sie nicht von hier. Urlauberin.«

»Nimm eine Taschenlampe mit«, forderte Hartwig seinen Vorgesetzten auf. Der öffnete das Handschuhfach und zog eine der silberfarbenen Leuchten heraus. Sie stiegen aus. Thomas zog den Reißverschluss seiner schwarzen Lederjacke hoch und schlang den Schal um den Hals. »Saukalt«, sagte er und öffnete die Heckklappe. Freudig sprang Watson aus dem Wagen. »Pst, sei ruhig«, forderte er den Hund auf. »Sitz!« Das Tier setzte sich neben Thomas und richtete seinen Blick stur geradeaus. Dirk Westermann beobachtete zufrieden seine beiden Partner. Er hatte auf jeden Fall eine perfekte Wahl mit dem Kollegen getroffen. Der Hauptkommissar knöpfte die Jacke zu und schlug den Kragen hoch. Dann zog er die Mütze aus der Jackentasche, setzte sie auf und rückte die modische Gleitsichtbrille zurecht. Das dunkle Gestell passte zu seinen weißen Haaren und ließ ihn trotz der Haarlänge und seinem Dreitagebart souverän aussehen. »Kommt, ihr beiden. Mal sehen, ob wir irgendetwas herausfinden.« Dicke Nebelschwaden umzingelten sie und krochen zwischen den Beinen der Männer hindurch. Watson trabte schnüffelnd neben Thomas her, als sie den Wald betraten. Der jüngere Kommissar schreckte zusammen. Eine Eule schickte einen lang anhaltenden, klagenden Ton durch das stockfinstere Dickicht. Nur der Schein der Taschenlampe erhellte punktuell kleine Areale des Unterholzes. Bei jedem Schritt gluckste der Untergrund. »Völlig aufgeweichter Boden. Kein Wunder, dass wir keinerlei Spuren gefunden haben«, murmelte der Hauptkommissar und konzentrierte sich auf den Lichtstrahl der Lampe. Es knackte ununterbrochen im Unterholz. »Wie es sich anhört, sind hier jede Menge Kleintiere auf Futtersuche«, flüsterte Westermann und lauschte. »Und da reden alle davon, im Wald beerdigt zu werden. Ewige Ruhe und so. Den Teufel werde ich tun. Viel zu dunkel und unheimlich«, entgegnete sein Kollege leise. Watson blieb unmittelbar am Bein seines Herrchens. Die Eule schrie erneut. »Das ist überhaupt nicht mein Ding. Riecht hier moderig. Wie in einem Grab«, sagte Hartwig und zog den Hund dichter zu sich. »Du bist ein Angsthase, mein Bester. Bei Leichen wird dir übel, bei Nebel kriegst du die Hosen voll … dass du überhaupt zur Polizei gegangen bist, ist ein Wunder. Und jetzt Ruhe!« Sie stiefelten schweigend durch den Wald. Unter ihnen brachen immer wieder morsche Äste. Thomas brach sein Schweigen indem er flüsterte: »Ich war stinknormaler Verkehrspolizist, erinnere dich. Das ist alles deine Schuld«, murrte er. Westermann seufzte. »Nun lass uns die Hütte suchen. Die muss hier irgendwo sein.« Er leitete den Strahl der Taschenlampe von einer Seite zur anderen, in der Hoffnung, Umrisse eines Hauses oder zumindest einer Hütte erkennen zu können. Es knackte erneut im Unterholz, und dieses Mal waren es nicht ihre Schritte, die die Geräusche verursachten. »Hast du das gehört?«, flüsterte Hartwig. Sie blieben stehen. »Das sind die ganz normalen Geräusche eines Waldes. Wenn da jemand wäre, hätte Watson längst angeschlagen«, entgegnete Westermann und marschierte unbeeindruckt weiter. »Da vorn … siehst du?« Der Hauptkommissar deutete mit der Leuchte immer wieder auf einen bestimmten Punkt. Sie hatten die Hütte erreicht. Wenn es denn die war, die sie suchten. »Siehst du das Licht auch?«, fragte er den jüngeren Kollegen. »Ja, da ist jemand.« Leise schlichen sie weiter. In regelmäßigen Abständen hallte der Ruf einer Eule durch die Finsternis, begleitet von knackendem Geäst und einem Geräusch, das nicht zuzuordnen war. »Wieso rauscht das hier so?«, wollte Hartwig wissen. »Es ist überhaupt kein Wind.«

»Das Wasser muss ganz in der Nähe sein«, stellte Westermann fest. »Das ist die Brandung. Der Wald grenzt direkt an die Steilküste. Das könnte zu unserer Hypothese passen, dass das Mädel von hier gekommen ist. Wir sind oberhalb des Strandes!«, antwortete der Hauptkommissar. »Und von da aus konnten wir den Wald eindeutig erkennen. Richtig?« Thomas nickte. Dann hatten sie die Hütte erreicht. Aus den Fenstern drang schummriges Licht. »Bleib hier, ich gehe rauf und klopfe. Halte dich mit dem Hund vorerst im Hintergrund.« Westermann stieg die knarrenden Holzstufen hinauf. »Watson, ruhig«, flüsterte Hartwig. Jeder Schritt auf den Stufen erzeugte ein knarzendes Geräusch.

Westermann hob die Hand, um an die Tür klopfen, als sie genau in dem Moment aufgerissen wurde.

Hartwig stand stocksteif da, als er es hinter sich knirschen hörte. Ein eiskalter Schauer lief seinen Nacken hinunter.

KAPITEL 10

»Jetzt reicht's mir«, flüsterte Tilda und warf einen wütenden Blick auf Stina, die zusammengekauert auf dem Sofa saß und sich nicht rührte. Sie war blass und starrte zur Tür, als es klopfte. »Wer immer das ist, dem werde ich jetzt heimleuchten. Ich hab die Faxen endgültig dicke. Erst nehmen uns die Bullen nicht ernst und dann dieses Wetter. Wie lange sollen wir denn warten, bis die aktiv werden. Noch eine Nacht ohne sie … Mir reicht's!«

»Das ist Lotta«, rief Stina und sprang auf. »Wir werden sehen.« Energisch zog Tilda den Ast aus dem Holzkorb, den sie gefunden und auf den Korb gelegt hatte, und stellte ihn neben die Tür. Ihr war die Situation mittlerweile nicht mehr geheuer, und sie hatte bei sich entschieden, dass sie spätestens dann, wenn Lotta wieder da war, abreisen würden.

Tilda riss mit einem Gesichtsausdruck, der jedem normalen Menschen Angst eingejagt hätte, die Tür auf. »Wo warst du?« Erschrocken wich sie zurück. Vor ihr stand ein fremder Mann. »Was machen Sie hier? Das ist Privatgelände, und wenn Sie nicht einen triftigen Grund haben, hier wie ein Dieb herumzuschleichen, werden Sie mich kennenlernen.« Tilda stand mit hochrotem Kopf breitbeinig in Joggingklamotten vor ihm, griff nach dem Ast und schwang ihn gefährlich in die Höhe. »Stopp, stopp, ganz sachte. Kripo Oldenburg. Hauptkommissar Westermann. Ich zeige Ihnen jetzt meinen Dienstausweis.« Langsam zog er seinen Ausweis aus der Jackentasche und hielt ihn der wütenden jungen Frau entgegen. Verdutzt ließ sie den Ast sinken, nahm die Karte in die Hand und starrte Westermann an. »Wer ist da?«, wollte Stina wissen. »Kripo«, sagte die Studentin und drehte sich zu ihrer Freundin um, die auf dem Sofa saß und die Decke eng um sich geschlungen hatte.

»Darf ich reinkommen? Das da unten ist übrigens mein Kollege Hartwig mit seinem Diensthund. Sie brauchen sich also wirklich keine Sorgen zu machen. Wir haben nur ein paar Fragen an Sie.« Tilda beäugte Thomas und den Hund misstrauisch und bat den Kommissar schließlich in die Hütte. »Du kannst doch keinen Wildfremden reinlassen. Du weißt gar nicht …«

»Stina, das ist ein Kripobeamter, er hat mir seinen Ausweis gezeigt. Also keine Panik.« Westermann trat in die Hütte. Tilda wollte die Tür schließen, als sie noch einen Blick in die Dunkelheit warf. Sie überlegte. »Und was ist mit Ihrem Kollegen? Nun kommen Sie schon, oder wollen Sie da draußen anfrieren?« Sie bedeutete Hartwig, seinem Chef in die Hütte zu folgen.

Nachdem sich die Tür hinter ihnen geschlossen hatte, knackte es erneut im Unterholz, und ein Schatten tauchte zwischen den Bäumen auf.

»Sind Sie zu Besuch, oder was machen Sie in dieser

Hütte?«, wollte Westermann wissen, nachdem Tilda den Männern einen Platz am Tisch angeboten hatte. »Zu Besuch? Das ist ein Ferienhaus und wir machen Urlaub, oder ist das verboten?« Der Hauptkommissar bemerkte, dass die junge Frau keinerlei Angst vor den Beamten zu haben schien. Er stellte einen eigentümlichen Geruch in der Hütte fest. »Und was machen Sie hier im Wald? Kommen Sie wegen unserer Freundin? Das wurde ja auch langsam Zeit«, sagte sie unaufgefordert. »Die Fragen stellen wir! Was ist mit Ihrer Freundin?«, wollte Thomas Hartwig wissen und starrte Westermann an. Er zog seine Augenbrauen hoch und warf einen Blick auf die auf dem Sofa kauernde blonde Frau, die ganz offensichtlich vor irgendetwas Angst hatte. »Sie ist verschwunden! Aber das habe ich Ihrem Kollegen doch alles schon erzählt. Ihr seid vielleicht komische Polizisten hier auf der Insel.«

Watson, der sich hingelegt hatte, sprang auf einmal hoch und fing an, am Boden zu schnüffeln. »Platz, Watson, leg dich. Platz«, sagte Hartwig forsch. Die Kommissare sahen sich erneut an.

»Bei wem haben Sie diese Hütte gebucht?«, wollte Westermann wissen, ohne vorerst auf die verschwundene Freundin einzugehen. »Was, äh, übers Internet. Gibt ja genügend Portale«, war Tildas schnoddrige Antwort. »Aber was hat das mit unserer Freundin zu tun?«

»Bleiben Sie bitte sachlich, ich habe Ihnen nur eine Frage gestellt. Also?« Der Hauptkommissar verschärfte den Ton. Die Situation in der Hütte gefiel ihm nicht. Eine zitternde junge Frau, die auf dem Sofa hockte und an ihren Fingernägeln kaute, als wenn ihr Schlimmes bevorstand, und eine dreiste Person, die die Befragung boykottierte. Er hatte auf einmal ein ungutes Gefühl.

»Die Besitzer wohnen hier auf der Insel. Die haben den großen Gutshof, nicht weit von hier. Wie die heißen, weiß ich nicht mehr.« Tildas Ton wurde entgegenkommender. Anscheinend sah sie ein, dass sie ihr Verhalten besser sofort ändern sollte, wenn sie keinen Ärger heraufbeschwören wollte. »Nennen Sie mir bitte das Portal. Sie werden ja eine Buchungsbestätigung haben, oder?«, bohrte Hartwig nach. Tilda sah ihn an und schlurfte zur Küchenarbeitsplatte, um genau dieses Formular zu holen, das seit ihrer Ankunft dort lag. Der Hund stand wieder knurrend auf. Ruhelos schnüffelte er am Boden und fing an zu bellen. »Leg dich«, forderte Hartwig ihn noch einmal auf. Watson ließ sich nicht beruhigen. »Irgendwas gefällt ihm nicht«, sagte er und drückte ihn auf den Boden.

»Hier, die Buchungsbestätigung«, sagte Tilda und reichte Westermann das Papier. »Wir wollten gerade noch einmal zu Ihnen in die Dienststelle kommen«, antwortete Stina mit leiser Stimme, um die angespannte Stimmung nicht weiter anzuheizen. Westermann ahnte bereits, um was es sich handelte. Er knöpfte seine Jacke auf und sah Thomas an.

»Wir … unsere Freundin … sie ist immer noch nicht wieder da«, flüsterte Stina, und man sah, dass Tränen in ihre Augen stiegen. »Seit wann ist sie verschwunden?«, wollte Hartwig wissen und musste den Hund beruhigen, der an der Leine zerrte, jaulte und immer wieder die Zähne fletschte. »Beruhige ihn endlich oder bring ihn in den Wagen«, mahnte Westermann. Er wusste nicht, warum das Tier sich so aufregte, aber es störte ihn bei der Befragung. Hartwig nickte und verließ mit Watson die Hütte und überließ Westermann die weitere Befragung. Die Mädchen sahen sich an. »So genau wissen wir das nicht. Stina und ich waren gestern Abend in Burg im Kino.« Tilda setzte sich im Schneidersitz auf das Sofa neben die junge blonde Frau und streichelte deren Hand. »Und Ihre Freundin?«

»Die hatte keine Lust auf Liebesfilme und wollte lieber hier bleiben und lesen.«

»Sie war müde und wollte es sich einfach nur gemütlich machen«, fiel Stina ihr ins Wort. Ihre Lippen bebten verdächtig. Dirk Westermann sah sie an. »Sind Sie zu dritt hier in der Hütte?«, fragte er. Die junge Frau nickte heftig. »Können Sie Ihre Freundin bitte beschreiben?«

»Natürlich«, entgegnete Tilda aufgebracht. »Sie ist unsere Freundin!« Stina stieß ihr die Hand in die Seite und warf ihr einen besorgten Blick zu. »Is ja schon gut«, maulte sie. Der Beamte sah die jungen Frauen an. Westermann fiel auf, wie eingeschüchtert die zarte Person neben der resoluten dunkelhaarigen Freundin wirkte. Und dass sie äußerst blass war.

»Sie ist schlank, groß und hat lange blonde Haare. Und grüne Augen. Sie sieht aus wie ein Filmstar«, flüsterte Stina mit brüchiger Stimme.

»Wir machen uns wirklich ernsthaft Sorgen. Deshalb wollten wir ja noch mal zu Ihnen kommen. Ihr Kollege hatte anscheinend keine Lust, unsere Freundin suchen zu lassen.« Westermann atmete: »Haben Sie ein Foto von Ihrer Freundin? Und wie heißt sie? Kommen Sie aus Frankfurt? Wir haben am Waldrand einen schwarzen Golf mit Frankfurter Kennzeichen gesehen. Gehört der Wagen zu Ihnen?«

Tilda nickte. »Der Wagen gehört Lotta, Lotta Freimann. Und ja, ein Foto haben wir. Sie kommt genau wie wir aus Frankfurt. Aber zuerst sagen Sie uns, warum Sie hier sind und so viele Fragen stellen? Wir haben nichts verbrochen. Sie haben die Bestätigung in der Hand. Alles in Ordnung. Oder hat Lotta etwas angestellt, und Sie haben sie eingesperrt?« Es sollte belustigt klingen, kam jedoch kläglich bei

Westermann an. Der Hauptkommissar schüttelte den Kopf. Er ahnte bereits, was gleich passieren würde, und holte tief Luft. Hartwig kam zurück. Er setzte sich wieder und öffnete seine Jacke. »Ich weiß nicht, was in Watson gefahren ist«, flüsterte er entschuldigend. Westermann nickte und erklärte den beiden Studentinnen den Grund seines Besuchs.

»Wir sind auf der Suche nach dem Aufenthaltsort einer jungen Frau, circa 20 bis 30 Jahre alt, lange blonde Haare, schlanke Figur. Wir müssen herausfinden, wo sie ansässig war. Es scheint sich um die Person zu handeln, die Sie uns gerade beschrieben haben«, sagte der Hauptkommissar emotionslos. Er ließ das Foto der Toten vorerst in seiner Jackentasche.

»Natürlich. Aber warum …?« Tilda, schlich zur alten Kommode, in deren Schublade die Handys lagen. Sie zog ihres heraus, schaltete es ein und tippte auf die Galerie. Dann hielt sie den Polizisten das Telefon entgegen. »Das ist sie!« Sie zeigte ein Foto, auf dem Lotta lächelnd auf dem Zaun vor dem Leuchtturm Staberhuk saß und winkte. »Sie sieht so glücklich aus«, bemerkte Tilda und ihre Stimme brach. Sie ahnte, dass Lotta etwas Schreckliches zugestoßen sein musste. »Was ist passiert? Wo ist Lotta?«, schluchzte sie. Stina schluckte und schien erstarrt.

Der Kriminalhauptkommissar sah seinen Kollegen an und nickte. Wirklich eine schöne Frau, dachte er und sagte stattdessen: »Wir müssen Ihnen leider eine traurige Mitteilung machen. Ihre Freundin Lotta ist tot! Sie wurde gestern Vormittag am Strand von Staberhuk tot aufgefunden. Näheres können wir Ihnen leider noch nicht sagen. Wir müssen die Untersuchungen abwarten.« Die beiden Frauen saßen wie versteinert auf dem Sofa. »Was ist passiert?«, stöhnte Tilda. »Was?«

»Das versuchen wir herauszufinden. Könnte es sein, dass sie sich das Leben genommen hat? Hatte sie Probleme? Liebeskummer?«

»Niemals!«, schrie Tilda. »Lotta? Sie ist die lebenslustigste Person, die ich kenne … kannte. Nein, sie hatte keine Probleme! Und Liebeskummer schon gar nicht. Sie war seit zwei Jahren glücklicher Single.« Stina hielt sich geschockt die Hände vor das Gesicht und fing an zu schreien. »Sie ist nicht tot! Sie kann nicht tot sein!«

»Das muss eine Verwechslung sein. Wieso haben Sie sie am Strand gefunden?«, fragte die dunkelhaarige Freundin und wischte sich Tränen von der Wange. »Verdammt!«, schrie sie und verschwand im Badezimmer. Stina kauerte auf dem Sofa und hielt sich weinend die Hände vors Gesicht. Westermann und Hartwig sahen sich an. Der Hauptkommissar nickte und sog Luft tief in die Nasenlöcher, bevor er ein Foto aus der Innentasche seiner Jacke zog und es mit dem Handyfoto verglich. Eine steile Falte bildete sich zwischen seinen Augenbrauen. Tilda erschien schniefend, mit rot geränderten Augen, und stand wie erstarrt mitten im Raum. Ihre dunklen Locken hingen wirr ins Gesicht. Westermann steckte das Foto zurück in die Tasche. Ohne Vorwarnung sprang Stina vom Sofa auf. Die Decke rutschte zu Boden, wild rollte sie mit den Augen und sackte plötzlich vor den Kommissaren zusammen. Thomas Hartwig schnellte vom Stuhl hoch und fing die zarte blonde Frau auf, bevor sie mit dem Kopf aufschlagen konnte. »Sie ist nicht tot, oder? Sie liegt im Krankenhaus, ganz bestimmt«, hauchte Tilda und griff nach dem Arm des älteren Polizisten, der Vertrauen ausstrahlte. Er würde sie niemals anlügen. »Sagen Sie uns, was passiert ist!« Westermann sah die junge Frau todernst an. »Doch, so leid es mir tut. Ihre Freundin ist gestern Vormittag am Strand von Staberhuk tot aufgefunden worden. So, wie es aussieht, ist sie von den Klippen in die Tiefe gestürzt. Ob es ein Unfall oder Suizid war, wird gerade geklärt.«

»Aber wie ist das passiert?«, fragte Tilda.

»Wo ist sie? Ich will sie sehen!«, forderte sie, als Hartwig die bewusstlose Stina zum Sofa trug und hinlegte. Er sammelte die Decke auf und legte sie über sie.

»Nein, sie liegt in der Gerichtsmedizin und wird obduziert.« Die junge Frau wurde bleich und konnte sich kaum auf den Beinen halten. »Brauchen Sie einen Arzt?« Westermann zog das Handy aus der Jackentasche. Dabei fiel das Foto der Toten heraus. Tilda bückte sich und hob es auf. Ihre Lippen zitterten, als sie darauf Lotta erkannte. Sie bebte auf einmal am ganzen Körper, und die Aufnahme fiel aus ihrer Hand. »Neiiin! Niemals. Sie ist nicht tot!«, schrie Tilda. »Warum sollte sie sich umbringen? Sie hatte keinen Grund, sich irgendwo herunterzustürzen.« Tildas Stimme versagte und sie sank auf die Knie. »Sie muss abgestürzt sein«, flüsterte sie. »Vielleicht war sie noch spazieren.« Stina kam zu sich und hielt die Hände vors Gesicht, während Thomas Hartwig Mühe hatte, sie zu beruhigen und die Hand auf ihren Arm legte. »Sollen wir nicht doch lieber einen Notarzt verständigen?«, wollte Westermann erneut wissen. Tilda schüttelte den Kopf. »Wir glauben nicht, dass sie spazieren gegangen ist. Sie hatte keine Schuhe an«, sagte Hartwig. Die Studentinnen sahen den Polizeibeamten entgeistert an. »Was? Dann ist etwas anderes passiert. Warum hatte sie keine Schuhe an?«

»Das fragen wir uns auch die ganze Zeit«, entgegnete Hartwig. Tilda schien nachzudenken. »Sie hatte die ganze Zeit das Gefühl, als wenn uns jemand da draußen beobachtet.« Tilda sah den Hauptkommissar an. »Wie, jemand hat Sie beobachtet?«

»Ja, seitdem wir in dieser Hütte sind, ist es, als wenn hier irgendjemand herumschleicht. Gerade vorhin erst, bevor Sie kamen. Und gestern und …« Westermann sah seinen Kollegen an.

»Wir werden uns hier genau umsehen«, sagte Hartwig und nickte. »Sagen Sie uns, was passiert ist, wenn Sie es wissen?«, fragte Stina. »Darum sind wir hier, um herauszufinden, was geschehen ist. Ich muss Sie nochmal fragen. Seit wann vermissen Sie Ihre Freundin?«

»Das können wir so genau nicht sagen«, antwortete Tilda. »Wir sind gegen 19 Uhr vorgestern Abend nach Burg gefahren. Der Film fing um 20:30 Uhr an. Und danach sind wir kurz in eine Kneipe, so eine Spelunke.« Tilda seufzte. »Aber da war absolut nichts los. Dann sind wir zurück hierher.«

Hartwig warf seinem Kollegen einen vielsagenden Blick zu. »Und was haben Sie hier vorgefunden, als Sie zurückkamen?«, fragte Westermann weiter. »Sie war nicht da, beziehungsweise wir wussten nicht, ob sie da war. Der Ofen war aus, es war dunkel in der Hütte. Nur ihr Weinglas stand auf dem Tisch. Und das Buch lag auf dem Boden. Das hat uns noch gewundert. Wir haben angenommen, dass sie müde war und ins Bett gegangen ist.«

»Und war sie …?«

»Nicht oben«, schluchzte Stina. »Tilda ist die Leiter hoch und hat nachgesehen. Aber sie war nicht im Bett.«

»Hat Sie das nicht irritiert?«, fragte Hartwig. »Zuerst schon«, sagte Tilda. »Aber dann haben wir angenommen, dass sie sich hier unten im Nebenzimmer ins Bett gelegt hat und nicht gestört werden wollte.« Die dunkelhaarige Studentin zuckte resigniert die Schultern. »Haben Sie nachgesehen?«

Westermann deutete auf die Tür, hinter der er das Schlafzimmer vermutete. »Nein, wir wollten sie schlafen lassen.« Tilda liefen die Tränen über die Wangen. »Wir konnten doch nicht ahnen …«

»Was war am nächsten Morgen? Haben Sie sie da nicht zumindest vermisst?«, wollte Hartwig wissen. Tilda streckte hilflos die Arme aus. »Keine Ahnung. Die Tür war nicht verschlossen und wir haben vermutet, dass sie joggen ist.«

»Oder zum Bäcker«, warf Stina weinend ein. »Wir konnten nicht … wir«, stotterte sie.

»Was haben Sie dann unternommen?« Westermann zog sein schwarzes Buch heraus und machte Notizen. »Frühstück vorbereitet und gewartet. Wir dachten, sie wäre irgendwo unterwegs.«

»Und was haben Sie in dem Zimmer vorgefunden?«, wollte Hartwig wissen.

»Nichts! Das hat mir zuerst Sorgen gemacht. Das Bett war unberührt, und Tilda meinte, sie hätte in ihrem Ordnungswahn alles längst wieder zurechtgemacht.«

»Hatten Sie Streit mit Lotta?«, fragte Westermann und beobachtete beide.

»Wir – Streit? Überhaupt nicht! Im Gegenteil. Wir haben uns alle drei wunderbar verstanden«, krächzte Tilda. »Warum sollten wir streiten? Wir sind erwachsene Frauen, die sich viel zu erzählen haben. Blödsinn.« Plötzlich verzerrte sich ihre Miene und ihr Gesichtsausdruck wirkte hart. »Wir zwei sind ins Kino, weil Stinchen Abwechslung brauchte, und Lotta hatte einfach keine Lust. Sie wollte lesen, und ich glaube, ein wenig allein sein.« »Können Sie sich vorstellen, warum wir sie ohne Schuhe aufgefunden haben?«, wollte Hartwig wissen.

Tilda zuckte die Schultern. Sie ließ sich auf einen der

Stühle fallen, zog die Knie an und legte ihren Kopf darauf. »Ich habe für all das überhaupt keine Erklärung«, sagte sie. »Vielleicht wollte sie Holz reinholen.«

»Holz für den Ofen?«, fragte er. »Ja, Holzscheite für den Kaminofen. Die sind auf der Veranda gestapelt. Sehen Sie, der Korb war leer, ich habe ihn eben erst gefüllt«, erklärte Tilda. »Irgendetwas hat vielleicht ihre Neugier geweckt und sie ist hinterher?«, schluchzte Stina und stand vom Boden auf. »Aber ohne Schuhe?« Sie schleppte sich zum Fenster und starrte mit verschleiertem Blick durch die halb geöffneten Vorhänge in die Dunkelheit. Auf einmal schreckte sie zurück.

»Da draußen ist jemand!«, flüsterte sie und wurde weiß wie eine Wand.

*

»Ich muss dringend zu Doktor Hormuth. Ich blute aus dem Bauchnabel.« Die Arzthelferin an der Rezeption schaute sie mit ernster Miene an. »Haben Sie Husten oder Fieber? Wir dürfen Sie dann nicht annehmen. Wenn Sie erkältungsähnliche Symptome haben, müssen Sie diese Nummer anrufen. Es könnte sich um das Corona-Virus handeln. Dann sind Sie hochansteckend.« Die Sprechstundenhilfe reichte ihr eine Karte mit einer Telefonnummer.

»Was sind denn das für merkwürdige Fragen? Was ist das für ein Blödsinn? Ich habe weder erkältungsähnliche Symptome noch Fieber und ich will auch nicht telefonieren, ich will den Arzt sprechen«, grummelte Charlotte. »Haben Sie nicht gehört, dass ich gleich verblute?« Die Künstlerin blieb bewegungslos stehen und fixierte die geschäftige, etwa 40 Jahre alte Frau mit den kurzen dunklen Haaren. Sie würde nicht eher

Ruhe geben, bis der Doktor sie persönlich in Empfang nahm. Katrin kam zur Tür herein. »Na, hat der Arzt Zeit für dich?« Sie wusste, dass die meisten Arztpraxen hoffnungslos mit Personal unterbesetzt waren und die Wartezeiten sich über Stunden hinziehen konnten. Aber das Wartezimmer war erstaunlicherweise leer. Katrin war perplex. »Wir dürfen Sie auch nicht annehmen, wenn Sie andere Symptome haben. Sie könnten sich anstecken.« Die Helferin, die anscheinend selbst nicht recht wusste, was sie tun sollte, sah ein, dass sie bei Charlotte auf Granit biss, und wandte sich wieder ihrer Arbeit zu. »Was ist das hier für ein Blödsinn! Ich bestehe darauf, meinen Arzt zu sprechen. Ich will nicht telefonieren, ich verblute!«

»So, jetzt setzen wir uns in den Aufenthaltsraum und warten, bis der Doktor Zeit für dich hat.« Katrin zog den Reißverschluss des dunkelblauen Parkas runter, nahm die Pudelmütze vom Kopf und zog ihre Tante am Ärmel ihres Mantels ins Wartezimmer. Sämtliche Stühle waren leer. »Hier ist gar nichts los. Warum macht die so einen Terror?«, flüsterte Charlotte missmutig. »Das ist wohl eine ziemlich undurchsichtige Situation für alle. Die müssen erstmal mit der Geschichte umgehen lernen. Dieses neuartige Virus bringt alles und jeden durcheinander. Und jetzt tu etwas für deine Bildung und lies.« Katrin grinste, richtete ihren Zopf und setzte sich ihr gegenüber. Sie reichte ihrer Tante die *Frau im Spiegel*. Aber wohl fühlte sie sich nicht. Wenn man darüber nachdachte, dass die Praxen leer waren … Was käme als Nächstes?

»Dabei hätte ich so viel Wichtigeres zu erledigen.«

Eine Viertelstunde später rief die forsche, sportliche Arzthelferin ihren Namen und lächelte sie freundlich an. »Frau Hagedorn, kommen Sie bitte mit?«

Nichts lieber als das, dachte sie und warf die Zeitschrift zurück auf den Tisch.

Katrin schaute den beiden lächelnd hinterher. Sie atmete erleichtert auf und vertiefte sich in ihr *Home and Garden* Magazin.

»Na, Herr Doktor, ich dachte schon, Sie wollten mich gar nicht sehen«, brabbelte Charlotte los, bevor der Arzt auch nur ein Wort sagen konnte. Er trug einen Mundschutz und sah sie ernst an. »Guten Morgen, Frau Hagedorn, wo brennt denn der Schuh? Sie wissen, dass ich eine Ausnahme mache.«

»Hier brennt gar kein Schuh. Der drückt höchstens«, antwortete sie. »Ich verblute!«

»Na, dann zeigen Sie mal. Wo verbluten Sie?« Steen Hormuth desinfizierte seine Hände und stülpte Handschuhe über. Er kannte Charlotte Hagedorn seit Längerem. Ihm waren von Patientenseite diverse Geschichten über die Künstlerin, die überall ihre Nase hineinsteckte, zu Ohren gekommen. Charlotte hüpfte auf die Liege und legte sich ausgestreckt nieder. Sie schob ihren azurblauen Strickpullover hoch, gefolgt von einem Unterhemd, das rote Flecken aufwies. »Da, sehen Sie, da tropft Blut aus dem Bauchnabel.« Mit dem Finger zeigte sie auf die Stelle, die das Hemd verfärbt hatte. Steen Hormuth zog verwundert die Augenbraue hoch und schob das Unterhemd zurück. Er zog ein Tuch aus einer Box, tränkte es mit einer Desinfektionsflüssigkeit und wischte vorsichtig um die Wunde herum. Sein Blick nahm einen besorgten Zug an. »Das sieht nicht gut aus! Da ist eine Entzündung drin. Ich verschreibe Ihnen ein Antibiotikum«, sagte er. Charlotte sah ihn entgeistert an. »Nein, nein, keine Antibiotika. Sie müssen doch erst mal herausfinden, was ich habe?«, wurde ihre Stimme zunehmend zaghafter. »Frau Hagedorn, das genau kann ich Ihnen aber nicht auf die Schnelle sagen. Haben Sie gekratzt oder verwenden Sie ein neues Waschmittel?«

»Papperlapapp. Ich habe kein neues Waschmittel und gekratzt …? Wo denken Sie hin. Sie müssen was tun.«

Der Arzt sah sie fragend an, runzelte die Stirn und nickte. »Ich schaue mir das mal etwas genauer an«, sagte er, trug ein Gel auf ihrem Bauch auf, nahm das Ultraschallgerät und fuhr damit den geröteten Bereich sorgfältig ab. Immer wieder sah er auf den Bildschirm und schüttelte den Kopf. »Es tut mir leid, ich kann Ihnen beim besten Willen nichts anderes sagen, als dass wir zuerst einmal mit Antibiotika die Entzündung bekämpfen müssen. Dann sehen wir weiter.«

Mit dieser Antwort war Charlotte keinesfalls zufrieden, nahm die Papiertaschentücher, die Hormuth ihr reichte, und säuberte ihren Bauch. Als er mit den Fingerspitzen gegen den Nabel drückte, öffnete sich dieser, und es trat gelbliches Sekret heraus. »Da kommt richtig was raus«, sagte er und presste solange, bis kein Sekret mehr austrat. Der Arzt nahm Flüssigkeit aus einer kleinen Flasche und strich vorsichtig über den geröteten Bauchnabel. Dann legte er eine Kompresse darüber und verschloss alles mit einem großen Pflaster. »Ich will nicht sterben«, jammerte Charlotte.

»Das wird schon wieder, keine Sorge. Davon stirbt man nicht.«

＊

Hartwig sprang auf. »Wo, wo ist jemand?«

»Da, da hinter dem Baum. Ich hab es genau gesehen. Da war ein Mann!«, schrie Stina panisch.

Thomas Hartwig riss die Tür auf und eilte die Stufen hinunter. Der Boden war matschig und vom Regen aufgeweicht. Der Kommissar schaltete die Taschenlampe ein und leuchtete zwischen die Bäume. Es ist unmöglich, dass das Mädchen was gesehen haben konnte. Es ist stockfinster. Die hat Hallus, überlegte er und pfiff durch die Zähne. Ohne Ergebnis stapfte er zurück zur Hütte. Westermann stand mit verschränkten Armen in der Tür. »Und?« Hartwig schüttelte den Kopf. »Da war nichts. Sie kann gar nichts gesehen haben, es ist zappenduster.« Der Hauptkommissar nickte, und sie zogen sich in die Waldhütte zurück. »Was machen wir denn jetzt, wo Lotta tot ist?«, fragte Tilda mit brüchiger Stimme, während Stina wieder zu weinen anfing. »Ich will nach Hause«, jammerte sie. »Da der Tod Ihrer Freundin nicht geklärt ist und wir noch jede Menge Fragen haben, müssen wir Sie bitten, fürs Erste auf der Insel zu bleiben. Ansonsten erschwert das unsere Arbeit sehr. Ich würde es verstehen, wenn Sie lieber in ein Hotel umziehen möchten. Wir könnten das für Sie organisieren. Aber Sie müssen uns für weitere Fragen zur Verfügung stehen.«

»Ich will hier weg«, rief Stina. »Hotel, jetzt gleich, wenn wir nicht nach Hause können«, bettelte sie.

»Stina, sei kein Angsthase. Sie hat diese Hütte für uns ausgesucht, damit wir uns um dich kümmern. Ich käme mir wie ein Verräter vor. Außerdem bin ich bei dir. Was soll passieren? Wir sind hier komplett alleine! Niemand tut dir was.« Tilda hatte ihr Selbstbewusstsein zurück und wollte mit Stina hier ausharren. »Nein, ich will hier weg. Was, wenn jemand sie heruntergestoßen hat? Dann macht der das Gleiche vielleicht auch mit uns.«

»Wie gesagt, es ist davon auszugehen, dass hier, wenn kein Suizid infrage kommt, es wohl ein Unfall war. Wahrscheinlich ist sie zu nah an die Kante geraten, ausgerutscht und abgestürzt. Ich halte es aber nicht für sinnvoll hierzubleiben, wenn Sie das Gefühl haben, dass hier jemand herumschleicht. Das können wir nicht verantworten.«

»Ich hab Angst. Ich will hier weg.«, schrie Stina und schüttelte den Kopf. »Wir nehmen Sie mit, wenn Sie möchten!«, sagte Hartwig.

Tilda umarmte die zierliche Freundin und streichelte ihr mit der Hand über das Haar. »Stinchen, ich pass auf dich auf. Dir wird hier nichts passieren.« Stina war verunsichert. Einerseits wollte sie so schnell wie möglich diesen Ort verlassen, auf der anderen Seite hatte sie das Gefühl, dass Tilda recht hatte, und sie durfte sie nicht im Stich lassen. »Ich weiß nicht«, sagte sie zaghaft.

»Wir kommen morgen früh wieder und sehen nach Ihnen. Wenn Sie dann immer noch von hier wegwollen, bringen wir Sie in ein Hotel. Ist das für Sie okay?«, wollte Hartwig wissen.

Stina war erschöpft. Sie ließ die Schultern hängen. »Ist gut. Ich bleibe bei Tilda, wenn Sie versprechen, nach uns zu sehen.«

»Versprochen«, sagte Westermann und verließ mit Hartwig und Watson die Hütte.

Sie sahen das verächtliche Lächeln nicht, das sich über den Mund eines Schattens legte, der sich hinter einem der vielen Bäume verbarg und Richtung Fenster starrte. Dann fing es wieder an zu regnen.

*

»Na, Süße, wie hast du geschlafen?«, fragte Tilda ihre Freundin am nächsten Morgen. »Überhaupt nicht. Ich musste die ganze Zeit an Lotta denken.«

»Dafür hast du aber laut geschnarcht, wenn ich das mal sagen darf.« Tilda drehte sich auf die Seite und sah Stina an, deren rot verweinte Augen und geschwollene Lider dunkle Ränder umrahmten. Die zierliche Freundin setzte sich auf.

»Sollten wir nicht doch lieber in einem Hotel einchecken? Mir ist das hier zu unheimlich. Ich habe Angst. Was, wenn sie nicht abgestürzt ist und jemand sie umgebracht hat? Was, wenn derjenige zurückkommt, um uns ebenfalls zu töten?«

»Stina, du siehst eindeutig zu viele Horrorfilme. Ich verstehe deine Angst, aber ich glaube, dass Lotta verunglückt ist. Vielleicht wollte sie frische Luft schnappen, ist einem Geräusch hinterher und hat in der Dunkelheit die Orientierung verloren. Wer weiß? Ich denke, dass wir hier so sicher sind wie nirgendwo sonst. Und außerdem werden die Bullen nach uns sehen.«

Tilda wälzte sich schwerfällig aus dem Bett und stand auf. Sie stieg im Jogginganzug, den sie über Nacht anbehalten hatte, die Stufen der Treppe hinunter, um die Kaffeemaschine anzustellen. Tilda würde sich um Stina kümmern, bis die Umstände des Todes von Lotta geklärt waren. Sie seufzte. Ihr war übel, und sie hatte das Gefühl, sich übergeben zu müssen. Das Gewicht des Verlustes, das auf ihrer Brust lastete, nahm ihr die Luft zum Atmen. Sie lauschte nach oben, wo Stina sich anscheinend genauso quälte. In dem Moment sah sie Lotta vor sich, die auf einmal nie mehr … sie verscheuchte die traurigen Gedanken mit einer Handbewegung und füllte den Tank der Kaffeemaschine mit Wasser. Unkontrolliert liefen Tränen über ihre Wangen. Sie hatte sich die ganze Zeit zusammengerissen, um Stina nicht noch mehr zu verängstigen. Aber jetzt konnte sie die Traurigkeit nicht mehr zurückhalten. Ihre Schultern zuckten. Tilda schnäuzte sich. Warum ist sie ohne Schuhe nach draußen? Das ergibt alles überhaupt keinen Sinn.

Plötzlich klopfte es. Tilda zuckte zusammen und rieb sich die Augen. Entschlossen trat sie zur Tür, um zu öffnen. Sie hatte keine Angst, außerdem war helllichter Tag. Sie hörte ein schnüffelndes Geräusch und wusste, bevor sie die Tür aufriss, wer davor stand. »Guten Morgen. Sie erinnern sich?« Hartwig hatte seinen Morgenspaziergang mit dem Hund in diese Gegend verlegt, zumal er sich noch einmal am Fundort am Strand umsehen wollte. Tilda nickte einen Gruß und verschränkte die Arme vor der Brust. »Wollen Sie reinkommen? Ich habe gerade frischen Kaffee gekocht.«

Hartwig nahm das Angebot dankend an. Er war seit einer Stunde in der Kälte am Strand und im Wald unterwegs gewesen und froh, sich aufwärmen zu können.

»Riecht sehr lecker, der Kaffee. Kann ich gut für meine Lebensgeister gebrauchen«, sagte Hartwig und fuhr sich durch die dunklen Haare. Sein Gesicht war gerötet und seine blauen Augen leuchteten. Tilda nahm es zur Kenntnis. Er war nicht ihr Typ. Sie stand auf große blonde Kerle mit Tattoos und Muckis, Kerle wie der bärige Schauspieler Henning Baum. Nur leider hatte sie ihren Traummann bisher noch nicht gefunden. Die Männer, die sie kannte, waren ihr zu oberflächlich. Sie wollte reden, sich austauschen. Nicht ständig auf die Matratze. Sie brauchte den Fels in der Brandung.

Dieser Polizist war ihr zu … gutaussehend, zu jungenhaft. »Und wie haben Sie geschlafen? Ist irgendetwas vorgefallen?«, fragte Thomas Hartwig, um das peinliche Schweigen zu überbrücken. Tilda schüttelte den Kopf. »Nein, wie ich schon vermutet habe, alles ruhig. Nur Stina, die ist völlig durch den Wind. Ich weiß nicht, ob es nicht doch sinnvoller ist, wenn zumindest sie nach Hause fährt.«

»Das geht leider nicht. Wir brauchen Sie beide für weitere Aussagen. Aber Sie können gerne Angehörige anrufen, die sich um Ihre Freundin kümmern.« Thomas Hartwig trank aus dem Becher, den Tilda ihm gereicht hatte. »Ja, das könnte ich machen. Ich rufe ihre Eltern an, dann fühlt sie sich nicht so allein. Ist alles ganz schön bitter. Wer kümmert sich um Lottas Familie?« Tildas Augen füllten sich erneut mit Tränen. Sie drehte sich weg und sah aus dem Sprossenfenster. »Das haben die Polizeikollegen aus Frankfurt erledigt. Die Eltern sind auf dem Weg nach Fehmarn.« Tilda nickte und betrachtete den Nebel, der zwischen den Bäumen waberte. »Entweder es regnet oder es ist total trübe in diesem Wald. Hier könnte man einen Horrorfilm drehen«, murmelte Tilda, als sie erneut ein knarzendes Geräusch hörte. »Haben Sie das auch gehört?«, fragte sie und sah Hartwig erschrocken an.

✽

Westermann fuhr im Schritttempo die lang gezogene Allee hinunter. Die kahlen Äste neigten sich über die Fahrbahn. Als er auf den Staberhof einbog, breitete sich das mächtige Hofgebäude zu seiner Linken aus. Der Kommissar hielt direkt vor der Eingangstür, stellte den Motor ab und stieg aus. Das Gelände sah verwaist aus.

Keine Menschenseele war zu sehen. Suchend blickte er sich um und entdeckte die gewaltige und berühmte Torscheune, die er unlängst auf einem Bild in der Kunstausstellung in Hamburg gesehen hatte. Das Gebäude besaß eine schwungvolle, imposante Fassade mit einem großen und zwei kleineren Scheunentoren. Sechs mit Sprossen verzierte, symmetrisch angeordnete Fenster, zierten die Barockscheune. Zwischen den oberen Fenstern entdeckte er direkt unter dem Giebel eine Uhr, deren Zeit er mit seiner Armbanduhr verglich. Passt. Fehlt nur noch, dass die Glocke gleich läutet, dachte er, weil es kurz vor 10 Uhr war. Er war tief beeindruckt und vergaß für einen Moment, warum er hier war. Entschlossen trat er auf die Stufen, die zur Haustür führten. Er tätigte die Klingel und wartete. Wenig später öffnete sich die Tür, und eine Frau um die 50 sah ihn mit blitzenden blauen Augen freundlich an. Henny Lendorf trug ihr schulterlanges blondes Haar zu einem Zopf gebunden und lächelte. »Ja? Suchen Sie eine Ferienwohnung? Oder wollten Sie sich nur die Scheune ansehen? Sie ist fast ein Wahrzeichen auf der Insel«, sagte die ansprechende Frau. Westermann nickte. »Das berühmte Gemälde trägt sogar den Namen ›Gutshof auf Fehmarn‹ und ist eines der bekanntesten Werke von Ernst Ludwig Kirchner. Es hängt heute in der Hamburger Kunsthalle«, schloss sie nicht ohne Stolz ihren Vortrag. »Ansonsten ist das hier Privatgelände.« Mit dieser Bemerkung wurde die Mimik wieder ernst. Der Hauptkommissar zog seinen Dienstausweis aus der Jackentasche. »Kripo Oldenburg, Westermann. Ich hätte ein paar Fragen an Sie hinsichtlich Ihres Ferienhauses im Staberholz.«

»Wieso denn? Wollen Sie das Haus mieten? Oder hat dort irgendjemand etwas angestellt?« Sie sah ihn fragend an. Dirk Westermann nickte und sagte: »So kann man das nennen. Können wir uns im Haus weiter unterhalten?« Ihr Blick schien verunsichert.

Die Gutsbesitzerin bat den Kommissar zögerlich ins Haus. Angespannt schob sie die Jackenärmel ihrer braunen Strickjacke hoch und führte Westermann durch die geräumige Diele in einen großen saalartigen Raum. Sie lief voran, wobei ihre dunkelblauen Lederschuhe bei jedem Schritt auf dem Terrazzoboden ein leises Knatschen verursachten. »Ich möchte Sie auch nicht lange aufhalten. Mir geht es um ein paar ungeklärte Dinge. Sie wissen ja sicherlich, dass Ihre Hütte zurzeit von drei Frauen angemietet ist, oder?«

»Was glauben Sie denn, natürlich weiß ich, dass die Hütte belegt ist und mit wem. Das geht hier alles rechtens zu. Wollen Sie die Buchungsbestätigung sehen?« Die Gutsbesitzerin war irritiert. Sie knetete ihre Hände und bat Westermann, sich zu setzen, bis sie ihm die nötigen Unterlagen herausgesucht hatte. Der Kommissar schüttelte den Kopf und bat sie, sich ebenfalls hinzusetzen. »Nein, die Daten der Frauen haben wir.«

Henny Lendorf sah ihn erstaunt an. »Wieso haben Sie die Buchungsunterlagen? Ja, haben die etwas ausgefressen? Dann können die sofort abreisen.« Die Gutsherrin sprang auf und steckte die Hände in die Hosentaschen ihrer edlen Jeans. »Ich dulde keine Fisimatenten in meinem Ferienhaus.« Sie schlug mit der flachen Hand auf die Tischplatte des antiken Eichentisches. »Nein, so kann man das nicht sagen. Eine der Frauen ist ums Leben gekommen«, sagte der Kommissar stattdessen. »Ums Leben gekommen?«

»Ja, eine von ihnen ist am Strand von Staberhuk tot aufgefunden worden. Das haben Sie doch sicher in der Zeitung gelesen, oder?« Sie schluckte und nickte, als könne sie nicht fassen, was der Polizeibeamte ihr berichtete. »Ja, und das ist eine von den drei Frauen, die bei uns im Ferienhaus …?«, wollte sie wissen. Ihr Gesicht errötete. Sie hielt sich die Hand vor den Mund. »Oh, mein Gott. Das ist ja schrecklich.«

»Genauso ist es. Die Frau, die wir am Strand aufgefunden haben, gehörte zu denen, die Ihre Hütte gebucht haben.«

»Nein! Das kann doch gar nicht sein. Das ist jetzt schon das zweite Mal, dass in unserer Gegend eine Leiche gefunden wird.« Westermann nickte. »Sie haben leider recht, aber so ist es. Wir, das heißt, die Mordkommission Oldenburg, haben damals die Untersuchungen geführt. Es tut mir leid, aber ich muss Sie das fragen: Was haben Sie in der Nacht vom 12 auf den 13. Januar gemacht?«

»Das ist eine Frechheit. Was soll ich denn gemacht haben? Glauben Sie, ich bringe meine eigenen Gäste um?« Ihr Gesicht lief hochrot an und sie stapfte nervös im Zimmer auf und ab. »Wir müssen das fragen. Reine Routine. Jede Spur, die irgendwie zur Hütte und somit zu den Frauen führt, ist für uns von Belang.« Henny Lendorf beruhigte sich und setzte sich zurück auf ihren Stuhl. »Ich weiß ja, aber ich war hier mit meiner Familie zu Hause und wir haben mit Sicherheit geschlafen … also in der Nacht.«

»Könnten Sie sich vorstellen, dass es irgendjemand aus der Gegend auf die Frauen abgesehen haben könnte?« Henny Lendorf verzog den Mund und schüttelte den Kopf. »Nein, und der Gärtner ist im Urlaub, falls Sie das meinen.«

»Aber nein, das meinen wir nicht. Aber haben Sie mitbekommen, dass sich irgendwer im Staberholz herumtreibt, der dort nichts zu suchen hat?«

Wieder schüttelte sie den Kopf. »Hier kommt so schnell niemand auf das Gelände, der hier nicht hergehört. Wir wissen genau, wer die Privatstraße entlangfährt. Mein Mann und unser Sohn fahren eigentlich täglich die Strecke, wenn sie auf den Feldern sind oder in Richtung Leuchtturm müssen.

Hm … ich kann Ihnen nicht weiterhelfen, so gern ich es täte. Was ist jetzt mit den Gästen, also den Frauen? Wer kümmert sich um sie? Reisen die jetzt ab, oder wie geht das weiter?«

»Haben Sie nicht zugehört? Eine der Frauen wurde in der Nähe Ihrer Ferienhütte tot aufgefunden, und wir ermitteln! Solange nichts geklärt ist, wird niemand abreisen!«

Westermann sah, dass die Frau immer nervöser wurde. »Nein, die armen Frauen.« Die Gutsbesitzerin war völlig durch den Wind. Der Kommissar stand auf und wollte sich verabschieden. Als er die Haustür öffnete, fragte er noch: »Ihr Sohn, Sie sagten, Sie haben einen Sohn, wie alt ist er?«

»24?«

»Und wo war Ihr Sohn zur genannten Zeit?«

*

Tilda drehte sich um und sah zur Stiege. Ihre Freundin kletterte umständlich die Stufen hinunter. Bei jedem Schritt knarrte das Holz. Als sie mit ihren Füßen den Boden berührte, rieb sie sich verwundert die Augen. »Bin ich tatsächlich nochmal eingeschlafen?«, fragte sie, als sie ihre Freundin am Fenster stehen und den Kommissar am Tisch sitzen sah. »Mann, hast du mich erschreckt. Gott sei Dank, du warst es«, sagte die Philosophiestudentin erleichtert. »Wer sonst?«

»Das riecht aber hier lecker.« Sie schnupperte. Tilda schüttelte den Kopf und schenkte ihr heißen Kaffee in einen Becher. »Trink, meine Süße, das wird dir guttun. Alles in Ordnung.« Sie reichte Stina das Trinkgefäß. Die verschlafen aussehende Sportstudentin, deren blondes Haar zerzaust ihr Gesicht einrahmte, setzte sich Hartwig gegenüber. »Gut, dass Sie hier sind. Da fühle ich mich gleich sicherer. Wo ist denn Ihr Polizeihund?«, wollte sie wissen. »Der war mir hier zu unruhig. Ich habe ihn sicherheitshalber im Wagen gelassen, bevor er die Hütte auseinandernimmt«, sagte Hartwig. Das war das Stichwort für Tilda. »Wir haben uns überlegt, deine Eltern anzurufen, damit du hier nicht mehr alleine bist … mit mir, meine ich. Vielleicht ist es wirklich besser, wenn sie kommen.«

»Nein, nein, das will ich nicht. Was sollen sie von mir denken. Ich bin kein Kind mehr. Wir bleiben jetzt solange hier, bis alles geklärt ist, und anschließend fahren wir gemeinsam nach Hause.« Ihr Statement klang forsch und undiskutierbar. »Na, dann werde ich mal wieder losfahren und Sie auf dem Laufenden halten. Bleiben Sie bitte erreichbar. Handynummer?« Tilda nickte und gab dem Kommissar ihre. »Stina?« Stina stand auf. Sie schlich an die Schublade, in der die Handys abgelegt worden waren. Sie kannte ihre eigene Nummer nicht. Als sie das Telefon herauszog, das zwischen denen von Tilda und Lotta lag, kehrte augenblicklich ihre Traurigkeit zurück. Sie ließ die Schultern sinken und stellte das Handy an. Sie gab dem Kommissar ihre Nummer und entdeckte, dass Marcel ihr viele weitere Mitteilungen per WhatsApp geschickt hatte. Sie war versucht, die erste zu öffnen, dann legte sie es wortlos zurück und schob die Lade zu. Marcel sollte bleiben, wo der Pfeffer wächst. Sie würde ihm niemals wieder …

»So, ich fahre jetzt. Hier haben Sie meine Nummer, falls irgendetwas sein sollte. So können Sie mich oder den Kollegen jederzeit erreichen.« Thomas Hartwig schob ihr seine Karte rüber und schrieb die von Westermann auf die Rückseite der Visitenkarte.

»Jederzeit! Und heute Nachmittag kommen Sie bitte nochmal in die Burger Dienststelle, ja? Gegen 15 Uhr, wenn Ihnen der Zeitpunkt recht ist.« Dann verschwand er.

Unweit der Hütte bewegte sich erneut ein Schatten im Dunst und beobachtete, wie der Mann verschwand. Es wurde Zeit …

*

Der Mann löste sich aus dem Schatten der Bäume, drehte sich fortwährend um, bevor er die Stufen hinauf stieg. Mit der Faust hämmerte er gegen das Holz der Tür.

»Na, haben Sie etwas vergessen?«, rief Tilda, öffnete und erstarrte im gleichen Augenblick. Hektische rote Flecken zeichneten sich in ihrem Gesicht ab, ihr Mund nahm einen harten Zug an: »Was willst du hier?«, stieß sie leise hervor. »Sie will dich nicht sehen und ich glaube nicht, dass sich das die nächsten 1000 Jahre ändern wird. Verpiss dich oder …«

»Oder was?«, forderte Marcel sie heraus. Seine Haut war bleich, als seine Hand sich zur Faust ballte. Herausfordernd hielt er sie ihr unter die Nase. Seine Augen verengten sich zu schmalen Schlitzen. Tilda verspürte keinerlei Angst vor dem arroganten Fatzke und baute sich selbstbewusst vor ihm auf. »Mir kannst du nicht drohen. Ich hab vor dir Piefke keine Panik. Schlag doch. Schlag zu!« Tilda stellte sich in Kampfposition und hob ihre Fäuste direkt vor seine Augen. Ihre Gebärden blieben nicht unbeachtet. Marcel wusste aus Gesprächen mit Stina, dass man mit ihr besser nicht in Streit geriet. Er hielt es zwar für Übertreibung seiner Freundin. Aber es schien, als hätte sie recht. Er sah in ihr eine eingebildete Zicke, die sich von niemandem die Butter vom Brot nehmen ließ. Schon gar nicht von einem Mann. Sie war eine richtige Emanze. Wie sämtliche Freundinnen von Stina. Eine Schlägerei mit ihr durfte er nicht riskieren, wenn er Stina zurückgewinnen wollte. Nicht jetzt. Das konnte er anders klären und später erledigen. Immer wieder versuchte er, an ihr vorbei einen Blick in die Hütte zu werfen. Marcel entdeckte sie nicht. In ihm arbeitete es. Sein Gesicht wurde rot, und seine Augen blitzten gefährlich.

»Stina«, schrie er.

»Halt deine Fresse und verpiss dich. Sie ist nicht hier! Und sie will dich, verdammt noch mal, nie mehr wiedersehen. Kapier das endlich!« Für Tilda war die Sache erledigt, und sie wollte die Tür zuschlagen. Der Ton, den sie ihm gegenüber angeschlagen hatte, musste ihn vertreiben. Marcel hatte allerdings noch nicht genug und stellte seinen Fuß dazwischen. »Ich komme wieder, mach dir keine Sorgen und dann …«

»Was dann, du Idiot? Hau ab!«

Marcels Nasenlöcher blähten sich, als er mit stechendem Blick die eiskalte Luft einsog. Sein Gesicht verzog sich zu einer wütenden Grimasse. Tilda versuchte, seinen Fuß aus der Tür zu treten. Jetzt erhoben sich seine zu Fäusten geballten Hände. »Ich krieg euch alle!«

*

Am späten Vormittag bestieg Charlotte dick eingemummelt mit geschultertem Rucksack ihr Fahrrad. Sie musste unbedingt raus und frische Luft schnappen. Wo konnte sie das besser als im Wald. Der Arzt hatte ihr schließlich nicht verboten, sich zu bewegen. Nur diese ominösen Tabletten musste sie einnehmen und zwei Tage später wieder bei ihm zur Kontrolle erscheinen. Als hätte sie nichts Besseres zu tun. Katrin hatte ihr das Medikament besorgt und war gleich darauf ins Büro gefahren. Wenn sie geahnt hätte, dass Charlotte sofort wieder loszog, wäre sie zu Hause geblieben. Charlotte lächelte, zog ihre Handschuhe an und radelte los. Es ist verdammt kalt.

Sie wollte sich im Staberholz noch einmal umsehen und mit den jungen Frauen sprechen. Vielleicht konnte sie etwas herausbekommen, das ihr weiterhalf.

Sie wusste, dass die Fahrt eine Stunde dauern konnte, was sie nicht davon abhielt, ihre Nachforschungen anzustellen. Die Mädchen kannten sie und hatten wahrscheinlich mehr Vertrauen zu ihr als zur Polizei. Keuchend kam sie eine

Dreiviertelstunde später am Staberholz an. Sie stieg ab und blickte auf ihre Armbanduhr. »Rekord! 50 Minuten!« Die Miss Marple der Insel streckte die Brust raus und atmete durch. Sie war stolz auf ihre sportliche Leistung und stellte das Fahrrad gegen einen Baum am Waldrand. Sie registrierte das dort abgestellte Auto. Niemand saß darin. Charlotte Hagedorn zog die Kamera aus dem Rucksack, dann schulterte sie ihn und zog den bunten Schal enger um ihren Hals. Gott sei Dank, habe ich Stiefel angezogen, dachte sie und stapfte über den Waldboden, der anfing zu gefrieren. Die Künstlerin sog die feuchte, nach Pilzen riechende Waldluft tief in ihre Lungen. Dann blieb sie stehen, stellte die Kamera ein und hielt sich den Sucher vor das linke Auge. Ihr Herz klopfte, als sie das unwirkliche Bild des Waldes in sich aufnahm. Sie drückte immer wieder den Auslöser. »Wunderbar«, flüsterte sie leise und holte erneut tief Luft. Dann stapfte sie weiter. Sie wurde das dumpfe Gefühl nicht los, dass sie jemand beobachtete. Immer wieder blieb sie stehen, um die Waldgeräusche zuzuordnen. Sie schüttelte den Kopf. Es ist hellichter Tag. Was für ein Blödsinn, und trottete weiter. Kein Vogel war zu hören. Nur das leise Rauschen der Brandung, die sich unweit des Waldes am Strand brach. Das arme Mädchen. Was, wenn sie gar nicht gestürzt war, sondern hier ermordet und dann die Steilküste runtergestoßen wurde? Charlottes Hypothese war äußerst fragwürdig. Querdenken, du musst querdenken. Sie wollte sich selbst ein Bild von der Situation machen. Der Staberholz erschien ihr unwirklich. Immer wieder blieb sie stehen, um Fotos zu schießen. Dann entdeckte sie zwischen den Bäumen die Hütte, die in einem gespenstischen Schleier aus Nebel vor ihr lag. Hier möchte ich im Leben keinen Urlaub verbringen und schon gar nicht tot *über 'm* Zaun hängen, schüttelte sie sich. Das alte Holz der Hütte hatte sich merklich verzogen und glich einem windschiefen Hexenhaus. Das hätten die längst mal in Ordnung bringen können. Vielleicht wollten sie es auch deshalb nicht mehr vermieten. Die Fensterläden waren teilweise mit Grünspan überzogen. Ihr war auf einmal lausig kalt. Der unwirkliche Dunst zog an ihr vorbei. Hastig stapfte sie Richtung Hütte und stieg die knarzenden Stufen hinauf. Sie wollte nur noch ins Innere der Waldhütte, als sie eine Hand berührte.

»Was wollen *Sie* denn schon wieder?«, brummte Tilda, als sie den Holzkorb absetzte und die Hand auf die Schulter der Frau legte. »Mann, hast du mich erschreckt«, fuhr sie zusammen. »Ich wollte sehen, wie es euch geht. Jetzt, wo eure Freundin … so schrecklich umgekommen ist.« Charlotte Hagedorn versuchte, die geeigneten Worte zu finden, die, so wusste sie, in so einer Situation niemals die richtigen waren. Der Gesichtsausdruck der Studentin entspannte sich. »Umgekommen? Lächerlich. Aus welchem Jahrhundert kommen Sie denn? Das war ein Unfall und sonst gar nichts. Ein böses Unglück. Und wie es uns geht, können Sie sich doch wohl vorstellen, oder?« Ihr Blick wurde zunehmend unfreundlich und verunsicherte selbst die toughe Charlotte Hagedorn. Tilda sah es und ruderte zurück. »Wir sind total geschockt und wären längst hier verschwunden, wenn wir wüssten, was genau passiert ist. Aber wir sind es ihr schuldig, solange hierzubleiben, bis der schreckliche Unfall geklärt ist.«

»Wer ist denn da draußen?«, fragte Stina, die dabei war, ihre Haare zu föhnen. »Ach, die Tante vom Leuchtturm«, rief Tilda in die Hütte. Die zierliche Studentin erschien im Türrahmen. Sie ist blass und so hübsch, stellte Charlotte fest. »Ja, dann kommen Sie doch rein.« Sie guckte ihre Freundin verständnislos an. »Oder wolltest du sie bei der Kälte draußen stehen lassen?« Stina zog Charlotte in die Hütte. Tilda schnappte den Holzkorb und folgte den beiden. Sie ließ den Korb lautstark neben dem Kaminofen zu Boden fallen. »Von mir aus«, grummelte sie und trat an den Tisch. »Kaffee?« Tilda wollte Stina nicht noch mehr verunsichern und verhielt sich angepasst. »Nein, ich trinke keinen Kaffee. Hast du vielleicht einen Tee?«

Die Studentin stöhnte. »Na, das war ja klar. Tee!« Ihre Freundin, die nicht verstehen konnte, warum sie dermaßen abweisend war, warf ihr einen frostigen Blick zu. »Natürlich haben wir Tee. Kräuter? Schwarz?«, fragte sie. Stina fühlte sich wohler, seit Charlotte hier war. Sie hatte eine besonnene Ausstrahlung und brachte Ruhe in die Hütte.

Die Sportstudentin eilte zum Wasserkocher, befüllte ihn und stellte ihn an. »Schwarzer Tee ist hervorragend«, meinte Charlotte, zog die Kamera von der Schulter und legte sie vor sich auf den Esstisch. Dann knotete sie den Schal auf, zog ihn vom Hals und deponierte ihn daneben. Als sie die Mütze herunterzog, sah sie aus wie ein graues aufgeplatztes Sofakissen. Selbst Tilda musste lachen. Charlotte fuhr mit flinken Fingern durch die Frisur, raffte sie im Nacken zusammen und band die Haare zu einem Knoten.

»Besser?«, fragte sie. Stina nickte lächelnd und schob ihr einen Becher über den Tisch. »Es tut mir wirklich sehr leid, wenn ich mich in euer Privatleben einmische. Ihr habt sicher Besseres zu tun, als euch mit einer schrulligen Tante abzusabbeln. Aber vielleicht kann ich ja helfen.« Die Frauen sahen sie erstaunt an. »Wieso sollten Sie uns helfen wollen? Sie kennen uns doch gar nicht.« Tilda ließ sich auf den Stuhl fallen, der Charlotte gegenüber stand. Sie hatte nicht vor, mit Hilfe der Frau Probleme zu lösen, die diese überhaupt nichts angingen. »Lasst es mich so ausdrücken.« Die Künstlerin nahm einen Schluck Tee, streckte ihre Beine aus und faltete die Hände, bevor sie sie auf den Tisch legte. Ihr erdbeerroter Wollpullover unterstrich ihre gesunde Gesichtsfarbe, während sie angestrengt überlegte. Sie schien ihre Wortwahl genauestens vorzubereiten. Selbst das *Du* war eine ihrer Taktiken. Vertrauen schaffen, nannte sie es. Sie guckte nachdenklich zwischen Stina und Tilda hin und her. »Ich arbeite eng mit der Polizei zusammen und bin bei einigen heiklen Fällen involviert gewesen. Ich kenne mich auf der Insel aus und habe jede Menge Kontakte. Vielleicht habt ihr Informationen für mich, die uns und euch weiterhelfen, das schreckliche Unglück schnellstens aufzuklären?«

»Uns weiterhelfen? Wer sind Sie, Miss Marple?« Tilda lachte abfällig. »Was könnten Sie klären, was die Polizei nicht kann?« Die dunkelhaarige junge Frau schüttelte die wilde Mähne und brach erneut in Gelächter aus. Sie tippte mit dem Zeigefinger gegen die Stirn. »Sie wollen uns doch wohl verkackeiern. Wer, bitteschön, sollte Sie … involvieren, um mal bei Ihrem Sprachgebrauch zu bleiben? Völliger Schwachsinn!«

»Hauptkommissar Dirk Westermann und sein Kollege Hartwig von der Mordkommission Oldenburg zum Beispiel. Er vertraut mir und meinen Nachforschungen seit Jahren, wenn es darum geht, Mordfälle auf der Insel aufzuklären.«

»Oh, das konnte ich ja nicht ahnen«, frotzelte Tilda und ließ sich in den Sessel fallen. Sie setzte es anscheinend auf einen Schlagabtausch an. »Sie ermitteln also in Mordfällen, und was wollen Sie dann von uns? Lotta hatte einen unglücklichen Unfall.« Sie schwang ihre langen Beine über die Lehne. Gelangweilt fingerte sie an ihrem grauen Pullover herum, als würde sie Fussel entfernen. »Ich finde, Sie verschwenden eindeutig Ihre Zeit.« Ihr ging der gesamte Rummel gewaltig gegen den Strich, und sie wollte am liebsten, so schnell es möglich war, von dieser Insel verschwinden. Nur Stina zuliebe hielt sie es hier in dieser Einöde aus. Und sie hatte es Lotta versprochen. Sie warf einen Blick auf ihre Freundin, die nur Augen für Charlotte hatte. Die wiederum betrachtete unbeeindruckt vom Gerede der hochgewachsenen Frau, deren explosiver Charakter sie nicht im Geringsten einschüchterte, das brennende Holz im Ofen, das leise vor sich hin knackte. »Das ist nett mit dem Feuer. Ich habe einen ähnlichen Kamin«, wollte sie die Mädchen aufmuntern, als es gegen die Tür hämmerte. »Mach sofort auf, Stina!«

Charlotte sah erstaunt zur Tür. Tilda sprang vom Stuhl auf und marschierte direkt darauf zu. »Ich weiß schon, wer das ist. Aber ich habe ihm vorhin zu verstehen gegeben, dass er sich hier verpissen soll.« Sie riss die Tür auf. »Hab ich mich nicht deutlich genug ausgedrückt?«, schrie Tilda und trat vor die Tür. Sie wollte nicht, dass Marcel Stina zu Gesicht bekam. »Verschwinde Arschloch, oder ich rufe die Polizei.«

»Dass ich nicht lache. Du drohst mir mit der Polizei? Ich glaube, du weißt immer nicht, mit wem du es hier zu tun hast. Solche wie dich vernasche ich vor dem Frühstück«, drohte er kalt.

»Das interessiert mich am Arsch, und jetzt hau die Hacken in Teer und schleich dich.« Tilda nahm ihre Fäuste und stieß ihn Richtung Treppe. Marcel war von dem Angriff überrumpelt, verlor den Halt und fiel rückwärts die Stufen hinunter. Er landete im Dreck und sah sie fassungslos an. Dann schnellte er hoch. Breitbeinig stand er am Fuß der Treppe, hob, wie schon vor ein paar Stunden, die Fäuste und drohte: »Das wirst du büßen. Du bist wirklich das Letzte. Und deiner begriffsstutzigen Freundin kannst du mitteilen, dass sie betteln kann, solange sie will. Die kriegt mich nicht mehr, die Fot... und wir ... wir sehen uns wieder. Dich mach ich fertig. Du wirst noch um Erbarmen winseln, du dämliche Schlampe.« Mit wilder Drohgebärde drehte er sich um und versuchte fluchend, den Schmutz aus seinen Klamotten zu klopfen. »Das wirst du büßen«, schrie er und verschwand im Dickicht. »Die begriffsstutzige Freundin will dich gar nicht mehr«, brüllte Tilda ihm nach und schlug wütend die Tür zu. Hinter dem Vorhang standen die verdutzte Charlotte und eine völlig verstörte Stina. »Wer, um Gottes willen, ist das?«, wollte die Künstlerin wissen. »Das ist der Grund, warum wir hierher gefahren sind. Das ist Marcel«, flüsterte Stina. Ein bitterer Zug legte sich um ihren Mund. Ihre Augen bekamen diesen verräterischen Schimmer. »Nicht heulen. Bitte nicht«, flehte Tilda. »Dieser Kerl ist es nicht wert.« Stina schlurfte zurück zum Sofa und hockte sich im Schneidersitz auf das Polster. Charlotte ging zur Couch und setzte sich unaufgefordert neben sie. »Kind, musst nicht traurig sein. Nach allem, was ich von dem Kerl gesehen habe, kannst du froh sein, dass du ihn los bist. Das scheint ein affektierter Schnösel zu sein. Der passt überhaupt nicht zu dir! Du bist doch ein Süße. So einen braucht niemand. Und *du* schon gar nicht. Sieh dich an, du bist eine wunderhübsche Deern. Du bekommst ganz andere Kaliber. Aber den ... um Gottes willen, nein!« Charlotte Hagedorn nahm das eingeschüchterte Mädchen tröstend in den Arm. »Ich weiß, meine Eltern konnten ihn von Anfang an nicht leiden. Der passt nicht zu uns, haben sie gesagt.« Stina schniefte und wischte sich Schnodder mit dem Ärmel ihres Sweatshirts von der Nase. »Aber erst, als ich ihn in meinem Bett mit dieser Tussi erwischt habe, war mir klar, dass sie die ganze

Zeit recht hatten. Und jetzt bombardiert er mich mit Whats-Apps und taucht hier sogar auf der Insel auf. Der spinnt!«

»Das mag sein, aber er ist vielleicht auch gefährlich. Wenn einer sich so benimmt, dann sollte man ihm besser aus dem Weg gehen.«

»Dem hab ich's so gegeben. Der lässt sie von heute an ganz bestimmt in Ruhe. Das war jetzt das zweite Mal, dass der hier vor der Hütte aufgekreuzt ist. Ich denke, er hat die Nachricht verstanden.« Tilda schob die Ärmel ihrer schwarzen Strickjacke hoch und setzte sich zufrieden auf den Sessel zurück. »Wieso zum zweiten Mal?«, wollte Stina wissen, zog das Sofakissen vor ihren Bauch und sah die Freundin an. »Der war heute Morgen hier, als du geduscht hast. Da hab ich ihm schon zu verstehen gegeben, dass er sich verpissen soll.« Tilda sah Stina an und wurde rot. »Ja, aber das hätte ich selbst regeln müssen.« Sie kämpfte erneut mit den Tränen. »Jetzt heul nicht schon wieder. Was wäre passiert, wenn du die Tür aufgemacht hättest? Eingeknickt wärst du, augenblicklich. Der Kerl hat dich sowas von in der Hand. Sei froh, dass wir dich vor ihm …« Sie hielt inne. Tilda biss sich auf die Lippen. »Noch jemand Kaffee oder Tee?«

*

Der schlanke Mann zog die dunkle Kapuze weit über seinen Kopf, nahm die Hände vors Gesicht und blies seinen warmen Atem hinein. Dann sah er die Alte, die mit einer Kamera durch das Unterholz stapfte. Es missfiel ihm, dass in dieser öden Jahreszeit so viele Menschen in diesem verdammten Wald unterwegs waren. Er fuhr sich mit der Hand über sein Kinn. Sein Magen knurrte hörbar. Er hatte einen Bärenhunger und war extrem übernächtigt. Er strich durchs

Gebüsch. Der Mann biss die Zähne zusammen und machte sich widerwillig auf den Weg ins fast neun Kilometer entfernte Burg. Er brauchte endlich etwas zu essen. Hunger trieb ihn an. Alles andere konnte warten.

KAPITEL 11

Eine Stunde später saß Charlotte auf ihrem roten Fahrrad und war auf dem Weg Richtung Burg. Sie musste einige Dinge erledigen und einkaufen, bevor sie sich wieder auf den Rückweg nach Hause machen konnte. Das war ein aufschlussreicher Besuch bei den jungen Damen, dachte sie und trat angestrengt in die Pedale. Regen hatte eingesetzt und kräftiger Wind peitschte ihn ihr fortwährend ins Gesicht. Als sie durch Meeschendorf fuhr, fiel ihr ein Mann auf, der zu Fuß Richtung Burg unterwegs war. Sie klingelte, um ihn nicht über den Haufen zu fahren. Er hielt seinen Kopf gesenkt und trat zur Seite. Charlotte wunderte sich, dass jemand bei diesem Wetter draußen herumlief, weil der Ort ansonsten menschenleer war. Die Künstlerin strampelte nachdenklich weiter. Kurze Zeit später hielt sie vor dem *Edeka*-Markt und stellte ihren Drahtesel in den Radständer. Sie zog die Handschuhe aus, eilte in den Supermarkt und stand plötzlich vor leeren Einkaufsregalen. »Was ist denn hier los?«, wollte sie von der Verkäuferin wissen, als sie nach Nudeln suchte. »Ja, die haben uns die ganzen Regale leergeräumt«, sagte sie. »Leergeräumt? Was soll das heißen?«

»Na, seitdem bekannt geworden ist, dass eine Epidemie im Anmarsch ist, kaufen die Leute, was sie tragen können. Nudeln, Mehl, und Toilettenpapier. Wir können gar nicht so schnell auffüllen.« Sie entfernte sich eilig. Charlotte packte gerade ein paar Lebensmittel in den Einkaufskorb, als unerwartet Nele Martin im Gang zwischen Duftsprays und Hygieneartikeln fast mit ihr zusammenprallte. »Charlotte? Was machst du in Burg? Und da kommst du nicht mal bei mir vorbei?« Die Pensionsbesitzerin sah die Freundin verwundert an. Die Künstlerin blieb stehen.

»Nele, wie schön! Ich bin nur kurz hier, um einiges einzukaufen, wenn ich es denn bekomme. Das ist ja verrückt.«

»Ja, das ist es wirklich. Ich glaube, wir müssen unsere Pension schließen. Da sind ein paar Gerüchte im Umlauf. Die wollen alle Hotels und Geschäfte schließen, bis auf die Lebensmittelläden und Apotheken. Selbst die Schulen sind ab morgen geschlossen. Wo das enden soll?«

»Ne, mach dir man keinen Kopf. Das sind sicher nur Gerüchte. Aber das ist schon unheimlich mit diesem Virus. Darüber lass uns mal gar nicht nachdenken. Wie geht's dir? Ich komme gerade aus dem Staberholz. Fotos schießen.«

»Fotos? Bei dem Wetter? Das geht ja gar nicht. Wollen wir was trinken?« Nele hakte Charlotte unter und wollte sie mit sich ziehen. »Nein, lass man. Ich muss nach Hause. Ist schon ziemlich spät, und es wird ja auch bald dunkel. Wenn Katrin merkt, dass ich nicht zu Hause bin, gibt's Ärger. Wir holen das nach, versprochen.« Sie eilte Richtung Kasse und legte ihre Einkäufe aufs Band. Sie wollte gar nicht in die Verlegenheit geraten, weiter mit Nele plaudern zu müssen. Sie

hatte Wichtiges zu erledigen. Hastig stopfte sie die einge-
kauften Lebensmittel in ihren Rucksack. »Schade, aber du
musst mir versprechen, mich bald zu besuchen. Wir haben
ja jetzt sowieso noch geschlossen. Bis zum Ende des Monats,
dann geht's wieder in die Vollen. Du weißt ja, die Saison steht
in den Startlöchern. Wenn die hier nur nicht alles dichtma-
chen!« Neles Stirnband rutschte nach oben, was Charlotte
zum Lachen brachte. »Richte du erst mal deine Krone, meine
Liebe, dann sehen wir weiter. Und das mit der Schließung …
wird viel gesabbelt, du weißt ja«, antwortete die Künstlerin
und schob sich neben Nele aus dem Geschäft.

Charlotte wandte sich zu dem Fahrradständer, als sie
plötzlich erstarrte. Verdutzt sah sie die Freundin an. »Mein
Fahrrad … wo ist mein Rad?« Fassungslos stand sie da und
starrte auf die Lücke, in der noch vor wenigen Minuten ihr
rotes Rad gestanden war. Sie drehte sich zu Nele, als könnte
die ihr eine Antwort geben. »Wie – dein Fahrrad?«

»Es stand gerade noch hier!«, erklärte die Künstlerin mit
bebender Stimme. Sie war außer sich. »Die haben mein Rad
geklaut, mein Charlotte-Fahrrad. Mein schönes Rad.

Was mach ich denn jetzt?«

*

Hartwig und Westermann saßen in der Dienststelle. Thomas
gähnte, als das Handy seines Vorgesetzten klingelte. »Fahr
mal den Rechner hoch. Ich hab da etwas für dich«, hörte er
die Stimme von Alfons Bendix. »Thomas, kannst du mit-
hören?« Hartwig schaltete den Videochat zur Rechtsmedizin. Er rutschte mit seinem Stuhl um den Tisch und rückte
Westermann an die Seite, während er erneut gähnte und sich
mit beiden Händen durch die dichten dunklen Haare fuhr.

Dann verschränkte er die Arme vor der Brust. »Moin, Jungs. Ich glaube, ich habe etwas für euch. Du warst ja so schnell verschwunden, dass du das Wichtigste überhaupt nicht mitbekommen hast«, sprach Bendix und steckte die Hände in die Taschen seines weißen Kittels. »*Moin* ist gut«, flüsterte Hartwig. »Es ist gleich 23 Uhr.«

»Das habe ich gehört. Aber ich wollte euch die interessanten Neuigkeiten nicht bis morgen vorenthalten. Wir haben Hochinteressantes herausgefunden. Als Erstes handelt es sich um Waldboden. Wir haben jede Menge unter Lotta Freimanns Fingernägeln gefunden. Allerdings war der Salzgehalt in der Erde ziemlich hoch. Wir gehen davon aus, dass das Erdreich direkt am Wasser liegen muss … die salzhaltige Luft.«

»Ist uns klar, wir haben sie am Strand gefunden, und oberhalb der Steilküste gibt es einen Wald«, bestätigte Hartwig. Bendix nickte, ehe er weitersprach. »Sie war schon tot, *als* sie die Klippe herunterstürzte.«

Westermann setzte sich kerzengerade auf und musste im gleichen Moment husten. Er hielt sich die Hand vor den Mund. Sein Gesicht wurde rot. »Red schon«, rief der Hauptkommissar ungeduldig und starrte auf den Monitor. »Sie ist, wie gesagt, durch einen Genickbruch zu Tode gekommen«, Bendix schwieg für einen Moment, »als sie gestürzt wurde.«

»Wodurch bedingt sich das?«, wollte Westermann wissen.

»Weil der Genickbruch nicht glatt verläuft, sondern durch eine Drehung herbeigeführt wurde.«

»Eine Drehung? Erkläre uns das bitte genauer«, murmelte Westermann und hustete erneut. Mit hochroter Miene rückte er die Brille zurecht. Er rutschte auf seinem Stuhl hin und her. Hartwig kraulte sich das Kinn und schien nachzudenken. »Auf dem Röntgenbild ist deutlich eine seitliche

Absplitterung erkennbar, die durch eine Drehung entsteht«, fuhr Bendix mit seiner Ausführung fort.

»Sie ist nicht die Klippe runtergestürzt? Es war also weder ein Unfall noch ein Suizid?«, wollte Hartwig wissen.

»Eindeutig nein! Wenn ihr mich fragt, dann hat jemand sie umgebracht und dann die Klippen hinuntergestürzt. Ihr wurde sozusagen das Genick umgedreht.« Eisige Stille auf beiden Seiten.

»Ihr habt es auf jeden Fall mit einem Mordfall zu tun! Ich hoffe, ich konnte euch weiterhelfen. Wenn ich noch etwas finde, melde ich mich umgehend. Tschüss. Ach, und Dirk, hustest du schon lange?« Westermann verneinte kurz. »Fieber?«

»Nicht, dass ich wüsste. Ich denke, da ist eine Erkältung im Anmarsch.«

»Na dann. Gute Nacht, Jungs.« Die Verbindung brach ab.

Die beiden Polizeibeamten saßen sich sprachlos gegenüber. Westermann schluckte, drehte sich zu seinem Kollegen, bevor er das Wort an ihn richtete. Die Berichterstattung des Rechtsmediziners hatte ihr gesamtes Konzept über den Haufen geworfen. Auf einmal hatten sie es nicht mehr mit einem Unfall zu tun.

»Dann war es Mord!«, fluchte Westermann und sprang vom Stuhl auf.

»Wir müssen die Mädels da rausholen, bevor ...« Der Hauptkommissar riss die Jacke vom Haken und streifte sie über. »Weißt du eigentlich, wie spät es ist? Die schlafen längst tief und fest. Hat das nicht Zeit bis morgen früh?«

»Sag mal, geht's noch? Was glaubst du, passiert, wenn hier auf der Insel jemand unterwegs ist, der sein Werk nicht vollendet hat.« Westermann sah den jüngeren Kollegen durch schmale Schlitze an. Er presste die Lippen aufeinander und riss die Tür auf. Dann verließ er, ohne auf Hartwigs Einwand einzugehen, das Büro. »Vielleicht war diese Lotta nur einfach zur falschen Zeit am falschen Ort«, rief Thomas ihm hinterher und erhob sich. Schwerfällig und mit müden Bewegungen stand er auf, zog widerwillig seine Jacke über und folgte seinem Vorgesetzten. Er pfiff leise nach Watson, der seelenruhig im Korb vor sich hindöste. »Mein Bester, wenn wir hier schlampen, bringen wir das Leben der Mädchen in Gefahr. Wir fahren genau jetzt auf die Insel und sehen nach dem Rechten. Sofort!«, sagte Westermann bedrohlich leise, als er zurückkam und im Türrahmen stehenblieb. Seine Ansage duldete keine Widerrede. Im Laufschritt verließen sie das Dienstgebäude.

»Wann, glaubst du, können wir nach Hause?«, fragte Stina und sah ihre Freundin aus verweinten Augen an. Sie kauerte wie ein Häufchen Elend auf dem Sofa und knetete fahrig ihre schlanken Finger. Am Ringfinger der linken Hand glänzte ein Diamantring, der im Licht der Lampe funkelte. Der Verlobungsring von Marcel. Stina betrachtete ihn lange und zog ihn dann schweigend vom Finger. Im Ofen knisterten die Holzscheite, und es hatte trotz der schwierigen Situation fast etwas Heimeliges. Tilda zuckte die Schultern. »Wenn ich das wüsste. Aber ich sagte dir auch, dass wir Lotta zuliebe durchhalten müssen. Zumindest so lange, bis wir genau wissen, was passiert ist und sie uns sagen können, wann ihre … Leiche freigegeben wird. Ihre Eltern sind wahrscheinlich schon auf der Insel. Was weiß ich. Wenn du unbedingt möchtest, klär ich das mit der Polizei und du kannst mit ihnen nach Hause fahren. Ich bin dir nicht böse. Aber ich halte für Lotta die Stellung. Das bin ich ihr schuldig. Ich bleibe, bis alles geklärt ist. Das hätte sie für uns auch getan«, flüsterte sie, stand auf und schlug mit der Faust immer wieder heftig gegen ihre Brust, um ihre Trauer zu zeigen. Mit zitternden Fingern legte sie ein weiteres Holzscheit in den Ofen und sah Stina an. Sie war blass. Dann fuhr sie sich mit der Hand durch ihre stumpfen Haare und sah danach aus wie eine dieser Figuren aus den neueren Vampirfilmen. Unter ihren Augen hatten sich dunkle Ränder gebildet. Stina sah, dass es ihrer Freundin genauso schlecht ging wie ihr selbst. »Es ist alles meine Schuld. Wenn ihr mich nicht hättet trösten wollen, wäre das alles niemals passiert«, klagte Stina mit brüchiger Stimme und hielt sich die Hände vors Gesicht. Tilda bewegte sich auf den Tisch zu und schenkte zwei Gläser Wodka aus der bereits halbleeren Flasche ein. Sie hatte Stina immer wieder nachgeschenkt, damit sie auf andere Gedanken kam. Die blonde Studentin schniefte, und ihre Worte klangen bereits verwaschen, als hätte sie zu viel getrunken. »Ich will mit dir hierbleiben. Aber ich bin so müde.« Immer wieder senkten sich ihre Augenlider. Ihr linkes Bein rutschte vom Sofa und hing bleiern auf den Boden. »Süße, ich glaube, ich bring dich zu Bett. Wir reden morgen weiter. Und wenn du wirklich willst, bleibst du mit mir hier.« Stina würde das hier nicht durchhalten, da war sie sicher. Sie sah die Freundin an und musste lächeln. Sie war eingenickt. Tilda weckte sie und manövrierte sie mit äußerster Kraftanstrengung die Leiter hoch, um sie auf ihr Nachtlager zu bringen. Sie drängte die vor sich hinmurmelnde Freundin die letzten Stufen der Stiege hinauf. »Mann, bist du schwer. So, Mädchen. Eine noch, dann bist du im Bett«, ächzte Tilda und schob sie auf die am Boden liegende Matratze. Sie deckte Stina zu und wollte die Leiter wieder hinunter, als diese »Ich bin aber gar nicht müde«, stammelte, um im nächsten Augenblick leise zu schnarchen. Tilda war erleichtert. Sie würde in dieser Nacht wenigstens tief und fest schlafen und nicht über Lotta nachdenken müssen.

Dafür würde sie morgen möglicherweise mit einem fiesen Kater aufwachen.

Tilda hockte sich aufs Sofa, stellte in ihrem Handy ihre Playlist an und setzte die Flasche an die Lippen. Sie machte sich nicht einmal mehr die Mühe, ein Glas in die Hand zu nehmen. Eine Viertelstunde später war die Wodkaflasche bis auf ein paar letzte Tropfen leer, und die dunkelhaarige, blasse Schönheit restlos betrunken.

»Wenn sie dich nach Hause bringen, werde ich dir folgen. Ja, das mache ich, meine liebe Lotta. Ich bring dich nach Hause.«

Tilda hob die Flasche zur Zimmerdecke, setzte sie erneut an und war enttäuscht, weil nichts mehr herauskam. Kraftlos ließ sie den Arm sinken, und die Wodkaflasche rollte in die Ecke des Zimmers. Wankend stand sie auf. Im Ofen glomm nur ein Rest des letzten Holzscheits und würde ausgehen, wenn sie ihn nicht wieder fütterte. Tilda guckte in den Korb … er war leer. »Verdammt, ich muss Holz nachlegen, damit der Ofen nicht auch gleich pennt«, nuschelte sie und schleifte den Holzkorb wankend hinter sich her zur Tür. Die schwarzen Haare hingen ihr wirr ins Gesicht. Sie zerrte mühsam die dunkle, bis zu den Waden reichende Wolljacke über die Schultern und lief sockfuß zur Tür. Tilda summte leise, als sie die Hütte verließ. »Lebt denn der alte Holz-Michel noch …« Kichernd wankte sie über die Veranda zum Holzstapel und legte erste Holzscheite in den Korb. Der Nebel hatte sich verzogen, und es hatte wieder angefangen zu regnen. Das Wetter hier ist seltsam, stellte sie fest und lauschte der Eule, die in regelmäßigen Abständen schrie. »Wenigstens auf dich ist Verlass«, grummelte sie.

War es die Dunkelheit, die die Hütte wie einen schweren Mantel einhüllte, das andauernde Prasseln des Regens oder der unheimliche Schrei des Vogels, der sie trotz des Alkoholpegels frösteln ließ? Tilda kroch ein eiskalter Schauer über den Rücken. Ihre Nackenhaare richteten sich auf. Sie hatte, obwohl sie kaum noch einen klaren Gedanken fassen konnte, das ungute Gefühl, beobachtet zu werden. Es knackte verdächtig im Unterholz. Tilda neigte ihren Kopf schwerfällig, entdeckte aus dem Augenwinkel jedoch nichts, was beunruhigend gewesen wäre. »Marcel, du Arschloch, verpiss dich«, lallte sie und wandte sich dem Holzstapel zu, um weitere Holzstücke in den Korb zu packen. »Das war nur ein Kaninchen«, kicherte sie. »Marcel, du bist ein dämliches Kaninchen.«

Schwankend richtete sie sich auf, als sie Stina aus dem Inneren der Hütte rufen hörte. »Tilda, wo bist du?«

»Ich bin hier, Kleine. Leg dich wieder hin, ich hole nur Holz. Bin gleich bei dir.« Die Philosophiestudentin torkelte zur Tür und warf einen Blick in die Hütte. Stina saß auf dem Dielenboden des Dachgeschosses und hatte ihre nackten Füße auf der ersten Stufe abgestellt. »Geh wieder schlafen, ich komme auch gleich, versprochen.«

»Ist gut. Aber bald.« Dann registrierte Tilda, dass ihre Freundin die Füße zurückgezogen hatte und wieder im Dunkel des Dachbodens verschwunden war. Erleichtert wollte sie den Korb in die Hütte holen. Sie schlich zurück und bückte sich, um ein letztes Stück Holz aufzunehmen, und fuhr geschockt zusammen, als sich plötzlich eine in einem Lederhandschuh steckende Hand über Mund und Nase legte. Tilda versuchte instinktiv, sie wegzustoßen. Es gelang ihr nicht. Die schwere Pranke nahm ihr fast den Atem. Die Studentin kämpfte um Luft und wollte schreien, aber jeder Versuch scheiterte. Der Alkohol hatte sie geschwächt, und sie schaffte es nicht, sich zu wehren. Der muskulöse Arm des Mannes hielt ihre Oberarme wie in einem Schraubstock gefangen. Ihre Kräfte ließen nach. Ohne ihre Widerstandskraft hatte der Gegner leichtes Spiel. Er zerrte sie zur Treppe und schleifte sie die Stufen der Veranda hinunter. Tilda erfasste Panik. Sie konnte kaum atmen und fürchtete, jeden Augenblick die Besinnung zu verlieren. Gierig sog sie die eiskalte Luft durch ihre aufgeblähten Nasenlöcher, als die Hand des Angreifers verrutschte und ihre Nase für einen Moment freigab. Ihre Fersen schrammten über den Boden, ohne dass sie sich hätte abstützen können, um festen Grund unter ihre Füße zu bekommen. Sie war ihm hilflos ausgeliefert. Eisige Kälte durchzog ihren ungeschützten Körper. Immer wieder versuchte sie, Halt zu finden, um sich aufrichten zu können. Da der Unbekannte sie von hinten angegriffen hatte, konnte sie nicht sehen, wer sie durchs Gestrüpp schleppte. Sie spürte nur, dass es ein Mann war, der unbändige Kraft besaß, um sie zu seinem Spielball werden zu lassen. Sie strengte sich an und suchte mit ihren Fingern nach Halt, doch ihre Hände griffen immer wieder ins Leere. Der Sauerstoffmangel nahm ihr die Sinne. Ihr wurde schwindelig.

Tilda wusste, dass sie das Kämpfen aufgeben musste, um zu überleben. Sie ergab sich der Gewalt des Unbekannten und machte sich so schwer wie möglich. Der Angreifer schleppte sie trotzdem mühelos etliche Meter von der Hütte weg durch unwegsames Gelände. Ihre Füße schleiften auf dem Boden und sie registrierte, dass sie eine ihrer Wollsocken verlor. Herumliegende Äste kratzten an ihrem nackten Fuß und fügten ihrer Haut tiefe Schürfwunden zu. Der Wind bäumte sich wie auf Kommando auf, und es fing an, immer heftiger zu regnen. Ein Ast peitschte ihr ins

Gesicht. Sie hätte am liebsten geschrien, wusste aber, dass es keinen Sinn hatte, und schwieg. Tilda hatte das Empfinden, ihr Rücken würde brechen, so hart umklammerten sie die Arme des Mannes. Er schnaufte leise, als hätte er Mühe, sie durch das Unterholz zu schleppen. Für einen Moment betäubte der Schmerz ihre Sinne und sie verlor das Bewusstsein. *Stina, Stina wach auf ...* war ihr letzter Gedanke.

Sie hatte gehofft, dass die Freundin mitbekommen hatte, was sich vor der Hütte abspielte, war aber sicher, dass Stina aufgrund ihres Alkoholkonsums längst wieder eingeschlafen war. Tilda kam zu sich, als der Mann sie am Boden ablegte. Ich muss Stina helfen, bevor er zurück zur Hütte läuft, dachte sie, bäumte sich auf und wurde mit einem Schlag gegen die Schläfe niedergestreckt.

KAPITEL 12

Westermann raste auf der E47 Richtung Fehmarn. Kein anderes Fahrzeug befuhr die Straße zu dieser Uhrzeit. »Mann, Chef, du fährst weit über 100 Stundenkilometer. Ist das überhaupt erlaubt?«, feixte Hartwig und klopfte mit den Händen auf die Oberschenkel. Watson lag ruhig in seinem Hundekäfig. »Was machst du, wenn, wer immer das getan hat, sich das nächste Mädchen holt oder beide«, murmelte Westermann und drückte das Gaspedal weiter durch.

»Nun mach mal halblang. Ich glaube nicht, dass, wer immer das getan hat, es auf die Mädels abgesehen hat. Ich denke, dass diese Lotta … ein Zufallsopfer war. Sie ist draußen herumgeirrt und ist irgendjemandem in die Quere gekommen. Wer irrt schon nachts in diesem Waldgebiet rum?« Hartwig sah im Vorbeifahren verschwommene Konturen an sich vorüberziehen. Westermann schüttelte den Kopf. »Vielleicht hat es jemand gezielt auf genau diese Frauen abgesehen. Wir müssen unbedingt herausfinden, ob es da irgendjemanden gibt, der einen Grund gehabt hätte, Lotta umzubringen. Oder der es mit allen dreien nicht gut meint.«

»Das ist wohl ein bisschen an den Haaren herbeigezogen, meinst du nicht? Wer sollte es denn auf sie abgesehen haben?«

»Hat Tilda Kempe nicht erzählt, dass sie diese Waldhütte gebucht haben, weil eine von ihnen Liebeskummer hat? Was, wenn genau dieser Kerl seine Freundin stalkt und sich der Hütte genähert hat.« Westermann fuhr die erste Abfahrt runter. Dann jagte er die Blieschendorfer Allee entlang. »Du weißt schon: 70.« Hartwig hielt sich mit einer Hand am Haltegriff fest. »Nun übertreib mal nicht. Das ist doch alles noch im Rahmen. So sind wir in wenigen Minuten am Staberholz. Das allein zählt.« Dann sprang plötzlich ein schwarzer Schatten auf die Fahrbahn.

*

Tilda erwachte. Ihr Schädel brummte. Ihr war hundeelend. Sie lag auf dem aufgeweichten Waldboden, und der Regen lief in Rinnsalen über ihr Gesicht. Sie nahm zwar keine Hand mehr wahr, bemerkte aber, dass ihr Mund zugeklebt war. Mühsam sog sie die kalte Luft durch ihre Nasenflügel. Niemand hielt sich in ihrer Nähe auf, das war ihr klar. Der ist zurück zur Hütte. Stina!!! Marcel! Dieser elende Scheißkerl. Sie hörte das Knacken von Ästen um sich herum. Kleine Tiere schlichen fiepend um ihre Beine und lauerten anscheinend nur darauf, sich ihrer Beute nähern zu können. Tilda wand sich, schnaufte, zerrte an ihren Handgelenken und schabte mit den Beinen im Grund, um, was immer das war, zu verscheuchen. Sie musste sich befreien. Wenn der ihr irgendwas antut … ich muss hier weg. Ihre Hände waren auf dem Rücken zusammengeschnürt und drückten gegen ihre Wirbelsäule. Ihre Gelenke schmerzten, als sie an ihnen zerrte. Dann erneutes Knacken. Der ist noch da, überlegte sie und hielt inne. Sie versuchte, sich auf die Seite zu rollen, als sie die Hände des Mannes auf ihrer Haut spürte. Er ließ sich herab, kniete sich breitbeinig über ihren Bauch und hockte sich dann mit seinem ganzen Körpergewicht auf sie. Tilda wurde schwindelig. Sie versuchte, ein Gesicht auszumachen, und wand ihren Körper wie eine Schlange von einer Seite zur anderen, um ihn abzuschütteln. Tilda sah nur einen verschwommenen, schemenhaften Schatten. Es war zu dunkel, und der Regen verschleierte ihren Blick. Der Schlag auf den Kopf hatte ihr zugesetzt. Sie nahm von ihrer Umgebung nur Umrisse wahr. Der Mann sah sie durch schwarze Augen an, beugte seinen Kopf und leckte sich die Lippen. Es schien, als wollte er sie küssen, tat es aber nicht. Irgendetwas hielt ihn zurück.

Mit in Handschuhen steckenden Fingern schob er ihr Shirt hoch und die Jogginghose so weit runter, bis zu ihrem Bauchnabel. Ohne Eile betrachtete er ihren nackten, sich windenden Oberkörper. Sein Gewicht drohte ihr erneut das Bewusstsein zu nehmen. Stöhnend fuhr er mit einer Hand über ihre entblößten Brüste. Erregt streichelte er darüber. Ihre Knospen waren hart, was ihn zusätzlich aufzugeilen schien. Sie konnte sich nicht dagegen wehren. Die Kälte hatte Tildas gesamten Körper eingenommen. Eine Gänsehaut hatte sich auf die Haut gelegt, und ihre Zähne schlugen aufeinander, dass der Kiefer schmerzte. Tilda fehlte jegliche Kraft, sich gegen das Gewicht des Mannes zu stemmen. Sie versuchte, ihre Beine einzusetzen, aber auch sie waren an den Knöcheln zusammengeschnürt. Es gab für sie nicht die geringste Möglichkeit, sich zu wehren. Wenn sie hier lebend herauskommen wollte, musste sie sich auf sein perfides Spiel einlassen. Tilda nahm nicht einmal mehr Schmerz wahr. Die Angst lähmte sie und ihre Empfindungen. Sie bewegte sich nicht, lag regungslos da und gab vor, sich ihrem Schicksal ergeben zu haben. Nur ihr nach Luft ringendes Schnauben und der permanente Regen, angetrieben vom heulenden Wind, unterbrachen die tödliche Stille. Es gefiel ihrem Peiniger offensichtlich nicht, dass sie sich nicht mehr wehrte. Der Angreifer fauchte wie ein gefährliches Tier und schlug ihr ohne Vorwarnung die Faust ins Gesicht. Tilda wusste, dass es noch nicht vorbei war. Sie atmete flach und ihre Nasenflügel weiteten sich. Er verlagerte sein Gewicht auf ihren Brustkorb. Tilda bekam immer weniger Luft. Wie ein eiserner Schraubstock presste er den letzten Sauerstoff aus ihrer Lunge. Wütend hob er die Hände und riss ihr mit einem Ruck das Klebeband vom Mund. Sein eigenes Spiel machte ihm anscheinend keinen Spaß mehr. Langsam drängte er mit Daumen und Zeigefinger ihre Lippen auseinander. Nicht wehren, war ihr einziger Gedanke. Sie nahm den moderigen Geruch wahr, der vom Boden aufstieg, und die Feuchtigkeit, die sich über den ganzen Körper gelegt hatte. Plötzlich spürte Tilda einen harten Gegenstand in ihrer Mundhöhle, der bis tief in den Rachen gestoßen wurde. Sie würgte und hielt wie gelähmt die Luft an. Dann erfüllte ein ungeheurer Druck ihre Atemwege und erstickte ihren Schrei.

*

Die beiden Kommissare verließen den Wagen und verschlossen leise die Türen. Hartwig wollte zum Fond, um Watson rauszulassen, während Westermann den Kragen seiner

Jacke zuzog. Er hielt den Kopf in die Armbeuge und hustete. »Lass ihn im Wagen«, krächzte er. »Das letzte Theater hat mir gereicht. Wir schauen erstmal alleine nach dem Rechten, bevor wir schlafende Hunde wecken. Reicht, wenn wir wie nasse Pudel aussehen. Außerdem sitzt ihm wohl noch der Schrecken in den Gliedern. Diese verdammten Rehe. Mann, damit habe ich überhaupt nicht gerechnet. Der Wagen hätte hin sein können.«

»Na, die kleine Beule wirst du verschmerzen. Wir haben nochmal Glück gehabt. Hat nur kostbare Zeit gekostet. Über eine Stunde hat es gedauert, bis der Jäger endlich kam. Verdammtes Wild. Und schlafende Hunde weckst du mit deinem Gebell. Du solltest wirklich mal zum Arzt gehen. Das hört sich nicht gut an«, sagte Thomas, nahm die Hand von der Heckklappe und gab Watson das Zeichen, sich wieder hinzulegen. Er legte den Zeigefinger auf die Lippen, was bedeutete, dass er sich mucksmäuschenstill verhalten sollte. Watson legte sich hin und platzierte seinen Kopf auf den Vorderpfoten. Er wusste, dass er auf der Hut sein sollte, und richtete sein Augenmerk auf Hartwig. »Braver Hund«, flüsterte Thomas, zog den Schal enger um seinen Hals und folgte Dirk, der nur abgewunken hatte. Er zog gerade die Taschenlampe aus der Jackentasche, als Westermann seine Hand festhielt und den Kopf schüttelte. »Keine schlafenden Hund wecken, sagte ich.« Es goss in Strömen und der Wind heulte durch die Bäume. »Das ist unheimlich hier«, murmelte Hartwig und folgte Westermann, der immer wieder husten musste, durchs Gestrüpp.

Die Kommissare verschwanden im Wald. Mittlerweile kannten sie den Weg zur Hütte und schlichen zielsicher durch das Unterholz. Der Regen prasselte auf die Blätter und lief zwischen den Ästen hindurch. Hartwig zog seinen Reißverschluss bis zum Anschlag und stellte den Kragen auf. Westermann zog jetzt ebenfalls den Schal fest um den Hals. Es knackte. Der Hauptkommissar legte den Finger auf die Lippen. Die Männer blieben stehen und zogen ihre Waffen aus dem Holster. Dann deutete der Hauptkommissar an weiterzugehen. Fast geräuschlos schlichen sie den schmalen Pfad entlang, der ohne eine Lichtquelle kaum mehr zu erkennen war. Die Eule schickte ihren unheimlichen Ruf durch das Waldgelände. Thomas lief eine Gänsehaut über den Rücken. Unter seinen Füßen zerbarst Holz. Er hörte die nahe Brandung, die bis tief in den Wald hinein dröhnte. Der Geruch von Moos und Pilzen machte ihn nervös. Abscheulicher als in einer Gruft. Nach einer gefühlten Ewigkeit erreichten sie auf ihrem Weg durch aufgeweichtes, bei jedem Schritt glucksendes Gelände die Waldhütte.

Aber dort war es stockdunkel. Nicht einmal eine kleine Lampe brannte. »Siehst du, alles ruhig«, flüsterte Hartwig. Dirk Westermann nickte. »Wir werden uns hier auf der Veranda einen Moment unterstellen, um zu sehen, ob hier irgendjemand herumschleicht.«

»Das glaubst du doch selbst nicht. Hier ist niemand. Still ruht der See. Warum müssen wir uns bei diesem elenden Wetter die Nacht um die Ohren schlagen? Das ergibt absolut keinen Sinn.«

»Was Sinn ergibt, entscheide ich.« Westermann schien zu überlegen und nickte dann. »Aber du hast wahrscheinlich recht. Soweit ich das beurteilen kann, gibt es hier nichts Auffälliges. Hier schleicht niemand rum. Lass uns zurückgehen. Hier können wir nichts ausrichten.« Hartwig stieg die Stufen hoch, legte seinen Kopf gegen die Tür und lauschte. »Alles leise. Die schlafen auf jeden Fall. Morgen früh fahren wir als Erstes her, um mit den Mädchen zu sprechen. Die werden die Hütte verlassen, das ist sicher.« Die Männer traten den Rückzug an. Hartwig zog die Taschenlampe aus der Jackentasche und leuchtete die Umgebung ab. Westermann folgte dem Schein der Lampe. Die Umrisse der Bäume wirkten wie mächtige schwarze Ungeheuer, die ihre Arme nach ihnen ausstreckten. »Wie in einem Horrorfilm«, flüsterte Thomas Hartwig, schluckte und hatte es auf einmal eilig, das Staberholz zu verlassen. »Wie kann man hier Urlaub machen?«

*

Die dunkle Gestalt, die sich unweit der Hütte im Schatten der Bäume versteckt hatte, stach mit dem alten Spaten, den er in dem Unterstand hinter der Waldhütte entdeckt hatte, die Grube weiter aus. Er fluchte, weil die beiden Männer ihn gestört hatten. Was waren das für Kerle, die mitten in der Nacht hier im Forst herumliefen? Ihm blieb keine Zeit mehr. Er wusste, dass es eng werden könnte. Er musste spätestens morgen verschwinden. Schweißtropfen rannen über seine Stirn, als er mit dem Ausheben der Grube fertig war. Erneut sah er den unruhigen Lichtstrahl einer Taschenlampe aufleuchten, als er das Mädchen in das Loch rollte. Da kommt jemand, verdammt. Schweißnass fing er an, Erde und Äste über die tote Tilda zu schaufeln. Dann trat er den Boden über der Grube fest. Mit den Händen warf er loses Blattwerk über die Gruft. Die wird nicht mehr auferstehen. Morgen hole ich mir die Letzte und verschwinde.

Für einen Moment betrachtete er sein Werk und verschwand Richtung Steilküste.

*

Charlotte stand frühmorgens in der Küche und brühte ihren Tee auf. »Na, Tantchen, hast du gut geschlafen?« Die Nichte sah am Gesichtsausdruck und den dunklen Rändern um die Augen ihrer Tante, dass dies nicht der Fall gewesen zu sein schien. »Mein schönes Fahrrad«, jammerte sie. »Charlotte, das Rad ist fast 20 Jahre alt. Das ist ein Möwchen, dann kaufen wir dir jetzt endlich ein neues. Ein E-Bike. Wo ist das Problem?«

»Ein neues, ich will kein neues. Und schon gar keines mit Elektromotor. Denk an die Umwelt. Abbau der Ressourcen. Alles Umweltmüll«, sie hob mahnend den Finger, »ich will einfach nur *mein* Fahrrad zurück. Wenn ich den Halunken finde ...« Charlotte hob die Hand und ballte sie zur Faust. Sie hatte ihre Haare zu einem Zopf gebunden und schlurfte in dicken Pantoffeln durch die Küche. »Den pack ich am Schlafittchen, und dann ist der am Ende nur noch so groß wie ein Pimpf, bevor ich ihn der Polizei präsentiere. Ich hab auch schon eine Idee und suche das Rad über Facebook«, gab sie einer plötzlichen Eingebung nach. Sie schnippte mit den Fingern. Ihr nachtblauer Schlafanzug mit aufgedruckten Bären ließ sie so putzig aussehen, dass Katrin lachen musste. Sie selbst war schon so weit angezogen, dass sie gleich nach dem Frühstück das Haus verlassen konnte, um ins Büro zu fahren. Sie steckte die Hand in die Tasche ihrer Jeans. »Aber Tantchen. Was glaubst du, wird passieren? So ein altes Rad findest du irgendwann verrostet in einem Graben wieder, oder nie. Vielleicht ist es längst in der Ostsee versenkt. Du gehst mir nicht alleine auf Verbrecherjagd. Was wir aber tun können, ist, eine Anzeige bei der Polizei aufgeben«, sagte sie lächelnd und warf ihren geflochtenen Zopf nach hinten. »Du bist wirklich meine Deern. Dein Dirki kann sich glücklich schätzen«, schnurrte Charlotte und tätschelte die Wange ihrer Nichte. Sie stellte den Teebecher auf den Tisch und eilte zum Telefon.

»Und du hast recht. Ich ruf deinen Kommissar am besten gleich an.« Sie wollte zum Mobiltelefon greifen, als Katrin die Hand auf die ihrer Tante legte und den Kopf schüttelte. »Nicht Dirk, der hat wahrlich Wichtigeres zu tun, als nach Miss Marples Fahrrad zu suchen. Der Olaf Schütt wird das schon richten.« Katrin griff zum Apparat und wählte die Nummer der Burger Polizeidienststelle.

»Wir müssen auf die Wache und Anzeige erstatten. Mehr können die im Moment nicht für uns tun. Hast du die Fahrgestellnummer irgendwo notiert?«, fragte Katrin.

»Fahrgestellnummer? Das Rad ist fast 20 Jahre alt. Wo sollte ich … ich muss jetzt … Facebook.«

Charlotte winkte ab, nahm ihren Teebecher und verschwand im Wohnzimmer. Sie setzte sich an den Esstisch. Erwartungsvoll stellte sie den Laptop an, den sie von Katrin und Dirk zum Geburtstag bekommen hatte, um besser recherchieren zu können. Die Künstlerin fing an zu tippen und war wenig später in ihrem Element. Katrin brauchte ihre Tante nicht mehr anzusprechen, solange die im Netz surfte. Leise verließ sie die Wohnung, um die Zeitung aus dem Briefkasten zu holen. Wenige Minuten später setzte sie selbst sich mit einem Becher Kaffee, einer Scheibe Brot mit Käse und dem *Tageblatt* an den Küchentisch. Sie erschrak, als sie die Überschrift las.

Mord am Staberhuk. Die 28-jährige Lotta F., die am 13. Januar am Strand von Staberhuk tot aufgefunden wurde, ist nicht eines natürlichen Todes gestorben. Es scheint sich laut Angaben der Polizei weder um einen Unfall noch um Suizid zu handeln. Die Kriminalpolizei geht entsprechend erster Hinweise von einem Tötungsdelikt aus.

Widersprüche, die nach dem Auffinden zu Fragen geführt haben, wurden durch die Untersuchung der Rechtsmedizin zur Gewissheit.

Aufgrund laufender Ermittlungen halten sich die Beamten der Kripo jedoch bis auf Weiteres bedeckt.

Hinweise, die für den Fall von Bedeutung sein könnten, bitte unter Tel. 043 ....

»Charlotte!« Katrin sprang vom Stuhl auf. Sie eilte zu ihrer Tante, die verbissen versuchte, einen Text zu verfassen. Sie warf einen Blick auf den Monitor. Auf einmal verwarf sie den Gedanken, ihrer Tante vom Mord zu berichten. Vielleicht war es besser, sie nicht damit zu behelligen. »Du musst unbedingt ein Foto von deinem Fahrrad ins Netz stellen. Es ist wahrscheinlicher, das Rad durch ein Bild zu identifizieren«, lenkte sie das Gespräch auf das gestohlene Fahrrad.

»Alle Achtung, Mädchen. Du hast aber Schlach drauf. Ich hab kein Foto von meinem Rad«, murrte Charlotte und drehte sich zu ihr. »Ich helfe dir! Wir machen das gemeinsam und wenn ich mich nicht irre ...«, sie holte ihr Handy von der Kommode im Flur und scrollte durch ihre Galerie. Es dauerte eine Weile, dann strahlte sie. »Ich hab's. Ich wusste, dass ich im Sommer ein Foto von dir mit dem Drahtesel gemacht habe, bevor du zum Markt gefahren bist.« Sie hielt ihrer Tante das Handy mit der Aufnahme vor die Nase.«

Das Bild zeigte das rote Fahrrad und daneben Charlotte Hagedorn mit Strohhut und sonnengelbem Flatterkleid. Ihre braungebrannten Beine steckten in ihren Holzklotschen. »Oh nein. Dass Foto können wir nicht ins Netz stellen«, protestierte sie. »Willst du deinen Drahtesel zurück oder nicht?«

Charlotte ließ die Schultern sinken. »Du hast ja recht«, murmelte sie. »Und wie kriegen wir das Fahrrad nun auf die Facebook-Seite?«

»Das lass mich man machen.« Katrin sandte das Foto an den Laptop von Charlotte.

Sie rief ihren E-Mail-Account auf und … »Siehe da, das Foto.«

»Das ist echt Zauberei, wenn du mich fragst.«

»Ne, das ist Technik. Und ich habe eine hervorragende Idee. Darf ich mal an deinen Platz?« Sie schob ihre Tante vom Stuhl. Der Zeitungsbericht war für den Moment vergessen.

Mit wenigen Handgriffen hatte sie das Fahrrad von Charlotte freigestellt. »Was machst du denn da?«, wollte ihre Tante wissen.

»Ich hab das Rad auf dem Foto isoliert. Jetzt können wir es hochladen, ohne dass du dich hinterher nicht mehr durch Burg traust.« Mit wenigen Klicks hatte Katrin das Foto unter dem Text von Charlotte platziert und sagte: »Voila, fertig. Soll ich?« Die Künstlerin war beeindruckt und nickte. »Das hätte ich so nicht hinbekommen. Danke, Süße!« Sie umfasste ihre Nichte und drückte ihr einen dicken Kuss auf die gerötete Wange. »Ist ja gut!«

»Aber sach mal, warum hast du eigentlich vorhin so laut nach mir gerufen?«, fragte die Künstlerin und sah ihre Nichte an. »Oh Mann, das hätte ich jetzt fast vergessen. Hier!« Sie reichte ihrer Tante die Zeitung, die sie auf den Tisch gelegt hatte. »Lies, du hattest einen guten Riecher. Und vorenthalten kann ich es dir ja sowieso nicht.«

Die Miss Marple von der Insel griff zur Zeitung und überflog die erste Seite. Dann wurde sie blass. »Warum hast du mir das nicht gleich gezeigt? Ich hab's gewusst. Das arme Mädchen.« Sie sprang auf. »Jetzt muss ich mich sputen. Wir haben einen Fall zu lösen.«

KAPITEL 12

Marcel hatte eine weitere Nacht in seinem Wagen verbracht, den er gut versteckt hinter alten Büschen geparkt hatte. Langsam wurde es ungemütlich, und er fragte sich, wie lange das Spiel noch so laufen sollte. Es fing an, ihn zu nerven, dieser Frau nachzulaufen und sie zu beobachten. Die beiden anderen Weiber, er grinste überheblich. Blöde Schlampen. Völlig wertlos. Was bildet sich diese Kuh ein, dachte er und zog sich seine Winterjacke über die Schultern, um sich wenigstens ein bisschen zu wärmen. Verdammt kalt hier ...

*

Charlotte hatte überlegt, wie sie bei den Ermittlungen vorgehen sollte. Aber in diesem Fall kannte sie niemanden, der ihr irgendwelche Informationen zukommen lassen würde. Und mit der Gutsbesitzerin wurde sie nicht so richtig warm. Nun saß sie kurz vor 23 Uhr unzufrieden in ihrem Ohrensessel und grübelte. Das Licht der Stehlampe erhellte den Raum nur dürftig. Ihr genügte es. Sie machte Notizen in einem kleinen dicken Heftchen. Sie konnte immer noch nicht fassen, dass erneut ein Mord die Bewohner der Insel erschütterte, und sie musste den jungen Frauen auf jedem Fall helfen. Es war ihr ein großes Bedürfnis. Sie hatte die Mädchen aus der Großstadt von Anfang an ins Herz geschlossen, als sie am Leuchtturm das erste Mal unfreiwillig mit ihnen zusammentraf. Auch wenn Tilda nicht unbedingt freundlich zu ihr gewesen war. Wer hatte Interesse daran, sich an einem der Mädchen zu vergehen? Hatte dieser Marcel etwas mit dem Mord an Lotta zu tun? Der war äußerst aggressiv. Dem traute sie einen Mord zu.

Gab es jemanden von der Insel, der den Frauen Schaden zufügen wollte? Hatte irgendjemand die Mädchen beobachtet und war ihnen gefolgt? Charlotte Hagedorn schüttelte den Kopf. Sie zog die wärmende Wolldecke über ihren Körper und raufte sich angestrengt die Haare, als könnte sie ihre Gedanken dadurch ordnen. Ihre nackten Füße wippten unablässig auf dem Boden. Das letzte Holzstück im Ofen glühte nur noch, und Charlotte fing an zu frieren. Sie schüttelte sich. »Heiland Mailand.« Zeit, ins Bett zu gehen. Katrin war unterwegs zu Dirk und würde mit Sicherheit erst spät zurückkommen, wenn überhaupt. Die Künstlerin gähnte. »Ich sollte mal wieder ein Bild malen. Vielleicht kommt mir dann die Erleuchtung«, murmelte sie.

Der Mord ergibt absolut keinen Sinn. Warum Lotta? Dieser Marcel hatte es auf Stina abgesehen, die mit ihm Schluss gemacht hat. Sie muss sein Ego zutiefst getroffen haben. So ein arroganter Schnösel. Aber würde er dann die Freundin der Ex umbringen? Warum sollte er das tun? Kannte jemand hier Lotta und hat sie etwas gemacht, das den Mord ausgelöst hat? Kannte Marcel die Freundinnen von Stina überhaupt? Sie waren nur auf der Insel, um Urlaub zu machen. Charlotte stöhnte, während sie mit dem Stift gegen ihre Zähne klopfte. Sie fand keine plausiblen Antworten. Alles Grübeln half nichts.

Auf einmal zog ein kaum wahrnehmbarer *Kling* ihren Blick zum Laptop. Sie hatte eine Nachricht auf Facebook erhalten. Charlotte legte die Decke zur Seite, erhob sich vom Sessel, huschte zum Tisch und drückte auf die Taste, die die Mitteilung aufrief. »Freundschaftsanfrage«. Freundschaftsanfrage? Wer will mitten in der Nacht eine Freundschaft mit mir eingehen? Charlotte schüttelte verständnislos den Kopf. Dieses Facebook war an Merkwürdigkeiten nicht zu überbieten. Sie tippte auf das Foto, das zu der Person gehören musste. Die Ostsee. Ohne darüber nachzudenken, klickte sie auf »Bestätigen«. Ist schon egal. Jetzt war sie die Freundschaft mit einem »Meerblues« eingegangen. Nur ein paar Sekunden später erhielt sie erstaunlicherweise eine Antwort. Eine Notiz und ein Foto. Charlotte Hagedorn traute ihren Augen nicht. Plötzlich war sie wieder hellwach und erstarrte in ihrer Bewegung. Das war ein Bild ihres Fahrrads mit dem Hinweis, dass es sich um ihr Gefährt handeln könnte, und dass es sich, wenn es denn das Gesuchte war, auf einem Grundstück am anderen Ende der Insel befand. Charlotte starrte ungläubig auf das Foto. Sie vergrößerte es, damit sie es genauestens in Augenschein nehmen konnte.

»Das ist mein Fahrrad!«, kreischte sie begeistert.

Sofort setzte sie sich an den Tisch, presste die Lippen zusammen und antwortete dem »Freund«. Sie bat ihn, ihr die Adresse des Grundstücks mitzuteilen. Die Antwort ließ nicht lang auf sich warten. Die Beschreibung war eindeutig. Sie schrieb erneut und fragte, wodurch er auf das Fahrrad aufmerksam geworden sei. Er antwortete, dass er nur deshalb stutzig wurde, weil er ein baugleiches Rad dieser Marke besaß und sich wunderte, warum jemand an dem Rad herumhantierte. Als er sich vergewissert hatte, dass sein eigenes in der Garage stand, vermutete er bei dem Nachbarn, dass dieser das gleiche Modell hatte, und kümmerte sich nicht weiter darum, bis er abends im Bett lag, sich gelangweilt durchs Netz scrollte und auf Charlottes Aufruf stieß. Sofort kombinierte er, stand auf und erstellte mit seinem Handy ein Foto des Rades. Er hoffte, dass niemand das Blitzlicht seines Handys wahrgenommen hatte. Schließlich war es ungewöhnlich, dass jemand im Dunkeln ein Fahrrad fotografierte. Er hielt es für angebracht, die Freundschaftsanzeige loszuschicken, um mit ihr in Kontakt zu treten. Sie klatschte erfreut in die Hände und dankte dem Unbekannten. »Morgen werde ich bei der Polizei anrufen, um die Sache zu klären. Jetzt muss ich endlich schlafen«, murmelte sie müde, gähnte und stellte den Computer aus.

Es war weit nach Mitternacht.

*

Stina rieb sich die Augen. Wie war sie in ihr Bett gekommen? Ihr brummte der Schädel und sie hatte heftige Kopfschmerzen. Sie konnte sich nicht mehr erinnern. Dann griff sie neben sich. Die Matratze war leer. Sie streckte sich und hielt ihren Kopf mit beiden Händen fest. »Oh Mann, was für ein Abend!«, erinnerte sie sich vage daran, dass sie mit ihrer Freundin eine Flasche Schnaps getrunken hatte. Oder waren es zwei? Die Kopfschmerzen waren jedenfalls höllisch, und sie brauchte unbedingt Aspirin. Tilda würde wahrscheinlich schon Frühstück machen und den Ofen anheizen.

Stina versuchte, den Geruch von Kaffee zu orten, aber es roch nur nach altem Holz. Mühsam quälte sie sich von der Matratze hoch. Ihre Augen brannten wie Feuer, und im Magen grummelte es verdächtig. Ihr war bei jeder Bewegung hundeelend. Mit stechendem Durst und Übelkeit schlich sie zur Treppe. Ihre Haare fielen zerzaust über die Schultern. Ein paar Strähnen hingen ihr über die Augen. Stufe für Stufe tappte sie auf der Leiter nach unten. Unschlüssig stand sie barfuß auf wackeligen Beinen und im Jogginganzug mitten im Zimmer. Enttäuscht sah sie sich um. Niemand war zu sehen. »Tilda?«, flüsterte sie mit brüchiger Stimme. »Tilda, wo bist du?« Der Ofen war aus, und kein gedeckter Tisch erwartete sie. Stinas Blicke suchten die Freundin. Die ist sicher Brötchen holen, versuchte die Studentin, ihr ungutes Gefühl zu beruhigen. Allerdings hatten sie genügend Brot eingekauft, damit niemand für Lebensmittel die Hütte verlassen musste. Der Kopfschmerz war übermächtig, und sie hatte das Gefühl, ihr Schädel würde jeden Moment platzen. Sie konnte keinen klaren Gedanken fassen. Eine heiße Dusche wird mir guttun, dachte sie und huschte ins Badezimmer. Sie kramte umständlich in ihrer Kulturtasche, bis sie zwei Aspirin in den Händen hielt. Zögerlich ließ sie sie in den Zahnputzbecher gleiten und füllte ihn mit Leitungswasser auf. Sie wartete, bis sie sich aufgelöst hatten und ließ den Inhalt des Bechers ihre Kehle hinunterlaufen. Angeekelt spülte sie mit Wasser nach und wischte sich mit dem Handrücken den Mund ab. Ihre Unruhe nahm zu. Sie verließ das Bad und öffnete die Tür zum zweiten Schlafzimmer. Auch dieser Raum war leer. Das Einzige, was ihr auffiel, war, dass das Fenster nicht geschlossen war. Einer der Fensterflügel klapperte leise gegen das Holz des Fensterrahmens. Stina schluckte und schritt durch den Raum, um es zu verriegeln.

Das mulmige Gefühl nahm zu. Ihr Herz fing unkontrolliert an zu rasen. Ihre Lippen zitterten. Ohne dass sie sich dagegen wehren konnte, stiegen Tränen in ihre Augen. Stinas Hände flatterten. Sie warf einen Blick aus dem alten Sprossenfenster. Draußen war es trotz der Tageszeit nicht wirklich hell. Der Dunst zog zwischen den Bäumen hindurch. Schwere dunkle Wolken hingen über dem Wald. Die junge Frau musste Gewissheit haben. Sie wollte auf der Terrasse nachsehen, ob Tilda nicht vielleicht vor der Hütte war. Sie hastete zur Tür und wollte sie öffnen, als es daran kratzte. Sie schreckte auf und hörte überhaupt nicht mehr auf zu schreien.

*

Thomas Hartwig stellte das Auto am Feldrand zum Staberholz ab. Er verschloss den Wagen, nachdem Watson hinausgesprungen war. In einiger Entfernung hörte er eine Frau schreien. Er blieb stehen und deutete Watson an, sich zu setzen. Als der Hund beim nächsten Schrei zu bellen anfing, ließ er ihn sofort von der Leine und lief hinter ihm her. Der Diensthund rannte Richtung Hütte und blieb vor der Tür stehen. Er kratzte unablässig gegen das Holz, als Hartwig die Waldhütte keuchend erreichte. Er jagte die Stufen hinauf und hämmerte lautstark mit der Faust an die Tür. »Aufmachen, Polizei! Öffnen Sie bitte!« Der Kommissar warf sich in der Hoffnung, die Tür würde nachgeben, dagegen. Watson bellte und sprang am Rahmen hoch. Thomas hatte heute Morgen den Auftrag, sich um die jungen Frauen zu kümmern. Westermann wollte den Hinweisen in der Dienststelle nachgehen.

Für Thomas kein Problem, konnte er doch so gleich mit Watson seine Morgenrunde absolvieren und eine Runde joggen.

Irgendetwas musste in der Hütte passiert sein. Noch einmal hämmerte er gegen das Holz.

Endlich wurde die Tür aufgerissen. Als Stina ihn erkannte, warf sie sich in seine Arme. Sie zitterte am ganzen Körper.

»Was ist denn passiert?«, wollte Hartwig wissen und schob die schlotternde Frau von sich. Schluchzend sah sie ihn aus verweinten Augen an. »Ich hatte solche Angst, Tilda … Tilda ist weg! Ich habe alles abgesucht, sie ist wie vom Erdboden verschluckt!« Hartwigs Augenbrauen zogen sich zusammen. Behutsam drängte er die junge Frau zurück in die Hütte. Watson folgte seinem Herrchen, setzte sich unaufgefordert neben ihn und fing an zu knurren. Thomas schloss die Tür. Er öffnete den Reißverschluss seiner schwarzen Lederjacke und lockerte den Schal. Dann drückte er Stina auf einen der Stühle und setzte sich ihr gegenüber, während er sich durch die Haare fuhr. »So, und nun erzählen Sie mir bitte genau, was passiert ist. Und du bist endlich ruhig«, drängte er Watson auf den Boden.

Stina schluchzte und fing an, unklare Sätze zu formulieren, die für ihn keinen brauchbaren Zusammenhang darstellten. »Ich bin aufgewacht, wir hatten getrunken. Mein Kopf … der Ofen war aus.« Thomas Hartwig verstand gar nichts. »Ganz langsam. Wann sind Sie aufgewacht?«

»Vor ungefähr einer halben Stunde.«

»Wann haben Sie getrunken?«

»Gestern Abend. Wir haben …«, sie betrachtete die leere Schnapsflasche auf dem Tisch, »… wir haben gestern Abend die Flasche, so wie es aussieht, komplett leergetrunken. Mein Kopf … ich bin runter, weil ich dachte, sie ist hier unten. Dann wollte ich eine Tablette nehmen … mein Kopf. Dabei ist mir aufgefallen, dass Tilda nicht da ist. Der Ofen ist aus und der Holzkorb ist auch weg.« Hilflos sah sie dem

Kommissar in die Augen. Watson stand bereits wieder und schnüffelte. Unaufhörlich sah er knurrend auf den Boden. »Was ist mit dir los?« Er sah den Hund genervt an. »Wenn du jetzt nicht sofort ruhig bist, bringe ich dich zum Wagen. Was ist denn da am Boden? Ist da ein Keller oder so was?«, fragte er Stina. Sie schüttelte den Kopf, schniefte und versuchte, sich beruhigen. »Wie heißt er?«, wollte sie wissen, als wenn es von Bedeutung wäre. »Wer, der Hund?« Hartwig zeigte auf das Tier und streichelte ihm über den grauen Kopf, um ihn zu beruhigen. »Watson, und er ist ein klasse Diensthund. Aber was er immer hat, wenn wir in der Hütte sind, keine Ahnung.«

Sie schien für einen Moment abgelenkt zu sein und wischte sich mit einer Hand Tränen von den Wangen. Sie sieht so zerbrechlich aus, dachte Hartwig. »Dieser Hund ist topp ausgebildet, wenn er lieb und im Dienst ist«, beendete der Kommissar seinen Satz und sah ihn durchdringend an. »Darf er zu mir?«, wollte Stina wissen.

»Watson, geh zu Stina, geh.« Es schien, als hätte der Hund jedes Wort seines Herrchen verstanden. Er knurrte, erhob sich, umrundete den Tisch und setzte sich neben die zierliche Frau. Zaghaft streichelte sie ihn. Sie war erstaunt, dass ein ausgebildeter Polizeihund das zuließ. Er schien sie zu beruhigen. »Und wie kommen Sie darauf, dass Ihre Freundin verschwunden sein könnte? Wenn der Korb nicht da ist … vielleicht sammelt sie Holz im Wald.«

»Blödsinn, warum sollte sie das tun? Da draußen ist jede Menge.« Hartwig klopfte mit den Händen auf seine Oberschenkel, erhob sich, ging zur Tür. Er drehte sich um, bevor er sie öffnete. Stina musterte ihn von oben bis unten. Gut, dass er hier ist, dachte sie und blickte wieder zu Watson. Sie fühlte sich sicher durch seine Anwesenheit. Thomas suchte auf der Veranda nach dem Holzkorb und entdeckte ihn umgestürzt direkt vor dem akkurat aufgestapelten Holzstoß. Irgendwas stimmt hier nicht, überlegte er, zog das Handy aus der Jackentasche und rief Westermann an. »Du musst kommen ... ja, diese Tilda ist verschwunden. Hier ist was verdammt faul ...!«

*

Charlotte Hagedorn sprang am nächsten Morgen früh aus dem Bett. Sie schlüpfte in ihre Hauspantoffel und eilte in die Küche, um Teewasser aufzusetzen. Sie konnte noch immer nicht fassen, was ihr gestern im Netz mitgeteilt worden war. Bevor das Wasser im Kessel kochte, stellte sie zwei Becher, Teller, und Besteck auf den alten Küchentisch. Sie entzündete die Kerze, die mittig auf dem Tisch stand, und trommelte mit den Fingern auf die Arbeitsplatte. Ungeduldig zwirbelte sie mit einer Hand ihren im Nacken gebundenen Zopf. Sie sah in ihrem mindestens zwei Nummern zu großen Pyjama und den grauen Birkenstock-Latschen aus wie ein Wichtel. Ihre Wangen waren gerötet, und es schien, als könne sie es kaum abwarten, dem Dienststellenleiter Olaf Schütt die Neuigkeiten mitzuteilen.

Schlaftrunken betrat Katrin im smaragdgrünen Schlafanzug die Küche und rieb sich verwundert die Augen. Ihre Haare fielen ihr in weichen Wellen über die Schultern. »Morgen, Tantchen. Was willst du denn schon so früh auf? *Ich wollte doch Frühstück machen!*«

»Ach, papperlapapp. Ich konnte nicht schlafen, und du wirst mir nicht glauben, was gestern Nacht passiert ist.« Sie befüllte die Becher mit heißem Tee und stellte den Brotkorb dazu. »Erzähl. Es scheint dich ja ganz wuschig zu machen«, sagte ihre Nichte erwartungsvoll und setzte sich an den Tisch. »Nun warte mal die Zeit ab. Ich will nur schnell fertig eindecken.« Charlotte öffnete den Kühlschrank, zog Butter, Marmelade und verschiedene Sorten Käse heraus und stellte die Sachen auf den Tisch. Dann setzte sie sich zu Katrin. Geschäftig fuhr sie sich mit den Fingern durch die Haare, um die heraushängenden Strähnen zu bändigen. Ihre Nichte legte sich eine Scheibe Vollkornbrot auf den Teller und butterte sie. »Nun red schon«, forderte sie ihre Tante auf. »Ich habe den ersten Fall bereits gelöst«, erzählte diese stolz und hob die Brust. Sie schmunzelte, und Katrin spürte, dass sie mit ihrem Schweigen nur die Spannung erhöhen wollte. »Red endlich, sonst …«

»Sonst was?«, lächelte Charlotte genüsslich. »Will ich es gar nicht mehr wissen.« Katrin sprang auf, um sich noch einen Tee aufzubrühen. Der Mund ihrer Tante verzog sich. »Also gut, ich war gestern auf Facebook, und du kannst dir nicht vorstellen, was passiert ist. Ich glaube, ich habe mein Fahrrad wiedergefunden!«

Sie erzählte Katrin die ganze Geschichte und stoppte erst, als sie den Bericht ausführlich und haarklein vor ihrer Nichte ausgebreitet hatte. Ihre Wangen schienen zu glühen. Dann biss sie herzhaft in ihr Käsebrot.

»Na, das ist ein Ding«, entgegnete Katrin überrascht und bekam den Mund vor Staunen kaum mehr zu. »Da siehst du mal, wofür diese Plattformen nützlich sein können, wenn man sie richtig nutzt.«

Charlotte nickte. »Und jetzt ruf ich den Schütt an, er soll den Dieb verhaften, nachdem ich ihn mir zur Brust genommen habe«, stieß sie hervor. »Na, Tantchen, so schnell schießen die Preußen nun auch nicht. Und wir werden den Teufel tun, da vor der Polizei aufzukreuzen.

Das kann nur ins Auge gehen. Ruf mal den Schütt an, der wird dir sagen, was genau wir tun sollen. Ich zieh mich an und du telefonierst.«

»Ich ruf Dirk an, der weiß sicher, was zu tun ist«, entgegnete Charlotte. Im gleichen Moment schellte es an der Tür. »Nanu, wer ist das denn um diese Zeit?«

Als Katrin den Finger auf die Gegensprechanlage presste, hörte sie eine warme, tiefe Stimme, die sie nur allzu gut kannte. Ihr Herz fing augenblicklich an, heftig zu schlagen, und eine zarte Röte überzog ihr Gesicht. Sie drückte auf den Türöffner und wippte auf ihren Füßen. Ungeduldig blieb sie in der offenen Tür stehen, drehte eine Haarsträhne durch ihre Fingerspitzen und lauschte den schnellen Schritten, die mit jeder Stufe näher kamen. Dann stand der gut aussehende Mann mit dem Dreitagebart und der Doggermütze vor ihr. Dirk Westermann lächelte, sah sie durch seine Brille an, zog sie an sich und küsste sie, bis ihr die Luft wegblieb. »He, du erstickst mich.« Sie schob ihn zurück, um sich danach wieder dicht an seinen Körper zu drängen. Sie spürte seine Erregung und lächelte ihn verschmitzt an. Die Röte in ihrem Gesicht nahm zu. Um ihn nicht gleich mit sich in ihr Zimmer zu ziehen, sagte sie stattdessen: »Komm rein, wir frühstücken gerade, und es gibt jede Menge Neuigkeiten. Aber …«, sie blieb stehen, »… was machst du überhaupt hier? Mit dir hätte ich jetzt, ehrlich gesagt, um diese Uhrzeit am wenigsten gerechnet.« Sie schloss leise die Tür und zog ihn in die Küche. Charlotte sah ihn nicht minder erstaunt an. »Ach, mein Lieblingskommissar! Just in diesem Moment wollte ich eure Dienststelle anrufen. Was führt dich denn zu dieser frühen Stunde hierher?«

»Keine guten Nachrichten. Wir haben einen Mordfall und jetzt müssen wir einen Mörder suchen. Bis auf Weiteres bleiben wir auf der Insel und richten uns mal wieder häuslich in der Dienststelle in Burg ein.« Dirk zog die Mütze vom Kopf und knöpfte die Jacke auf.

»Das ist ein Ding«, antwortete Charlotte sprachlos und stand auf. »Tee?«

Dirk Westermann nickte, zog den Caban aus und hängte ihn über die Stuhllehne. »Möchtest du auch etwas essen?« »Gerne«, sagte er, setzte sich und legte seine Hand auf Katrins Oberschenkel. Ein angenehmes Kribbeln durchzog ihren Körper. »Das fühlt sich gut an«, flüsterte er und ließ die Finger über den seidenen Stoff gleiten. »Hm.« Sie lächelte ihn verlegen an.

»Erzähl!«, rief Charlotte aufgeregt. »Was ist passiert?«

»Ich verrate euch kein Geheimnis, wenn ich sage, dass der vermeintliche Unfall von Lotta Freimann keiner war! Das habt ihr sicher schon in der Zeitung gelesen. Sie war bereits tot, als sie die Klippe heruntergestürzt wurde.« Dirk nahm einen Schluck Tee. »Das tut gut«, murmelte er und sprach weiter. Katrin legte ihre Hand auf seinen Oberschenkel und fuhr sanft über den Stoff seiner verblichenen Jeans. »Wir müssen jetzt weder einen Unfallhergang noch einen Suizid aufklären, sondern einen Mordfall lösen. Irgendjemand hat das Mädchen getötet und sehr wahrscheinlich die Klippen hinuntergestürzt. Und wir müssen nun schleunigst herausfinden, wer.«

Das gestohlene Fahrrad von Charlotte spielte in dem Moment keine Rolle mehr. Das würde sie später klären. Jetzt musste sie zu allererst erfahren, was sich im Wald vom Staberholz abgespielt hatte. Genau in diesem Moment klingelte Westermanns Handy. Er lauschte und für einen Augenblick gefroren seine Gesichtszüge, dann räusperte er sich und sagte: »Ich bin gleich da.«

»Was ist denn los? Du bist doch gerade erst gekommen!«
Katrin sah ihn enttäuscht an und zog die Hand zurück.

»Ich muss sofort los, ein weiteres der Mädchen ist verschwunden. Verdammt! Wir müssen diesen Kerl finden, den Ex von Stina. Ich glaube, der ist der Schlüssel zu allem.«

»Ich weiß, wer das ist. Das ist eine aggressive Kanaille. Der war an der Hütte und hat da ein riesen Spektakel veranstaltet!«

Westermann sah Charlotte entgeistert an.

*

Er unterbrach das Gespräch und bückte sich. Nichts wies darauf hin, dass vor Ort etwas passiert war, und dennoch wusste Thomas Hartwig, dass irgendetwas nicht stimmte. Aber wonach sollte er suchen? Es gab keine Hinweise auf ein Verbrechen. Nur der Korb auf der Veranda machte ihn stutzig.

Zwei Stunden später rückten Dirk Westermann und die Männer der Spurensicherung an. Sie betraten die Hütte. »Wo ist sie?«, wollte er wissen. »Ich habe sie nach nebenan verfrachtet. Sie schläft im Moment«, sagte Thomas und war froh, dass er Stina ruhigstellen konnte. Der Restalkohol hatte sein Übriges dazu beigetragen. »Hast du dich nochmal umgesehen … im Wald meine ich?« Hartwig schüttelte den Kopf. »Ich konnte sie nicht alleine lassen. Aber jetzt laufe ich mit Watson die Gegend ab. Vielleicht finden wir was.«

»Haben wir ein Kleidungsstück von ihrer Freundin?« Er nickte. »Ich habe mir ein T-Shirt von ihrem Schlafplatz genommen. Das hat sie wahrscheinlich getragen.« Thomas nahm das Schlafshirt vom Tisch und hielt es Watson unter die Nase. »Such, mein Junge, such!« Hartwig folgte dem Hund bis zum Holzkorb. Watson meldete ihren Geruch.

»Fein, such weiter«, rief Thomas, der mit dem Tier an der Leine die Stufen hinuntersprang.

Der Hund lief schnüffelnd zwischen den Bäumen hindurch. Die Mädchen mussten überall im Wald unterwegs gewesen sein. Außerdem hatte der Regen wichtige Hinweise wahrscheinlich längst verwischt. Hartwig ließ Watson von der Leine. »Such, melde, wenn du etwas gefunden hast.«

Stina kam aus dem kleinen Nebenzimmer. Sie rieb sich die Augen und torkelte schlaftrunken zum Tisch. Müde ließ sie sich auf einen der Stühle fallen. »Gut, dass Sie wach sind. Wir müssen gleich Ihre Fingerabdrücke einscannen.« Stina sah den fremden Polizeibeamten an, als könnte sie dem Prozedere in der Hütte nicht folgen. »Wir brauchen Ihre Abdrücke für das Ausschlussverfahren. Vielleicht gibt es hier welche, die für unsere Untersuchungen wertvoll sind«, versuchte der Kriminaltechniker, ihr seine Forderung zu erklären.

Seine Kollegen untersuchten sämtliche Räume der Hütte sowie das umliegende Gelände direkt am Häuschen. »Ist schier unmöglich«, sagte Nils Henning, als Westermann vor ihm stand. »Hier sind jede Menge Fingerabdrücke. Soweit ich unterrichtet bin, ist das eine Ferienhütte. Hier waren 100e Leute. Das könnt ihr vergessen. Ich nehme die Abdrücke der Kleinen. Die von der Toten haben wir und die der Freundin, die ihr sucht. Wir müssen sehen, ob auf den Gläsern Brauchbares zu finden ist«, flüsterte er so leise, das Stina das Gespräch nicht verfolgen konnte. Der Hauptkommissar zog Henning nach draußen vor die Tür.

»Blut? Habt ihr Blutspuren gefunden?«, wollte Westermann wissen. Der Kollege aus Lübeck schüttelte erneut den Kopf. »Keine Anzeichen eines Verbrechens. Wir haben in sämtlichen Ecken, dem Bad und oben im Schlafbereich

Luminol eingesetzt. Nichts! Da können wir die ganze Hütte auseinandernehmen. Wir werden hier nichts finden. Vielleicht hatte die Frau genug von der Einsamkeit und ist abgehauen.«

»Niemals!«, antwortete Westermann mit rauer Stimme und räusperte sich. Dann hustete er in die Armbeuge. »Sie wollte, dass ihre Freundin nach Hause fährt, dass die Eltern sie abholen. Sie hätte sie unter keinen Umständen hier alleine zurückgelassen. Sie war so etwas wie ihre Beschützerin.« Westermann raufte sich die Haare, nachdem er die Mütze vom Kopf gezogen hatte. Irgendetwas schien ihn nervös zu machen. Er verschränkte die Arme vor der Brust. Zwischen seinen Augenbrauen hatte sich eine tiefe Falte eingegraben. »Die hättest du erleben sollen«, sagte er und wippte auf seinen Füßen auf und ab. »Die war ziemlich selbstbewusst und komplett angstfrei. So schnell haut die nichts um. Warum also sollte sie ohne ihre Freundin verschwinden? Sie sollten bleiben, bis wir sämtliche Fragen geklärt haben. Das ergibt alles keinen Sinn.« Er ging, gefolgt von Henning, zurück in die Hütte. Mit strengem Blick setzte er sich auf einen der Stühle und sah Stina an. »Was ist mit Ihrem Ex-Freund?«, wandte Westermann sich an die zierliche Studentin, die mit weichen Knien die Untersuchungen verfolgte und nicht im Geringsten verstand, was um sie herum passierte. »Wie, mit meinem Ex-Freund? Der hat doch hiermit überhaupt nichts zu tun?«

»Und wieso hat der Mann dann hier vor der Hütte lautstark herumgebrüllt und Ihrer Freundin Schläge angedroht?«

Stina sah Westermann entgeistert an.

»Woher wissen Sie das?«, fragte sie blass. »Ich habe es nicht gewusst, bis er noch mal hier aufgetaucht ist. Da hat Ihre Freundin Tilda mir erzählt, dass es das zweite Mal war.

Und warum sollte er Lotta umbringen, wenn er mich will? Der wusste nicht, wo wir waren. Ist mir ein Rätsel, woher er die Adresse hatte. Geschweige denn, dass ich mit meinen Freundinnen hier war. Der kannte sie nicht einmal. Aber sie waren ihm von Anfang an ein Dorn im Auge.«

»Warum?«

»Sie würden nicht zu mir passen, meinte Marcel. Geängstigt haben mich nur seine vielen WhatsApps auf meinem Handy.

»Und was stand in den Mitteilungen?« Sie zuckte mit den Schultern. »Ich weiß es nicht. Ich wollte nicht lesen, was er geschrieben hat, wären sowieso nur Lügen gewesen.«

»Darf ich bitte Ihr Handy haben?« Westermann streckte ihr die Hand entgegen. »Das liegt da bei den anderen in der Lade.« Sie deutete auf die Kommode unter der Spüle. Der Hauptkommissar trat zum Schrank, zog die Schublade heraus und fragte: »Welches?«

»Das rosafarbene.« Westermann nahm es und öffnete eine Mitteilung nach der anderen. »Erzählen Sie mir von Marcel! Wo finden wir ihn und was macht er beruflich? Wieso droht er Ihnen in fast jeder Äußerung aufs Heftigste und bettelt dann im gleichen Atemzug, dass Sie zu ihm zurückkommen? Ich verstehe das nicht ganz. Was stimmt mit dem nicht?« Er sah sie fragend durch seine schwarzgerahmte Brille an.

Ihr Blick war deprimiert. »Weil er mich betrogen hat und ich ihn dabei erwischt hab.« Sie ließ den Kopf auf ihre Arme sinken. »Wir werden den Mann überprüfen. Sein Name, die Adresse. Was für ein Auto fährt er. Kennzeichen.«

Westermann notierte, was Stina zu berichten hatte, stand auf und trat vor die Tür. Er wählte die Dienststelle der Mordkommission in Frankfurt und führte ein längeres Gespräch. Als er sich umsah, hatte er das Gefühl, als würde jemand ihn mit bösen Blicken verfolgen. Er schüttelte sich, drehte sich um, und schritt zurück in die Hütte. Dann sagte er deutlich in Stinas Richtung:

»Wenn der hier irgendwo herumlungert, sind Sie in großer Gefahr. Sie packen jetzt umgehend ein paar Sachen, und ich bringe Sie in ein Hotel.«

Stina nickte wortlos und stieg die Leiter zum Schlafplatz hinauf. »Und was ist mit Tilda?«, flüsterte sie.

»Wir werden sie finden«, antwortete er und trat vor die Tür. Er stapfte die Stufen hinunter und zog die Pfeife aus seiner Jackentasche. Tief seufzend entzündete er sie und blies dicke Rauchschwaden in die kalte Luft. Angestrengt überlegte er und suchte nach irgendeinem Hinweis, der sie weiterbringen würde. Das heisere Krächzen einer Krähe ließ ihm einen Schauer über den Rücken laufen. Kein angenehmer Ort. Es gelang ihm in dieser Atmosphäre nicht, seine Gedanken zu ordnen. Die einzige Spur bisher war dieser Marcel. Sie mussten ihn ausfindig machen. Ein eiskalter Windhauch strich über sein Gesicht. Er hörte die Brandung der nahen Ostsee und den Wind, der in den Bäumen rauschte. Was, wenn sie recht hatten, und Tilda war tatsächlich verschwunden? Er konnte es sich nicht vorstellen. Und was, wenn es wirklich jemand auf die Mädchen abgesehen hatte und sie nacheinander … Westermann wollte diesen Gedanken nicht zu Ende bringen. Dieser Marcel war mit Sicherheit die Schlüsselfigur. Wenn sie ihn hatten, dann würde sich vieles erklären. Aber warum sollte er die Mädchen umbringen? Er wollte doch offensichtlich seine Freundin zurück. Waren sie ihm im Weg? Rache? Hass? Er musste zuerst herausfinden, wer Stinas ominöser Ex-Freund wirklich war. Und wozu er fähig war. Wo hielt er sich auf? War er tatsächlich noch auf der Insel? Sie mussten ihn suchen … und finden.

Ein gedämpfter Schrei riss ihn aus seinen wirren Gedanken. »Hierher, kommt her, ich hab etwas gefunden!«, hörte er Hartwig rufen. Westermann zerrte die Füßlinge von seinen Schuhen. Seine Stimme hallte zwischen den Bäumen, während Watsons Bellen sein Geschrei immer wieder durchbrach. Seine Schritte wurden schneller. Er schlug den Pfeifenkopf gegen einen Baumstamm und steckte die Pfeife in die Jackentasche. Eilig folgte er der Stimme des Kollegen.

Die Rufe Hartwigs wurden lauter, je weiter er sich von der Hütte entfernte. Watson bellte ununterbrochen, und die Atmosphäre in diesem Wald war gespenstisch. Bei jedem seiner Schritte knackten Äste unter den Schuhsohlen. Dann sah er Thomas. Er fuchtelte mit einer Taschenlampe in seine Richtung. Dirk erreichte den Kollegen und hielt sich für einen Moment die Seite. Erneut bekam er einen Hustanfall. »Verdammt, ich sollte das Rauchen aufgeben«, sagte er und blieb neben Thomas stehen. »Und, was hast du?«

»Ich habe sie gefunden«, grummelte er und deutete auf die Hand, die unter einer Decke aus Laub herausragte.

KAPITEL 13

Seine Zähne klapperten so stark, dass er davon aufwachte. Völlig erledigt quälte er sich aus der engen Kajüte des Angelbootes. Er fror und schlug die Arme um seine Schultern. Dabei konnte er froh sein, weil er es tatsächlich geschafft hatte, unerkannt auf diesem Kahn unterzutauchen.

Die Knochen schmerzten. Allerdings war er seinem Ziel ein ganzes Stück näher gekommen. Trotzdem hielt er es für ratsamer, sich weiter im Hintergrund zu halten. Alles lief nach Plan, und er lächelte trotz der Kälte. Jedoch landete er unsanft wieder in der Realität. Decken und Kissen hatte der Eigner des Schiffes anscheinend wegen der Feuchtigkeit von Bord geholt, und er zog die Jacke enger um seinen Körper. Das Schaukeln des Bootes verursachte ihm Übelkeit. Er spürte, wie Magensäure seine Speiseröhre hochkroch. Das Gefühl verstärkte sich von Minute zu Minute. Er wusste, dass er sich jeden Augenblick übergeben würde und an Deck musste. Dafür war es dann allerdings zu spät. Hastig griff er nach dem Plastikeimer, der unter dem Tisch stand, und übergab sich hinein. Der Wind blies durch den Hafen und verursachte ein undefinierbares Schleifen und Knarzen auf den Stegen und zwischen letzten im Hafenbecken übrig gebliebenen Booten. Schwerfällig richtete er sich auf, weil er frische Luft brauchte. Die beengte Kajüte bot nicht ausreichend Platz, und er wankte durch die Bewegungen des Kahns von einer Seite zur anderen. Mühsam zerrte er seine Jacke über, die kaum genügend Schutz gegen Kälte und aufkommende Nässe bot, und zog den Reißverschluss hoch. Sein Körper zitterte und er schlug sich fortwährend die Arme um die Schultern, um sich zu wärmen. Er musste sich bewegen. Die Füße fühlten sich mittlerweile taub an. Als er sich aufrichten wollte, stieß er mit dem Kopf gegen die Decke der Kajüte. Er brüllte auf vor Schmerz. »Dieses scheiß Boot hat nicht mal Stehhöhe«, motzte er. Vorsichtig öffnete er die Luke, die nach draußen führte und sah sich prüfend um. Es war stockfinster und nirgends leuchtete eine Lampe. Der eisige Wind blies ihm scharf ins Gesicht. Er kletterte auf die Plicht und machte einige Kniebeugen, um seinen Kreislauf anzukurbeln. Er durfte nicht auffallen. Dann verzog er sich wieder unter Deck. Heute wollte er sein Vorhaben endgültig finalisieren. Er brauchte einen Unterschlupf, und er musste endlich an seine Beute. Als er den Wasserhahn aufdrehte, der sich direkt unter dem kleinen Kunststofffenster neben dem Steuerstand befand, tat sich nichts. »Mist, nicht einmal Wasser gibt es auf diesem Kahn.« Er musste für die nächsten Tage eine andere Möglichkeit finden, um sich wenigstens waschen zu können. Bis dahin durfte er keine Spuren hinterlassen und nicht auffällig werden.

*

Westermann konnte nicht fassen, was er sah. Aus dem Boden ragten bleiche Fingerspitzen. Der Hund hatte geschnüffelt und die ausgehobene Grube unter losem Blattwerk und kleineren Ästen entdeckt. Der Hauptkommissar zog sein Handy aus der Tasche und wählte, während er sich die Haare immer wieder aus dem Gesicht strich. »Ihr müsst herkommen, wir haben sie gefunden. Ich leuchte euch entgegen.« Dann rief er in der Rechtsmedizin an.

Er hörte die Kollegen der Spurensicherung näherkommen. Ein Ast brach und krachte auf den Waldboden. Westermann hielt seine Taschenlampe in die Höhe. »Wir müssen die Frau hier rausholen«, sagte er, als die Beamten aus der Hütte eintrafen. »Ich bringe Stina jetzt sofort hier weg«, sagte er und an Thomas gewandt: »Wir sehen uns in der Dienststelle.«

Der nickte und sah ihm nach. Er wusste, was zu tun war.

Dirk Westermann bahnte sich einen Weg durch das Geäst, bis er die düster wirkende Hütte erreicht hatte. Ein paar Meter davor blieb er stehen. Wie soll ich ihr sagen, dass ihre Freundin … Gefühle waren hier nicht angebracht, das wusste er. Vielleicht war er langsam zu alt für diesen Job. Er holte tief Luft und betrat die Stufen, die zum Eingang führten. Die Tür war nicht verschlossen. Zwei Polizeibeamte waren immer noch damit beschäftigt, wenigstens ein paar brauchbare Spuren zu finden. Er zog Füßlinge und Handschuhe aus seiner Jackentasche und streifte sie über, bevor er die Hütte betrat.

Stina kauerte auf dem Sofa. Sie schrak hoch, als sie den Hauptkommissar erkannte. Tieftraurige Augen blickten ihn aus ihrem bleichen Gesicht hilfesuchend an. Ihre Lippen fingen an zu beben, als ahnte sie bereits, was passiert war. »Was ist los?«, fragte sie mit bebender Stimme. An seinem Gesichtsausdruck konnte sie erkennen, dass sie die Antwort nicht hören wollte. Sie presste ihre Hände gegen die Ohren und fing an, laut zu singen. Westermann räusperte sich. Auch sein Blick war starr und er erschien um Jahre gealtert. »Wir … wir haben sie gefunden«, sagte er monoton. Er hielt es nicht für angebracht, ihr etwas anderes als die Wahrheit zu erzählen. Sie würde es sowieso erfahren. Stina sprang auf. »Neeeeein!«, schrie sie und sackte im nächsten Moment zusammen. Ein Kollege der Spurensicherung fing sie auf, bevor sie auf dem Boden aufschlug. Dirk Westermann stand wie gelähmt daneben. Er hielt die Mütze in seinen Händen und atmete tief. Seine Mimik war wie versteinert, als Stina zu sich kam. Er nahm sein Handy und rief den Notdienst. »Wir brauchen einen Wagen. Ja, zum Staberholz … ein Kollege wird Sie in Empfang nehmen. Kommen Sie schnell, bitte.« Der Beamte der Spurensicherung hob Stina auf das Sofa und deckte sie mit der Wolldecke zu. Dirk Westermann setzte sich neben sie auf den Sessel und sah sie fest an. »Ist sie wirklich tot?«, wollte sie wissen. Der Hauptkommissar nickte. »Ich muss Sie das jetzt fragen: Kann es sein, dass Ihr Freund Ihre Freundinnen getötet hat?« Stina starrte ihn fassungslos an. »Marcel? Ist mein Ex-Verlobter. Er ist ein überheblicher Idiot, aber jemanden töten? Das … nein, niemals!«, schluchzte sie und hielt die Hände vors Gesicht. »Der kann keiner Fliege etwas zuleide tun«, wimmerte sie. »Das sehe ich allerdings ganz anders«, sagte ein großer blonder Hüne, der im weißen Anzug neben Westermann stand und ihm ein rosafarbenes Handy reichte, das in einer Klarsichthülle steckte. »Das sind die Aufzeichnungen. Das Telefon gehört doch Ihnen, oder?«, wollte der Beamte der Spurensicherung wissen. Stina nickte und sah ihn erstaunt an. »Wir haben hier unter vielen WhatsApps eine Sprachnachricht von einer gewissen Hanna. Sagt Ihnen der Name etwas?« Stina nickte und starrte auf ihr Telefon. »Was ist mit ihr?«, krächzte sie. »Ihre …?«

»Nachbarin. Sie ist meine Nachbarin. Was ist mit ihr?«

»Diese Hanna hat auf WhatsApp eine besorgniserregende Nachricht hinterlassen.« Er drückte auf eine Taste, und eine heisere Stimme rief laut: »Du musst verschwinden. Marcel sucht dich. Verschwinde! Versteck dich irgendwo. Der ist stinksauer und zugedröhnt … es tut mir so leid. Er hat mich gezwungen, ihm zu sagen, wo ihr seid.« Die Frau am anderen Ende der Leitung flüsterte mit rauer Stimme weiter. »Ich musste es ihm erzählen, er hat gedroht, mich zu töten. Ich wurde von ihm brutal zusammengeschlagen.« Das Gespräch brach ab. Stina sah die Polizeibeamten schreckensstarr an. »So viel dazu, dass der Mann keiner Fliege etwas zuleide tun könnte.« Der Beamte reichte dem Hauptkommissar die Tüte mit dem Handy und setzte seine Spurensuche fort. »Also, noch mal, halten Sie es für möglich, dass Ihr Ex-Freund Ihre beiden Freundinnen getötet hat?« Stina schüttelte den Kopf, obgleich sie sich auf einmal nicht mehr sicher war. Warum war er hier? Was wollte er von ihr?

»Nein, ich glaube … Ich will hier weg!«

»Das wird jetzt passieren. Nehmen Sie Ihre Tasche.«

*

»Na, was ist los, min Deern?«, wollte Charlotte Hagedorn wissen und sah ihre Nichte fragend an, die mit angespannter Miene auf und ab lief. Katrin zuckte die Schultern und verschwand in ihrem Zimmer. Charlotte Hagedorn wusste, dass ihre Nichte traurig darüber war, dass Dirk, kurz nachdem er aufgetaucht war, bereits wieder losmusste. Nachdenklich stand sie auf und griff zum Telefon. Nach wenigen Minuten wusste sie, was sie zu tun hatte.

Der Wind hatte den Nebel vertrieben und fegte mit beträchtlicher Kraft über den Sund. Es schien, als schlug das Wetter seit Längerem Kapriolen. Nicht einmal der Wetterbericht stimmte mehr. Waren das die Auswirkungen des Klimawandels? Es war zum Verrücktwerden. Schlimmer als Aprilwetter. Charlotte zog die Stirn kraus, als sie hinaus aufs Meer schaute. Ihre Lippen kräuselten sich ebenso wie die Wellen, die sich immer höher auftürmten und tosend am Strand brachen. Das Geräusch der dröhnenden Brandung drang bis in ihre Wohnung. Die Fensterscheiben vibrierten, so drückte der Wind dagegen. Charlotte fröstelte, als sie ihre Hand dagegen hielt. Es wurde langsam hell, und sie wollte für einen Moment die Fenstertür öffnen, um frische Luft hinein zu lassen. Der Wind riss sie ihr mit brachialer Gewalt aus der Hand und schlug sie mit lautem Knall gegen die Kommode, auf der der Fernseher stand. »Oh-oh«, sagte sie und verschloss die Tür augenblicklich wieder. »Was ist denn hier los?«, fragte Katrin, als sie das Wohnzimmer betrat, nachdem sie sich geduscht und angezogen hatte. »Ich muss doch mal lüften«, antwortete ihre Tante und wurde rot. »Vergiss es. Und was haben deine Recherchen in Sachen Fahrrad ergeben?« Charlotte sah sie an und bemerkte, dass Katrin blass war. In ihren engen Jeans und dem dunkelblauen Strickpullover sah sie hinreißend aus. Der braune Zopf mit den goldenen Strähnen lag über der einen Schulter. Nur der traurige Blick in ihren Augen gefiel Charlotte nicht. »Wir sollten hinfahren, um zu sehen, ob es sich tatsächlich um mein Rad handelt. Wenn ja, müssen wir Schütt anrufen!«

»Und wenn es dein Fahrrad sein sollte, willst du bei dem Wetter zurückradeln? Das halte ich für keine gute Idee.«

»Wo denkst du hin, Kind. Die Polizisten sollen mit ihrem Bus kommen und mir das Rad nach Hause bringen, wenn es denn meins ist.« Zuversichtlich huschte Charlotte in den Flur, um sich ihren Mantel überzuziehen.

»Na dann …«

Eine halbe Stunde später stiegen sie aus Katrins Wagen und betraten das Grundstück, auf dem sich Charlottes Rad nach Aussage des Mannes befinden sollte. Die Hauseigentümerin stand am Eingang des Geländes und erwartete sie bereits. Freundlich gab sie den Frauen die Hand. »Sind Sie wirklich sicher, dass es sich um Ihr Fahrrad handelt?«, wollte sie wissen und sah beide fragend an. »Sicher bin ich sicher.« Charlotte holte ihr Handy aus der Hosentasche, auf dem sich ein Foto des Fahrrads befand. Sie zeigte es der Hausbesitzerin. Die nickte. »Und wo steht es?«, wollte die Künstlerin wissen. »Da vorne am Zaun.«

Charlotte eilte zu dem Rad und betrachtete es eingehend. Fast war sie versucht, es zu streicheln. »Bis auf das fehlende Schutzgummi des Lenkers und die verschwundene Klingel ist es eindeutig meines.« Sie verglich das Foto mit dem am Zaun stehenden Fahrrad und zeigte es der Hauseigentümerin. »Und, was sehen Sie?«

»Ja«, sie nickte, »das scheint in der Tat Ihres zu sein.«

Charlotte nahm das Handy und wählte. »Herr Schütt … eindeutig. Machen Sie sich bitte auf den Weg.« Dann beendete sie das Gespräch, ohne eine Antwort abzuwarten. »Und wo ist jetzt der *neue* Besitzer?«, fragte Charlotte, verschränkte die Arme vor der Brust und zog die Augenbrauen hoch. Ihre Mimik verriet der Hauseigentümerin, dass sie nicht freundlich auf den Mann zu sprechen war. Die zeigte auf ein Fenster im Erdgeschoss. »Die Wohnung hier unten«, sagte sie leise. »Aber der schläft sicher noch, alles zugezogen.«

»Dann sollten wir ihn unbedingt wecken«, murrte Charlotte, schob die Ärmel ihres Mantels hoch und hielt demonstrativ ihre Arme vor den Körper, als wäre sie auf eine Auseinandersetzung vorbereitet. Angriffslustig stand sie vor der Tür des Mehrfamilienhauses. Katrin packte sie am Oberarm. »Du bleibst jetzt hier und wartest, bis Herr Schütt kommt. Du weißt doch gar nicht, was das für ein Typ ist«, warnte die Nichte. Sie hielt ihre Tante fest und zog sie ein paar Meter vom Hauseingang weg, damit die keine Dummheiten anstellen konnte. Mit zornigem Blick entzog sie Katrin ihren Arm. Sie grummelte so lange, bis endlich der Polizeiwagen um die Ecke fuhr.

Kurz darauf verließ Schütt mit einer jungen Kollegin den Wagen. Sie rückten ihre Dienstmützen zurecht und betraten das Grundstück. »Moin allerseits. Und, Frau Hagedorn? Haben Sie den Fall gelöst?«, grinste er. »Frechheit. Ich glaube, wir zwei werden keine Freunde mehr in diesem Leben«, sagte sie. »Ohne mich hätten wir das Corpus Delicti niemals gefunden.« Sie baute sich vor den Beamten auf. »Sind Sie sicher, dass es sich um Ihr Fahrrad handelt?«, wollte die junge Kollegin wissen. »Selbstverständlich!« Sie hielt der Polizistin ihr Handy vors Gesicht. »Vergleichen Sie. Das Rad hat besondere Merkmale, die gibt es kein zweites Mal. Sonst noch Fragen, junge Frau?«

Die Beamtin räusperte sich und schüttelte den Kopf.

Nachdem Olaf Schütt das Fundobjekt eingehend begutachtet hatte, sagte er: »Dann wollten wir mal. Wir werden den guten Mann jetzt aufsuchen, um den Diebstahl zu klären.« Charlotte folgte dem Beamten, um mit ihm den vermeintlichen Täter aufzusuchen. »Ne, Frau Hagedorn, Sie lassen das mal. Fahren Sie mit Ihrer Nichte nach Hause, und wir bringen Ihnen das Rad persönlich bis vor die Tür.«

»Aber …«

»Nichts aber. Das ist unsere Angelegenheit, und wir werden jede Konfrontation zwischen Ihnen und dem mutmaßlichen Dieb verhindern!«

Mit strengem Blick, der keinerlei Widerspruch duldete, sah Schütt sie an. »Komm, Tantchen, du hast es gehört. Wir fahren nach Hause.« Charlotte wehrte sich und blieb stehen. »Wollen Sie Ihr Rad jetzt zurück, oder muss ich noch deutlicher werden?« Endlich sah Miss Marple, wenn auch widerwillig, ein, dass sie an diesem Ort nichts mehr zu melden hatte. Zumindest hatte sie diesen Fall gelöst, jetzt konnte sie sich in Ruhe dem Mordfall am Staberhuk widmen.

Sie ahnte nicht, dass sie ein anderes Problem bald aus der Bahn werfen sollte.

KAPITEL 14

Dirk Westermann hatte seine Ankunft telefonisch bei Nele Martin angekündigt. Sie hatte für die beiden Kommissare ein Appartement vorbereitet. Dass sie einen Hund mitbrachten, war ihr allerdings nicht recht. Aber in diesem Fall würde sie eine Ausnahme machen. Als es an der Tür klingelte, öffnete sie mit einem strahlenden Lächeln, das augenblicklich erlosch. Sie erfasste sofort die Lage. »Moin. Sie wollten doch zu zweit ... mit dem Hund da kommen. Für eine dritte Person habe ich das Zimmer nicht hergerichtet.« Sie sah abwechselnd von Westermann zum Hund und der Frau. Und bevor der Kommissar ein Wort zur Klärung beitragen konnte: »Nun kommen Sie rein. Dann sehen wir weiter. Ist ja bannig kalt draußen.« Nele ließ sie in den Flur eintreten und schloss mit zusammengepressten Lippen die Haustür. »Sie wissen ja, eigentlich haben wir geschlossen und nur für Sie geöffnet. Wir dürfen eigentlich gar nicht öffnen. Die haben wegen der Corona-Krise angeordnet, dass alle

Geschäfte und Unterkünfte geschlossen bleiben müssen. Nur ein paar Betriebe, wie Bäcker und Apotheken hatten Glück. Und jetzt noch eine weitere Person? Ich will keinen Ärger haben. Und wo ist Ihr Kollege?«

»Alles gut. Ich denke, das geht schon in Ordnung. Hartwig ist am Tatort.« Er wirkte auf einmal erschöpft. »Aber Sie haben recht. Die Umstände machen es nötig, Frau Christiansen woanders unterzubringen. Wir können sie nicht in der Waldhütte im Staberholz alleine lassen. Sie ist in den Mordfall dort involviert und braucht sofortigen Schutz.«

Nele war sprachlos und versuchte unbeholfen, ihre Locken zu bändigen, die wirr vor den Augen hingen.

»Machen Sie sich keine Umstände«, sagte Westermann. »Wenn es nicht passt, bringen wir sie woanders unter. Sie muss in unserer Nähe bleiben.« Der Hauptkommissar reichte Nele die Hand und wollte schon gehen, um für Stina und sich ein anderes Domizil zu suchen. »Wir sehen uns dann ein andermal.«

»Aber bitte! Das habe ich nicht gewusst. Natürlich kann sie hierbleiben, die junge Deern. Ist ja sozusagen eine polizeiliche Anordnung. Und damit Sie in Ihrer Nähe ist, gebe ich ihr das Appartement neben Ihrem. Ist das recht? Stehen ohnehin alle Zimmer leer.« Dirk Westermann lächelte die Pensionsbesitzerin erleichtert an. Er klopfte Watson die Flanke.

»Aber der Hund … das haben Sie gewusst, oder?«, murmelte er und sah die blonde Frau Mitte 50 fragend an. »Natürlich, ist ausnahmsweise in Ordnung«, antwortete sie versöhnlich. »Na, dann bringen Sie mal Ihr Zeug ins Appartement.« Nele griff in das Schlüsselkästchen und entnahm die passenden Appartementschlüssel. »Aber nicht, dass der Hund im Bett schläft, dann gibt's Ärger«, presste sie hervor. »Wo denken Sie hin, der ist bestens erzogen. Das ist ein Polizeihund«, sagte Westermann und verkniff sich ein Grinsen. Stina stand an seiner Seite und schien nicht zu verstehen, was um sie herum geschah. Sie zitterte am ganzen Körper und wirkte wie weggetreten. »Was ist mit der Deern?«, wollte Nele wissen. »Sie ist vom Arzt versorgt worden und muss sich unbedingt hinlegen und schlafen. Wir reden nachher noch mal, okay?« Westermann nahm Stinas Tasche und schob sie zum Ausgang.

*

Am nächsten Morgen erwachte Charlotte. Sie fühlte sich überhaupt nicht wohl und hatte Mühe, aus dem Bett zu steigen. Langsam schlug sie die Decke zurück und setzte sich auf die Bettkante. Ich kann nicht, dachte sie und fiel unsanft ins Kissen zurück. Sie langte neben sich und nahm die Fernbedienung in die Hand, mit der sie die Jalousien betätigen konnte. Im Zeitlupentempo bewegten sich diese nach oben und ließen Licht in den Raum. Wie spät ist es? Charlotte guckte auf den kleinen schwarzen Wecker auf ihrem Nachttisch. 9:30 Uhr. 9:30 Uhr? Ich muss aufstehen. Wo ist Katrin? Sie wusste, dass ihre Nichte diese Woche eigentlich nicht mehr ins Büro musste, weil sämtliche Veranstaltungen abgesagt wurden, aber sie wollte sich um Liegengebliebenes kümmern. Erneut versuchte sie, sich aufzurichten. Ihr war speiübel. Hatte sie sich doch zu viel zugemutet? »Katrin! Kaaatrin!«, rief sie und legte sich wieder zurück. »Hi, Tantchen, bist endlich wach? Was ist denn mit dir los? So lange hast du ja noch nie geschlafen.« Ihre Nichte setzte sich zu ihrer Tante auf die Bettkante, als die erneut die Decke zurückschlug. »Oh, mein Gott! Was hast du denn?« Katrin starrte auf den dunklen Fleck, der sich auf dem Bettlaken ausgebreitet hatte. »Was … was ist da?« Sie quälte sich wieder hoch und betrachtete die Stelle, auf die ihre Nichte deutete. »Das ist Blut.« Charlotte wurde blass. Sie sah an sich herunter und begutachtete das Oberteil ihres Pyjamas. Dann fasste sie auf das Pflaster, das der Arzt auf die Wunde aufgebracht hatte. »Oh, mein Gott.«

»Tantchen, du musst ins Krankenhaus. Da stimmt etwas absolut nicht.« Ohne eine Antwort abzuwarten, stand sie auf und verließ den Raum. Charlotte hörte, dass sie telefonierte. Sie wagte nicht, sich zu bewegen. Dann kam Katrin mit besorgter Miene zurück in das Zimmer. »Wo ist deine Reisetasche?« Sie sah sich fragend um. »Im rechten Schrank. Unten.

Aber wozu …?«

Ihre Nichte hob abwehrend die Hand. »Nicht reden. Du fährst jetzt mit mir ins Krankenhaus, und da werden sie sich das genau ansehen.« Katrins Ton duldete keinen Widerspruch.

Eine Stunde später lag Charlotte Hagedorn bereits in der Inselklinik in einem der Untersuchungsräume und wurde von einem Arzt begutachtet. Katrin stand in einer Ecke und versuchte, den Ausführungen des Mediziners zu folgen. »Ich werde Sie operieren müssen. Das ist nicht weiter tragisch. Aber wir sollten schauen, warum sich Ihr Bauchnabel derartig entzündet hat. Ich nehme jetzt einen Abstrich und gebe ihn ins Labor.« Der Arzt sah zuerst Charlotte, dann Katrin an. Er erwartete keinerlei Widerstand und veranlasste, Charlotte unverzüglich auf die Station zu bringen. »Wir tätigen heute noch alle Voruntersuchungen, und morgen früh sehe ich mir das genau an.«

»Heißt was?«, wollte Katrin wissen. »Ich öffne den Nabel, um zu schauen, woher die Entzündung kommt. Dann sehen wir weiter. Hatte sie früher schon einmal Probleme mit dem Bauchnabel?«, fragte der Arzt. Katrin schüttelte den Kopf. »Sie hatte vor vielen Jahren eine Unterleibsoperation. Das wurde damals, soweit ich weiß, endoskopisch gemacht. Aber wie gesagt, das ist lange her.«

Der Mediziner nickte. »Der Abstrich wird zeigen, ob eventuell Keime im Körper vorhanden sind.« Damit verabschiedete sich der Arzt von Katrin Duvenstedt und wollte den Raum verlassen. »Wo ist meine Tante jetzt?«

»Auf Station 7. Gehen Sie den Gang bis zum Ende und dann links. Fragen Sie nach ihr, die Schwestern wissen Bescheid.« Ohne ein weiteres Wort verschwand er. »Freundlich geht anders«, murmelte Katrin und machte sich auf den Weg.

Sie ging langsam den quietschenden Flur bis zum Ende. Wortlos betrat sie das Zimmer, das man ihr genannt hatte und in dem Charlotte mit fragendem Gesicht im Bett lag. »Nun bekomme ich aber schon ein bisschen Angst«, murmelte sie und sah Katrin hilflos an. »Wird alles gut, Tantchen, wird alles gut.«

✳

Stunden später saßen beide Kommissare im Wagen auf dem Weg zur Rechtsmedizin in Lübeck.

»Es ist sehr wichtig, genau zu erfahren, was ihr herausgefunden habt«, beendete Westermann das Gespräch mit Bendix und legte das Handy aus der Hand. Dann fuhren sie auf den Parkplatz des Institutes.

»Und?«, fragte Thomas. »Gibt's Neuigkeiten?«

»Nein, die wollten mir nichts sagen. Sind just in diesem Moment bei der äußeren Leichenschau.« Die Kommissare stiegen aus dem Wagen. »Aha«, meinte Hartwig, öffnete die

Heckklappe und ließ Watson raus. »Komm, mein Junge, du musst pieseln.« Der kräftige Wolfshund gehorchte auf Kommando, und wenig später saß er wieder im Fond des Wagens. Dirk Westermann hatte den Tabak in seiner Pfeife angezündet und beobachtete die ungleichen Kollegen. Stoisch blies er den Rauch in die Luft. Es war windstill und längst wieder dunkel an diesem Abend. Feuchte Kälte kroch durch den Caban des Hauptkommissars und ließ ihn frösteln.

Wenig später öffneten sie die Tür zum Sektionssaal. Hartwig verzog das Gesicht, als er den typischen Geruch wahrnahm. »Boah, kann ich nicht draußen warten?«, flüsterte er und sah Westermann mit verzweifeltem Gesichtsausdruck an. »Oh Mann, Hartwig, daran solltest du dich aber langsam gewöhnt haben.« Weiter ging er nicht darauf ein. Er begrüßte den Rechtsmediziner.

Alfons Bendix war dabei, mit seinem Assistenten Sebastian Floor die Organe der Frauenleiche zu wiegen. Selbst der Staatsanwalt war anwesend. Sein Blick verhieß nichts Gutes.

Bendix schüttelte den Kopf, nahm die Lungenflügel aus der Organschale, hielt sie in den Händen und legte sie auf die Waagschale. Im weiteren Verlauf entnahm er die Speiseröhre, wog sie und nahm die Organe in Augenschein. Der Rechtsmediziner setzte das Skalpell an und öffnete die Luftröhre »Das Gleiche. Sehen Sie das? Da steckt etwas im Gewebe, und zwar vom Hals, bis hin zu den Lungenflügeln. Ich glaube es nicht! Die Organe sind vollständig verstopft!« Sebastian Floor traute seinen Augen nicht.

»Was ist das?«, wollte er wissen.

Alfons Bendix führte das Skalpell und öffnete nacheinander die Lungenflügel. Er betrachtete eingehend die Organe und dann mit erstauntem Blick seinen Assistenten, als könne er nicht glauben, was er entdeckt hatte.

»Sieht aus, wie …« Er deutete auf die weißgelbliche Masse, die beim Aufschneiden hervorquoll.

Wenn ich es nicht besser wüsste …?«

»Wenn du was nicht besser wüsstest?«, drängte sein Assistent auf eine Antwort. Westermann stand daneben und verstand kein Wort. Hartwig hatte sich längst anderen Dingen zugewandt und tat, als ginge ihn das alles nichts an. Er kämpfte mit seinem inneren Schweinehunden.

»Wenn ich es nicht besser wüsste, würde ich sagen, das ist Polyurethan.«

»Klär mich auf«, drängte der Staatsanwalt Oskar Reumann.

»Bauschaum! Die Organe sind voll davon. Unsere Tote wurde mit PVU-Schaum erstickt!«

Es war totenstill im Raum. Niemand sagte ein Wort. Der Staatsanwalt und die Mediziner traten näher an die Organschale oberhalb des Sektionstisches. »Da hat jemand ganz gezielt, wahrscheinlich mit einer Vorrichtung, einer Schaumpistole oder Ähnlichem, das Material über die Luftröhre in den Körper gepresst. Ich bin fassungslos! So etwas habe ich vorher noch nie gesehen. Sämtliche Organe, vom Rachenraum, bis hin zu den Lungenflügeln quellen über von diesem Teufelszeug.

Das arme Mädchen ist qualvoll erstickt. Es ist möglich, dass es beim Eindringen des Bauschaumes zum Verklumpen am Kehlkopf gekommen ist und durch Nervenreizung letztendlich zum Herzstillstand, dem sogenannten Bolustod.«

Als Westermann näher an den Sektionstisch herantrat, sah er in der Frau nicht mehr die Person, mit der er vor Kurzem gesprochen hatte. Die Hülle war seelenlos, und nur so konnte er den nötigen Abstand wahren. Hartwig betrachtete den Boden, so lange er konnte. Verlegen fuhr er sich durch die dunklen Haare und scharrte mit den Füßen, als hätte er etwas entdeckt, was seine volle Aufmerksamkeit beanspruchte. »Ich denke, ihr müsst euch beeilen. Das, was da draußen rumläuft, ist gefährlich und abartig«, murmelte der hochgewachsene Mediziner und hielt einen der Lungenflügel in seiner schmalen Hand. Er entfernte einen Teil des erhärteten Materials und legte es in eine weitere Schale. Der Blick aus den grauen Augen, der auf den Anwesenden ruhte, sprach Bände. »Was ist, Alfons?«, wollte Westermann wissen und rieb sich die Hände, »nun sprich Klartext«, forderte er den Rechtsmediziner auf, ihm endlich Gewissheit zu verschaffen. »Irgendeine Sauerei ist da im Gange, und ihr solltet diesen Typen schnellstens dingfest machen, bevor er erneut zuschlägt.« Alfons Bendix zog die Augenbrauen hoch.

»Woher willst du wissen, dass der Täter ein Mann ist?«, fragte Hartwig und sah ihn prüfend an.

»Weil das hier eine ausgesprochen aggressive Art des Tötens ist. Täterinnen töten, sagen wir mal … sanfter. Intelligenter, würde ich es fast nennen. Eine Frau hätte kaum die Kraft, ihrem Opfer dieses Teufelszeug einzuflößen. Er muss sie festgehalten oder zumindest irgendwo fixiert haben. Denn sie wird nicht stillgehalten haben, wenn jemand so etwas vorhat.« Er legte den aufgequollenen Lungenflügel auf eine Metallplatte und trennte ihn komplett auf. Die weiße Masse, die ihm entgegenkam, war nicht zu übersehen. »Die Frau ist auf grausame Art und Weise erstickt. Wenn ich den Genickbruch der ersten Toten hinzufüge, denke ich, dass jemand gezielt an die … sagtest du nicht etwas von drei Frauen in der Hütte?« Westermann nickte. »Ist sie noch dort?«

Der Hauptkommissar schüttelte den Kopf. Bendix sprach in das Mikro, das über seinem Kopf von der Decke hing. »Die

Organe der Frauenleiche wurden mit Polyurethanschaum gefüllt. Dieser ist sehr wahrscheinlich mit einer Schaumpistole oder einer Tülle über die Luftröhre bis in die Lungenflügel gelangt. Der Atemvorgang wurde durch das Befüllen des sich aufblähenden Materials unterbrochen, wodurch der Tod offensichtlich durch Ersticken eintrat.

Des Weiteren sind Würgemale am Hals, die allerdings nicht zum Tod der aufgefundenen Frauenleiche führten. Die Drosselspuren werden im Anschluss auf DNA-Spuren untersucht.« Er fixierte noch einmal die Kollegen der Mordkommission. »Wir werden DNA-Abgleiche durchführen. Es liegt kein Sexualdelikt vor. Zumindest haben wir bisher keinerlei Spuren gefunden, die das vermuten lassen könnten. Allerdings sind an der Kleidung Flecke, die im Labor untersucht werden. Mehr kann ich euch im Moment nicht sagen. Wie bereits gesagt, ich bin sicher, dass es sich bei dem Täter um einen Mann handelt, weil der erforderliche Kraftaufwand, um der Toten das Material einzuflößen, enorm sein muss. Jeder, der so eine Ladung verabreicht bekommt«, er schüttelte den Kopf, »wehrt sich vehement! Das lässt niemand so einfach über sich ergehen. Es sei denn, sie war nicht bei Bewusstsein. Und er musste das Opfer fixieren. Dafür brauchte er Kraft. Das schafft, meines Erachtens nach, keine Frau.«

Thomas Hartwig stand am Seziertisch und warf nun doch einen Blick auf die Frauenleiche. Auf einmal kochte Wut in ihm hoch. Wut auf den Kerl, der die Frauen umgebracht hatte, und ein unbezähmbarer Wille, diesen Täter schnellstens dingfest zu machen. »Es ist gut, dass wir die Kleine in die Pension gebracht haben«, flüsterte Hartwig. Westermann nickte. »Hoffentlich hat er uns nicht beobachtet«, hielt der jüngere Kollege dagegen, und ein ungutes Gefühl machte sich in seiner Magengegend breit.

KAPITEL 15

Im Hafen war es finster. Der Wind blies mit acht Windstärken aus Süd-West und hatte über Nacht beträchtlich zugenommen, als Hinnerk Jacobsen sein Rad an die Holzwand des Hafenmeisterhäuschens lehnte. Wild peitschte das Wasser gegen die Holzplanken der Stege, was ihm, dem gestandenen Seemann, einen Schauer über den Rücken laufen ließ.

Kurz vor 4 Uhr hatte es ihn, wie die letzten Monate, zum Hafen gezogen, um nach dem Rechten zu sehen.

Morgens konnte er nicht länger schlafen, was aus der Zeit herrührte, als er noch mit seinem Kutter zum Fischfang rausfuhr. Auch dann radelte er fast immer zur frühen Stunde zum Hafengelände. Er wohnte in der Siedlung unweit des Hafens, und es lohnte sich nicht, den Wagen aus der Garage zu holen.

Die Zeit des Fischfangs war für ihn vorbei. Es gab nicht mehr viele Kutter im Hafen von Burgstaaken, und die wenigen, die im Hafenbecken vor sich hin dümpelten, holten kaum noch Ertrag aus der Ostsee. Die erneut gesenkten Fangquoten erschwerten es den Fischern zusätzlich. Viele der Kollegen hatten aufgegeben und ihre Fischkutter schweren Herzens verkauft. Und jetzt durften auch die, die noch da waren, nicht einmal mehr auf die Ostsee raus, und alles nur wegen dieses verdammten Corona-Virus. Wer es trotzdem tat, musste mit einer empfindlichen Strafe rechnen.

Hinnerk hatte auf Drängen seiner Frau Enne und der düsteren Zukunftsprognosen seinen Kutter verkauft. Er hielt es für sinnvoller, die ausgeschriebene Stelle des Hafenmeisters anzunehmen.

Bereits seit kurz nach 4 Uhr saß der pausbäckige Hinnerk jetzt im Hafenmeisterbüro und ordnete Listen für das kommende Jahr. Er sah auf die Uhr an seinem Handgelenk. Es war 5.15 Uhr und damit an der Zeit, die erste Runde im Hafen zu drehen. Wasserfahnen peitschten über den Steg, als er die Regenjacke überzog und die Tür des Häuschens öffnete. Er schlug den Kragen seiner Jacke hoch, um den ersten Kontrollgang durch den Hafen zu starten, als der Wind ihm mit unglaublicher Kraft ins Gesicht peitschte. Seufzend machte er sich in Gummistiefeln auf den Weg durch das Gelände. Er zog den Schal enger um den Hals und sog die eiskalte Morgenluft ein. Wie an jedem Morgen wollte er die Pfeife entzünden, die er in der vorderen Tasche seiner Latzhose verwahrte. Der scharfe Ostwind ließ es jedoch nicht zu, dass er den Tabak zum Glühen brachte. Sein Feuerzeug zündete nicht. Brummelnd steckte er seine Piep zurück in die Brusttasche und schnaubte. Als er mit gewichtigen Schritten den Steg hinunterschlitterte, nahm er eine Gestalt wahr, die von einem der wenigen im Hafenbecken liegenden Boote kletterte. Er verengte die Augen zu schmalen Schlitzen, um das Geschehen, das sich direkt vor ihm abspielte, besser erkennen zu können.

»Wer sind Sie und was haben Sie auf dem Boot zu suchen?«, rief Hinnerk Jacobsen, als die Gestalt im Dunkeln direkt auf ihn zusteuerte. Der Unbekannte hatte die Kapuze des Pullovers so tief in sein Gesicht gezogen, dass der Hafenmeister nicht erkannte, wer ihm entgegentrat.

Der 62 Jahre alte, korpulente Jacobsen schob trotz des eisigen Windes seine Mütze zurück und gab sein rundliches Gesicht frei. Er selbst stand direkt unter einer der Steglaternen, die kaum Licht spendeten, hob die Taschenlampe an und leuchtete in das von der Kapuze verdeckte Konterfei des Fremden. Eindringlich musterte der Hafenmeister die Gestalt. »Also, junger Mann, was haben Sie auf dem Boot zu suchen?« Hinnerks Mimik, die im diffusen Licht der Laterne bedrohlich wirkte, verkündete nichts Positives.

»Das ist mein Schiff?«, versuchte der Mann zu beschwichtigen, ohne dass er sich zu erkennen gab.

»Ganz sicher nicht, das ist das Boot von Heinrich ut Hamborch, das weiß ich nun ganz genau. Da sind Sie auf'm falschen Dampfer, mein Bester. Ich bin hier nämlich der Hafenmeister und ich kenne jeden Bootslieger«, knurrte der Chef des Hafens in breitem Norddeutsch und versuchte ununterbrochen, der Person ins Gesicht zu leuchten, was dieser dadurch abwehrte, dass er sich von ihm wegdrehte und den Kopf weiterhin gesenkt hielt. Hinnerk zerrte mit der freien Hand sein Handy aus der Hosentasche. »Wen rufen Sie an?«, wollte der schwarz gekleidete Mann wissen und deutete mit geneigtem Kopf Richtung Telefon. Der schlanke Kerl hatte Mühe, sich gegen den Wind zu stemmen. Die Holzplanken des Stegs waren schlüpfrig wie eine Rutschbahn, und jede Windbö drohte, ihn ins Wasser zu wehen. »Das geht Sie zwar nichts an, aber ich sach es Ihnen trotzdem«, erklärte er dem Mann, der auf dem Steg verharrte. »Wir klären das hier und jetzt. Ich rufe auf der Wache an, und die sollen sich mal drum kümmern, was Sie hier zu suchen haben. Wir prüfen das ganz einfach und dann wollen wir sehen, ob Sie berechtigt sind, sich hier aufzuhalten.« Entschlossen steckte Hinnerk die Lampe zwischen die Lippen und wählte die Nummer der Burger Dienststelle. Der Fremde holte mit dem Fuß aus und verpasste dem schwergewichtigen Hafenmeister einen Stoß, der ihn zu Fall brachte. Dann stieß er ihm den Stiefel so oft in die Seite, bis der am Boden liegende Mann dem Ende der Stegkante gefährlich nahekam. »Hören Sie auf … was soll das? Was fällt Ihnen ein?« Jacobsen hob abwehrend die Hände, während die Schläge auf ihn einprasselten. »Hilfe, zu Hilfe!«, rief Hinnerk mit lauter, kräftiger Stimme. Die Pfeife fiel ihm aus der Brusttasche, rollte über den Steg und verschwand im aufgewühlten Wasser. Jacobsen wusste, dass sich niemand zu dieser Zeit im Hafen aufhielt, aber er wollte nicht kampflos aufgeben. Er musste selbst versuchen, sich zu wehren und lautstark bemerkbar zu machen, falls sich doch jemand im Hafen aufhielt. Energisch rollte er sich auf dem Steg von der Wasserkante weg, nahm seinen Fuß und trat dem Mann in die Kniekehle. Der sackte zusammen und stürzte ebenfalls zu Boden. »Hilfe«, schrie Hinnerk Jacobsen erneut über den menschenleeren Steg. Der Angreifer sammelte sich und sprang zurück auf die Beine. Der Hafenmeister versuchte ebenfalls, sich aufzurappeln. Er richtete sich auf, hockte sich auf die feuchten, glitschigen Holzdielen des Stegs und wollte gerade aufstehen, als der Fremde ihn mit einem Tritt vom Holzsteg stieß.

Schreiend fiel Hinnerk Jacobsen ins Hafenbecken und versank augenblicklich im eisigen Wasser.

*

»Hörst du das?«, fragte Hauptmeister Jan Becker und stellte den Lautsprecher der Telefonanlage an. Es waren undeutliche Schreie wahrzunehmen, die unverständlich klangen. Der Dienststellenleiter schüttelte den Kopf und sah den Kollegen fragend an, der den Hörer des Telefons in der Hand hielt. Schütt saß seit einer halben Stunde am Nebentisch und bereitete alles dafür vor, dass die Kommissare der Kripo Oldenburg sich in der Dienststelle häuslich niederlassen konnten.

»Hören Sie auf ... was soll das? Aufhören!«, drang aus dem Lautsprecher. Und wieder: »Hilfe, zu Hilfe!« Jetzt wurde selbst Schütt hellhörig. Er sprang auf und lauschte dem Hilferuf aus dem Telefon. »Wer ist das?«, wollte Becker wissen. Der Dienststellenleiter schüttelte energisch den Kopf und hielt seinen Zeigefinger über die Lippen. Der Hauptmeister schwieg.

Die beiden Polizeibeamten hörten nur, dass ein Kampf stattfand. Allerdings konnten sie nicht zuordnen, wo sich das Ganze abspielte.

»Hilfe ... aaaaah ...«, danach vernahmen sie nur noch das Rauschen von Wasser.

»Wenn mich nicht alles täuscht, dann war das Hinnerk«, murmelte Schütt.

»Welcher Hinnerk? Gibt jede Menge auf der Insel«, antwortete Becker. »Mensch, Jan, unser Hafenmeister! Die Stimme gehört dem Jacobsen. Er ist doch um diese Zeit schon im Hafengelände? Das war sicher Hinnerk. Wir müssen sofort runter zum Hafen.«

Schütt riss seine Jacke vom Haken. Becker tat es ihm gleich und folgte ihm zum Parkplatz. Mit Blaulicht und Sirenen jagten sie Richtung Hafen. Da war es 20 Minuten nach 5 Uhr.

＊

Schütt sprang zuerst aus dem Wagen. Er hatte ihn direkt vor einem Segler abgestellt, der vor dem Hafenbecken auf einem Trailer stand. »Ich lauf zum Hafenbüro, und du fängst bei den Stegen an zu suchen.« Becker zog eine Taschenlampe aus der Jackentasche und leuchtete die Gegend aus. Kommissar Olaf Schütt lief den Weg zurück zum Bürocontainer des Hafenmeisters und rief: »Hinnerk … Hinnerk, wo steckst du?« Aber er hörte nicht einmal eine Möwe schreien. Nur der Wind heulte gespenstisch durchs Gelände.

Becker ließ den Lichtstrahl der Taschenlampe über die einzelnen Stege gleiten, sah die Wellen an das Holz schwappen und schüttelte verzweifelt den Kopf. »Hinnerk!«, schrie er und rutschte in seinen Stiefeln die Planken entlang. »Verdammt, ist das rutschig«, murrte er und konnte sich gerade noch fangen. Die Taschenlampe fiel zu Boden. Olaf Schütt kam nach seiner ergebnislosen Suche im Hafenbüro keuchend auf ihn zu. Er rang nach Luft, als er den Steg erreichte und sich gegen den Wind stemmte. »Und?« Becker schüttelte den Kopf und wollte sich zur heruntergefallenen Leuchte bücken, als er gleichzeitig mit einer Hand seine Dienstmütze festhalten musste, damit sie ihm nicht vom Kopf flog. Plötzlich erstarrte er und folgte dem auf eine Stelle im Hafenbecken gerichteten Lichtstrahl.

»Verdammt, Chef, hier liegt jemand im Wasser.«

Der Dienststellenleiter Olaf Schütt drängte sich an Jan Becker vorbei. Tatsächlich, da trieb ein Mensch mit dem Kopf nach unten in der aufgewühlten Brühe. »Ruf einen Krankenwagen … rasch!«, schrie er und sprang ins eiskalte Wasser. Becker riss sein Handy aus der Hosentasche und rief den Notarzt. Dann legte er sich auf den Steg und beugte sich mit dem Oberkörper über die Planken. Seine Taschenlampe hatte er zwischen die Lippen gepresst, damit er beide

Hände frei hatte, um genügend sehen zu können. Das Wasser peitschte ihm immerzu ins Gesicht. Während er die salzige Hafenbrühe ausspuckte, wurde seine Mütze von einer Böe erfasst, vom Kopf gerissen und landete wenige Meter weiter im Hafenbecken. Der Kommissar schwamm um sein Leben, er schleppte Hinnerk Jacobsen keuchend hinter sich her. »Hilf mir, zieh ihn raus. Ich habe keine Kraft mehr.« Schütt paddelte wie ein Hund im Wasser und spürte, dass seine Beine taub wurden. Seine Zähne klapperten, und dennoch versuchte er trotz nachlassender Kraft, den schweren Mann nach oben zu drücken. Der schlaksige Hauptmeister bot sämtliche Reserven auf, um den massigen Hafenmeister auf den Steg zu ziehen. »Ich schaff's nicht!«, schrie er, »ich kann ihn nicht allein hochziehen.« Becker bemühte sich, aber vergeblich. »Warte, ich muss aus dem Wasser«, keuchte Schütt. Er ruderte mit letzter Kraft Richtung Leiter, die am Rand des Hafenbeckens angebracht war. »Noch fünf Meter … du hast es gleich.« Dann versank der Dienststellenleiter plötzlich. »Schütt!«, schrie Becker und wusste nicht, ob er den Hafenmeister halten, oder loslassen sollte, um seinem Chef zu helfen. »Olaaaaf!« Plötzlich tauchte sein Vorgesetzter japsend an der Leiter wieder auf. Erschöpft griff er nach den Sprossen und zog sich entkräftet hoch, bis er die Planken zum Steg erreicht hatte. Keuchend kroch er auf allen vieren zu Becker, dem der dicke Hinnerk aus den Händen zu gleiten drohte. »Ist er tot?«

＊

Um 10.30 Uhr kam Charlotte im Aufwachraum der Klinik zu sich. Sie fühlte sich trotz der vorangegangenen Vollnarkose körperlich fit, fast so, als könnte sie bereits wieder

Bäume ausreißen. Die Schwester kam an ihr Bett. »Na, Sie sind ja schon da. Das ist wunderbar, wir schieben Sie gleich in Ihr Zimmer.«

Als sie wenig später in ihrem Krankenzimmer lag, warf sie einen Blick aus dem Fenster. Alles erschien in trostlosem Grau. Die Ostsee, die sie sich als Aussicht gewünscht hatte, war dank des herrschenden Schmuddelwetters nicht zu sehen. Charlotte Hagedorn griff nach der Wasserflasche neben ihrem Bett, öffnete sie und leerte sie zur Hälfte.

Gestärkt zog sie das *Tageblatt* zu sich, das die Schwester auf das Tischchen neben ihrem Bett gelegt hatte, und überflog die erste Seite. Schlagartig wurde sie kreidebleich, fasste nach ihrer Lesebrille und verschlang die Worte, die ihr in fetten Lettern entgegen flimmerten.

Weitere Leiche im Staberholz aufgefunden. Bei der Toten handelt sich um die 26-jährige Tilda K. aus dem Raum Frankfurt.

Aufgrund des laufenden Verfahrens gibt es zurzeit keine weiteren Informationen.

Um Mithilfe wird gebeten. Jeder Hinweis, der zum Auffinden des Täters führt, bitte an die Burger Polizeidienststelle, Telefon 04371 ....

Erstarrt saß Charlotte in ihrem Bett und fasste nicht, was sie las. Die Tür wurde geöffnet, und der Arzt, der sie operiert hatte, betrat lächelnd das Zimmer. »Na, Frau Hagedorn, wie fühlen Sie sich? Ihnen scheint es ja besser zu gehen, wenn Sie bereits das *Tageblatt* studieren«, sagte der grauhaarige Mediziner, der sie durch seine silbergerahmte Brille ansah. Er deutete auf die Zeitung in ihren Händen. »Mir geht es blendend oder auch nicht ...«, murmelte sie leise und warf einen traurigen Blick auf die Zeitungsseite. »Kann ich morgen schon nach Hause? Ich muss!«

Der Arzt lachte auf und steckte die Hände in die Kitteltaschen. »Ich hätte es mir denken können. Diese Frau ist aber auch durch nichts aufzuhalten. Nein, Sie können natürlich *nicht* morgen nach Hause. Aber wenn weiterhin alles gut verläuft, in drei Tagen.«

»Was heißt, wenn alles gut verläuft? Was haben Sie denn mit mir gemacht? So schlimm kann es ja nicht gewesen sein, wenn ich hier schon so putzmunter im Bett liege.« »Na ja, wir mussten Ihren Bauchnabel entfernen. Das ist zwar nicht verheerend, aber auch nicht ohne. Im Tropf, den Sie hier hängen sehen, befindet sich ein Antibiotikum, das zum einen der Entzündung Einhalt gebieten soll, die Ihrem Nabel die Probleme verursacht hat und ... die Krankenhauskeime abtötet, die wir bei der Voruntersuchung entdeckt haben. Sie müssen sich bei einem vorherigen Krankenhausaufenthalt bereits damit infiziert haben«, sagte er trocken, »also drei Tage mindestens, oder wollen Sie sterben ...?«

*

Der Notarzt Karsten Weiland lief neben der Trage her und presste fortwährend mit schnell pumpenden Bewegungen auf den Brustkorb von Hinnerk Jacobsen ein. Eine Sauerstoffmaske versorgte ihn mit dem nötigen Sauerstoff. Im Operationssaal war alles vorbereitet. Ein Ärzteteam erwartete den Verletzten. Eilig hoben sie den Bewusstlosen zu dritt auf den Operationstisch. Eine Ärztin schnitt den Latz der Arbeitshose auf, dann den Pullover, das Shirt und zuletzt das Unterhemd, das er darunter trug. Der Arzt, der ihn bis hierher begleitet hatte, griff nach dem bereitstehenden Defibrillator. »Zurück«, schrie er und setzte das Gerät in Gang. Der gewaltige Stromschlag ließ den Körper des Mannes hochschnellen. Keine Reaktion. Auf dem Monitor blieb nur eine gerade Linie, die sich nicht bewegte. »Nochmal, zurück!«, schrie Karsten Weiland und versuchte ein weiteres Mal, das Herz wieder zum Schlagen zu bringen. »Lass es, er ist tot«, raunte die Kollegin und schüttelte bedauernd den Kopf. »Er hat zu lange unter Wasser gelegen.«

»Lass mich!«, schrie der Notarzt und setzte ein drittes Mal den Defibrillator an. Der starrte Blick des Mediziners auf den Monitor schien die Zeit anzuhalten …

*

Hauptkommissar Olaf Schütt saß schlotternd mit Hauptmeister Becker im Wartebereich der Klinik. Nervös hofften sie, bald Näheres über den Zustand des Hafenmeisters zu erfahren. Olaf Schütt trug eine dicke graue Wolldecke um die Schultern, die ihn wärmen sollte. Er war nicht dazu zu bewegen, nach Hause zu fahren, um sich umzuziehen, sondern würde abwarten, bis er wusste, was mit Hinnerk passiert war. Sie hatten ihm trockene Kleidung angeboten, die er abgelehnt hatte. Sie hielten jeder einen Becher Kaffee in ihren Händen, um sich aufzuwärmen, als auf einmal Charlotte Hagedorn im knöchellangen weißen Bademantel um die Ecke geschlichen kam. »Oh nein, nicht *die* schon wieder«, flüsterte Becker, stieß seinen Chef an und deutete mit dem Kopf Richtung Künstlerin. Olaf Schütt wurde blass. »Moin, Herr Kommissar. Was sehen meine wachen Augen? Die Sheriffs vom Dienst. Was führt Sie beide denn zu dieser ungnädigen Zeit ins Krankenhaus? Ich hoffe, Sie sind nicht krank, Herr Schütt. Sie zittern ja fürchterlich. Sie sollten sich schleunigst trockene Sachen anziehen.« Die Ironie in ihrer Stimme war nicht zu überhören. Charlotte Hagedorn streckte dem Dienststellenleiter der Burger Polizeiwache die Hand entgegen. Sie wusste, dass er sie nicht leiden konnte, aber wenn er hier im Klinikflur mit seinem Gehilfen Jan Becker und obendrein klitschnass herumstand, dann hatte dies Wichtiges zu bedeuten. Und genau das musste sie herausfinden. »Gibt es etwas Neues im Mordfall?«, versuchte sie, Schütt aus der Reserve zu locken. »Nein, alles in Ordnung. Was denken Sie denn? Wir arbeiten auf Hochtouren daran«, entgegnete der Dienststellenleiter, um die lästige Nervensäge so schnell wie möglich wieder loszuwerden. »Alles okay«, warf Jan Becker ein. »Und warum stehen Sie dann klitschnass hier herum?«, ließ Charlotte nicht locker. »Das, meine Liebe, geht Sie nicht das Geringste an. Aber was machen Sie denn in diesem Aufzug in der Klinik? Krank? Doch wohl nicht?«, fragte Schütt. Als sie gerade zum Gegenschlag ausholen wollte, öffnete sich die Tür des Operationssaals. »Und?«, erkundigte sich der Dienststellenleiter. Die Schwester nickte und zog den Kommissar zur Seite, weil sie mitbekommen hatte, dass die Künstlerin sich zur Gruppe gesellt hatte, die keinerlei Informationen erhalten sollte. Charlotte Hagedorn versuchte, von dem Informationsaustausch, der zwei Meter weiter im Flüsterton stattfand, zumindest Wortfetzen zu erhaschen. Doch Hauptmeister Becker hatte die Situation sofort erfasst und verwickelte die Miss Marple von der Insel in ein Gespräch. »Na, mal ehrlich. Warum sind Sie denn nun hier? Schnute verbrannt?«, wollte Becker wissen und betrachtete eingehend ihren Mund. »Was fällt Ihnen ein? Ich habe … ich bin … Das geht Sie rein gar nichts an«, konterte sie. »Sehen Sie, und das ist genau der Grund, warum Sie nicht erfahren, weshalb wir hier sind. Es geht Sie nichts an, was mit Hinnerk …« Becker presste die Lippen zusammen. »Welcher

Hinnerk?« Der Hauptmeister schüttelte den Kopf. »Der Hafenmeister?«

»Wie kommen Sie darauf, dass er da liegt?«, stotterte Becker.

Charlotte hatte genug gehört und zählte nur noch eins und eins zusammen. Die Polizisten waren klitschnass, ergo waren sie irgendwo ins Wasser gegangen. Wasser konnte Strand bedeuten, aber dort gab es ihren Informationen nach keinen Hinnerk. Hafen! Im Hafen gab es einen Hafenmeister. So einfach war das, wenn man nur logische Schlussfolgerungen zog. Nun wusste sie, was sie zu tun hatte. Sie verabschiedete sich eilig und wandte sich an die Rezeption. Sie musste recherchieren, und das ging nirgendwo besser als direkt vor Ort. Um diese Uhrzeit gab es noch keine Hektik in der Inselklinik. Das könnte eine Stunde später bereits ganz anders aussehen. »Na, Irmgard, wo geit?«

»Ach Gottchen, Charlottchen«, rief die Schwester hinter dem Tresen erfreut. »Was hast du denn angestellt?«, fragte sie, während sie den Namen »Charlotte Hagedorn« ins System ihres Computers eingab, durch den Atemschutz keuchte und wenig später mit: »Aha, ach je. Wie ist das denn passiert?«, die nächste Frage stellte. »Pst, braucht ja nicht jeder gleich wissen, dass ich nun ohne Bauchnabel rumlaufen muss.«

»Na ja, nun. Du läufst keine Modeschauen mehr. Da ist so ein Nabel doch nicht der Nabel der Welt«, gluckste sie, selbst erstaunt über ihr Wortspiel. Charlotte verzog die Mundwinkel. Eigentlich wollte sie etwas erfahren, nichts verraten. »Kannste aber gern für dich behalten«, bat sie. »Wir müssten mal wieder *Scharwenzel* spielen. Haben wir lange nicht gemacht«, versuchte sie, von sich abzulenken. »Oder ist die Gruppe etwa aufgelöst?«

»Nein, aber das weißt du doch, dass wir in der Saison keine Zeit für solche Sperenzchen haben, und jetzt dürfen wir nicht!«, entgegnete Irmgard Jensen ohne Argwohn und schob ihren Mundschutz zurecht. »Ja, du hast recht, wir müssen uns unbedingt mal wieder in naher Zukunft treffen, wenn der ganze Coronakram vorbei ist. Aber sag mal, was ist denn mit Hinnerk los?«

»Woher weißt du …?«

Charlotte Hagedorn sah sie mit einem schrägen Lächeln an, als wüsste sie längst über alles Bescheid. »Na, du weißt doch, ich bin ganz dicke mit dem Kommissar.« Sie kreuzte die Finger. »Ich wollte ihn nur nicht belästigen, weil er mit der Ärztin Wichtiges zu besprechen hatte.« Sie plierte Irmgard von der Seite an. Die pummelige Krankenschwester Ende 50 sah sich nervös um, huschte hinter dem Tresen hervor und hakte Charlotte unter. Dann zog sie sie in die Besucherecke. »Das musst du aber wirklich für dich behalten, sonst bekomme ich richtig Ärger.« Sie sah sich vorsichtig um. »Ehrenwort, kennst mich doch. Ich schwöre.«

»Genau deshalb …«

»Nun red schon«, drängte Charlotte Hagedorn. Sie hatte Angst, dass Schütt und Becker ihr zuvorkamen und sie von der Ausübung ihres Vorhabens abhielten.

»Ja also, der Hinnerk Jacobsen wurde hier heute früh leblos eingeliefert. Sie haben ihn aus dem Hafenbecken gefischt. Becker will am Telefon einen Streit mitgehört haben. Der ist, soviel ich gehört habe, nicht freiwillig ins Wasser … wenn du verstehst, was ich meine.«

Charlotte nickte heftig. »Na, das ist ja ein Ding. Weiß man schon, wer das war?« Irmgard schüttelte den Kopf. »Wohl nicht, aber kannst du dir vorstellen, dass das einer von uns gewesen sein könnte?«

*

»Ich glaube, ich fahr erst mal in die Inselklinik!«, murmelte Westermann, als er mit dem Wagen auf den Parkplatz der Burger Dienststelle rollte. »Ich lad euch ab und bin dann in spätestens einer Stunde wieder hier.« Thomas nickte und zog den Reißverschluss seiner Jacke hoch. Als er die Beifahrertür öffnete, riss der Wind sie ihm fast aus der Hand. »Hohoho, was ist denn hier los?«, rief er. Entschlossen zog er seine Mütze tiefer ins Gesicht, um auszusteigen. »Stell dich nicht immer so an«, sagte Westermann stirnrunzelnd und schüttelte den Kopf. »Ich werd jetzt mal. Einer von uns muss ja arbeiten«, feixte Hartwig und stieg aus dem Wagen.

»Warte, bis ich Watson …« Er lief um den Dienstwagen herum, als sein Hund sich fiepend winselnd meldete. Er hatte seinen Namen aufgeschnappt und freute sich, den Wagen verlassen zu können. »Wieso musst du eigentlich in die Klinik? Haben sie Charlotte den Mund verklebt?« Er lachte und war auch schon in der Dienststelle verschwunden. »Blödmann!«

Dirk Westermann setzte zurück und legte die knapp einen Kilometer lange Strecke in weniger als zwei Minuten zurück. In seinem Hals kratzte es fürchterlich, und er fragte sich, ob es sinnvoll war, Charlotte zu besuchen. Dirk hustete in die Armbeuge und nahm ein Bonbon aus der Jackentasche, das er eilig in den Mund schob. Er stieg aus und lief umgehend in den Flur, an dem sich die Zimmer der Patienten befanden. Eine Schwester, die ihm entgegeneilte, sah ihn argwöhnisch an. »Wo möchten Sie denn hin?«, wollte sie wissen. »Zu Frau Hagedorn.« Er wurde von oben bis unten gemustert. »Gleich da vorn, die dritte Tür links.« Damit verschwand sie aus seinem Sichtfeld. Dirk nahm sein Handy aus der Jackentasche und stellte es aus. Er wollte nicht mehr gestört werden, sondern in Ruhe mit Charlotte reden. Leise klopfte er an die Tür und trat im nächsten Moment ein. Die Künstlerin saß auf einem Stuhl am Fenster und schaute über die tristen Felder. »Oh, mein Dirk, das ist gut, dass du mich besuchst, das erspart mir viel Zeit.« Sie sieht genauso weiß aus wie ihr Bademantel, stellte er fest und wollte ihr die Hand reichen. Blitzschnell zog sie sie zurück und hielt Sicherheitsabstand. Er verbeugte sich und faltete sie zum Gruß, wie es die Japaner seit Jahrtausenden machen. »Setz dich, mein Jung«, lud Charlotte ihn ein und zeigte auf den zweiten Stuhl, der an der Wand stand. »Ganz schön trostlos, da draußen«, bemerkte sie. »Aber sag, warum bist du hier? Gibt es etwas Neues in unserem Fall?«

»Musst du immer gleich an Mord und Totschlag denken, wenn du mich siehst? Kann es nicht einfach sein, dass ich dich besuchen möchte, weil ich mir Sorgen mache?« Ein charmantes Lächeln legte sich über Westermanns Lippen. »Musst nicht immer gleich mit der Tür ins Haus fallen.« Dirk zog den Stuhl zu sich und setzte sich mit genügend Abstand Charlotte gegenüber. Auch er warf einen kurzen Blick aus dem Fenster. »Hier ist wirklich Totentanz …«, murmelte er. »Ja, hast recht«, bestätigte die Künstlerin leise. »Ich muss unbedingt mit dir reden. Die haben hier jemanden eingeliefert, und ich bin sicher, dass hat irgendetwas mit unseren Mordfällen zu tun!«

»Mit *unseren* Mordfällen?«, schmunzelte Westermann. »Dann erzähl mal, was du beobachtet hast.«

Er lehnte sich gegen die Rückenlehne und verschränkte die Arme vor der Brust. Er wusste, dass es nichts half, jetzt über ihre Operation zu sprechen. Die Künstlerin fackelte nicht lange und plapperte sofort drauflos. Sie wirkte trotz ihrer Blässe recht fidel. »Die haben heute Morgen den Hafenmeister von Burgstaaken eingeliefert. Der lag im Hafenbecken und war, soviel ich mitbekommen habe, bewusstlos. So, wie es aussieht, hat da jemand nachgeholfen. Schütt und Becker wollen am Telefon einen Streit mitangehört haben, der offenbar nicht glimpflich ausging«, berichtete Charlotte Hagedorn. Auf einmal bekamen ihre Wangen einen zarten rosigen Hauch. Westermann nahm es wohlwollend zur Kenntnis. Wenn sie ihren Spürsinn nicht ausleben könnte, dachte er. »Ja, und warum meinst du, hat dies etwas mit unseren Morden zu tun?«

»Ich kann es dir nicht einmal genau sagen, es ist nur so ein Gefühl. Meine Hypothese kann ich dir gerne erläutern. Es ist denkbar, dass der Hafenmeister etwas herausgefunden hat, was er nicht wissen sollte … durfte. Wer, der dort nichts zu suchen hat, treibt sich zu nachtschlafender Zeit im Hafen herum? Wer streitet sich so früh am Morgen mit Hinnerk, mit dem man normalerweise überhaupt nicht streiten kann?«

»Du kennst den Hafenmeister?«, wollte der Hauptkommissar wissen. »Selbstverständlich! Wer kennt den nicht?«, antwortete Charlotte. »Ich gebe in der *Haifischbar* des Öfteren Konzerte, das weißt du ja … na ja, im Augenblick nicht so oft, aber … Wer hier auf der Insel lebt, kennt sich, das müsste selbst dir aufgefallen sein. Ich denke, es wird Zeit, dass du dir hier ein Domizil suchst, dann würdest du vieles von dem, was ich dir erzähle, wesentlich besser verstehen. Du solltest die Gepflogenheiten auf der Insel kennenlernen.« Dirk lächelte und nickte versonnen.

»Könnte doch sein, dass jemand im Hafen ein Boot geklaut oder es zumindest versucht hat und Hinnerk hat ihn dabei erwischt«, überlegte sie. »Wieso, liegen denn zu dieser Jahreszeit überhaupt Schiffe im Hafen?«, wollte Westermann wissen.

»Boote, da liegen nur ein paar kleine und die wenigen Fischkutter. Aber einen Kutter will sicher niemand stehlen, viel zu auffällig. Ist ja kaum mehr Fisch in der Ostsee. Außerdem gilt für die Schifffahrt ja auch das Verbot«, sinnierte Charlotte und rieb sich die kalten Hände. Sie erhob sich vorsichtig vom Stuhl. Vor dem Fenster stehend, zog sie den Gürtel ihres Bademantels enger. Sie fuhr sich durch die schulterlangen weißen Haare und raffte sie im Nacken zusammen. Mit einer Hand zog sie ein weiches Haargummi aus der Tasche ihres flauschigen Morgenmantels und tüddelte es dreimal um die Haare. »Die werden auch immer dünner«, stellte sie schulterzuckend fest. Dann wandte sie sich Dirk zu. »Nehmen wir mal an, der Kerl musste unerkannt nach Staberhuk kommen, um dort etwas Wichtiges zu erledigen. Was bietet sich dann an? Vielleicht hat er kein Auto? Könnte doch sein, dass er sich ein Boot gestohlen hat, um unbeobachtet hierher zu gelangen und im Dunkeln unbemerkt an Land zu gehen, um die Mädchen zu überfallen. Was denkst du? Kannst du dir das vorstellen?«

Westermann legte den Zeigefinger an seine Lippen, schob die Brille auf die Stirn und sah sie nachdenklich an. Er nagte an seiner Unterlippe. »Möglich ist alles. Ich habe schon so abstruse Dinge gesehen, da wäre ein geklautes Boot das kleinste Übel. Könnte ein Grund dafür sein, dass wir bisher keinerlei Spuren gefunden haben. Nicht ein Reifenabdruck geschweige denn Fußspuren im Wald. Aber es darf doch zurzeit wegen Covid19 niemand mit einem Boot rausfahren, den würde die Wasserschutzpolizei sofort aufgreifen.«

»Ach, die Wasserschutzpolizei. Bei Dunkelheit sind die auch im Heimathafen, was glaubst du? Na ja, und bei dem Wetter!«, erklärte Charlotte. Westermann zog sein Notizbuch aus der Jackentasche. Während er schrieb, sagte er:

»Im Dunkeln mit einem Boot nach Staberhuk fahren kann doch wohl nur, wer sich auskennt, oder?«

»Du sagst es, obwohl man ja heute alles googeln kann, selbst Seekarten … glaube ich zumindest. Sogar navigieren können die mit ihren Handys. Aber man muss trotz allem höllisch aufpassen. Genau dort, Richtung Staberhuk, Katharinenhof, liegen etliche Findlinge dicht zum Ufer. Wer sich da nicht auskennt, läuft schneller auf Grund, als er gucken kann.«

»Da sollte man auf jeden Fall eine Seekarte an Bord haben oder sich zumindest gut in den Gewässern auskennen.« Plötzlich wurde Charlotte blass. »Meinst du, es war einer von uns?«

»Wie, einer von uns?«

»Na, ich meine ein Insulaner?«

»Nein, das habe ich damit nicht gemeint, wobei, unmöglich ist nichts! Aber ich denke, es könnte jemand sein, der sich in der Gegend bestens auskennt. Das wollte ich damit sagen.« Westermann stand auf und zog die Jacke aus. »Ziemlich warm hier«, stellte er sachlich fest. Sein Kopf glühte und das Bonbon war verbraucht. Er räusperte sich und versuchte, den Hustenreiz zu unterdrücken. »Wieso, ich will nicht frieren. Soll ich mir eine Lungenentzündung holen? Aber, um ehrlich zu sein, du siehst auch nicht gerade gesund aus«, bemerkte Charlotte. Dirk schielte auf den Thermostat des Heizkörpers, der bis zum Anschlag aufgedreht war. »Charlottchen, du wirst krank, wenn du in diesem überheizten Zimmer liegst und dann nach draußen kommst. Du musst zumindest mal ordentlich frische Luft in den Raum lassen. Außerdem weißt du doch, dass das einen klaren Kopf macht.« Er lächelte. »So, min Deern, ich muss zurück zur Dienststelle. Ich werde den Kollegen mal auf den Zahn fühlen. Vielleicht plaudern die was aus, das uns weiterbringt. Aber ich bin dir dankbar für die Informationen. Und ich freue mich sehr darüber, dass es dir wieder besser zu gehen scheint. Wenn alle Stricke reißen, bekommst du zu Weihnachten ein Piercing von uns.« Er deutete auf den Bereich ihres Bauches und zwinkerte ihr zu. »Davon geht die Welt nicht unter. Hauptsache, du bist bald wieder ganz gesund.« Dirk Westermann erhob sich, trat auf Charlotte zu, um sie in den Arm zu nehmen.

»Untersteh dich … Corona!«

Wenig später öffnete Hauptkommissar Dirk Westermann die Tür zur Dienststelle. Er schritt durch den Flur und bewegte sich auf das Büro von Becker zu, in dem jetzt auch Olaf Schütt seinen Schreibtisch eingerichtet hatte. Er klopfte an die Tür und öffnete sie, ohne eine Antwort abzuwarten. Jan Becker sah von den Unterlagen auf, die sich vor ihm stapelten. »Moin, wo ist Olaf?«, wollte Westermann wissen. »Der ist, soviel ich weiß, in seinem … äh eurem Büro.« Becker deutete mit dem Daumen den Flur hinunter. »Danke.«

Der Hauptkommissar verschwand genauso schnell, wie er aufgetaucht war, und eilte den Flur entlang. Dieses Mal betrat er das Büro, ohne vorher anzuklopfen. »Moin!« Er sah auf die beiden Männer, die vor dem Hundekorb hockten und Watson mit Streicheleinheiten verwöhnten. »Und, habt ihr Langeweile?«, wollte Westermann wissen. Verlegen stand Schütt auf und klopfte sich die Hände an den Oberschenkeln seiner Diensthose ab. »Ne, wir haben hier jede Menge Arbeit. Wo denkst du hin. Es gibt hier nicht nur Mordfälle, die in euer Ressort fallen.« Schütt ist heute Morgen nicht gerade guter Laune, stellte Westermann fest. »Ja, ich hab schon gehört. Der Hafenmeister …«

»Woher …? Ach, ich kann mir vorstellen, wer dir die Informationen gegeben hat. Charlotte Hagedorn, nicht wahr?« Dirk Westermann schmunzelte und presste die Lippen zusammen. Dann sah er Olaf Schütt an. »Dienstgeheimnis. Aber ja, sie hat euch in der Klinik gesehen und mitbekommen, dass euer Hafenmeister eingeliefert wurde. Kannst du mir dazu mehr Informationen geben?«

»Warum?« Schütt zog die Schultern hoch. »Was hat das mit eurem Fall zu tun? Da geht es doch um ganz etwas anderes.«

»Bist du so sicher? Charlotte hat ein paar Vermutungen angestellt, die gar nicht so abwegig sind.«

»Ach, die Hagedorn, die tickt nicht richtig. Wir wissen genau, was wir machen, und das hat mit Sicherheit nichts mit dem Mordfall zu tun. Außerdem müssen wir abwarten, bis der Hinnerk wieder bei Bewusstsein ist. Der wäre fast ertrunken. Bei der Kälte ist man nach ein paar Minuten tot«, sagte Schütt. »Melden die sich von der Klinik?«

Schütt nickte. »Erzähl, was hat sich unsere Miss Marple wieder ausgedacht?«, wollte der Dienststellenleiter wissen und sah Westermann prüfend an. »Doch interessiert? Ist auch weitaus besser, wir arbeiten Hand in Hand. Wenn ich mit meinen Vermutungen richtigliege, sind wir uns näher, als du denkst. Und ja, Charlotte Hagedorn meinte, dass eventuell jemand ein Boot im Hafen stehlen wollte, um damit unerkannt Staberhuk anzusteuern. Der Hafenmeister ist ihm möglicherweise in die Quere gekommen.«

»Das ist gar nicht so abwegig. Von der Seeseite zum Tatort. Habt ihr denn Reifen- oder Fußspuren gefunden … von Land aus, meine ich?«

Westermann schüttelte den Kopf. »Eben nicht! Bisher gibt es überhaupt keine verwertbaren Hinweise. Wir tappen im Dunkeln. Weder Fußspuren noch Reifenabdrücke. Keine DNA, Fingerabdrücke oder Ähnliches. Es ist zum Verrücktwerden. Das Wetter hat alle Spuren zunichtegemacht, wenn denn welche vorhanden waren. Wahrscheinlich ist der Kerl, und davon gehe ich mittlerweile aus, wesentlich gerissener, als wir alle uns vorstellen können. Ohne die präzise Leichenschau wären wir dem Täter beim ersten Opfer nicht einmal ansatzweise auf die Schliche gekommen und hätten den Fall als Suizid oder Unfall ad acta gelegt.« Westermann hockte sich vor den Hundekorb und strich Watson über den Kopf. Der Wolfshund schmiegte seine Schnauze in die Hand des Kommissars. »Du bist ein Guter, mein Freund«, sagte er und stand wieder auf. »Da könntest du recht haben. Wäre ja nicht das erste Mal, dass ein total kranker Typ Leute um die Ecke bringt«, murmelte Schütt. »Wo habt ihr denn die Lütte, die dritte junge Frau?«

»Die haben wir in unserer Pension untergebracht. Ich habe ein besseres Gefühl, wenn ich sie in unserer Nähe weiß«, sagte der Hauptkommissar und setzte sich auf den Stuhl hinter seinem Schreibtisch. »Hab ihr einen Kaffee?«, wollte er wissen. Schütt nickte und schenkte ihm einen der fünf weißen Becher voll, die direkt neben der Kaffeemaschine standen. »Und ist sie jetzt allein bei Nele?«

Hartwig und Westermann sahen sich an. »Wenn einer es gezielt auf die Mädchen abgesehen hat, ist er euch vielleicht gefolgt!«

»Weißt du was? Ich nehme Watson und sehe mal nach dem Rechten«, erwiderte Hartwig, der sich die ganze Zeit im Hintergrund gehalten hatte. »Wenn du sowieso losfährst, fährst du bitte danach zum Hafen nach Burgstaaken?«

»Und? Was soll ich da?«

»Schau dich einfach mal ein bisschen um. Vielleicht fällt dir etwas auf, was nicht ganz koscher ist.«

»Okay, kann ich machen. Ach, übrigens, ich hab ein paar Mal versucht, dich zu erreichen. Dein Handy war aus. … Los, Watson, Arbeit ruft!«

»Bendix, ich habe schon auf den Anruf gewartet. Na, habt ihr was?« Westermann saß auf seinem Bürostuhl und heftete seinen Blick auf den Bildschirm, als der Rechtsmediziner sich per Videoanruf meldete. Der Hauptkommissar hielt einen Kugelschreiber in der Hand und klapperte mit dem Clip ununterbrochen auf die Schreibtischplatte. »Erzähl«, forderte er den Gerichtsmediziner auf und folgte erwartungsvoll seinen Erkenntnissen. Dirk musste husten und hielt sich die Armbeuge vor den Mund. »'tschuldigung.«

»Kein Problem. Ja, die Kollegen der KTU überprüfen, woher der Bauschaum stammen könnte«, sagte Bendix. »Weise Entscheidung. Es gibt auch nur Tausende dieser Dosen in jedem Baumarkt von hier bis Frankfurt. Es ist zum Verrücktwerden. Das bringt uns keinen Zentimeter weiter. Weitere Spuren? Ein Blutstropfen, Haare, nichts? Mensch, das ist nicht zum Aushalten.« Der Gerichtsmediziner verneinte.

»Alfons, ich danke dir und fahre jetzt noch mal zum Wald. Vielleicht finde ich doch noch irgendeine Spur.« Er beendete das Gespräch und stand auf. »Irgendwo muss der Kerl Zeichen hinterlassen haben … verdammt!«

*

Als Hartwig die Dienststelle verließ und sich Richtung Pension aufmachte, fiel ihm ein Mann auf, der, mit Rucksack und dünner Lederjacke bekleidet, die Sahrensdorfer Straße hinunter marschierte. Bisschen dünn angezogen bei dem Sauwetter, dachte er und schüttelte den Kopf. Hartwig stellte den Wagen gegenüber der Pension auf den leeren Parkplatz und wandte sich an Watson: »So, mein Bester. Ich bin gleich zurück. Muss nachsehen, ob es dem Mädel gut geht.«

Dabei ging es Stina Christiansen keineswegs gut. Wenige Stunden zuvor hatte die Pensionsbetreiberin den Hausarzt gerufen. Der Kreislauf der Studentin befand sich in miserablem Zustand. Stina hatte sie um Hilfe gebeten, weil ihr fortwährend schwindelig war und sie nicht mehr allein bleiben wollte, aus Angst zusammenzubrechen.

Nele Martin rief geistesgegenwärtig Doktor Hormuth an. Sie hatte erfolglos versucht, Westermann zu informieren. Bei Hartwig hatte sie mehr Glück. Sie erreichte ihn, als er gerade vor der Tür stand. Sie gab ihm die wichtigen Information weiter und legte auf. Ohne zu zögern, klopfte er an die Zimmertür der Studentin. Nachdem er ein kaum hörbares »Herein«, vernommen hatte, betrat er das Zimmer. »Na, Stina, wie geht es Ihnen?«, fragte Hartwig besorgt. »Geht so«, antwortete sie mit brüchiger Stimme. »Ich möchte nach Hause. Bitte lassen Sie mich nach Hause fahren. Meine Eltern sollen mich abholen … bitte!«

Thomas Hartwig stand vor ihr und sah sie an. Stina lag leichenblass in dem breiten Bett und guckte ihn aus großen Augen, die mit einem Tränenschleier überzogen waren, traurig an. Ihre Lippen zitterten. Der Kommissar öffnete die Lederjacke und lockerte den schwarz-blau-weißen Schal. »Wenn es nach mir ginge, könnten Sie sofort abreisen. Allerdings brauchen wir Sie, um letzte Fragen zu klären. Ich bespreche die Situation nachher mit dem Chef. Ich denke mal, dann können Sie Ihre Eltern anrufen.« Für einen Moment schwieg er. Grübelnd sah er aus dem Fenster. »Rufen Sie Ihre Eltern an. Ich regle das!«

Thomas Hartwig drehte sich zu ihr, drückte ihre kraftlose Hand und sagte, bevor er sich dem Ausgang zuwandte: »Mir tut das alles sehr leid. Ich hoffe, es geht Ihnen bald wieder besser.«

Er hatte Mitleid mit dem Mädchen, das sich für das Unglück der beiden Freundinnen verantwortlich fühlte und traumatisiert in dem Bett lag. »Ruhen Sie sich besser ein, zwei Tage aus, bevor Sie aufbrechen. Ich denke, Sie werden die Zeit brauchen, um einigermaßen mit der Situation klarzukommen. Ich komme auf jeden Fall heute Abend, um nach Ihnen zu sehen, wenn's recht ist?« Über Hartwigs Wangen zog ein Hauch Farbe. »Bis später«, sagte er und verließ eilig das Zimmer.

∗

Eine Viertelstunde später parkte er den Dienstwagen im Hafengelände. Er wollte gerade Watson die Hecktür öffnen, als ihn jemand von der Seite ansprach. »Kann ich helfen? Haben Sie einen Liegeplatz hier?«, fragte eine Stimme, die keinen angenehmen Ton besaß. Hartwig drehte sich zu dem drahtigen, etwa 50-jährigen Mann um, der in zerschlissenen Jeans und dicker Steppjacke auf ihn zukam. Er blieb vor ihm stehen und stierte auf die Frontscheibe, als suchte er etwas. »Ihr Parkausweis?«

»Nein, habe ich nicht«, antwortete Hartwig ungerührt und ließ Watson aus dem Hundekäfig. Der Wolfshund setzte sich artig neben sein Herrchen und beäugte den Mann, dessen strohblonde Haare wirr vom Kopf abstanden. »Dann dürfen Sie hier nicht stehen, sonst lasse ich den Wagen abschleppen. Das wird teuer.«

»Das glaube ich allerdings nicht«, entgegnete der Kommissar und zog den Dienstausweis aus der Innentasche seiner Jacke. »Hartwig, Mordkommission Oldenburg.«

Der Mann sah ihn abschätzig an. »Und was wollen Sie hier?«

»Ich möchte mich im Hafen umsehen. Und mit wem habe ich das Vergnügen? Können Sie sich ebenfalls ausweisen?«

»Machen Sie mal halblang. Das hier ist Hafengelände und Sie stehen auf meinem Privatgrund. Wenn Sie keinen Durchsuchungsbeschluss für das Grundstück haben, möchte ich Sie bitten, sich unverzüglich zu verziehen.« Der Mann, der sich als Besitzer der Örtlichkeit herausstellte, schien nicht sonderlich erfreut darüber, dass jemand ihn in die Schranken weisen wollte. Watson knurrte leise und fletschte die Zähne. »Und nehmen Sie den Köter zurück!«

»Bleiben Sie entspannt. Das ist kein Köter, das ist ein Diensthund, und wenn ich es zulasse, nimmt er jeden Zentimeter Ihres Grundstücks auseinander, bis er etwas gefunden hat, ist das klar? Ich bin hier, weil Ihr Hafenmeister heute Morgen bewusstlos und schwer verletzt aus dem Hafenbecken gefischt und in die Inselklinik eingeliefert wurde.« Dem Hafenbetreiber, der ihm mit verschränkten Armen gegenüberstand, blieb der Mund offen stehen. Auf einmal wurde sein Blick freundlicher. »Oh Mann, und ich hab überall angerufen, wo er bleibt? Das habe ich nicht gewusst. Sie können sich selbstredend hier umsehen. Was ist denn mit Hinnerk passiert?«

»Wenn ich das wüsste, wäre ich nicht hier«, sagte Hartwig. »Die Beamten der Burger Dienststelle haben am Telefon einen Streit Ihres Hafenmeisters und einer weiteren Person mitangehört, der sehr wahrscheinlich hier im Hafengelände stattfand. Aber mehr kann ich im Moment nicht sagen. Ich möchte mich hier umschauen, um herauszufinden, ob es hier etwas Sonderbares gibt, das uns weiterhilft.«

»Sonderbar? Was meinen Sie damit?«

»Ich denke, Sie sind genau der richtige Mann, um mir zu sagen, ob auf diesem Gelände etwas auffällig ist, anders als normalerweise.«

Der Hafenbesitzer sah den Mann, der sich mit der Hand durch die dunklen Haare fuhr und ihn mit stechend blauen Augen taxierte, an. Der Kommissar glich in verwaschenen Jeans und schwarzer Lederjacke eher einem Männermodel als einem Kriminalbeamten. »Ich zeige Ihnen die Anlage. Dann können wir sehen, ob etwas auffällig anders ist.« Der Mann reichte Hartwig die Hand. »Hannes Ricks. Entschuldigen Sie, wenn ich unfreundlich rüberkomme. Aber es stellen Leute ihre Autos ab, die hier rein gar nichts verloren haben. Die Bootslieger bezahlen jede Menge Geld dafür, dass sie hier parken dürfen. Da müssen wir ein Auge drauf haben.« Ricks zog den Reißverschluss seiner dunkelgrünen Jacke hoch und zeigte auf die Stege. »Dann wollen wir mal … was ist das eigentlich für ein Hund?«, wollte Ricks beiläufig wissen und deutete zu Watson. »Der sieht aus wie ein Wolf.«

»Das ist ein Wolf!«

Er zog die Augenbrauen hoch, schluckte und sah ihn mit kritischem Blick von der Seite an. Mit einem wolfartigen Hund im Rücken fühlte er sich nicht entspannt und stapfte in seinen dunkelblauen, mit Lehm verdreckten Gummistiefeln den Holzsteg hinunter. Aufmerksam warf er ständig Blicke über die Schulter, um das Tier im Auge zu behalten. Hartwig folgte ihm schmunzelnd.

»Also, das hier sind die Stege, von denen die Liegeplätze abgehen. Im Winter ist nicht viel los im Hafen. Nur ein paar Hartgesottene, die unbedingt zum Angeln rauswollen, oder die, denen ein Hallenlager zu kostspielig ist. Die Boote bleiben über den Winter draußen auf dem Trailer.« Ricks rieb die Fingerspitzen aneinander. »Dann gibt es noch die, denen ihr Schiff egal zu sein scheint. Die siehst du manchmal monatelang nicht im Hafen. Da erleben wir mitunter die tollsten Geschichten, sag ich Ihnen.« Hartwig ließ den Eigentümer des Hafengeländes erzählen, ohne ihn zu unterbrechen. Er wusste, dass es in bestimmten Situationen ratsamer war, den anderen reden zu lassen. So erfuhr man mehr, als wenn man eine offizielle Befragung durchführte. Menschen haben ein natürliches Redebedürfnis, hatte Dirk oft betont und es stimmte. Watson zerrte auf einmal an der Leine. Er wurde immer aufgeregter, je näher sie dem vorletzten Steg kamen. Dann fing er an zu jaulen. »Was ist denn, mein Guter? Ist doch nur Wasser.« Der Kommissar spürte, dass etwas nicht stimmte. »Ich muss den Hund von der Leine geben. Irgendetwas gefällt ihm nicht … und mir auch nicht.« Hannes Ricks blieb unvermittelt stehen und sah das Tier an. »Aber der ist doch abgerichtet, oder?«

»Ja, nur auf Hafenbesitzer!«, grinste Hartwig. »Ja natürlich, der ist fromm wie ein Lämmchen. Watson ist der beste Diensthund, den man sich vorstellen kann«, beruhigte Thomas Hartwig und blieb stehen. »Lauf, mein Junge, lauf«, forderte er den Vierbeiner auf, seine Arbeit aufzunehmen.

Der tschechoslowakische Wolfshund rannte auf den letzten Steg zu. Nur zwei Boote lagen vertäut in den Buchten und schaukelten wie Spielzeugschiffe im aufgewühlten Wasser des Hafenbeckens. Die aufeinander schlagenden Ösen am Mast eines Seglers verursachten klirrende Geräusche. Hartwig starrte auf das schmutziggraue Wasser, das wild gegen die Holzplanken peitschte, dann zum Himmel, der genauso trüb auf ihn wirkte. Der Kommissar schlang den Schal enger um den Hals, zog die Pudelmütze aus der Jackentasche und stülpte sie über seinen Kopf. »Das ist wie in Sibirien«, murmelte er und folgte mit federnden Schritten seinem Hund. Ricks hielt sich zurück und schlich Hartwig hinterher. Er hatte keine Ahnung, was sich hier abspielte, aber er hatte ein extrem ungutes Gefühl in der Magengegend.

Watson blieb wie angewurzelt vor einem der beiden Boote stehen und fletschte knurrend die Zähne. Er hörte nicht auf, bis Hartwig ihn erreicht hatte. »Sitz, Watson, sitz«, forderte er ihn auf und legte den Zeigefinger auf die Lippen. Sofort setzte sich der Hund und verharrte bewegungslos. Auf dem etwa sechs Meter langen Schiff brannte kein Licht, und es sah auch nicht so aus, als ob sich jemand darauf befinden würde. Hartwig wartete, bis Ricks sich zu ihm gesellte. »Wem gehört das Boot?«, wollte er wissen.

»Das? Einem Hamburger, aber der ist nicht auf der Insel. Habe am Samstag mit ihm telefoniert. Der wollte wissen, ob mit dem Kahn alles in Ordnung ist. Wollte eigentlich in zwei Wochen kommen. Aber nun darf niemand mehr auf die Insel. Die sind alle schon ganz nervös, weil sie nicht zu ihren Schiffen können. Ist zum Verrücktwerden. Ist wie mit den Zweitwohnungsbesitzern. Hast hier ein Haus und darfst nicht hin. Irre, oder? Scheiß Virus. Wenn's nach mir ginge …«

»Geht es aber nicht. Und warum hat der sein Boot hier im Hafen und nicht im Winterlager?«, bremste Hartwig seinen Redefluss.

»Wie schon gesagt: Petri-Jünger. Der fährt regelmäßig mit einem Freund raus und will die kalte Jahreszeit nutzen, wenn mehr Fisch in der Ostsee steht. Sind nur wenige, die das so machen. Aber man soll die Hoffnung nicht aufgeben.« Er zog die Schultern hoch. »Vielleicht erholt sich die

Ostsee ja eines Tages wieder von ihrem Kollaps. Ist schon ein Jammer, was mit unserer Umwelt seit Langem passiert. Die ganze Klimascheiße macht uns das Meer platt. Und jetzt kommt dieses verdammte Corona-Virus dazu. Man fragt sich manchmal, ob das Ganze hier überhaupt noch einen Sinn macht. Wir leben hier fast alle vom Tourismus. Wenn das größere Ausmaße annimmt, können wir bald einpacken. Nix mit Touristen. Nix mit Booten.« Ricks stöhnte und schüttelte den Kopf. »Na ja, man sollte das wahrscheinlich nicht so hochkochen«, flüsterte Hartwig, legte den Finger auf die Lippen und trat mit aufmerksamem Blick an das weiße Kunststoffschiff.

Er nahm seine Taschenlampe und leuchtete das Boot aus. Watson knurrte, als sein Herrchen sich der Bootswand näherte. »Psst ... Komm her, Junge, komm«, hielt er die flache Hand gegen den Boden und lockte den Hund, der auf dem Bauch an ihn heranrobbte. »Platz, Watson, bleib liegen.«

Folgsam blieb der Vierbeiner neben Thomas in Position und rührte sich nicht. Hartwig lenkte das gebündelte Licht gegen die Kabinentür. Der Kommissar hielt sich an der Reling fest und kletterte auf die Plicht. Er betrachtete die Kunststoffschiebetür und entdeckte, dass jemand den Alurahmen in Höhe der Verriegelung aufgebrochen hatte. Hartwig fasste an den Griff. Die Tür ließ sich problemlos zur Seite schieben. Der Kommissar stoppte, zog seine P99 aus dem Holster und forderte Watson mit Handzeichen auf, ihm auf das Schiff zu folgen. Mit einem Satz sprang der Hund auf die Plicht und blieb direkt neben seinem Herrchen stehen. »Sie können doch nicht ...«, wollte Ricks sich einmischen.

Mit unmissverständlicher Geste forderte Hartwig den Eigentümer des Hafengeländes auf, den Mund zu halten. Entschlossen presste er seinen Finger auf die Lippen. Empört über die Zurechtweisung wollte Ricks etwas entgegnen, hielt es beim Blick in Hartwigs Gesicht jedoch für ratsamer, seiner Anordnung zu folgen. Er verschränkte die Arme vor der Brust, biss sich auf die Lippen und blieb regungslos auf dem Steg stehen. Der Kommissar schob mit gezogener Waffe die Tür auf. Der Wind fegte durch die Boote und verfing sich immer heftiger in den metallenen Ösen des Segelschiffes. Das Klötern und Klappern wirkte zunehmend bedrohlich. Hartwig lenkte seinen Blick ins Innere des Bootes und setzte lautlos einen Fuß Richtung Steuerstand. Alles wankte. Er musste höllisch aufpassen, dass er sich ausbalancierte, um nicht zu taumeln. Die Kabine hatte kaum Stehhöhe. Der Hund folgte ihm geräuschlos. Thomas Hartwig überlegte, was er tun sollte. Westermann anzurufen, dauert zu lange. Ich muss handeln und bin froh, dass ich Watson an meiner Seite habe.

Er schlich mit ausgestreckten Armen zur nächsten Tür, die aus Teakholz gearbeitet war und ihm bis unter die Brust reichte. Sie führte ihn in die Kapitänskajüte. Er nahm eine Hand von der Waffe und wollte den Riegel der Tür zur Seite schieben, doch auch die war bereits aufgebrochen. Das Holz war offensichtlich mit einem scharfen Gegenstand beschädigt worden und splitterte an der Stelle, wo das Schloss eingebaut war. Das gibt's doch nicht, dachte er und drückte die Tür mit dem Fuß auf. Hartwig schaltete die Taschenlampe wieder an, presste sie zwischen die Lippen und wankte die zwei Stufen in die Kajüte hinunter. Auf jeder Seite des schmalen Raumes gab es eine gepolsterte Bank und in der Mitte einen Mahagonitisch, der auf einem runden Sockel befestigt war. Es roch nach alten Tampen, Mief und … Erbrochenem. Unterschwellig nach Petroleum.

Thomas Hartwig ahnte, dass es Probleme geben würde, falls sich hier jemand versteckte. Immer wieder schlugen Wellen hart gegen die Bordwand und verursachten knallende Geräusche, während der Kahn schaukelte. Dann fielen ihm die Konservendosen auf, die über den Boden rollten. Dazu Unmengen leerer Bierdosen, die sich mit jeder Wellenbewegung einen Schlagabtausch mit den Konserven gaben. Mitten auf dem Tisch stand eine geöffnete Dose Ravioli. Hartwig warf einen Blick hinein. Sie war leer. Keine Gabel, kein Löffel. Wie hat er das Zeug rausbekommen? Irgendjemand hatte sich hier auf dem Schiff aufgehalten, und es schien, als wäre er überrascht worden. Der Kommissar zog Handschuhe aus der rechten Jackentasche und streifte sie über. Hier könnten jede Menge Spuren zu finden sein, überlegte er und steckte für den Moment die Waffe zurück in den Holster. Er griff nach der Bierdose, die neben dem Sitz in einer Vorrichtung aus Holz stand. Sie war halb voll. Daneben lag eine große Packung mit Silikonhandschuhen. Der Typ ist schlau, reflektierte der Kommissar und suchte nach getragenen Handschuhen. Aber da waren keine. Der ist uns weit voraus. Verdammt! Entweder ist der gestört worden, oder verschwunden, weil er eine Ahnung hatte. Hartwig warf einen Blick auf die andere Seite und zog die Waffe erneut heraus. Watson stand wie eine Statue neben ihm und rührte sich nicht. Nur seine Augen folgten jeder Bewegung des Kommissars. Rechts entdeckte er einen schmalen etwa einen Meter breiten Raum. Ein zugezogener Vorhang verhinderte den Blick auf die Schlafkoje. Hartwig deutete Watson an, wachsam zu sein. Dann holte er Luft und schob, so leise er konnte, den maritim gestreiften Stoff beiseite. Er hob die Waffe und lugte in die Koje.

KAPITEL 16

Er hatte die Schnauze gestrichen voll. Der Sturm und die Kälte setzten ihm mehr zu, als er gedacht hatte. Mit jedem Schritt fiel es ihm schwerer, sich auf sein Ziel zu konzentrieren. Er schlich durch die einsame, menschenleere Gegend und hoffte, dass es so blieb, bis er die Hütte erreicht hatte. Niemand durfte wissen, dass er sich auf der Insel aufhielt. Eine halbe Stunde später befand er sich auf dem Weg zum Staberholz. Da es sich um einen Privatweg handelte, erwartete er nicht, hier auf irgendjemanden zu treffen. Zumindest nicht um diese Uhrzeit. Es war längst dunkel. Die Taschenlampe ließ er in der Jackentasche. Wer weiß, wie viele Weiber sich noch in der Hütte rumtreiben. Gesehen habe ich drei. Nach meinem Wissensstand dürfte sich dann nur eine im Ferienhaus aufhalten. Und ob die alleine da ist? Sein Gesicht zeigte die Abscheulichkeit seiner Gedanken. Dann hätte ich richtig Spaß, bevor … Der Sturm tobte durchs Unterholz und verursachte merkwürdige Geräusche. Der Mann, der sich unentwegt gegen heftige Böen stemmte, grinste verächtlich und zog die Kapuze der Jacke tiefer ins Gesicht. Morsche Äste brachen von den Bäumen, und aufflatternde, kreischende Krähen jagten seinen Puls hoch. Die Kälte zog durch seine Klamotten und kroch den Rücken hinunter. Es kam ihm vor, als würde ständig eine Hand nach ihm greifen, um ihn zurückzuhalten. Ein Angsthase hätte die Hosen gestrichen voll, grinste der Mann, dem der Sturm gerade recht war, um ungesehen und ungestört sein Werk beenden zu können.

Dann hörte er das Geräusch einer Motorsäge aufjaulen. Hoffentlich nicht bei der Hütte. Durchgefroren und schlecht gelaunt hatte er sich auf den Weg gemacht, nachdem er wenigstens bei McDonald's etwas gegessen hatte. Alle anderen Restaurants auf der Insel hatten geschlossen.

Jetzt musste er Gewissheit haben, ob sich noch jemand in der Hütte aufhielt oder er endlich am Ziel war.

Das durchdringende Motorengeräusch wurde lauter und dröhnte in seinen Ohren. Der Lärm kommt aus dem Wald, fluchte er. Die dunkle Gestalt zerrte wutentbrannt den Reißverschluss seiner Jacke bis zum Kinn und die Kapuze seines Sweaters noch tiefer über den Kopf. Niemand durfte sein Gesicht erkennen. Er hatte es fast geschafft. Es wäre fatal, würde er auf den letzten Metern scheitern!

Das Motorengeräusch verstummte. Er atmete erleichtert auf und kämpfte sich Richtung Blockhaus. Er war angekommen. Von irgendwelchen Waldarbeitern war nirgends etwas zu sehen. Wahrscheinlich ist ein dämlicher Ast gebrochen und musste entfernt werden ... was weiß ich denn?

Er fand alles wie erhofft vor, verlassen und stockfinster. Er würde bald wissen, ob die alte Hütte leer war. Vorsichtig schlich er um das kleine Holzhaus herum und blieb vor dem einzigen Holzfenster an der Hinterseite stehen. Er hatte es schon einmal geöffnet und wusste, wie man, ohne Lärm zu verursachen, ins Innere gelangte. Mit einem Satz überwand der durchtrainierte Mann den Fenstersims und ließ sich auf den Dielenboden heruntergleiten. Bedrohliches Heulen zog durch die Ritzen der alten Ferienhütte. Nicht für ihn. Für ihn hatte es fast den Klang von Musik. Das leise Knarren der Dielen, das sich bei jedem Schritt unter seinen Füßen bemerkbar machte, zwang ihn immer wieder, bewegungslos zu verharren. Er wollte keine Hühner aufscheuchen … wenn sie denn da waren. So vorsichtig es ihm möglich war, schlich er weiter und öffnete die Tür zum Wohnbereich. Lauschte … alles blieb auch hier ruhig. Seine Mundwinkel verzogen sich. Er schien zu überlegen. Schon bald würde er dem Spuk in der Hütte ein Ende setzen. Dann wollte er weitersehen. Es hatte ihn befriedigt, alle in die Irre zu führen.

Entschlossen und fast geräuschlos stieg er die Sprossen der Leiter zum Dachgeschoss hoch. Er wusste, dass sich dort oben einer der Schlafräume befand. Wachsam lugte er über den Holzboden und versuchte, Umrisse von Möbeln oder Personen wahrzunehmen. Es war nicht möglich. Düster präsentierte sich ihm der Raum unter dem Dach. Er schaltete die Taschenlampe ein, die er in der Jackentasche hatte. Für den Bruchteil eines Augenblickes leuchtete die dunkle Gestalt den Raum aus. »Ich habe es geahnt«, murmelte er und fühlte sich bestätigt. »Ausgeflogen …« Der durchtrainierte Mann ließ sich die Stufen hinuntergleiten und hatte es auf einmal nicht mehr eilig, die Hütte wieder zu verlassen. Er würde jetzt erst in Ruhe duschen und dann eine Mütze voll Schlaf nehmen. Entspannt öffnete er nacheinander die Schranktüren und entdeckte alles, was er für ein köstliches Mahl benötigte. Und dann, ja dann wollte er sich an die Arbeit machen, bevor sie auftauchten.

Wenn überhaupt noch einmal jemand zurückkam.

*

Die Koje war leer. Hartwig zog die Stirn kraus und stöhnte. Er hatte die leise Hoffnung gehabt, den Mörder der Frauen auf diesem Boot dingfest zu machen. Denn dass jemand hier ein Versteck bezogen hatte, lag auf der Hand. Der Kommissar ließ die P99 sinken und verstaute sie wieder im Holster. Enttäuscht verließ er mit seinem vierbeinigen Kollegen das Schiff und hangelte sich auf den Steg. Er zog sein Handy aus der Tasche und telefonierte mit Westermann und der Spurensicherung.

*

Zur gleichen Zeit erwachte Hinnerk in der Klinik.

Der Anruf erreichte Schütt um 17 Uhr. »Jo, danke, wir kommen sofort.« Der Dienststellenleiter öffnete die Tür zu Westermanns Büro. »Der Hafenmeister ist wach«, sagte er und sah sich im Raum um. »Ist Hartwig noch nicht wieder da?«

Der Hauptkommissar schüttelte den Kopf. »Der hat angerufen. Ich war eben auf dem Sprung zum Hafen. Thomas hat die Spurensicherung informiert. Da hat sich tatsächlich jemand unerlaubt auf einem der Boote aufgehalten. Wenn das nicht etwas mit unseren Mordfällen zu tun hat ...«, ließ Westermann seinen Satz unvollendet und griff nach seinem Caban. »Ja, und nun? Was willst du tun?«

»Wir fahren jetzt zuerst in die Klinik. Denke, wir erfahren eventuell vom Hafenmeister, wer ihn ins Hafenbecken gestoßen hat, und können anschließend gemeinsam zum Hafen rauffahren.« Schütt lächelte. »Zum Hafen runter, heißt es«, entgegnete der Revierleiter und verzog den Mund zu einem verunglückten Lächeln. Er freute sich, dass der Kommissar aus Oldenburg ihn in den Fall einbezog und mit ihm gemeinsam in der Sache vorankommen wollte. Westermann verstand zwar nicht, was er damit meinte, nickte aber. »Ja, gute Idee. Lass uns in die Klinik und danach runter zum Hafen.« Die Kommissare verließen die Station und erreichten wenige Minuten später die Inselklinik. Als sie aus dem Wagen stiegen, peitschte ihnen eiskalter Wind entgegen. »Wenn das alles als Schnee runterkommen würde, oh Mann«, murmelte Schütt und sah in den tristen Himmel. Regentropfen klatschten ihm ins Gesicht. »Na, so schlimm wird es schon nicht werden«, antwortete Westermann. »Hast du eine Ahnung. Wir hatten hier über die Jahre derartig heftige Schneefälle, da lief gar nichts mehr auf der Insel. Eingeschneit war gar kein Ausdruck für das, was wir hier erlebt haben. Denk nur an die Schneekatastrophe 78/79, das war damals richtig dramatisch. Wir waren gänzlich abgeschnitten, nichts ging mehr. Und Anfang Januar 2010 lief es fast genauso. Einzelne Dörfer waren nicht mehr zu erreichen. Da war auf den Straßen kein Durchkommen. Mann, Mann, Mann …«

»Das will ich dir ja gern glauben, aber ich denke nicht, dass es Schnee geben wird.«

»Wenn du dich da man nicht täuschst. Das riecht bös danach!« Westermann schwieg, machte sich aber so seine Gedanken.

Die Männer ließen sich vom Wind in den Eingangsbereich der Inselklinik treiben und liefen den Flur hinunter, bis sie das Zimmer von Hinnerk Jacobsen erreicht hatten. Schütt klopfte leise an die Tür und öffnete sie. Westermann folgte ihm. Dann betraten sie das Krankenzimmer, in dem der Hafenmeister alleine lag. Als er bemerkte, dass die Tür aufging, wandte er den Männern den Kopf zu. »Na, mein Bester, wo geit? Mensch, was machst du für Sachen«, murmelte Olaf Schütt und ging um das Bett herum. Er reichte Hinnerk die Hand und legte seine zweite obenauf. Ihm war egal, ob man es durfte oder nicht. Der Mann war gerade dem Tod entkommen. Mit ernstem Blick sah Schütt ihn an. Seine Wangen waren eingefallen. »Das ist ja man grad noch mal gut gegangen«, sagte der Hafenmeister und drückte ebenfalls die Hand des Kommissars aus Burg. »Warst ja rechtzeitig da mit Jan, sonst wär ich wohl Fischfutter gewesen.«

»Nun mach mal halblang. Ist ja gut gegangen. Der Jan hat dich früh genug entdeckt.« Olaf zwinkerte dem Mann aufmunternd zu.

Dirk Westermann stellte sich ans Fußende des Bettes, verschränkte die Arme vor der Brust und wartete. »Und wer is das?«, wollte Hinnerk wissen. »Das ist ein Kriminalkommissar von der Mordkommission aus Oldenburg. Und wenn es dir soweit gut geht, hat er ein paar Fragen an dich.« Olaf Schütt trat einen Schritt zurück und zog sich einen Stuhl heran. Westermann nickte und tat es ihm gleich. »Ja, aber ich bin doch gar nicht ermordet worden«, erklärte der Hafenmeister erstaunt. »Nein, wir haben zwei Mordfälle aufzuklären, mit dem Ihr Unfall in Verbindung stehen könnte. Vielleicht sind wir dem Täter näher, als wir denken. Können Sie uns etwas über den Hergang des Unfalls erzählen?«, ermunterte Westermann den blassen Mann und öffnete seine Jacke. »Ja, was wollen Sie denn wissen?«, entgegnete Hinnerk entgeistert. »Wir müssen zum Beispiel erfahren, wie es dazu gekommen ist, dass Sie im Hafenbecken gelandet sind, und mit wem Sie im Hafen aneinandergeraten sind, bevor Sie ins Wasser fielen.« Westermann sah ihn konzentriert an.

»Woher wissen Sie, dass ich mich im Hafen gestritten habe?«

»Hinnerk, Jan und ich haben dein Telefonat mitangehört, als du versucht hast, uns zu erreichen, und es war ganz klar zu vernehmen, dass du mit irgendjemandem Streit hattest«, sagte Schütt und ließ dem Hafenmeister einen Moment Zeit, sich zu sammeln. »Ja, da hast du recht. Ich hab ziemlich früh meinen Rundgang gemacht, und da kam mir ein düsterer Kerl auf dem Steg entgegen, der da nicht hingehörte.« Hinnerk Jacobsen schien sich die Worte zurechtzulegen. »Dann … dann hab ich ihn gefragt, was er da zu suchen hat, und ohne Vorwarnung ist er plötzlich über mich hergefallen. Ne, vorher hat der mir noch erzählen wollen, dass ihm das Boot von Heinrich aus Hamburg gehört. Stell dir das vor!« Er sah Olaf Schütt entrüstet an. »Dabei kenne ich jedes Schiff im Hafen genau. Der hat mir offen ins Gesicht gelogen, und ich wollte euch anrufen, damit ihr das klärt und da … da hat er mich angegriffen, wir haben gerangelt und ich bin ins Hafenbecken gestürzt. Den Rest kennt ihr ja.« Hinnerk sah die Männer erschöpft an. »Mehr kann ich euch nicht sagen.« Der Hafenmeister ließ den Kopf zurück ins Kissen sinken und schloss die Augen. »Kanntest du den Kerl?«

»Ne, den habe ich hier nie vorher gesehen.«

»Wie sah der Mann aus?«, wollte Westermann wissen. »Wie der aussah?« Hinnerk zuckte die Schultern. »Das kann ich Ihnen so genau gar nicht sagen. Es war ja dunkel, und der Kerl hatte eine schwarze Jacke an und … die Kapuze tief ins Gesicht gezogen. Ich konnte den nicht erkennen.« Der Hafenmeister schien zu überlegen. »Ja, groß war er.«

Hinnerk zeigt mit seiner Hand gut 20 Zentimeter über seinen mit wenigen Haaren bedeckten Schädel. »Also mindestens einen Kopf größer als ich.

Ich bin ja man nur ein Meter 72. Schlank war er, nicht so wuchtig wie ich«, sagte er und zuckte die Schultern.

»Und Kraft hatte der. Sonst hätte der mich nicht so leicht ins Hafenbecken schmeißen können. Ansonsten habe ich nur diese düsteren Augen gesehen. Die waren richtig finster und stechend. Ach ja, und er hatte einen Schal bis zur Nase hochgezogen. Nur die Augen hat man erkannt und diesen finsteren Blick. Mehr kann ich euch nicht sagen.« Hinnerk Jacobsen schloss ermattet die Augenlider. »Und danke, Olaf, dass du mir das Leben gerettet hast«, sagte er, und dabei rann eine Träne aus dem Augenwinkel. In dem Moment öffnete sich die Tür, und eine Frau betrat das Zimmer. Als sie die Männer erblickte, sah sie Olaf Schütt fragend an. »Alles gut, Enne, wir hatten nur ein paar Fragen. Kümmer du dich man um Hinnerk, damit er bald wieder auf die Beine kommt.« Der Dienststellenleiter zwinkerte der zierlichen Frau mit der grauen Föhnfrisur freundlich zu. »Wir kriegen den, der das gemacht hat, ganz sicher.«

KAPITEL 17

Katrin schloss die Tür zum Appartement auf. »Herzlich willkommen zu Hause, Tantchen!« Mit einer einladenden Handbewegung ließ sie Charlotte an sich vorbei in den Flur treten. »Papperlapapp, bin ja nicht auf Honolulu gewesen. Die paar Tage waren doch wohl für euch wie der Himmel auf Erden, oder?« Sie zwinkerte ihrer Nichte zu. »Wie meinst du das?«

»Na, ich denke, der Dirk ist auf der Insel, du alleine hier. Da wird euch die sturmfreie Bude sehr entgegengekommen sein, oder?«

»Sturmfreie Bude? Schön wär's gewesen. Seitdem Dirk sich auf der Insel aufhält, habe ich ihn nicht ein einziges Mal zu Gesicht bekommen. Es ist, als wären wir überhaupt nicht ... ach egal.« Katrin hielt inne, zog den Mantel aus und hängte ihn an die Garderobe. Dann half sie Charlotte, die umständlich versuchte, aus ihrem Wollmantel herauszukommen. Ihre Nichte schlüpfte aus den derben dunkelbraunen

Stiefeln und huschte ins warme Wohnzimmer. Nachdenklich hielt sie ihre Hände vor den Kaminofen, in dem ein prasselndes Feuer loderte. In ihrem dunkelblauen Sweater, der ihr mindestens zwei Nummern zu groß schien, und den engen Röhrenjeans glich sie einem Schulmädchen. Der brünett glänzende, geflochtene Zopf, der leger über die linke Schulter fiel, unterstrich den mädchenhaften Look. »Schön, das wärmende Feuer, nicht?«, blinzelte sie Charlotte an, die ihre Nichte prüfend von der Seite beäugte. »Der hat wirklich alle Hände voll zu tun. Bei zwei toten Frauen muss er schnell agieren, sonst …«, versuchte ihre Tante, die Abwesenheit des Kommissars zu erklären.

»Hätte mich auch gewundert. Seitdem wir zusammen sind, hältst du konsequent zu ihm.« Sie seufzte und steckte ihre Hände in die Hosentaschen. »Aber du hast ja recht. Ich würde es schrecklich finden, wenn er anders wäre. So hat er uns schließlich auch das Leben gerettet, und ohne das fürchterliche Feuer wären wir kein Paar. Er ist mein Held«, seufzte sie erneut. Katrin war klar, dass der Job Dirk vollends forderte, wenn er einen Fall zu lösen hatte. Es war ihr auch klar, dass sie ihn dann nur schwer von der Arbeit lotsen konnte. »Tee?«, fragte sie, als wollte sie ihre Gedanken in andere Bahnen lenken. Charlotte nickte.

Sie ging ans Fenster und sah nachdenklich hinaus in den düsteren Januartag, während sie Katrin in der Küche hantieren hörte. Die Ostsee tobte im Sund, und es sah nach Schnee aus.

Ihre Nichte und Dirk verbrachten eindeutig zu wenig Zeit miteinander. Dennoch hatte sie keine echte Lösung parat. Aber sie wollte eine finden, da war sie sicher. Zuerst musste allerdings der Mörder der Frauen gefasst werden.

Auf einmal klingelte es an der Tür. Katrin stellte rasch

die Tassen auf den Tisch und eilte zur Gegensprechanlage. Wider Erwarten bekam sie keine Antwort. Sie stutzte und öffnete die Tür, um über das Treppengeländer nach unten zu sehen. Da stand Dirk mit einem breiten Lächeln vor der Tür. Jubelnd fiel Katrin ihm um den Hals. Alles andere schien in diesem Moment unwichtig. Von großer Bedeutung war nur, dass er genau jetzt vor ihr stand. Minutenlang lagen sie sich eng umschlungen im kalten Flur in den Armen. »Katrinchen, wer ist denn da?«, wollte Charlotte wissen, obwohl der Instinkt ihr längst die Antwort ins Ohr geflüstert hatte. Sie schmunzelte, setzte sich in ihren Ohrensessel und legte zufrieden die Hände in den Schoß. Für einen Moment schloss sie die Augen. Nach schier endlosen Minuten zog Katrin ihren Dirk ins Wohnzimmer. »Schau, wen ich mitgebracht habe«, rief sie freudestrahlend. Ihre Wangen waren gerötet, und ihre Augen leuchteten. »Ach nee, der verlorene Sohn«, zwinkerte Charlotte dem Hauptkommissar zu. »Na, setz dich. Was gibt es Neues an der Front?«, wollte Miss Marple von der Insel wissen und verengte die Augen zu schmalen Schlitzen. Sie setzte sich aufrecht hin und fuhr sich mit den Händen durch die weißen, lose über die Schulter fallenden Haare, weil sie nicht damit gerechnet hatte, dass Besuch kam. »Darf ich mich erstmal hinsetzen?« Er deutete auf die Couch. Er wollte sich neben Katrin setzen und lächelte verschmitzt. »Selbstverständlich, mein Lieber. Tee? ... mit Rum?«

Dirk Westermann nickte und fuhr sich ebenfalls mit der Hand durch die eisgraue Mähne. Selbst der Dreitagebart hatte seinen melierten Ton verloren und wirkte weiß. Aparter Jung, dachte Charlotte, stand auf und huschte zur Vitrine. Sie holte aus dem unteren Fach eine Flasche Rum und stellte sie auf den flachen Couchtisch neben einen Stapel

Wohnzeitschriften. Dirk setzte sich und hielt Katrin fest im Arm. Verliebt sahen sich beide an. »Ich glaube, ich kümmere mich mal um den Tee«, schmunzelte Charlotte und verließ diskret den Raum. Sie wusste, wann es Zeit war zu verschwinden. »Ich muss unbedingt mit dir reden, meine Kleine«, sagte Dirk Westermann, als er sich mit Katrin allein wähnte. Sie sah ihn verwundert an. »Was gibt es so Wichtiges, dass es nicht bis nachher Zeit hätte?« Katrin sah ihn fragend an.

»Genau darum geht es! Um unsere gemeinsame Zeit! Seit dieser ominösen Geschichte mit meiner Ex grüble ich ständig darüber nach, wie es mit uns weitergehen soll.«

Katrin sah ihn irritiert an. Sie zog ihre Stirn in Falten, entzog sich ihm und wurde blass. »Was heißt das? Willst du dich von mir trennen?« Sie hatte auf einmal eine Vorahnung, die in ihrem Magen ein unangenehmes Gefühl auslöste. Vielleicht hat er eingesehen, dass sich unser Leben nicht miteinander vereinbaren lässt. Vielleicht hat diese Frau ihn ... Katrin schluckte. Sie wollte den Gedanken nicht zu Ende führen. Ihr Herz klopfte plötzlich wie Hammerschläge.

Dirk Westermann packte sie an den Armen und sah ihr durchdringend in die Augen.

»Was denkst du von mir. Nach allem, was wir gemeinsam erlebt haben, sollte ich mich von dir trennen? Du tüddelst ja. Ich liebe dich und will überhaupt nicht mehr weg von dir.« Er sah sie traurig an. Katrin war irritiert. Ihre Angst verflog, und es war, als würde eine riesige Last von ihrer Seele fallen. »Ich glaube, es wird Zeit, dass du auf die Insel ziehst.« Sie gab ihm einen Kuss auf die Lippen und kuschelte sich an ihn. »Du darfst mich nie verlassen ... hörst du?«, flüsterte sie ihm ins Ohr. Erneut schob er sie von sich, sah zur Tür und sagte: »Und genau darum geht es. Ich will dich und ich möchte mit dir gemeinsam den nächsten Schritt gehen. Wir gehören zusammen, das ist mir nach all den Streitigkeiten um meine Ex sehr deutlich geworden. Und dass ich in der Junggesellenbude nicht auf Dauer weiterleben will … ohne dich … müsste auch bei dir angekommen sein. Es ist kein Domizil für Verliebte«, zwinkerte er ihr zu. Sie sah ihn fragend an. »Und das heißt?«

»Das heißt, dass ich mit dir zusammenleben möchte und wir uns nach einem eigenen Zuhause umsehen sollten.« Endlich war es heraus.

Dirk Westermann schluckte. Sein Blick schien in ihre Seele eindringen zu wollen. Er schleppte diesen Gedanken seit Langem mit sich herum und wusste, dass er etwas ändern musste. Er wähnte den Moment für passend. Sie war jung und würde mit Sicherheit nicht ewig als Single mit ihrer Tante unter einem Dach wohnen wollen. Anders als erwartet, jubelte sie nicht. Sie sah an ihm vorbei aus dem Fenster und nagte auf ihrer Unterlippe. Mit einer derartig ablehnenden Reaktion hatte er nicht gerechnet. Er sah sie enttäuscht an. Katrin stand auf.

In genau diesem Moment kam Charlotte in bunter Jogginghose und passendem Strickpullover samt Tablett zurück, auf dem eine Teekanne, drei große Becher, ein Stövchen und eine Schale mit selbstgebackenen Keksen standen. »Wir reden später«, flüsterte sie, räusperte sich verlegen und setzte sich wieder. Sie zupfte unentwegt an ihrem geflochtenen Zopf herum und lenkte ihre Blicke von einer Seite zur anderen. Dann sprang sie erneut vom Sofa auf und nahm ihrer Tante das Tablett aus den Händen. Dirk starrte ihr irritiert hinterher. Er schüttelte den Kopf und konnte ihre Reaktion nicht deuten. Katrin verteilte die Teetassen und befüllte sie mit der dampfenden Flüssigkeit. Dann stellte sie die Teekanne aufs Stövchen und öffnete die Flasche Rum. Es war mehr als ein Doppelter, den sie in ihre Tasse laufen ließ. »Noch jemand ohne Fahrschein?«, flötete sie übertrieben und schenkte den beiden anderen ein. »Na, min Deern, da hat aber eine ordentlichen Durst, wenn ich das richtig sehe«, nuschelte Charlotte, nahm die Tasse in ihre Hand und ließ zwei Kluntjes hineinfallen.

»Na ja, ich dachte, draußen ist es so gruselig, da muss ich mich von innen wärmen.« Verlegen guckte sie zur Seite. Charlotte spürte die Spannung im Raum. Sie war unfreiwillig Zeuge der Unterhaltung geworden und versuchte, die Situation zu entspannen.

»Hast du neue Erkenntnisse, mit denen ich etwas anfangen kann?« Westermann rührte unentwegt in seinem Tee und versuchte, nicht zu zeigen, was in ihm vorging. Katrin setzte sich neben ihn. Sie wirkte blass und schwieg. Hastig leerte sie ihre Tasse und lehnte sich zurück. »Ja, wir haben diesen Hafenmeister befragt. Ihm geht es schon besser, und er konnte uns tatsächlich erste Hinweise geben. Richtig ergiebig war das Gespräch trotzdem nicht. Viel weiter gekommen ist Thomas. Er hat mit dem Besitzer das Hafengelände untersucht. Sie haben ein Boot ausfindig gemacht, das aufgebrochen wurde und in dem derjenige, der den Hafenmeister ins Becken gestoßen hat, untergekrochen sein muss. Ob es sich hierbei um den Mann handelt, der die beiden Frauen auf dem Gewissen hat, oder nur um jemanden, der sich einen Unterschlupf gegen die Kälte organisiert hat, konnten wir bislang nicht herausfinden. Es gab nicht einen Fingerabdruck. DNA-Spuren werden bereits im Labor verglichen. Wir tappen nach wie vor im Dunkeln. Nur dieser verdammte Bauschaum macht mir Kopfzerbrechen.

Was ist, wenn das System hat und der es gar nicht auf diese drei Frauen abgesehen hat und sie nur zufällig am falschen Ort waren? Wer tötet sein Opfer mit Bauschaum? War der Schaum zufälligerweise am Tatort und er hat ihn benutzt, oder ist das ein perfide ausgedachtes Mordwerkzeug?« Westermann sah Charlotte fragend an.

»Sehr gute Frage! Weißt du eigentlich, wie grausam es sein muss, so getötet zu werden? Das Mädchen ist qualvoll erstickt! Kann man sich überhaupt vorstellen, wie bestialisch es ist, auf diese Weise zu sterben? Der Todeskampf hat mit Sicherheit erschreckend lange gedauert.« Westermann raufte sich die Haare und leerte seine Tasse in einem Zug. »Kann ich Nachschlag haben?« Er hielt Katrin die Teetasse hin. Er wusste, dass er in dieser Situation keine Antwort mehr von ihr erwarten konnte. Aber es machte ihn traurig zu sehen, wie sich die Frau, die er liebte, zurückzog, weil er mit ihr zusammen sein wollte. Dirk war irritiert und fragte sich, was der Grund für ihr Verhalten war.

Katrin schenkte nach und hielt die Flasche Rum in die Höhe. Westermann nickte, nahm sie ihr aus der Hand und goss sich von der goldbraunen Flüssigkeit mehr ein, als ihm guttun würde. »Mann, Mann. Was ist denn heute hier los? Habt ihr so einen Durst, oder liegt etwas in der Luft«, fragte Charlotte. »Nö, alles fein«, flötete ihre Nichte. »Nein, alles in Ordnung«, entgegnete auch Dirk. »Nur, dieser Fall ist so erschreckend. Es wäre die perfekte Vorlage für einen Horrorfilm«, erklärte der Hauptkommissar. »Ich habe noch nie von einem Fall gehört, in dem ein Täter sein Opfer auf so grausame Art tötet.« Westermann schüttelte den Kopf. Charlotte schien eine Eingebung zu haben. Polternd stellte sie die Tasse auf das kleine Beistelltischchen und sprang vom Sessel auf. Sie schluckte und eilte zur großen Kommode, die hinter dem Sofa an der Wand stand. Ihre Nichte und der Kommissar schauten ihr fragend nach.

»Was ist denn?«, wollte Katrin wissen. »Ich glaube, ich weiß etwas, das ganz fürchterlich ist, wenn es sich bestätigt!«

KAPITEL 18

»Ich muss unbedingt zurück zur Dienststelle, Watson. Du
bleibst hier und wartest. Ich pack ein paar Sachen zusammen,
und dann machen wir uns auf den Weg zur Insel. Benimm
dich.«

Thomas Hartwig kraulte seinen Diensthund hinterm Ohr
und schickte ihn mit einer eindeutigen Handbewegung in
sein Körbchen. Leise knurrend schlich Watson auf die wol-
lene Decke und legte den Kopf auf die Pfoten. »Und mach
mir keinen Mist, hörst du?« Erneutes Knurren, als Hartwig
sein Zweizimmerappartement verließ. Er hastete die Treppenstufen hinunter und fragte sich im gleichen Moment, ob
es eine gute Idee war, ihn nicht in den Hundekäfig zu sper-
ren. Der muss lernen, mit mir oder besser, ohne mich klarzukommen, dachte Hartwig und sprang in den Dienstwagen. Außerdem bin ich in einer Stunde zurück.

Wie lang eine Stunde sein konnte, wurde ihm bewusst,
als er zurückkam.

Schon draußen auf dem Parkplatz hörte er das Heulen des Hundes. »Oh Mann, Watson. Halt deine Klappe. Die Nachbarn«, raunte Thomas Hartwig, als er die Treppenstufen ins zweite Stockwerk hinaufrannte. Dieses ist ein ehrenwertes Haus. In dem zweigeschossigen Wohnhaus lebten außer ihm nur fünf Parteien, ältere Leute, die ihr Treppenhaus ebenso pflegten wie ihre Balkonkästen. »Ich bin ja schon da«, rief er und hoffte, dass die anderen Mieter das Jaulen nicht mitbekommen hatten. Hartwig öffnete die Tür. Augenblicklich wurde er käsebleich und blieb erstarrt im Flur stehen. Der von ihm eigens vor einem halben Jahr verlegte Laminatboden in Bootsoptik glich einem Krater. Er war angefressen und hochgerissen. Mühevolle Arbeit einer Woche – dahin. Thomas' Herz raste, und Zornesröte überzog seine Wangen, als Watson schwanzwedelnd auf ihn zulief. Freudig sprang der Hund an ihm hoch, um sein Gesicht abzulecken. Der Kommissar schob ihn von sich. Thomas wies ihn an, in seinen Korb zu verschwinden, dann ließ er seinen Blick weiter durch die Wohnung schweifen. Seine Kehle war plötzlich ausgetrocknet. Der Hund hatte sämtliche Türzargen angefressen und zum Teil herausgebrochen. Selbst die Eingangstür war von innen als solche nicht mehr zu erkennen. Thomas traute seinen Augen nicht, als er das Wohnzimmer betrat. Er räusperte sich und hielt seinen Kopf zwischen den Händen. »Oh nein!« Ohne Ausnahme waren Möbel zerbissen, auseinandergenommen, umgeworfen. Tapetenbahnen baumelten von den Wänden. Die Füllungen der Sitzkissen lagen zerpflückt im Zimmer verteilt, und es sah aus wie auf einer Skipiste. Thomas starrte auf die Vorhänge, die in losen Fetzen herunterhingen. Tränen stiegen in seine Augen. Wutränen. Der Fernseher, sein ganzer Stolz, bisher an einem Halter an der Wand befestigt, pendelte geschrottet an der

Vorrichtung. Thomas presste die Hand an die Brust und fühlte den rasenden Herzschlag. Er betrachtete die Tür zum Schlafzimmer, die aus ihren Angeln gerissen war und nur noch im unteren Scharnier steckte. Vorsichtig schob er sie, so gut es möglich war, zur Seite. Thomas Hartwig hatte eine ungefähre Ahnung, was auf ihn zukommen würde. Kalter Schweiß trat ihm auf die Stirn, als er einen vorsichtigen Blick in den Raum warf.

Das komplette Bett war gerichtet. Hingerichtet! Bettfedern, wohin er sah. Frau Holle hätte es nicht besser machen können. Hätte ich ihn doch nur in seinen Käfig …

Es klingelte an der Tür. Watson sprang aus dem Korb, als Thomas ihn scharf zurückwies. »Untersteh dich …!«

»Ja«, murmelte Hartwig, als er die Tür einen Spalt öffnete und sein Nachbar von gegenüber mit bösem Blick vor ihm stand. Der schlanke Mann mit den aschgrauen Haaren und der silbernen Lesebrille auf der Nase starrte ihn wutentbrannt an. »So geht das nicht. Dieser … dieser Köter muss hier raus. Und Sie verschwinden am besten gleich mit. Wir wollen so ein Theater hier nicht.« Er schnaubte und seine Gesichtsfarbe wurde immer röter, während er gleichzeitig die Hände zu Fäusten ballte. »Außerdem haben die Leute hier im Ort Angst vor diesem Viech, nur dass Sie das wissen. Am besten, Sie ziehen hier aus.«

Thomas Hartwig war sprachlos. Die gleichen Menschen, die es bis vor Kurzem klasse fanden, einen Polizisten in ihrer Nähe zu wissen, schickten ihn jetzt zum Teufel. Und all dies nur wegen Watson. »Nun bleiben Sie mal sachlich, sonst muss ich dienstlich werden«, versuchte Hartwig zu retten, was nicht mehr zu retten war.

»Dienstlich? Bleiben Sie mal realistisch. Ist das nicht ein Polizeihund? Ist das überhaupt erlaubt, was Sie da machen?

Und so ein Tier alleine in einer kleinen Wohnung ... ist das zulässig? Wenn Sie nicht freiwillig ausziehen, werde ich mich an Ihre Dienststelle wenden und das hier zur Anzeige bringen.« Er deutete in den zerstörten Flur. »Unterschriften habe ich genug gesammelt«, schrie der Nachbar und reichte ihm einen Zettel, auf dem offensichtlich das ganze Haus unterschrieben hatte. »Können Sie behalten, ist eine Kopie!« Damit drehte er sich um, und verschwand in der gegenüberliegenden Wohnung. Das Schlagen der Tür hörte Thomas nicht mehr, weil er seine bereits wieder geschlossen hatte. Wie ein geprügelter Hund schlurfte er ins Wohnzimmer und starrte auf Watson, der mit treuherzigem Augenaufschlag zu seinem Herrchen hochsah.

Da klingelte Hartwigs Telefon.

*

Charlotte kniete vor der Kommode, zog die unterste Schublade auf und kramte einen alten schwarzen Ordner heraus.

»Ich wusste, ich habe schon einmal von so einem Fall gelesen.« Sie wühlte sich durch die ausgeschnittenen Zeitungsartikel. »Wo ist nur der Bericht?« Plötzlich hielt sie inne und tippte triumphierend auf einen Zeitungsausschnitt. »Ich habe mich immer für Mordfälle in der Region interessiert und verwahre alle Fälle hier im Hefter. Ist schon ziemlich lange her.« Sie lief um das Sofa und reichte Dirk Westermann den Aktenordner. Fragend schaute er sie an und warf einen Blick auf die Überschrift. *Unaufgeklärte Mordfälle in Schleswig-Holstein geben Rätsel auf. Die vierte Tote aus dem Raum Oldenburg wurde, wie die drei Opfer zuvor, mit Bauschaum erstickt.*

Konzentriert las Dirk Westermann den Bericht der *Tagespresse* und blätterte weiter. »Du weißt, dass du uns mit dieser Information eine riesen Hilfe bist, oder …?«

»Na ja, ich weiß nicht. Ich hoffe es. Aber es könnte doch eine Verbindung zu unseren toten Frauen sein, oder?«

»Das wird mir hier zu kriminalistisch. Wenn ihr fertig seid, ich bin in meinem Zimmer«, flüsterte Katrin und erhob sich. Tatsächlich war es ihr im Moment recht, dass Dirk sich mit Charlotte beschäftigte. So hatte sie Zeit, ihre Gedanken zu ordnen. Sie hauchte ihm einen Kuss auf die Lippen und sah ihm in die Augen, in denen ein fragender Blick lag. »Ja, wir reden später«, antwortete er und erwiderte ihren Kuss.

Katrin verließ schweigend das Zimmer.

Westermann suchte in den Unterlagen angestrengt nach einem Datum. »November 2010 hat er zuletzt getötet.« Er stutzte. »Wieso lässt der sich so lang Zeit, bevor er erneut

zuschlägt … wenn es überhaupt der gleiche Täter sein sollte. Eventuell nur ein Trittbrettfahrer, der sich die Methode zunutze macht?«

Charlotte sah ihn an. »Vielleicht ist etwas passiert und er musste seine Morde unterbrechen?«

»Wie soll ich das verstehen? Was meinst du damit, dass etwas passiert sein könnte? Was hält jemanden über einen derart langen Zeitraum davon ab zu töten?« Westermann schüttelte den Kopf. Er schob die Lesebrille ins Haar und sah Charlotte fragend an. »Verheiratet? Vielleicht hat er geheiratet. Alles war gut, bis die Liebe sich verabschiedete? Wenn einer verliebt ist, tötet er doch nicht, oder?«

»Könnte eine Möglichkeit sein. Es wäre nicht das erste Mal, dass ein Mörder über Jahre seine Aktivitäten einstellt, weil er eine Beziehung eingegangen ist, eventuell sogar eine

Familie gegründet hat. Nicht gerade beruhigend«, murmelte Westermann.

Sein Blick wirkte besorgt. »Gibt doch sicherlich noch Akten zu dem Fall, oder?«, fragte Charlotte Hagedorn und erhob sich. Sie ging zum Fenster und starrte in die Dunkelheit. Der Regen, der gegen die Scheibe prasselte, vermischte sich mit Schnee. »Hm, Graupel. Wat für 'n Schietwedder. Tja, aber nirgends strahlt der Himmel so grau wie im Norden«, schmunzelte Charlotte, als ihr der Spruch über die Lippen kam. Dirk Westermann sah sie irritiert an. »Ja, davon verstehst du so viel wie ein Mechaniker vom Kühemelken«, lachte die Künstlerin aus vollem Hals. »Ihr Frauenslüd, was ihr alles wisst … tststs. Aber zurück zu unserem Fall. Ich werde jetzt telefonieren.« Er legte den Finger auf die Lippen und gab damit zu verstehen, dass Charlotte sich leise verhalten sollte, während er wählte. »Moin, Westermann, Kripo Oldenburg. Ich bräuchte dringend zu einer Mordserie von 2006 bis 2010 eine Ermittlungsakte … es handelt sich um eine Serie im Raum Schleswig-Holstein. Die Frauen wurden durch Polyurethan umgebracht … was das ist? Bauschaum! Ja, das ist sehr freundlich. Ich schicke dann morgen früh den Kollegen … Danke.« Er nickte zufrieden. »Hast du das mitbekommen? Thomas kann die Akte mit allen Asservaten aus Hamburg abholen. Reicht uns das erst mal?«, zwinkerte er ihr zu. »Ja, wat mutt, dat mutt. Lass uns den Fall gemeinsam von hinten aufrollen. Ich bin zuversichtlich, dass wir Hinweise finden.« Charlotte lächelte. »Davon geh ich mittlerweile auch aus. So, meine liebe Miss Marple«, sagte Dirk Westermann und erhob sich, »wenn du jetzt nichts dagegen hast, würde ich liebend gern noch ein Weilchen mit meiner Liebsten verbringen, obwohl ich dich ungern verlasse.« Er zwinkerte ihr zu, verabschiedete sich mit einem Luftkuss, den sie mit ihrer Hand einfing und sich auf das Herz legte. »Ja, dann man gute Nacht, mein Jung. Ich werd auch nicht mehr alt heute Abend. Ich muss nur noch ein paar Minuten nachdenken.« Sie winkte ihm zu, bis er verschwunden war, nahm den Ordner auf ihren Schoß und fing an zu blättern.

Wenig später verschwand Thomas Hartwig verschämt aus seiner Wohnung und schlich mit Watson im Schlepptau zum Wagen. Er hoffte, dass ihn niemand gesehen hatte. Der Wind riss ihm fast die Tür aus den Händen, als er den Wagen öffnete, um seine Tasche hineinzuwerfen. »Und du kommst in deinen Hundekäfig, mein Freund. Das machst du nur einmal mit mir.« Gröber, als er wollte, zerrte er den Hund in den Fond des Kombis und drängte ihn in seine Box. Watson sah ihn mit großen Augen an, und wirkte so unschuldig, als könne er keiner Fliege etwas zuleide tun. »Du brauchst mich gar nicht so anzugucken, das verzeihe ich dir nie.« Er presste die Lippen zusammen und schloss mit versteinertem Blick die Heckklappe. Er war blass und hoffte, dass die Situation sich wieder beruhigen würde, als er mit finsterer Miene in den Rückspiegel sah. Entmutigt legte er den Kopf auf das Lenkrad. »Was für ein Scheiß«, murmelte er, steckte den Schlüssel ins Schloss und startete den Wagen. »Und halt du bloß deine Klappe da hinten«, drohte er dem Hund. Watson schien die Warnung verstanden zu haben, winselte nur einmal leise und rührte sich dann während der gesamten Fahrt kein einziges Mal. Eine halbe Stunde später betrat er mit dem Diensthund das Appartement in der Pension. Er schickte Watson umgehend auf den Platz, den er ihm beim Eintreffen hergerichtet hatte. »Und wenn du nicht absolut ruhig bist, schläfst du auf dem Balkon, nur damit das klar ist.« Auf einmal klopfte es leise an die Tür.

»Oh, Sie?« Vor ihm stand Stina und sah ihn mit großen Augen an. »Sehen Sie mich bloß nicht so an, das hatte ich heute schon mal und bin damit richtig auf die Nase gefallen.« Er schnaufte. »Möchten Sie reinkommen? Es sei denn, Sie haben Angst vorm bösen Wolf.« Damit sah er strafend Richtung Hundekorb. Watson knurrte verhalten, als hätte er jedes Wort verstanden. »Nein, iwo, ich kenne ihn doch. Das ist der liebste Hund, der mir bisher begegnet ist.« Als wäre das eine Aufforderung, kroch Watson aus dem Korb und robbte zu Stina, die sich auf der blauen Ledercouch niedergelassen hatte. »Gehst du auf deinen Platz!«, befahl Hartwig lauter als gewollt. »Ach, lassen Sie den armen Hund. Der tut doch nichts.« Stina lächelte, und ihr blasses Gesicht bekam rosige Wangen, als Watson seinen Kopf auf ihre Oberschenkel legte und die Schnauze an ihren Jeans rieb. »Haben Sie eine Ahnung, was der gerade veranstaltet hat?« Thomas Hartwig runzelte die Stirn und fuhr sich mit der Hand über das Kinn. »Der hat meine komplette Bude zerlegt. Ich kann mir jetzt 'ne andere Bleibe suchen wegen diesem Hund.« Thomas sah sie tief erschüttert an, fuhr sich durch die nackenlangen Haare und deutete mit der Faust auf das unschuldig dreinschauende Tier. »Ach, so dramatisch wird es doch nicht sein oder?«, versuchte sie, das Gleichgewicht zwischen den beiden wieder herzustellen. »Haben Sie eine Ahnung. Hier!« Hartwig zog das Handy aus der Hosentasche seiner Jeans und öffnete die Datei mit der Galerie. »Da, sehen Sie. Gucken Sie ruhig genau hin. Das hat dieser ach so liebe Streuner veranstaltet.« Watson knurrte erneut. Stina hielt die Hand vor den Mund und prustete los. Dann sah sie den Hund an und kraulte ihn hinter dem Ohr. »Na, das hast du ja super hingekriegt«, lachte sie und schüttelte den Kopf. »Unfassbar! Und was jetzt?«, wollte sie wissen. »Was jetzt? Jetzt habe ich ein riesen Problem. Ich werde mit diesem Hundekriminellen aus meiner Zweizimmer-Single-wohnung ausziehen müssen. Die anderen Mieter wollten mich beinahe lynchen.«

»Ich dachte, Sie sind der Polizist?«

»Soll das witzig sein? Mir ist nicht zum Lachen zumute!«, murrte Hartwig, als sein Handy klingelte. »Sorry, da muss ich rangehen. Ist mein Chef! Ja? … alles klar? … Na klar, was sonst … und was gibt es Neues? … Ich soll was? Nach Hamburg? Aber nicht mehr heute, oder? Na, Gott sei Dank. Ja, mach ich … und was ist mit dir? Wann kommst du? Ah, du hast Termine, verstehe … Katrin.« Thomas Hartwig grinste in Stinas Richtung und beendete das Gespräch. »Alles okay? Möchten Sie was trinken?«, fragte er. Stina zuckte die Schultern. »Ja, warum nicht. Ich fühle mich in meinem Appartement ziemlich einsam. Wenn ich Ihnen noch ein bisschen Gesellschaft leisten darf?«

»Gern, was möchten Sie denn trinken? Wasser, Wein? Oh, ich Depp, der Kühlschrank wird leer sein. Ich konnte bisher noch nichts besorgen.« Er stand in der Tür zur Küche. »Ich glaube, Frau Martin hat so etwas wie einen eisernen Vorrat, wenn ich ganz lieb frage … Gute Idee eigentlich … nein, geht nicht, der Hund. Den lasse ich in diesem Leben nicht mehr aus den Augen«, schüttelte Hartwig den Kopf. »Wieso, ich bin doch hier …«

Thomas schnippte mit den Fingern. »Ich bin gleich zurück. Trauen Sie sich das mit dem Hund zu?«

»Hören Sie mal.«

Wenige Minuten später hörte Stina den Schlüssel im Schloss. Thomas Hartwig trat in die Tür und hielt zwei

Rotweinflaschen in den Händen. »Traraaa. Sie hat mir ihre Restbestände mitgegeben. Sie hatten recht. Gute Frau, die Frau Martin«, lächelte er und stellte die Flaschen auf den Couchtisch. Dann öffnete er die Schranktür in der Küche und nahm zwei Weingläser heraus. Er drehte den Schraubverschluss der ersten Weinflasche auf und füllte die Gläser. Seine Wangen röteten sich, als er das Mädchen von der Seite ansah. So nett, stellte er fest und setzte sich ihr gegenüber in den Sessel. Sie prosteten sich zu, während Stina mit einer Hand Watsons Kopf kraulte. »So, mein Bester, jetzt musst du aber brav in dein Körbchen«, flüsterte sie. Leise knurrend schlich er auf seinen Platz neben dem Sofa. »Das glaub ich nicht. Sie haben ein richtig gutes Händchen für ihn«, schüttelte er fassungslos den Kopf.

»Wollen wir nicht du sagen?«, fragte Stina leise mit gesenktem Blick, griff nach dem Glas und hielt es ihm entgegen. »Ja gern, wenn Sie – wenn du möchtest?« Die Studentin nickte und fuhr mit schweißnassen Händen über ihre Oberschenkel. »Stina.«

»Thomas«, prostete er ihr zu. Fast eine Stunde lang redeten sie ununterbrochen und leerten dabei die beiden Flaschen. Stina wirkte gelöst. Langsam erhob sie sich vom Sofa und ging auf Thomas zu. Sie sieht so unschuldig aus, stellte er fest, als sie sich auf einmal über ihn beugte und ohne Vorwarnung ihre Lippen auf seine presste.

Unschuldig …?

Der durchtrainierte Mann griff in seine Hosentasche.

Langsam zog er die Tüte mit den Einmal-Rasierern heraus, die er gestern in einem Kaufhaus am Markt gestohlen hatte, und legte sie auf die Ablage über dem winzigen Becken im Duschbad. Er sah in den Spiegel. Schwarze Augen starrten ihm kalt lächelnd entgegen. Er lächelte verächtlich, dann rieb er sein Kinn. Entschlossen sah er sich um. Am Boden unter dem Waschbecken stand eine bunte Kulturtasche. Er hob sie hoch und wühlte darin herum. Make-up, Rouge, Lippenstift und Tampons fand er. Dann griff er in die kleine Seitentasche und förderte eine Nagelschere zutage. »Muss reichen«, murmelte er und fing an, die langen Barthaare, die sein Gesicht umrahmten, zu bearbeiten. Er schnippelte solange an den Haaren herum, bis er sie auf einen Zentimeter gekürzt hatte. Es dauerte fast eine halbe Stunde, bis er seine Arbeit beendet hatte und das Waschbecken voller Barthaare lag. Er schob sie mit den Händen zusammen, öffnete den Papierkorb und warf sie hinein. Hanke drehte den Kopf in alle Richtungen und betrachtete sein neues Spiegelbild. Ihm schien zu gefallen, was er sah. »Der Zopf muss auch weg«, stellte er nüchtern fest und wollte mit der kleinen Nagelschere den etwa 30 Zentimeter langen Schweif abschneiden, als ihm einfiel, dass in der Küchenschublade eine Haushaltsschere gelegen hatte. Gelassen verließ der das Duschbad und begab sich in die Küche. Er zog eine der drei Schubladen auf, griff nach der etwa 20 Zentimeter langen Schere und zog sie heraus. Zufrieden begab er sich zurück vor den Spiegel. Er fasste das Haar dort an, wo ein schwarzes Gummiband alles zusammen hielt, und setzte die Schere an. Wenig später lag der abgeschnittene Zopf in seiner Hand. Es war keine Gefühlsregung in seinem Gesicht erkennbar. Die Haare hatte er seit dem Motorradunfall wachsen lassen. Ludger trat auf den schwarzen Hebel am Papierkorb. Der Deckel hob sich, und er warf das Haarteil hinein. »Von alten Zöpfen muss man sich trennen«, sagte er zu seinem Spiegelbild und grinste. Mit diesem Aussehen würde ihn niemand erkennen. Er schnippelte seelenruhig weiter an den fettigen Haaren herum, bis alles zusammen einen anderen Menschen aus ihm gemacht hatte. Zum Abschluss setzte er eine schwarzgerahmte eckige Brille auf, die er ebenfalls hatte mitgehen lassen und die seine äußere Erscheinung von einer Minute zur anderen vollständig veränderte. Zufrieden legte er sie vor sich auf die Ablage, ließ seine Hose auf den Boden fallen, zog das Shirt über den Kopf und stieg unter die Dusche.

KAPITEL 19

»Du bist das Beste, was mir in meinem Leben passieren konnte«, stöhnte Dirk und ließ sich in die weichen Kissen fallen. Er war verschwitzt und drehte sich auf die Seite, damit er Katrin ansehen konnte. Sie wollte die Decke über ihren erhitzten Körper ziehen, er aber bat: »Lass, bitte, noch einen Augenblick. Lass mich dich betrachten. Ich kann nicht genug davon bekommen.« Er lächelte sie nachdenklich an. »Ich möchte dich jeden Morgen so aufwachen sehen und nicht mehr darauf verzichten.« Dirk Westermann hoffte, dass sie seine Worte mit einem Kuss bestätigen würde. Katrin zog sich wider Erwarten die Decke über ihren nackten Körper und setzte sich auf. »Dirk, du sollst so etwas nicht sagen. Du weißt genau, dass ich das nicht einfach so entscheiden kann. Du kennst die Situation, seitdem wir zusammen sind. Wie stellst du dir das vor? Soll ich Charlotte alleine hier in der Wohnung lassen, um mit dir nach Oldenburg zu ziehen?« Der Kommissar sah sie fragend an und räusperte sich.

»Wie kann das funktionieren? Du weißt, dass ich hier mein Büro habe und du weißt auch, dass Tantchen dann ohne mich hier am Sund in diesem riesigen Appartement bleiben müsste. Was, wenn sie, wie jetzt, Hilfe braucht? Was, wenn sie irgendwann wirklich mal gebrechlich wird? Wer soll sich dann um sie kümmern? Auch wenn sie tough ist, kommt der Zeitpunkt, an dem sie nicht alleine am Sund wohnen kann. Was meinst du, warum die älteren Leutchen alle nach Burg ziehen und die einsameren Gegenden immer mehr zu Feriendomizilen werden? Ich möchte sie hier nicht ohne Hilfe wissen. Sieh dich draußen um. So ist es nicht nur in diesen fiesen Corona-Zeiten, sondern jeden Winter auf der Insel. Nein, das geht nicht!« Katrins Augen funkelten und sie kaute auf ihrer Unterlippe. Ihr Körper war angespannt.

»Katrin … das ist alles richtig. Dennoch bin ich der Meinung, dass wir endlich einmal über unsere weitere Zukunft reden sollten. Ich verstehe ja, dass du Charlotte nicht alleine lassen willst. Aber du hast, korrigiere mich, wenn ich falsch liege, auch ein eigenes Leben und, wie wir ja festgestellt haben, eine innige Beziehung zu dem nettesten Mann auf Gottes Erden.« Er versuchte mit einem zaghaften Lächeln, ihren Zuspruch zu finden. Katrin richtete sich auf, schlang die Decke um sich, stand auf und sah an Dirk vorbei durchs Fenster in die Dunkelheit. Ihre goldbraunen Haare fielen in weichen Wellen über die Schultern. Westermann war traurig, dass sie ihn so schroff abwies.

Draußen hatte es wieder angefangen zu schneien. Der Wind blies dicke Flocken gegen die Fensterscheibe, die kleben blieben, bis sie sich auflösten und die Scheibe hinunterrutschten. Katrin wirkte angespannt, hölzern, als sie sich umdrehte, Dirk ansah und sagte: »Ich glaube, es ist nicht der richtige Zeitpunkt, um darüber zu sprechen. Wie du selbst mitbekommen hast, ist Charlotte gesundheitlich nicht in bester Verfassung und ich … ich möchte sie nicht alleine lassen. Zumindest vorläufig nicht.«

Der Hauptkommissar legte sich auf den Rücken und starrte an die Decke. »Wenn das dein letztes Wort ist, dann muss ich das akzeptieren. Aber du sollst wissen, dass es mich traurig macht, nicht mit dir zusammenleben zu können. Ich liebe dich und möchte dich an meiner Seite wissen. Mag egoistisch klingen, aber … ich werde das Thema in nächster Zeit nicht mehr ansprechen. Wenn sich etwas ändern soll, wirst du auf mich zukommen müssen.« Für ihn war die Sache damit zwar nicht erledigt, aber für den Augenblick sah er keine Möglichkeit, irgendetwas an ihrer Einstellung zu ändern. Westermann drehte sich auf die Seite und schloss die Augen. Katrin stieg schweigend in ihr Bett.

Sie legte sich hin und löschte das Licht.

*

Als Hauptkommissar Westermann am nächsten Morgen kurz vor 8 Uhr die Dienststelle betrat, zeigte sein Gesichtsausdruck, dass er nicht gut oder gar nicht geschlafen hatte. Dies fiel Olaf Schütt auf, als er aus seinem Büro trat. »Na, Dirk, was ist dir denn über die Leber gelaufen? Du siehst ja fürchterlich aus.« Westermann schüttelte den Kopf. Er hatte dunkle Ränder unter den Augen, und sein Gesicht wirkte aschfahl. Seine Wangen waren eingefallen, und um seinen Mund lag ein verbitterter Zug.

»Nix, alles in Ordnung. Gibt's was Neues?«, fragte er, bevor er sich die Haare zurückstrich.

Die harsche Ansprache kannte Schütt so nicht von seinem Kollegen, aber er hielt es für besser, ihn nicht weiter zu drängen. »Ne, nicht wirklich. Becker ist auch noch einmal zum Hafen, ob nicht doch irgendetwas übersehen wurde, und im Wald ist es ruhig. Wir haben dort niemand rumlaufen sehen, als wir auf Streife waren. Ach ja, die Besitzer der Hütte fahren jetzt selbst regelmäßig zum Forst, um nach dem Rechten zu gucken. Mehr können wir im Moment nicht tun.«

»Ist gut. Wir haben da vielleicht einen neuen Ansatz.« Dirk Westermann schien dennoch nicht zufrieden. Nicht mit dem Ergebnis der Untersuchungen und schon gar nicht mit der Auseinandersetzung der letzten Nacht. »Und?«, wollte Schütt wissen. »Charlotte hat uns einen sehr interessanten Bericht gezeigt, der uns vielleicht einen Riesenschritt weiterbringt. Ist Hartwig da?« »Ja, der sitzt seit einer Stunde flötend und pfeifend mit dem Köter im Büro. Was in den gefahren ist … keine Ahnung. Langsam habe ich das Gefühl, dass euch die Inselluft nicht bekommt. Was ist denn nun mit Charlottes Bericht?«

»Komm gleich zu dir. Muss erst mal den jungen Kollegen zur Arbeit einteilen.« Schütt lachte und verschwand in seinem Büro. Westermann schlurfte mit einem Gesichtsausdruck, der nichts Gutes verhieß, Richtung Ersatzbüro und öffnete wortlos die Tür. Er sah einen übers ganze Gesicht grinsenden Kommissar und einen zerknautscht im Korb sitzenden Hund, der ihm mit seinen Blicken folgte und leise vor sich hin knurrte. Westermann fragte sich, was in den Kollegen und das Tier gefahren war. »Moin, Chef, alles paletti?« Hartwig sah seinen Vorgesetzten an, und sein Ausdruck verfinsterte sich schlagartig. »Was ist denn mit dir los? Bist du nicht zum Zug gekommen?«, feixte der jüngere Kommissar und klopfte die Hände auf die Oberschenkel.

»Werd nicht frech. Deine Nächte sind doch auch nicht aufregend«, murrte Westermann. »Wer sagt das?«, grinste

Hartwig, zog die Augenbrauen hoch und verschränkte gutgelaunt die Hände hinterm Kopf. »Mir geht es saugut.« Der Hauptkommissar sah ihn verwundert an und setzte sich auf seinen Stuhl. »Na, das ist dann auch saugut, ich hoffe, du hast nicht vergessen, was ich gestern Abend zu dir gesagt habe? Ihr fahrt jetzt umgehend nach Hamburg und holt die Ermittlungsakten von genau …«, er reichte Hartwig einen Zettel, »… diesem Fall. Vielleicht finden wir dort Hinweise, die uns weiterbringen. Ich habe da so ein Gefühl.«

»Ich verstehe nur Bahnhof!«

»Du sollst nicht zum Bahnhof, sondern die Akte aus Hamburg abholen. Die Kollegen dort sind informiert und warten. Beruf dich auf mich. Wir brauchen die Fakten. Bei dem Vorgang handelt es sich um eine Reihe ungelöster Mordfälle, die unserem zweiten verblüffend ähneln, obwohl sie länger als zehn Jahre zurückliegen. Die Sache mit dem Bauschaum als Mordwaffe ist nach meinen Informationen nicht so neu, wie ich dachte. Vielleicht gibt es Zusammenhänge, die wir genauestens prüfen werden. Diese Akten bringst du mir, und dann müssen wir schnellstens herausfinden, warum der Täter – *wenn* es derselbe sein sollte – so lange die Füße stillgehalten hat.«

Thomas Hartwig sah seinen Vorgesetzten fragend an. »Ich verstehe gar nichts mehr. Du willst mir damit sagen, dass derjenige, der die Frauen getötet haben könnte, zehn Jahre von der Bildfläche verschwunden ist, und wir herausfinden müssen, warum er so lange nicht aktiv war? Weißt du, was das für eine Arbeit ist? Das ist die berühmte Nadel im Heuhaufen. Wo sollen wir denn anfangen?«, keuchte Hartwig. »Der könnte alles Mögliche angestellt haben, was ihn davon abgehalten hat.«

»Halt!«, rief Westermann und zog die Augenbraue hoch. »Sag das noch mal.«

»Was? Dass alles Mögliche ihn davon abgehalten haben könnte, weitere Morde zu begehen?« Hartwig schüttelte den Kopf. »Nein, du sagtest gerade, dass der Mann etwas *angestellt* haben könnte ...«

»Ja, und?«

»Was, wenn der keine Beziehung eingegangen ist oder eine Familie gegründet hat, sondern tatsächlich etwas verbrochen hat, weggesperrt war und vor Kurzem erst entlassen wurde?« Westermann sprang vom Stuhl auf und eilte zum Fenster. Er steckte die Hände in die Hosentaschen seiner Jeans und sah auf den Innenhof der Polizeidienststelle. »Du sprichst in Rätseln. Ich denke, es ist besser, ich hole erst mal die Akten.«

»Tu das! Du fährst nach Hamburg und holst sämtliche Fallordner, und ich finde heraus, wer in dem Zeitraum verhaftet und vielleicht erst vor Kurzem entlassen wurde.« Westermanns Gesicht hellte sich auf. Seine Wangen röteten sich und ein Hauch von Lächeln legte sich auf seine Lippen. »Wir kommen der Sache näher«, murmelte er überzeugt. Entschlossen schaltete er seinen Computer an. Hartwig pfiff Watson zu sich und schüttelte den Kopf. Westermann sah beide an, schob die Ärmel seines graublauen Sweaters hoch und fragte: »Sag mal, was ist eigentlich mit euch los? So habe ich den Hund ja noch nie gesehen. Hat der was ausgefressen?« Der Hauptkommissar schmunzelte. Hartwig zog die Lederjacke über, band seinen HSV-Schal um den Hals und sagte: »Das willst du nicht wissen.«

»Und du? Grinst die ganze Zeit, als hättest du die tollste Nacht deines Lebens hinter dir«, sagte Westermann und seine Gesichtszüge nahmen einen bedrückten Ausdruck an.

»Mach du dir da mal keine Gedanken. Mir geht es gut. Lös du *deine* Rätsel …«, antwortete Thomas Hartwig, bekam rote Ohren und verließ ohne ein weiteres Wort mit dem Hund das Büro. »Die sind ja beide völlig von der Rolle. Der eine schmollt, der andere platzt vor Testosteron aus allen Nähten …«

*

Charlotte Hagedorn stieg aus der Dusche und trocknete sich im Eiltempo ab. Ihre Nichte war längst im Büro und wollte die Buchführung erledigen. Sie summte vergnügt und stieg in ihre zurechtgelegten Kleider. Zuletzt zog sie den dicken Wollpullover über den Kopf und richtete sich vor dem Badezimmerspiegel die Haare, die sie zu einem Zopf zusammenband, damit sie nachher unter ihrer Wollmütze nicht störten. Sie wollte unbedingt heute noch einmal zum Wald fahren, um ihre eigenen Untersuchungen anzustellen. Das Wetter schien sich beruhigt zu haben. Selbst die Sonne lugte heute Morgen zwischen dichten Wolken hervor. Sie wusste, dass eine Fahrradtour in der Winterzeit eine Herausforderung sein konnte, aber die Straßen waren frei, und sie hatte ein Ziel. Außerdem war die Wunde gut verheilt, war perfekt verbunden, und sie fühlte sich topfit. Charlotte setzte sich an den Küchentisch, aß ihr Honigbrot und genoss ihren Tee. Dann sprang sie auf, stieg in ihre Winterstiefel, zog ihren dicken Mantel über und verließ die Wohnung. Sie hatte vorab den Kaminofen mit vier Briketts befüllt und hoffte, dass es für einige Zeit reichen würde. Sie wusste nicht, wann sie zurück sein konnte.

Eine Stunde später war sie am Staberholz angelangt. Die Schneefälle der letzten Tage hatten Fehmarn in eine weiße

Winterlandschaft verwandelt. Während sie die geräumte Strecke entlangfuhr, hatte sie das Gefühl, als wäre die Insel in Watte gepackt. Kaum ein Laut, Stille pur. Weiche Watte, himmlische Ruhe, dachte sie und stieg vom Fahrrad. Dank ihrer Fahrtüchtigkeit überstand sie die Fahrt ohne Probleme. Sie war sportlich und flink, wenn es darum ging, Gefahrenzonen zu umgehen. Sie stellte das Rad dieses Mal nicht direkt am Wald ab, sondern fuhr bis zur Marinestation. So konnte sie sicher sein, dass niemand ihren Weg kreuzen würde, der sie nicht sehen sollte. Sie stapfte durch den knirschenden Schnee direkt oberhalb der Steilküste entlang. Die Sonne ließ ihn glitzern und blendete sie. Charlotte warf einen Blick über die Ostsee, die heute Morgen spiegelglatt dalag und ebenfalls wie ein Teppich aus Diamanten funkelte. »Einfach nur traumhaft«, stellte sie fest und blieb stehen. Sie zog den Rucksack von ihren Schultern und holte die Kamera heraus, die sie immer mit sich führte. Für einen Moment verharrte sie, um einige Fotos zu schießen. »Famos.«

Dann hängte sie die Kamera um den Hals, nahm den Rucksack wieder auf und lief weiter. Eine halbe Stunde später erreichte sie abgekämpft, aber zufrieden den Staberholz. Als sie einen letzten Blick aufs Meer warf, fiel ihr ein kleines Boot auf, das mit seinem Außenborder richtig Krach erzeugte und Richtung Südstrand fuhr. Wer fährt bei diesem Wetter zum Angeln raus?, dachte sie und schüttelte den Kopf. Zügig verließ sie die Steilküste und strebte dem Waldrand zu. Zielsicher tauchte sie in den Wald ein. Der Ruf einer Eule erschreckte sie. Still verharrte sie in ihrer Bewegung und versuchte, den Vogel ausfindig zu machen. Doch dank seiner Tarnung blieb er für sie unsichtbar. Sie stapfte weiter durch den knöchelhohen Schnee. Dann tauchte die alte Hütte vor ihr auf. Sie wusste, dass sie jetzt vorsichtig handeln musste.

Als wollte sie Fotos schießen, hielt sie die Kamera vor die Augen. Sie öffnete den Verschluss und zoomte das Waldhäuschen durch das Objektiv dichter heran. Es schien sich niemand dort aufzuhalten. Wieso auch? Nach den Morden würde sich kaum jemand, außer der Polizei, hier einfinden. Und wie sie vermutete, waren die Untersuchungen abgeschlossen. Nur das rot-weiße Absperrband zeigte ihr, dass die Hütte sicher auch noch mit einem Siegel verschlossen war. Charlotte wusste, wie man in ein Objekt gelangte. Nicht zum ersten Mal hatte sie Hindernisse wie verriegelte Fenster überwunden. Sie erinnerte sich an die letzten Fälle, die sie mit Dirk Westermann und Thomas Hartwig aufgeklärt hatte. Wie oft war sie in den vergangenen Jahren bei ihren Schnüffeleien in Schieflage geraten, aber bisher immer wieder der heil aus einer Sache herausgekommen. Sie stapfte weiter. Der Wind hatte plötzlich zugenommen und blies ihr hier, selbst vor der Hütte, eiskalt ins Gesicht. Sie näherte sich der Treppe, die auf die Terrasse führte.

Charlotte versuchte, so leise es ihr möglich war, die Stufen hinaufzuschleichen. Sie stieg dazu in die Fußstapfen, die sich in den Schnee auf den Holzstufen eingedrückt hatten. Wieso sind hier Schuhabdrücke?, fragte sie sich und blieb stehen. Auf einmal wurde ihr mulmig zumute. Was, wenn der Mörder sich hier aufhielt, jetzt, wo niemand im Haus war? Aber es gab für ihn nichts zu holen, da die Kleine nicht mehr da war. Charlotte schüttelte den Kopf. Blödsinn. Was sollte der hier? Vielleicht hatten Kinder hier gespielt, oder neugierige Erwachsene wollten einen Blick auf den Ort der Verbrechen werfen. Vorsichtig schlich sie weiter. Sie umrundete das Haus und kam an den Holzscheiten vorbei, die unter dem vorgezogenen Dach fein säuberlich aufgestapelt waren. Dort lag ein umgeworfener Korb mit Holzstücken.

Sie war versucht, die Ordnung wieder herzustellen, als sie erschrocken die Hand zurückzog. Was, wenn die Spurensuche nicht beendet war? Aber warum lag der Korb hier? Eines der Mädchen wurde bei irgendwas gestört, da war sie sich sicher. Charlotte nahm die Kamera, machte ein Foto und bewegte sich leise weiter. Hier konnte sie nirgends eindringen. Seufzend schlich sie den gleichen Weg zurück und die Stufen wieder hinunter. Die Haustür war, wie vermutet, versiegelt. Sie lief neuerlich ums Haus herum, als sie an das kleine Sprossenfenster gelangte. Sie blieb stehen, kratzte sich am Hals und grübelte. Ihre Gesichtszüge verrieten nichts Gutes. Eine Zornesfalte bildete sich auf ihrer Stirn, als sie mit der anderen Hand für einen Moment die Mütze zurückschob. Charlotte Hagedorn langte an den Fensterflügel und prüfte, ob er verschlossen war. »Dachte ich mir«, flüsterte sie und schlug die Hand vor den Mund. Mann, Charlotte, halte den Mund. Heiland Mailand …! Der Einstieg ins Haus gestaltete sich schwieriger, als gedacht. Sie zog den Rucksack von den Schultern, legte die Kamera hinein und suchte nach ihrem Nageletui. Als sie es in der vorderen Tasche fand, atmete sie erleichtert auf. »Wusste ich's doch. Mein halbes Leben ist in dir«, murmelte sie zufrieden, klopfte auf den Rucksack und zog die Nagelfeile aus dem Etui heraus. Eilig machte sie sich daran, die Feilenspitze zwischen die Fensterflügel zu schieben, um das Schloss damit zu entriegeln. Der Wind pfiff bedrohlich, und die Sonne war wieder hinter dunklen Wolken verschwunden. Charlotte störte es nicht, obwohl ihr schon ein bisschen mulmig zumute war. Sie wollte so schnell als möglich diesen Ort wieder verlassen. Aber zuerst musste sie ihre Untersuchungen abschließen. Angestrengt presste sie ihre Zunge zwischen die Lippen und wischte die Schweißperlen von der Stirn, als wie aus dem Nichts eine Hand ihre Schulter packte.

∗

»Mann, da muss etwas zu finden sein«, knurrte Westermann und nahm den Hörer in die Hand.

Er telefonierte fast eine Stunde. Dann wusste er:

Drei Männer waren in dem gesuchten Zeitabschnitt in Hamburg inhaftiert und hätten keine Gelegenheit gehabt, während der letzten zehn Jahre zu töten. Ob einer von ihnen die Frauen im Staberholz auf dem Gewissen hatte, mussten sie schnellstens herausfinden.

Der erste der drei Verurteilten hatte neun Jahre wegen Totschlags in Hannover eingesessen und war vor elf Monaten aufgrund positiver Prognosen entlassen worden. Der zweite in Hamburg-Fuhlsbüttel Inhaftierte wurde erst vor einigen Wochen freigelassen. Er hatte seine Frau erschlagen. Westermann zog mit dem Stift einen Kreis um seinen Namen. Der in der Hansestadt ansässige Mann sollte als Erstes von ihm überprüft werden, wenn Hartwig mit den Akten zurück war.

Die dritte männliche Person, ein Mittvierziger, saß wegen Raubüberfall eines Juweliergeschäftes, der mit dem Tod des Juweliers endete, zehn Jahre ein und war erst vor 14 Tagen entlassen worden, wobei der Mann für Westermann nicht die oberste Priorität besaß. Ein Raubmörder hatte nicht das, was einen Serienkiller ausmachte, das wusste er aus Erfahrung.

Der Hauptkommissar schnaufte und trug den Namen des Hamburger Kriminellen in seine Liste ein. Hilbert Brunckhorst. Er kam aus Hamburg Billstedt und war 57 Jahre alt. Es handelte sich um eine Beziehungstat. Der Verurteilte war laut Protokoll stark angetrunken und schlug seine Frau im Zuge einer heftigen Auseinandersetzung mit einem Kerzenständer nieder. Sie erlag noch in derselben Nacht ihren schweren Verletzungen. Brunckhorst hatte erst am Morgen nach der Tat festgestellt, dass er im Suff seine Frau erschlagen hatte. Er rief die Polizei und wurde daraufhin festgenommen.

Westermann riss den gelben Zettel vom Block und steckte ihn in seine Hosentasche. Er stand auf und nahm den Stift von der Ablage des Flipcharts. Er notierte Lotta Freimann, Tilda Kempe und Stina Christiansen und zog einen Kreis um jeden einzelnen Namen. Im Anschluss zog er einen Strich darunter und schrieb »Marcel Andresen« und »Hilbert Brunckhorst«. »Wir haben nichts«, murmelte der Hauptkommissar und betrachtete das mager beschriebene Blatt. Schütt betrat das Büro. »Na, Dirk, habt ihr was herausgefunden?« Westermann schüttelte unzufrieden den Kopf. »Ich weiß nur, dass jemand der Mörder ist, der weitere Tote auf dem Gewissen hat und zehn Jahre die Füße stillgehalten haben muss. Es ist zum Verrücktwerden.«

»Wieso hat der noch mehr auf dem Gewissen? Klär mich auf.« Westermann erläuterte in kurzen Sätzen, was er von Charlotte Hagedorn erfahren hatte, und welche Bemühungen sie unternahmen, um in ihren Mordfällen weiterzukommen. »Was ist mit dem Ex-Freund der Christiansen, diesem Andresen?«, wollte Schütt wissen. »Den wollten die Kollegen in Frankfurt aufsuchen.« Dirk schüttelte den Kopf. »Ist seit Tagen verschwunden. Sie waren in seiner Agentur. Niemand hat ihn, seitdem die Mädchen hier auf der Insel waren, zu Gesicht bekommen. Ich habe gerade die Fahndung rausgegeben und ein Foto angefordert. Müsstest du auch bald auf dem Schreibtisch liegen haben. Mehr können wir im Moment nicht tun. Ich denke, der versteckt sich noch hier auf der Insel.«

»Das passt doch. Der Mann ist absolut verdächtig, findest du nicht?«

»Ja, wäre aber ein bisschen zu einfach. Ist nur meine persönliche Meinung. Der hätte keinen Grund, die anderen Mädels umzubringen. Wenn, dann Stina, seine Verlobte, oder sagen wir mal Ex-Verlobte. Aber ihre Freundinnen?« Olaf Schütt sah die Fragezeichen in seinem Gesicht. »Ich denke, wir sind auf dem Holzweg und müssen viel tiefer graben. Ich hatte da so eine Idee, und Thomas ist auf dem Weg zur Polizeidirektion nach Hamburg, um die Ermittlungsakten zu holen.« Der Hauptkommissar aus Oldenburg setzte sich wieder. »Was für Akten?«, wollte Schütt wissen. »Mir ist die Erkenntnis gekommen, weil *unsere* beiden Fälle eine Besonderheit aufweisen, die ich, dank Charlottes Ermittlungsordner, sofort aufgegriffen haben.«

»Nicht schon wieder die Hagedorn. Ich kann diesen Namen echt nicht mehr hören«, stöhnte Schütt, schüttelte den Kopf und trottete zur Kaffeemaschine, während er sich den kurz geschorenen Schädel kratzte. Er füllte zwei Keramikbecher mit heißem Kaffee, setzte sich an Hartwigs Schreibtisch und schob Dirk einen der Becher zu. »Was ist denn so einzigartig an Hagedorns Akten … oder besser, wieso hat die Polizeiakten?«

»Hat sie nicht. Sie sammelt nur, ganz Miss-Marple-Manier, seit Jahren Berichte über Mordfälle, die in dieser Gegend passiert sind. Darunter eine Mordserie, die bis heute nicht aufgeklärt wurde. Und jetzt halt dich fest, in dieser Serie hat der Täter ebenfalls Bauschaum als Tatwaffe benutzt.« Westermann presste die Lippen zusammen. »Das kann kein Zufall sein.«

»Und wieso verfolgt ihr die Spur nicht längst?«, wollte Schütt wissen. »Olaf, wir sind auf dem Weg. Thomas ist dabei, die Unterlagen heranzuschaffen. Die liegen, wie du ja weißt, als Cold-Case-Akten beim LKA in Hannover und werden von da nach Hamburg weitergeleitet. Aber die müssen erst mal hier sein. Und dann untersuchen wir die Fälle akribisch. Ihr könntet uns dabei behilflich sein.«

Schütt nickte. »Ist doch selbstverständlich. Endlich mal was los im Distrikt«, grinste er. »Das kann aber nicht die einzige Spur sein, die ihr habt«, sagte der Burger Dienststellenleiter und leerte den Becher. Seine Wangen glühten, und er fing an zu schwitzen, obwohl es nicht warm im Raum war. Irgendwie hatte er das Gefühl, dass eine Erkältung im Anmarsch war. Westermann nahm die Brille ab, steckte den Bügel in den Mund und überlegte. »Nein, ist es auch nicht. Ich habe mich in Schleswig-Holstein und der gesamten Umgebung umgehört und untersucht, wer bis vor Kurzem im Umfeld der ungeklärten Mordfälle inhaftiert war und deshalb keine weiteren Morde begehen konnte.«

»Schlau, aber wie kommst du da drauf, dass derjenige in Haft saß?«

»Charlotte!«

»Ne, das ist plietsch, das muss ich ihr lassen. Sie hat verquere Ideen. Da wäre ich nie drauf gekommen. Aber der hätte doch genauso gut andere Gründe haben können, die ihn so lange von weiteren Morden abhielten.«

»Ja, das haben wir auch überlegt. Er kann geheiratet haben, in einer neuen Beziehung stecken. Vielleicht sogar eine Familie gegründet haben. Ist ins Ausland gegangen oder aber in den Knast. Wir wissen schließlich nicht, was jemanden davon abhält, für längere Zeit eine Mordserie zu unterbrechen. Wahrscheinlich ist das mit dem Bauschaum nur ein riesiger Zufall. Aber irgendwo müssen wir ansetzen.«

»Woher weißt du das mit dem Aussetzen der Morde … Charlotte?«

»Ne, das ist Polizeiwissen, mein Bester. Das sind nachvollziehbare Gründe, die einen Serientäter davon abhalten könnten, die Serie fortzusetzen. Das hat mit Charlotte, weiß Gott, nichts zu tun. Das nennt man Profiling.«

Die Tür öffnete sich. Das Gespräch wurde unterbrochen, als Hartwig mit dem Fuß die Tür so weit aufschob, dass Watson durchschlüpfen konnte.

Auf dem Arm hielt er einen Umzugskarton. Er schob ihn schnaufend auf den freien Tisch neben seinem Schreibtisch, an dem Schütt sich breitgemacht hatte. Hartwig machte einen abgekämpften Eindruck, als er den Reißverschluss seiner Jacke öffnete und sich breitbeinig auf den freien Stuhl fallen ließ.

»Was schleppst du denn da alles an?«, wollte Westermann wissen. »Deine Bauschaum-Morde!« Der Hauptkommissar schien plötzlich sehr zufrieden.

»Na, dann macht euch mal an die Arbeit. Ihr könnt von mir aus loslegen. Ich mach mich auf den Weg nach Hamburg, um einen gewissen …«, Westermann zog einen gelben Zettel aus seiner Hosentasche, »… Hilbert Brunckhorst zu befragen.«

»Und wer soll das sein?«, fragte Hartwig und guckte zur Tür.

»Das ist einer der Kandidaten, der die fragliche Zeit, in der keine Morde begangen wurden, in Haft verbrachte. Diesen Brunckhorst will ich aufsuchen. Kleine Spur, mehr nicht.«

Westermann stand auf und zog seinen Caban über. »Und ich? Soll ich nicht mitkommen? Hättest mir ja die Daten aufs Handy simsen können, dann hätte ich das gleich miterledigt.«

»Hat sich gerade erst herauskristallisiert. Ich mach das, und du durchsuchst die alten Akten nach Hinweisen!« Der Hauptkommissar wollte schon das Büro verlassen. »Ach ja, Olaf und seine Leute helfen dir. Er ist involviert und weiß genauestens Bescheid.«

»Wo ist Watson?«, wollte der Westermann wissen. Hartwig zuckte die Schultern und drängte an ihm vorbei, um nach dem Hund zu suchen. Der Hauptkommissar lachte, als er in den Flur trat. »Na, du hast vielleicht einen tollen Polizeihund. Pass mal auf, dass der nicht zu dick wird und als Schoßhund endet.«

Der Hund saß vor der Tür zu Beckers Büro und ließ sich füttern. Ein Hundestick nach dem anderen verschwand in seinem Maul. »Watson, ich glaube, du kommst jetzt mit mir, damit wir beide nicht zu dick werden«, sagte Westermann und verließ mit dem Hund im Schlepptau die Dienststelle.

KAPITEL 20

»Was machen Sie hier? Das ist Privatgelände. Sie haben hier nichts verloren. Was haben Sie da in der Hand?«

Den Mann, der direkt hinter Charlotte stand, erkannte sie an seiner Stimme. Es handelte sich um den Besitzer des Gutshofes. »Ich, ich wollte hier … äh … eigentlich wollte ich …« Sie stammelte, drehte sich um und trat einen Schritt zurück. »Was machen Sie hier? Wir können das ganz schnell abkürzen«, sagte er, presste die Lippen zusammen, zog sein Handy aus der grünen Wachsjackentasche und drückte mit dem Zeigefinger die Tasten. Sein finsterer Blick verhieß nichts Gutes. »Wen wollen Sie anrufen?«, stotterte Charlotte mit aufgerissenen Augen und ließ die Nagelfeile, die sie als Werkzeug benutzen wollte, geschickt im Ärmel ihres Mantels verschwinden. Der Wind heulte und es wurde dämmrig im Inneren des Waldes. Äste knackten und rieben sich aneinander, bis sie brachen und zu Boden fielen. Sie schob ihre Mütze so weit zurück, dass ihre hochrote Stirn sichtbar wurde. »Wen? Die Polizei. Die sollen sich darum kümmern, dass Sie gerade versucht haben, in die Hütte einzubrechen. Und glauben Sie nicht, dass ich nicht weiß, wer Sie sind.« Der Mann strich sich mit der freien Hand über die welligen grauen Haare, die die gesunde Hautfarbe in seinem schmalen Gesicht unterstrichen. »Eingebrochen? Ich wollte nicht einbrechen, sondern etwas überprüfen«, entgegnete Charlotte empört, stemmte ihre Hände in die Seite und sah den Besitzer des Staberhofes kampflustig an. Sie hatte ihre Selbstsicherheit zurück und baute sich kerzengerade vor ihm auf. Dann sog sie die kalte Waldluft tief in ihre Lungen und wartete auf eine Reaktion.

Henner Lendorf öffnete seine vollen Lippen und sah sie fassungslos an. »Was wollten Sie überprüfen? Haben Sie wieder Miss Marple gespielt?«, fragte der Mann, als er seine Sprache wiedergefunden hatte. Er zog die Augenbrauen hoch und ließ das Handy sinken. »Das ist eine Frechheit!« Abwartend wippte der Gutsbesitzer mit seinen Gummistiefeln auf und ab. Charlotte nahm es zur Kenntnis und hoffte, dass sie die Situation durch ihre Erklärungen zu ihren Gunsten retten konnte. »Sie haben doch gesehen, dass dieses Gelände von der Polizei abgesperrt wurde, oder?«, holte der Besitzer der Hütte aus und verschränkte die Arme vor der Brust. Der Wind zerrte an seinen Haaren und wehte sie ihm unnachgiebig ins Gesicht. Wie aufs Stichwort ließ die Eule ihren Ruf ertönen. »Es heißt, wenn eine Eule ruft, stirbt ein Mensch«, flüsterte Charlotte. Ihr war mulmig zumute. Sie erinnerte sich an einen Aberglauben, der genau das besagte.

»Hier sterben bloß kleine Viecher, wenn sie sich nicht vor dem Vogel in Acht nehmen«, entgegnete der Forstbesitzer gleichmütig.

Charlotte wusste, dass Eulen ein ausgezeichnetes Gehör, scharfe Krallen und einen kräftigen Schnabel besaßen und ihr fast lautloser Angriffsflug sie zu äußerst geschickten Jägern der Nacht machten.

»Jaja, das weiß ich natürlich. Aber noch mal, weshalb ich hier bin. Die Mordkommission hat mich in die Polizeiarbeit eingebunden, und ich helfe, den Mordfall an den zwei jungen Frauen, die hier in Ihrer Hütte gewohnt haben, aufzuklären«, sagte Charlotte mit fester Stimme. Es war nicht einmal gelogen. Half sie Dirk doch mit ihren eigenen Untersuchungen, so gut es ihr möglich war. Der Gutsbesitzer zog die Augenbrauen hoch und nickte verstehend. »Und was suchen Sie hier, wenn ich fragen darf? Sie sind doch die Künstlerin vom Fehmarnsund, wenn ich nicht irre.«

»Ja, Charlotte Hagedorn! Ich arbeite eng mit der Kripo Oldenburg zusammen«, sagte sie gepresst. Und das war keine Lüge. Schließlich hatte sie Dirk bereits wichtige Hinweise in anderen Fällen liefern können, und er nahm ihre Hilfe gern in Anspruch. »Wie heißt der Ansprechpartner der Kripo in Oldenburg?«, wollte Henner Lendorf, der Gutshofbesitzer, wissen. »Dirk Westermann … er heißt Dirk Westermann und ist der Chef dieser Morduntersuchungen. Also der Mordkommission«, sagte sie und wurde gleich fünf Zentimeter größer. »Und ich kann Ihnen sogar seine Telefonnummer geben.« Sie zog das Handy aus ihrer Manteltasche und hoffte, dass er dieses Angebot nicht nutzen würde. Sie schluckte, spürte eine unangenehme Röte in ihr Gesicht steigen und hielt ihm das Telefon entgegen. »Stecken Sie das weg. Ich glaube Ihnen ja. Aber was speziell haben Sie hier gesucht? Soweit ich das mitbekommen habe, sind die Untersuchungen abgeschlossen. Und wenn es wahr ist, was Sie mir hier erzählen, warum, zum Teufel, gehen Sie dann nicht einfach durch die Tür? Sie werden doch von der Polizei einen Schlüssel bekommen haben?« Er sah die Frau mit dem hochroten Gesicht prüfend an. Charlotte Hagedorn versuchte, sich gegen den immer heftiger werdenden Wind zu stemmen. »Ich habe nach einer Spur gesucht, die übersehen wurde ... und das Siegel ist noch dran. Ich bin sozusagen undercover hier. Ich habe keinen Schlüssel.« Plötzlich knackte es erneut im Unterholz. Charlotte schreckte zurück.

KAPITEL 21

Westermann stand vor dem Haupteingang des Häuserblocks in Hamburg, in dem der Verdächtige angeblich wohnte, und studierte die Namen auf der Klingelleiste. Er seufzte, während Watson sein Treiben beobachtete.

»Ja, mein Freund, du kannst ganz gelassen da sitzen und ich … ah, ich hab's.« Er tippte auf ein bekritzeltes Heftpflaster, das über das Klingelschild gepappt war. Westermann drückte den Knopf, der aussah, als hätte jemand mit Erde darübergewischt. Keinerlei Reaktion. Ein weiteres Mal presste er seine Fingerkuppe auf den Klingelknopf. Watson knurrte und wurde zunehmend unruhiger. »Alles in Ordnung«, murmelte der Hauptkommissar, warf einen Blick auf den vierbeinigen Gefährten und drückte gleichzeitig eine Vielzahl der Knöpfe. Daraufhin summte es ununterbrochen. Westermann antwortete nicht auf die Stimmen, die sich zu einem Kauderwelsch vermengten, und schob stattdessen mit der Schulter die Eingangstür auf. Dem Klingelschild nach zu urteilen, wohnt Brunckhorst in der zwölften Etage, mutmaßte Westermann. Diese riesigen Betonklötze, die aus Hunderten von Wohnungen bestanden, waren in keinem erfreulichen Zustand, was er stillschweigend zur Kenntnis nahm. Der Hauptkommissar und sein vierbeiniger Kollege fuhren mit dem Fahrstuhl in den zwölften Stock. Watson schnüffelte am Boden des Lifts an festgetretenen Kaugummis. Im gesamten Gebäude stank es undefinierbar. Westermann verzog das Gesicht und versuchte, möglichst flach zu atmen. Der Hauptkommissar kratzte sich den Dreitagebart. Er überlegte, woher er den Geruch kannte. Die Mischung aus kaltem Zigarettenrauch, abgestandenem Bier und Hasch. Es stinkt hier wie in der Toilette einer schmuddeligen Kneipe, war er sich sicher. Die Metalltür des Lifts öffnete sich. Sie traten in den zugigen Flur und suchten nach der richtigen Tür. Wenig später stand der Polizeibeamte mit dem Diensthund vor Brunckhorsts Wohnung. Erneut drückte er auf einen versifften Klingelknopf und wartete. Sein Blick pendelte von Watson zu den mit Graffiti beschmierten Wänden.

Leise Musik drang aus dem Inneren der Wohnung. Er versuchte, einen Blick durch das Fenster zu werfen, das, wie er vermutete, zur Küche gehörte und sich links der Tür befand. Eine Deckenlampe brannte. Watson reagierte mit leisem Knurren und stand zitternd neben ihm. »Was ist, mein Bester? Alles okay!« Niemand war zu sehen. Der Hauptkommissar nahm auf einmal den eigenartigen Geruch wahr, der sich vor ihm ausbreitete und ihn irritierte. Watson fing an zu bellen und ließ sich nicht mehr besänftigen. Seine Nase war um ein Vielfaches empfindlicher als die eines Menschen. Er musste herausfinden, woher der Geruch kam.

Als er an der nächsten Tür vorbeiging, bellte Watson immer noch, drehte sich ständig wieder um und zerrte heftig an der Leine. »Was ist denn mit dir?«, wollte der Kommissar wissen und blieb fragend stehen, als sich eine Tür öffnete. »Der ist nicht da«, murmelte eine Frau um die 50 mit glasigem Blick. Westermann bemerkte die schmuddelige Kittelschürze, die sie trug, während sie sich durch die strähnigen Haare fuhr und eine Kippe im Mundwinkel festhielt, deren Asche herunterzufallen drohte. Vom Rauch eingenebelt, plierte sie mit den Augenlidern. Ihre Haut war grau und von Falten und Furchen durchzogen. Aus der Wohnung strömte ein unangenehmer Geruch, der ihn an den Lift erinnerte. »Der ist ein paar Tage, nachdem er aus dem Knast da war, gleich wieder verschwunden«, sprach sie weiter. »Kennen Sie den Herrn Brunckhorst?«, wollte Westermann wissen. »*Herr*?« Sie lachte laut. »Das ist kein Herr, der hat seine Alte, Gott hab sie selig, auf dem Gewissen. Den Schädel hat er ihr eingeschlagen«, sagte sie und schubberte mit der Handfläche ihren Kopf. »Der taugt nichts. Hat noch nie was getaugt«, murmelte sie und zog so lange an ihrer Zigarette, bis die Asche auf den Boden fiel.

»Die Sachlage des Tötungsdeliktes ist mir bekannt«, entgegnete Westermann und war im Begriff weiterzugehen. Watson kläffte immer noch und versuchte weiterhin, sein Herrchen zur anderen Tür zurückzuziehen.

»Und der Gestank«, keifte sie. »Seit einer Woche stinkt der gesamte Flur! Ich bin sicher, das kommt aus seiner Wohnung. Anzeigen müsste man den! Gleich wieder einfahren lassen«, giftete die Frau und schlug die Tür zu. Dirk Westermann blieb stehen. Ihm kam ein böser Verdacht. Watson zerrte an der Leine, bellte und zog den Hauptkommissar mit sich bis vor Brunckhorsts Tür. »Es ist der Geruch, verdammt.«

*

»Okay, Chef, hab ich verstanden. Wir sind hier derweil tief in die Abgründe dieses Kerls eingetaucht ... ja, wir sind dabei ... wer immer das getan hat, gehört auf den elek...« Hartwig verstummte. Er sah die bildhübsche Stina Christiansen vor sich und wollte sich nicht vorstellen, was auch mit ihr hätte passieren können. Ihm lief eine Gänsehaut den Rücken hinunter. »Jaja, wir arbeiten auf Hochtouren. Wieso denkst du eigentlich, dass die Kerle überhaupt etwas damit zu tun haben? Leute, die wegen irgendwelcher Delikte im Gefängnis sitzen und nichts mit einem Serienmord zu tun haben. Und warum glaubst du, dass das uns weiterbringt? Ach, weil wir nichts anderes haben. Jede noch so kleine Spur müssen wir aufgreifen ... Na, du musst es wissen, Chef«, murmelte er und beendete das Gespräch.

»Ihr habt es gehört, wir müssen Gas geben. Einer von denen, der laut Dirk infrage gekommen wäre, ist aus dem Rennen.« Hartwig verzog das Gesicht. »Bei dem Zweiten ist er in diesem Augenblick, aber das scheint auch nicht vielversprechend zu sein.« Dem smarten Kommissar gefiel das Ergebnis aus Westermanns Unterhaltung nicht. Olaf Schütt, Jan Becker und Jasper Veit saßen über gestapelten, alten Akten gebeugt, die seit mehr als zehn Jahren vor sich hin staubten. Jetzt waren sie zu Dokumenten eines ungelösten Cold-Case-Falles geworden. Die Polizeibeamten der Burger Dienststelle arbeiteten hochmotiviert, einen dieser Sachverhalte mit aufzurollen, sahen sich aber auf der anderen Seite überfordert, weil sie nicht wussten, wonach sie suchen sollten. Diese Mordserie, in der ein unbekannter Täter seine Opfer mit Bauschaum tötete, hatte monatelang oberste Priorität in der Hamburger Polizeidirektion hervorgerufen, tobte genauso lange durch sämtliche Medien, und dennoch hatten die Beamten der Kripo bis heute keinerlei Hinweise, die sie weitergebracht hätten. Selbst DNA-Spuren gab es nicht. »Ist euch aufgefallen, dass auch jetzt keine einzige DNA-Spur vorhanden ist? Nicht eine!« Der Kommissar sah auf und fixierte die Kollegen mit seinem durchdringenden Blick. »Woran kann das liegen? Habt ihr dazu irgendeine Idee?« Jan Becker schüttelte den Kopf. »Wahrscheinlich hatte der Typ Handschuhe an und einen der Anzüge, die die Techniker tragen.« Der Kommissar aus Oldenburg nickte. Olaf Schütt erhob sich, trat zum Computer auf Westermanns Schreibtisch, und fing an, Informationen aus dem Netz zu ziehen. »Was suchst du?«, wollte Hartwig wissen und blätterte in den Unterlagen. »Ist euch aufgefallen, dass es in unseren Fällen ebenfalls keine einzige DNA-Spur gibt?« Veit und Becker sahen den Revierleiter an. »Und?«, fragte Thomas. »Ich versuche gerade herauszufinden, was für ein Wetter damals in Schleswig-Holstein herrschte.« Jetzt sah der Oldenburger Kommissar ihn erstaunt an. »Soweit wir wissen, haben Regen, Wind und Schnee in unseren Fällen bisher sämtliche Spuren verwischt, oder? Und das ist genau der Punkt!« Olaf Schütt sah mit hochrotem Kopf in die Runde. Die Kollegen nickten. Veits Mimik nahm einen harten Zug an, als er seinen Vorgesetzten ansah. Er schob seinen Stuhl um den Schreibtisch, um dem Revierleiter über die Schulter zu sehen. »Das war wirklich eine hervorragende Idee, geh mal auf Wetter-Rückblick. Da kannst du sehr weit zurück recherchieren.« Veit lief es mit Schütts Aktionen nicht schnell genug, und er nahm ihm die Computermaus aus der Hand. »Gebt mir mal die Daten der Morde«, forderte er. Hartwig und Becker suchten konzentriert nach Fakten. »Also die erste Tat passierte in der Zeit vom 1. auf den 2. Februar 2011, wenn ich das richtig lese«, sagte Becker und hielt das Papier, auf dem das Datum stand, in die Höhe. Veit gab die Daten ein, nickte und schrieb etwas auf ein leeres Blatt.

»1. April«, vermeldete Hartwig. Veit gab auch diese Werte ins System und rief das Wetter des genannten Tages auf. Er nickte und kritzelte erneut etwas auf das Papier. Olaf Schütt nahm sich eine weitere Akte vom Stapel und blätterte genauso akribisch wie Hartwig, der zuerst fündig wurde. »7. November 2011.«

»Und an diesem Tag ist der Mord passiert, der bis heute nicht aufgeklärt wurde. Die Frau wurde seit dem 1. Dezember 2011 vermisst und ist bis zum heutigen Tag nicht wieder aufgetaucht. Ich könnte mir vorstellen, dass sie an dem Tag ermordet wurde«, sagte Becker. Sein Gesicht glühte, während er sich mit den Fingern die fast haarlose Platte rieb. Veit ließ den Kugelschreiber aus der Hand fallen. »Ich hab's. Olaf, du bist ein Genie. Die Morde wurden alle an Tagen begangen, an denen es geregnet hat und stürmisch war. An all den Daten war beschissenes Wetter. Wenn das kein Hinweis ist!« Er stand auf und schlug Schütt seine Hand auf die Schulter. »Und wenn ich es genau betrachte, herrscht jetzt die ganze Zeit über ähnliches Wetter. Regen, Graupel, Nebel, Sturm … das volle Programm. Merkwürdig, oder?«

»Das ist nicht merkwürdig, das ist Berechnung gewesen. Der ist ausgefuchst. Der Hund hat sich nur Tage ausgesucht, an denen es aussichtslos ist, ihm das Handwerk zu legen. Der weiß 100-prozentig genau, dass seine Spuren verwischt sind, bevor wir seiner habhaft werden, wenn er es geschickt einfädelt. Dieser Dreckskerl!«, schimpfte Hartwig und stand auf.

»Thomas!«, beschwichtigte Schütt den Kommissar aus Oldenburg. »Ist doch wahr. Dass dieses Schwein noch immer frei rumläuft und niemand ihn überführt, ist ein Mega-Gau. Was, wenn der lustig weiter macht. Wir haben die verdammte Pflicht, diesem Irren endlich das Handwerk zu legen«, er schlug mit der Faust auf den Tisch. Seine Kollegen der Burger Dienststelle nickten und brüteten weiter über den vor ihnen liegenden Akten.

✳

Es war Zeit, das Ganze zu Ende zu bringen. Der gestörte Mann wusste, was zu tun war. Nichts konnte ihn mehr aufhalten. Ein letztes Mal wollte er sich auf den Weg machen, um das, was er sich vorgenommen hatte, zu beenden. Es würde ihn befreien. Nichts und niemand konnte ihn jetzt mehr zurückhalten. Die gepeinigten Geister seiner Seele sollten endlich frei sein. Überall auf der Welt würde man ihn, dank seines Geldes, freundlich empfangen, und es gab genügend Frauen, die sich nach Zuwendung sehnten und denen niemand auch nur eine Träne nachweinen würde.

KAPITEL 22

Charlotte Hagedorn schlich wie ein geprügelter Hund von
dannen. Sie hatte keine Lust darauf, heute noch eine neue
Niederlage zu erleiden. Sie würde bei Dirk einen Polizei-
ausweis anfordern. Ja, das würde sie auf jeden Fall tun. Dieser ganze Ausflug in den Wald hatte nichts außer Ärger ein-
gebracht. Im Gegenteil, dazu geführt, dass ihre Laune sich
von Minute zu Minute verschlechterte. Obendrein spielte
das Wetter schon wieder verrückt. Der Wind hatte weiter
aufgefrischt, und sie sollte schleunigst den Weg nach Hause
antreten. Fotos konnte sie bei dieser Witterung ohnehin
keine mehr machen. »So, mien Deern. Du siehst zu, dass du
heimkommst, bevor du hier noch einfrierst«, forderte Charlotte sich selbst auf, die Rückfahrt anzutreten. Sie schlich den
gleichen Weg zurück, den sie gekommen war und stapfte an
der Kante der Steilküste den schmalen Pfad Richtung Parkplatz. Der Sturm kam aus Nord und peitschte ihr ins Gesicht.
»Verdammt, dass der Wind aber auf Fehmarn auch immer

von vorn kommt«, maulte sie und stemmte sich gegen die eisigen Böen. »Was gäbe ich für einen heißen Tee«, brummelte sie und machte sich auf den Weg zu ihrem Fahrrad, als sie das kleine Boot wahrnahm, das den gleichen Weg zurückkam, den es heute Morgen vom Strand Staberhuk Richtung Südstrand genommen hatte. Dass jemand bei diesem Wetter raus zum Angeln fuhr, hielt Charlotte Hagedorn nach wie vor für unmöglich. Sie blieb stehen und packte ihre Mütze fest, damit sie ihr nicht vom Kopf flog. Sie legte ihre Hand über die Stelle, wo sich ihr Bauchnabel befunden hatte, und hoffte, dass die Operationsnarbe nicht wieder aufbrach. Vielleicht war es doch zu früh, auf Verbrecherjagd zu gehen. Ihr Blick war stur auf das rote Boot gerichtet, das aussah wie das des Hafenmeisters. Aber das konnte sie nur schwach erkennen. Sie musste es genau wissen, zog den Rucksack von den Schultern und öffnete ihn. Zutage kam ihre Kamera, die sie anstellte, um das Objektiv als Fernglas zu nutzen. Sie zoomte das Boot heran, soweit es ging, und rief: »Hab ich's doch gewusst. Das ist das Hafenmeisterboot. Verdammich noch eins. Was macht der hier am Staberhuk? Ich muss zurück. Ich will jetzt wissen, wer hier mit dem Boot von Hinnerk rumkurvt.« Eilig verstaute sie die Kamera und stapfte weiter Richtung Staberholz. Sie wurde nicht müde, ihre Rolle als Miss Marple der Insel auszufüllen, obwohl ihr die Beine bei jedem Schritt schwerer wurden. Verdammich noch eins. Japsend kam sie an den Waldrand. Da sie nicht erneut zurück in den Wald wollte, um keinen weiteren Ärger einzufangen, versteckte sie sich unweit der Klippe hinter Gebüsch direkt am Wanderweg. So hatte sie trotz blattloser Äste einen gewissen Sichtschutz und konnte ruhig beobachten, wer das Boot des Hafenmeisters verbotenerweise steuerte. Denn dass der Hinnerk es nicht war, wusste sie genau. Und niemand anderes befuhr das Bötchen mit der großen Aufschrift, außer ihm und dem Chef des Hafens Burgtiefe. Charlotte Hagedorn musste nur abwarten, dann würde sie das Rätsel um das zweckentfremdete Boot lösen. So viel ist sicher, das ist geklaut, mutmaßte sie und beugte sich zwischen den Ästen hindurch über den Rand der Steilküste, als ein Windstoß ihr die Mütze vom Kopf riss und sie wegfegte. Dann erkannte sie deutlich den Mann in dem Boot, der eine schwarze Kapuze über den Schädel gezogen hatte und plötzlich einen Blick in ihre Richtung warf. Und es war, wie sie wusste, nicht der Hafenmeister.

✻

»Ich habe es geahnt«, sagte Westermann zum Kollegen der Spurensicherung, als sie die Tür öffneten. Der Gestank war bestialisch. Die Polizisten hielten sich die Unterarme über Mund und Nase, um den eindeutigen Geruch nicht einatmen zu müssen, und traten einen Schritt zurück. Sie stülpten Atemschutzmasken über und reichten auch Westermann eine. Einer der Beamten eilte ans Wohnzimmerfenster und riss den linken Fensterflügel auf. »Boah, verdammt, daran werde ich mich nie gewöhnen«, murmelte er und atmete tief die kalte Luft ein, die von draußen hineinströmte. Watson hatte sich vor die offene Tür gelegt und wartete. Als der Hauptkommissar in den Raum trat, sah er, was er schon befürchtet hatte. Ein männlicher Toter hing mit einer Schlinge um den Hals, so wie es aussah, dem Gürtel eines Bademantels, am Fenstergriff des rechten Fensterflügels. Den dazugehörigen Frotteemantel trug er. Darunter ein Unterhemd und eine Unterhose, soweit das überhaupt zu erkennen war. Die Heizungen waren aufgedreht und die Wärme hatte dazu beigetragen, den Verwesungsprozess voranzutreiben. Es war für ihn als Kommissar der Mordkommission zwar ein routinierter, aber kein appetitlicher Anblick. Überall saßen Fliegen, die aus den Maden geschlüpft waren, nachdem sie auf dem Körper ganze Arbeit verrichtet hatten. Dirk Westermann hatte schon vieles gesehen, und dennoch schnürte es ihm selbst nach Jahren immer noch die Kehle zu. Ein Kollege der Spurensicherung reichte ihm einen Ausweis, den er aus einer Jacke gezogen hatte, die im Flur am Garderobenhaken hing. »Ich habe es befürchtet«, sagte er und übertrug den Beamten die weitere Bearbeitung. Dann verließ er mit angespannten Gesichtszügen die Wohnung. Sein Blick wirkte leer, und um seine Lippen hatte sich ein harter Zug gelegt. Er wusste, dass er dem Ziel, den Mörder der Frauen zu finden, kein Stück näher gekommen war. Dirk Westermann nahm die Maske ab, schlug den Kragen seiner Jacke hoch, zog die Pfeife aus der Tasche und entzündete sie. Er zerrte die Mütze aus der Jackentasche und zog sie über den Kopf. Mit Watson im Schlepptau lief er durch den einsetzenden Regen zum Wagen. Er öffnete die Beifahrertür und der Hund sah ihn fragend an. »Mein Freund, das hast du dir verdient. Du hast ihn gefunden, und es bedarf eines Verdienstordens. Ich werde dich bei entsprechender Stelle vorschlagen«, zwinkerte Westermann und zog an seiner Pfeife. Watson sprang, ohne abzuwarten, auf den Beifahrersitz und legte den Kopf auf die Vorderpfoten, als wollte er sagen: Hier bin ich und hier bleibe ich. Der Hauptkommissar blies den Rauch in den grauen Himmel. Er steckte die Hände in die Jackentaschen und sah an dem Häuserblock hinauf. Westermann schien angestrengt zu überlegen, bevor er die Pfeife löschte. Man sah ihm an, dass er mit der Situation gänzlich unzufrieden war. Er setzte sich hinters Steuer, zog sein

Notizbuch heraus und suchte nach der Adresse des zweiten Kandidaten. Dann wendete er und fuhr Richtung Altona. Eine halbe Stunde später hatte er einen Parkplatz gefunden und stieg aus. »Du, mein Lieber, kommst mit. Ich glaube, es ist besser, dich nicht alleine hier zu lassen«, murmelte er und nahm den Hund an die Leine.

Eine halbe Stunde später saß er wieder im Wagen. Der erhoffte Hinweis, einem Mörder auf der Spur zu sein, war auch bei diesem zweiten Verdächtigen ins Leere gelaufen. Der ehemalige Insasse der Haftanstalt konnte ein wasserdichtes Alibi für die Zeit der Morde vorweisen. Somit stand Westermann wieder am Anfang. Es wäre auch zu schön gewesen.

»Jetzt bin ich genauso schlau wie vorher«, war das Einzige, was er herausbrachte, bevor er den Motor startete und Watson einen Blick zuwarf. Der knurrte leise, als würde er jedes Wort verstehen, und legte seinen Kopf wieder auf die Vorderpfoten. Ohne sichtbaren Erfolg fuhr er zurück nach Fehmarn. Die Strecke bis zur Insel verlief äußerst schweigsam. Nicht einmal Watson meldete sich, als ahnte er, dass der Chef Sorgen hatte.

*

Zwei Stunden später stoppte er den Wagen vor Katrins Büro in der Altstadt. Sie hatte ihm am Telefon erzählt, dass sie sich um die einstweilige Schließung ihrer Agentur kümmern musste. Sämtliche Geschäfte mussten von jetzt auf gleich ihren Betrieb einstellen, und sie wollte dringend noch mit einigen Kunden telefonieren. Der Hauptkommissar benötigte einen klaren Kopf und wusste, dass ein Spaziergang am Wasser ihm und auch Katrin in der angespannten Corona-

Krise guttun würde. Und er brauchte ihre Begleitung. Sie hatte oftmals eine interessante Sicht auf die konfuse Sachlage seiner Fälle.

Mit Watson an der Seite lief er die Stufen zu ihrem Büro hinauf, und auf einmal strömte positive Energie durch seinen Körper. Allein das Verlangen, sie zu sehen, löste ein Glücksgefühl in ihm aus. Er atmete durch und öffnete die Glastür.

Für den Moment verschwand der Unmut aus seinem Gesicht. Als er ihren Arbeitsraum betrat, sah sie erstaunt von ihrer Arbeit auf. Sie stand an einem weißen Tisch und war gerade dabei, einzelne künstliche Rosenknospen in einem großen Herz aus Steckmasse zu platzieren. Ihre Augen glänzten, und einige ihrer brünetten Strähnen lugten vorwitzig aus dem Flechtwerk ihres Zopfes heraus. Sie ließ die cremefarbene Rose aus der Hand gleiten, wischte die Finger an ihrer verblichenen Jeans ab und zog das dunkelgrüne Shirt zurecht. Dirk sah in ihr gerötetes Gesicht und lächelte. »Was machst du denn hier?«, wollte sie wissen. Sie ging mit schnellen Schritten auf ihn zu, schlang ihre Arme um seinen Hals und gab ihm einen langen Kuss. Watson, dem das Ganze nicht geheuer zu sein schien, legte sich still neben den Kommissar, blinzelte beide an, um anschließend seinen Kopf zufrieden grummelnd auf den Vorderpfoten abzulegen. »Nun red schon, was machst du hier? Du hast doch nicht etwa den Fall gelöst?«

Sofort verzog sich das Gesicht des Hauptkommissars zu einer ärgerlichen Grimasse, und er schüttelte den Kopf. »Leider nicht, im Gegenteil.« Er hielt inne. »Und deshalb bin ich hier. Ich muss unbedingt an die frische Luft. Kommst du mit? Ich will meine Gedanken sortieren und das kann ich, wie du weißt, am besten am Wasser. Und was machst du da, wenn ich fragen darf? Ich dachte, alle Aufträge wurden storniert?« Er sah sie fragend an. Sein Blick wirkte auf sie müde. »Ach, ich musste mich nur dringend ablenken, sonst werde ich noch verrückt. Das alles ist unfassbar. Ich kann nicht begreifen, was hier gerade geschieht«, zielte sie mit ihren Worten auf die weltweite Krise. Sie sah ihn an und erkannte, dass ihm der Fall und die letzten Gespräche mit ihr ebenso zusetzten wie ihr die Pandemie. Katrin seufzte und fuhr ihm mit der Hand durch die weißen welligen Haare. »Natürlich komme ich mit. Wo wollen wir hin?«, fragte sie und war auf dem Weg zur Garderobe, als sie Watson entdeckte, der brav am Boden lag. »Hey, du, was machst du denn hier?« Sie kniete sich vor den Hund und streichelte ihm über den Kopf, bis Watson aufsprang und ungeduldig darauf wartete, dass es losging. Katrin schlang sich ihren dunkelblauen Schal um und streifte ihren Parka über. »Sag schon.«

Dirk Westermann zuckte mit den Schultern und sah sie an. »Ich geh mit dir, wohin du willst ... sag du!« Er steckte die Hände in die Taschen seiner Jeans. »Was hältst du von Katharinenhof? Da war ich seit ewigen Zeiten nicht mehr. Die letzte Hochzeit am Strand ist auch schon wieder ein paar Monate her ... Katharinenhof.« Sie nickte. Westermann knöpfte seinen Caban zu und pfiff einmal kurz. Sofort stand Watson neben ihm. »Du Guter«, freute sich Katrin und kraulte den Hund erneut hinter dem Ohr. »Der ist wirklich allerliebst.«

»Hm, der kann aber auch anders«, grinste Westermann und hielt Katrin die Tür auf. Gemeinsam liefen sie die Stufen hinunter, um an den Oststrand zu fahren.

Zehn Minuten später parkten sie am Wegrand. »Sonst stehen hier jede Menge Autos. Unfassbar, das alles. Wo soll das noch hinführen?«, fragte Katrin und schüttelte den Kopf.

»Ist doch in Ordnung. So können die Insulaner ihr Eiland einmal richtig genießen.«

»Genießen wird das in diesem Jahr niemand. Die meisten sind zwar noch entspannt, aber wenn ich das richtig überlege, könnte es ein absolutes Fiasko für die Wirtschaft geben. Das mit dem Virus ist eine ganz bittere Pille für die Insel und für die ganze Welt. Sämtliche Hochzeiten sind übrigens bis auf Weiteres abgesagt. Das wird eng. Kommt ja niemand mehr auf die Inseln. Und was wird aus den ganzen anderen Betrieben? Glaubst du, die haben unerschöpfliche Reserven? Die wenigsten, schätze ich. Ich muss auch sehen, dass ich das finanziell überstehe. Der Laden kostet richtig Geld, und die laufenden Kosten bleiben ja nicht auf einmal stehen. Und Einnahmen habe ich ab sofort keine … null! Meine Rücklagen sind schnell aufgebraucht, wenn das hier nicht bald wieder losgeht. Bittere Pille …!«

»So schlimm wird es sicher nicht werden«, versuchte Dirk, sie aufzumuntern.

»Du brauchst dir ja keine Sorgen zu machen, du bist Beamter, da hat man leicht reden.«

»So ist es nicht. Ich verdiene zwar mein Geld, aber die Probleme, die auf unseren Staat zukommen könnten, muss die Polizei auch stemmen können. Das wird, wenn dein Szenario eintrifft, problematisch werden, glaube es mir.«
Sie stiegen aus. Westermann öffnete die Kofferraumklappe und entließ Watson aus seinem Hundekäfig. Der Platz neben dem Chef war besetzt, was ihm überhaupt nicht behagte. Dirk sah Katrin von der Seite an. Er wusste um die Probleme, die das Virus verursachte. Aber das er so nah an die Pandemie herankam, die Zukunft seiner Freundin davon abhing … darüber hatte er sich bisher keinen Kopf gemacht. Es war alles irgendwie weit weg. Er konnte sich nach wie vor

frei bewegen, hatte sein festes Gehalt. Wie es auf der Insel aussah, wenn kaum noch jemand über Einkommen verfügte, darüber hatte er sich bisher keine Gedanken gemacht.

Sämtliche Inseln in Deutschland standen unter Quarantäne. Er war so tief in den Fall verstrickt, dass er alles andere ausgeblendet hatte ... sein Hals wurde trocken und er musste tief einatmen.

Zu dritt liefen sie wenig später durch das Miniwäldchen, um im Anschluss den Strand zu erreichen. Dirk Westermann stapfte in seinen braunen Lederstiefeln an die Wasserkante und sog hörbar die Luft tief in seine Lungen. Er schlug den Kragen seiner Jacke hoch, zog die Mütze weit über die Augenbrauen und sah verloren auf das aufgewühlte Wasser. So viele Probleme. Sein Gesicht war blass und die Wangen ausgezehrt. Müde streckte er den Kopf Richtung Himmel. Dann schloss er für einen Moment die Augen. Katrin stülpte die Kapuze ihres Parkas über das Haar, lockte Watson zu sich und entfernte sich stillschweigend von ihm. Sie nahm ein mit Flechten überzogenes Holzstück vom Boden auf und warf es, soweit sie konnte, weg. Der grau-schwarze Wolfshund mit der weißen Zeichnung um sein Maul guckte sie blinzelnd an und blieb stur neben ihr sitzen. »Lauf, Watson, such den Stock.« Der Hund bewegte sich keinen Zentimeter von seinem Platz. Als Katrin hilflos dem Stöckchen hinterher deutete, öffnete Dirk die Augen, sah zu dem Duo und musste trotz aller Widrigkeiten lachen. Langsam kam er näher. »Dem kannst du nicht einfach mal so Befehle erteilen. Das ist ein Polizeihund und ... ein Wolf!« Er lachte. »Wir sind seine Chefs, Hartwig und ich ... und ansonsten hört er ausschließlich auf den Trainer. Der sucht sich genau aus, wem er folgt. Da hast du schlechte Karten, meine Süße. Hab ich selbst erlebt.« Westermann nahm ein Stück Treibholz auf, hielt es dem Hund unter die Nase und warf es weit von sich. »Watson, hol den Stock, such …« Und auf Kommando setzte sich der Wolfshund in Bewegung. »Er ist ein Guter und hat mir heute Vormittag einen großen Dienst erwiesen.« Katrin spürte, dass Dirk bereit war, über seine Probleme zu reden. Sie sah ihn an und hörte ihm einfach nur zu. Hier am Strand lösten sich alle Probleme für einen Moment in Luft auf. »Ich wollte bei einem Verdächtigen eine Befragung durchführen und schon aufgeben, weil ich den Mann nicht antraf, aber Watson gab nicht nach und zog mich immer wieder zur Tür.« Dirk blieb stehen. Er sah dem Hund hinterher, der mit dem Holzstück im Maul angelaufen kam. »Der Mann war tot, und ohne Watson hätte ich das nicht bemerkt …« Westermann schüttelte den Kopf, lobte das Tier und warf den Stock erneut. Katrin hörte weiter zu. »Wir hatten drei mögliche Verdächtige, die alle nicht in Betracht kamen. Es ist zum Verrücktwerden.«

»Was ist denn mit diesem Ex-Freund von dem Mädel, dieser Stina?« Dirk sah sie an, nahm einen Stein vom Boden auf und warf ihn Richtung Wasser. »Woher weißt du davon?«, fragte er erstaunt. »Von wem wohl?«, entgegnete sie. Der Stein ploppte dreimal auf der Wasseroberfläche, dann versank er. Westermann sah ihm nach. »Der ist seit der Begegnung in der Hütte wie vom Erdboden verschluckt. Ich nehme fast an, er ist der, der sich im Hafen von Burgstaaken auf diesem Boot versteckt hat. Aber sicher bin ich mir nicht. Die Fahndung nach ihm läuft auf Hochtouren. Es ist total undurchsichtig … allerdings ist der Täter mit Sicherheit mit seiner Mordserie noch nicht am Ende, wenn ich die Zeichen richtig deute.«

»Die *Zeichen*?« Katrin sah ihn fragend an. »Ja, der arbeitet nach einem Muster wie in mindestens drei anderen Fällen, die allerdings mehr als zehn Jahre zurückliegen. Wir arbeiten gerade mit Hochdruck die Ermittlungsakten durch. Da ist ein Serienmörder unterwegs, der schon einmal genau nach dem gleichen Schema getötet hat.«

»Und? Ist der nicht im Gefängnis?«

Dirk Westermann schüttelte den Kopf, bückte sich und nahm erneut einen Stein auf. Während er ihn von sich warf, um das Hüpfen auf dem Wasser zu beobachten, sagte er: »Nein, die haben das Schwein nie gefasst. Es ist diese verrückte Geschichte mit dem Bauschaum.« Sie spazierten weiter am Strand entlang Richtung Staberhuk. Überall lagen Äste und von den Stürmen abgeknickte Bäume. »Es riecht nach Algen«, bemerkte Westermann und schleuderte den Ast von sich, damit Watson ihm folgen konnte. »Ich finde, es stinkt«, murmelte Katrin. »Das ist reine Natur. Mir gefällt's«, sagte er und blieb stehen. »Was ist?«, fragte sie.

»Hier haben wir unseren ersten Fall aufgenommen. Ich erinnere mich nur zu gut. Etwa hier lag die Leiche ...« Mit einer entsprechenden Geste versuchte Westermann, sich den Fundort ins Gedächtnis zu rufen. »Ja, hier.«

Watson saß hechelnd mit heraushängender Zunge neben dem Chef und lauerte. »Wir haben nichts«, sagte der Kommissar resigniert, ließ die Hände sinken und warf den Stock kraftvoll von sich. Begeistert rannte der Hund dem Holz hinterher. Dirk Westermann zog Katrin in seine Arme und gab ihr einen zärtlichen Kuss. Er strich ihr mit dem Finger eine Strähne aus dem Gesicht, die sich aus dem Zopf gelöst hatte. Ihre Wangen waren gerötet und ihre Augen leuchteten. »Ich wollte dir nur sagen: Wenn du das nicht möchtest, ist es in Ordnung. Wir können warten, solange du willst.«

»Was meinst du, wenn du das nicht möchtest ... was?«

»Ich habe jede Menge Zeit. Und ich weiß, dass du Charlotte nicht alleine am Sund lassen willst. Nur, ich wäre wirklich sehr, sehr gern mit dir zusammen … für immer, verstehst du?«

Katrin schmiegte sich an Dirk und flüsterte: »Ich verstehe dich, wirklich, aber ich weiß nicht, wie ich das lösen kann! Ich werde meine Tante da nicht alleine lassen. Sie wird älter, und wer soll sich dann kümmern? Was ist in zehn Jahren? Ich habe ihr gegenüber Verantwortung.« In Katrins Augen entdeckte Dirk diesen verräterischen Glanz. »Deine Tante wird, so wie ich das sehe, mindestens 120 Jahre alt.« Er lachte und drückte seiner Freundin einen weiteren Kuss auf die Lippen. »Na, dein Wort in Gottes Gehörgang.«

»Ja natürlich. Wer sollte denn sonst die Mordfälle auf dieser Insel lösen? Und ich sagte, ich lasse dir alle Zeit der Welt. Außerdem müssen wir zuerst mal den aktuellen Fall bewältigen, dann können wir weiter philosophieren, wie es mit uns weitergeht, okay? Ich habe nachher noch ein paar wichtige Fragen an deine Tante.«

Sie liefen weiter. Irgendwann sagte er: »Lass uns umkehren, ich muss zurück.«

Eine halbe Stunde später fuhr er auf den Parkplatz der Dienststelle. Der Spaziergang hatte ihm sichtlich gutgetan. Seine Haut wirkte nicht mehr so müde und die Gesichtszüge fast entspannt, als er mit Watson im Schlepptau das Gebäude betrat. »Na, Mensch, wo warst du denn? Wir haben schon ein paar Mal versucht, dich zu erreichen«, empfing ihn Olaf Schütt und begleitete ihn auf seinem Weg in sein Büro. »Ach ja, mein Handy war ausgeschaltet. Ich brauchte Zeit zum Nachdenken. Was war denn?

Gibt es Neuigkeiten?«, fragte Westermann verwundert.

»Das will ich meinen«, sagte Schütt und folgte ihm in das Büro des Hauptkommissars. Hartwig, Becker und Veit saßen an einem Tisch und diskutierten aufgeregt miteinander. »Moin, was ist denn hier los?«, fragte er. Watson lief zielstrebig zu seinem Korb, legte sich auf die Decke und schloss seufzend die Augen. »Was hast du mit dem angestellt?«, wollte Hartwig wissen und zeigte mit dem Finger auf den Hund. »Der brauchte mal richtig Auslauf«, entgegnete Westermann und zog die Jacke aus. »Wir sind dem Täter auf der Spur, und du gehst spazieren?« Thomas schüttelte den Kopf. »Ich bin nicht spazieren gegangen, ich musste nachdenken. Außerdem habe ich die infrage kommenden Verdächtigen aufgesucht«, antwortete er. »Und? Hast du etwas erreicht?«, wollte Schütt wissen. Alle Augen waren auf ihn gerichtet.

»Nein. Einer der Männer hatte ein wasserfestes Alibi und der zweite war tot. Er hat sich in seiner Wohnung erhängt. So viel dazu!«

»Und was war mit dem dritten?«, wollte Veit wissen und fixierte Westermann. »Der saß ein, weil er einen Raubüberfall verübt hat, bei dem der Inhaber getötet wurde, nicht wegen Mordes. Der ist für uns uninteressant. Wir müssen weitersuchen. Und ihr? Olaf, du sagtest, es gibt Neuigkeiten. Sieht so aus, als wärt ihr auf etwas gestoßen. Die alten Fälle?« Westermann schenkte sich Kaffee ein und setzte sich. Er streckte die langen Beine aus und setzte die Brille auf. »Also, was habt ihr?«

»Ja, wir haben etwas Brisantes herausgefunden«, antwortete Thomas. »Olaf hat es aufgedeckt.«

»Red schon«, forderte Westermann. »Also, er hat sich die Wetterlagen zu Zeit der Morde angesehen, und wir haben sie mit dem von unseren Fällen verglichen und …«

»Und was? Nun haltet mich doch nicht so lange hin.«

»Das Wetter zur Zeit der damaligen Tötungsdelikte war exakt das gleiche wie bei diesen Morden. Regen, Nebel, Sturm. Also durchwegs miese Witterung.«

»Ja, und was soll mir das jetzt sagen?« Es schien, als würde Westermann dem Gedankengang des Kollegen nicht folgen können. »Mann, Dirk, der hat sich gezielt so ein Wetter ausgesucht, damit seine Spuren verwischt werden! Der ist gerissener als wir alle zusammen.«

Westermann stutzte. »Ist nicht wahr.« Er schien beeindruckt und warf den Kollegen anerkennende Blicke zu. »Darauf wäre ich nie gekommen ... aber wie bist du ...?«, fragte er Olaf, zog die Mütze vom Kopf und ließ sich von ihm alles erklären. »Ob der gerissener ist als wir, wird sich noch herausstellen«, murmelte Westermann.

KAPITEL 22

Charlotte Hagedorn stapfte, so schnell ihre Beine sie trugen, den Weg zurück Richtung Parkplatz. Immer wieder sah sie sich um, weil sie Angst hatte, der Mann würde ihr folgen. Ihr war gruselig bei dem Gedanken, dass der Mörder der Mädchen in dem Boot sitzen könnte und sie womöglich entdeckt hatte. Der Wind wehte vereinzelte Schneewechten so wild auseinander, dass der Schnee ihr direkt ins Gesicht fegte. »Dass der aber auch immer von vorn kommt«, jammerte sie erneut über den böigen Nordwind. Abgekämpft erreichte sie den Parkplatz.

Sie sah aus, wie ein Michelin-Männchen. Der Mantel Schnee bestäubt, die Haare zerzaust und die Haut vom Laufen erhitzt.

Mit zitternden Fingern zog sie den Schlüssel für das Fahrradschloss aus der Manteltasche und beeilte sich, diesen Ort schnellstmöglich zu verlassen. Der Sturm kam jetzt glücklicherweise von der Seeseite und gab ihr

Rückenwind. So schnell sie auf dem rutschigen Straßenbelag vorankam, strampelte sie Richtung Staberdorf. »Und erst, wenn ich in der Wache angekommen bin, werd ich mich wieder umdrehen. Gott, oh Gott, hoffentlich verfolgt der mich nicht!«

*

Die Männer hatten ihre Wetterforschung abgeschlossen und suchten nach weiteren Hinweisen. Westermann schielte erneut auf die Notizen, die die Namen der infrage kommenden Gefängnisinsassen beinhalteten. Er verzog den Mund, massierte sein markantes Kinn und schien nach der *Nadel im Heuhaufen* zu suchen. Abwesend schob er die Ärmel seines dunkelblauen Sweaters bis zu den Ellenbogen, las die Viten der Männer immer wieder und hakte sie letztendlich kopfschüttelnd als unbrauchbar ab. Er räusperte sich und musste husten. »Irgendwo muss es einen Hinweis geben«, murmelte er und erhob sich. Er trat ans Fenster, lehnte sich gegen die Fensterbank und warf einen Blick auf das Flipchart. Dort stand weitaus weniger, als er erhofft hatte. »Was ist mit diesem Marcel Andresen? Der kann sich doch nicht in Luft aufgelöst haben!«, meinte Thomas.

Er sah auf und folgte dem Blick Westermanns, der nickend auf das fast leere Blatt starrte. »Die Fahndung läuft auf Hochtouren. Der ist wie vom Erdboden verschluckt. Weder in Frankfurt noch hier ist er aufgetaucht. Der ist, laut Beschreibungen seiner Mitarbeiter, zu allem fähig. Wie sie mir erzählten, geht der beruflich wie privat über Leichen. Wenn du mich fragst, ein richtiger Psychopath.« Thomas kaute auf seinem Kugelschreiber. »Woher weißt du, was die Mitarbeiter von ihm halten?«

»Ich habe rumtelefoniert. War ja nicht schwer, seine Firma ausfindig zu machen«, murmelte Westermann und hielt sich einen Moment die Hand gegen die Stirn. »Aber solange wir den nicht finden, hilft uns das nicht weiter.

Wir müssen die Augen offenhalten …

Ich glaube, es ist der gleiche Kerl, der wie ein Phantom im Hafen herumlungert und immer dann untertaucht, wenn wir aufkreuzen und ihm zu nahe kommen«, sagte Westermann unzufrieden.

»Wer kreuzt wo auf?«, keuchte eine Stimme im Hintergrund, die ins Büro der Kriminalbeamten stürmte. »Oh ne, nicht die schon wieder«, flüsterte Becker, schnappte seinen Aktenordner und verzog sich augenblicklich aus dem Zimmer. Olaf Schütt und Jasper Veit folgten ihm unaufgefordert, während Charlotte Hagedorn den hinausschleichenden Männern nachsah und sich breitbeinig vor Westermanns Schreibtisch aufbaute. Die Haare der Künstlerin standen in alle Richtungen ab. Vereinzelte Strähnen hingen ihr wirr in die Augen. Sie versuchte erfolglos, sie von der Nasenspitze zu pusten. Ihr Gesicht glühte, und ihre Ohren hatten die Farbe reifer Tomaten. In ihren derben Winterstiefeln, die kleine Pfützen von schmelzendem Schnee auf dem Fußboden hinterließen, und ihrem bunten Wollmantel stand sie da. »Also?«, wiederholte sie ihre Frage: »Wer ist aufgekreuzt?«

»Frag lieber, wer *nicht* aufgekreuzt beziehungsweise untergetaucht ist. Dieser Kerl, der Frau Christiansen betrogen und die Mädchen in der Waldhütte aufgesucht hat, ist untergetaucht. Wenn wir den haben, erklärt sich sicher vieles von selbst.« Westermann sah in die Unterlagen, die er vor sich auf dem Tisch ausgebreitet hatte. »Er käme infrage, die Morde begangen zu haben. Sein Motiv ist ausgeprägt und stark: Eifersucht und Hass.«

»Was hat das mit den Morden zu tun?«, fragte Hartwig. »Der ist doch anscheinend nur interessiert an Frau Christiansen. Warum sollte er, wenn er Stina will, die anderen umbringen? Dirk. Das ist unlogisch.« Westermann neigte den Kopf.

»Ist das dein Ernst? Du fragst, warum? Weil die beiden ihm im Weg waren, und er Hass auf die Frauen hatte, die ihm seine Freundin entzogen haben. Deshalb. Genau zur gleichen Zeit, als der hier aufkreuzte, fingen die Morde an. Ist merkwürdig, oder nicht? Wie lange waren die beiden eigentlich ein Paar?«, wollte Westermann wissen und raufte sich die Haare. »Soweit ich verstanden habe, seit ungefähr zehn Jahren.

Er war ihre erste große Liebe«, mischte Charlotte Hagedorn sich ein. »Woher weißt du das denn schon wieder?«, fragte Westermann und starrte sie erstaunt an. Er verschränkte die Arme vor der Brust und wartete gespannt, was die Miss Marple der Insel zu berichten hatte.

Charlotte holte tief Luft: »Wie ihr wisst, habe ich die Mädchen am Leuchtturm das erste Mal getroffen. Sie haben mich sogar in die Hütte eingeladen. Und da tauchte dieser Kerl dann plötzlich auf. Tilda hat mir hinterher von der Geschichte erzählt.«

»Welcher Geschichte?«, wollte Hartwig wissen. »Na, wie die beiden zusammengekommen sind und dass ihre Eltern zuerst damit überhaupt nicht einverstanden waren, weil der Altersunterschied zwischen ihnen ihrer Meinung nach zu groß war. Sie hätten sich für das Mädchen wohl einen gleichaltrigen Freund gewünscht. Aber wo die Liebe nun mal hinfällt …«, sagte sie und zuckte die Schultern. Dann erzählte sie, was sie über die Beziehung von Stina Christiansen und Marcel Andresen erfahren hatte.

Thomas Hartwigs Ohren fingen an zu glühen, und er schluckte, als hätte er einen Kloß im Hals.

Watson schlief tief und fest und schnarchte. »Irgendetwas stimmt da nicht«, beendete Westermann seinen Satz und beobachtete den Hund.

»So und vielleicht kann ich noch etwas Wichtiges zur Sache beisteuern«, sagte Charlotte Hagedorn und hob den Zeigefinger ihrer rechten Hand. »Ich komme sozusagen direkt vom Tatort und habe eine wichtige Aussage zu machen. Aber ich würde mich gern erst mal hinsetzen. Ich bin ein bisschen wacklig.«

Sie knöpfte ihren Mantel auf. Westermann sprang auf und half ihr aus dem wollenen Ungetüm. »Charlotte, wo warst du?«, wollte er besorgt wissen und legte den Mantel über den Heizkörper. »Sagte ich doch, am Tatort.« Sie setzte sich und rieb sich die kalt gewordenen Hände. Dann versuchte sie, ihre Haare zu richten. Ihre Jeans war durch den Schnee feucht geworden, was sie erst jetzt bemerkte. »Habt ihr mal einen Tee für eine alte Frau?«

»Aber für dich immer«, sagte der Hauptkommissar und stellte den Wasserkocher an. »Setz dich dichter an die Heizung, damit du durchwärmst. So, und nun erzähl von deiner Entdeckung.« Westermann brühte ihr einen Pfefferminztee auf und reichte ihr den Becher, während Charlotte ihren Stuhl näher an die Wärmequelle schob. »Ich war im Staberholz, wollte nach Spuren suchen …« Verlegen sah sie zu Boden. »Dabei bin ich erwischt worden«, stotterte sie. »Könnte sein, dass der Gutsbesitzer hier anruft. Ich habe ihm nämlich erzählt, dass ich im Namen der Polizei ermittle.« Verschämt sah sie die beiden Polizeibeamten an. »Was hast du wieder angerichtet?«, wollte Westermann wissen. »Angerichtet … ich? … Gar nichts! Im Gegenteil, ich habe Wichtiges herausgefunden, was ihr ohne mich niemals erfahren hättet.« Sie stemmte die Fäuste in die Hüfte. »Nun red schon«, forderte Hartwig sie auf und zog die Augenbrauen hoch. »Lass dir nicht jedes Wort aus der Nase ziehen«, kam Westermann auf den Punkt.

»Ja, ich wollte Spuren sichern, die ihr vielleicht übersehen habt. Da habe ich ein Boot vom Strand am Staberhuk wegfahren sehen.« Sie hob die Schultern. »Was ja nicht unbedingt ungewöhnlich ist«, antwortete Westermann. »Na, sag mal. Bei dem Wetter fährt niemand mit einer sechs, sieben Meter langen Nussschale raus. Niemals. Außerdem darf man jetzt gar nicht mit dem Boot aufs Wasser, es sei denn, das Schiff muss zur Reparatur. Und danach sah es nun ganz und gar nicht aus.

Der Kerl kam aus dem Wald – das vermute ich zumindest«, fuhr sie fort. Charlotte Hagedorn schlürfte ihren Tee. Langsam wurde ihr wärmer. Die Haut nahm einen rosigen Ton an und ihre Ohren glühten. »Was hat das aber mit unserem Fall zu tun«, wollte Hartwig wissen und schob die Akte von sich. Er fuhr sich mit beiden Händen über den Kopf und raufte sich die dunklen Haare. Charlotte sah ihn naserümpfend an. »Was hast du eigentlich gegen mich, Jungchen? Es hat sehr viel mit diesem Fall zu tun! Es war das Boot des Hafenmeisters, und der liegt, wie ihr wisst, in der Inselklinik.«

»Kann ein Fremder damit unterwegs gewesen sein?«, fragte Hartwig. »Mit diesem Boot fährt niemand anderes als Hinnerk oder der Hafenmeister von Burgtiefe, und der war es nicht, den hätte ich erkannt.«

»Und woran hast du das festgemacht?«, wollte Westermann wissen. »Der ist wesentlich fülliger. Der Mann, den ich im Boot gesehen habe, war groß und schlank. Und der

Hafenmeister von Burgtiefe sieht auch nicht gerade ... verhungert aus.«

»Hast du eine Ahnung, wer es gewesen sein könnte?«, fragte Hartwig und richtete sich kerzengerade auf. »Nein, sagte ich doch, nur dass er dünn und groß war. Der hatte eine schwarze Jacke an und eine Kapuze auf dem Kopf, die er tief ins Gesicht gezogen hatte. Aber vielleicht hat er mich bemerkt«, schluckte Charlotte. »Wie das denn, wenn du ihn nicht ...?«, wollte Westermann wissen und sah sie entgeistert an. »Meine Mütze ist weggeflogen, als ich ihn beobachtet habe und ihm quasi direkt vor die Nase.«

»Puh. Du machst aber auch vor nichts Halt«, antwortete er und schien für einen Moment zu überlegen. Dann sagte er:

»Das könnte zu dem Andresen passen. Ich denke, wir sollten uns dieses Boot genauer ansehen. Wo, sagtest du, in welchem Hafen liegt es?«

»Ich fahr in der Zwischenzeit mal zu Frau Christiansen, um nach dem Rechten zu sehen. Wenn der hier noch rumhängt, weiß er wahrscheinlich längst, wo sie sich aufhält.«

»Gute Idee«, bemerkte Dirk Westermann. Beide erhoben sich. »So, liebe Charlotte, dich fahre ich jetzt nach Hause, und dann sehen wir weiter. Du brauchst ein heißes Bad und einen Grog.« Er nahm seine Jacke und legte sie über die Schultern der Künstlerin. Westermann griff nach Charlottes feuchtem Mantel. Gemeinsam verließen sie das Büro.

Thomas betrat das Gästehaus und eilte die Stufen in den ersten Stock hinauf. Er rieb sich nervös die Hände, dann klopfte er leise und lauschte. Er presste sein Ohr gegen das Holz, als sie sich auf einmal wie von Geisterhand öffnete. »Oh«, war das einzige Wort, das er herausbrachte, als die schlaftrunkene Blondine in Joggingklamotten vor ihm stand. »Ich wollte mich nur erkundigen, ob es dir gut geht«, stotterte er. Ohne ein weiteres Wort verschloss Stina den Mund des Kommissars mit einem Kuss. Für einen Moment standen sie schweigend in der Tür. Als sie endlich von ihm abließ, sah Thomas sie verwirrt an. »Wow, was war das denn jetzt? Ich bin erstaunt.«

»Red nicht, komm rein.« Sie zog ihn ins Zimmer und schloss die Tür. »Tu nicht so erstaunt, du hast dich vor ein paar Tagen auch nicht so angestellt.« Sie lächelte und setzte sich auf die blaue Ledercouch. »Deine Eltern wollten dich doch holen, was ist passiert? Ich dachte, sie wären längst hier?«

»Ich habe mit ihnen telefoniert und gesagt, dass ich hierbleiben möchte, bis alles aufgeklärt ist.« Sie schüttelte den Kopf und senkte den Blick. »Ich bin schuld, dass die beiden tot sind.« Thomas seufzte und setzte sich neben die zierliche blasse Frau. Er legte behutsam seinen Arm um ihre Schultern. »Das darfst du nicht einmal denken. Du kannst nichts dafür, dass hier ein Irrer rumläuft und Menschen umbringt. Deine Freundinnen waren sehr wahrscheinlich Zufallsopfer. Es hätte ebenso auch dich treffen können.« Aus Hartwigs Worten sprach Unsicherheit. »Ja, aber wären sie nicht mit mir auf diese Insel gefahren, wären sie noch am Leben.« Stina sah ihn verzweifelt an. »Es kommt alles, wie es kommen soll. Aber du kannst überhaupt nichts für den Tod deiner Freundinnen. Wir werden das Schwein finden, und dann wird er für all das büßen, was er den beiden angetan hat.« Hartwig erwähnte nichts von den Spuren, die die Gerichtsmedizin entdeckt hatte, und dass vermutlich derselbe Täter vor vielen Jahren nach dem gleichen Muster schon einmal getötet hatte. Thomas nahm seine Hand und wischte ihr

Tränen von der Wange. Sie tat ihm leid. »Sieh mal, ich bin bei dir und bleibe es, solange du möchtest. Mehr kann ich im Moment nicht tun. Ich passe auf dich auf, bis du wieder zurück nach Frankfurt fährst. Aber es ist wichtig, dass deine Eltern dich abholen, verstehst du? Wir können dich keiner weiteren Gefahr aussetzen, solange der Täter nicht gefasst ist.«

Stina richtete sich auf und sah ihn eingehend an. Sein Herz fing an zu schlagen, und er schob sie von sich. »Ich bleibe, bis ihr den Mörder meiner Freundinnen festgenommen habt oder zumindest solange, bis Lotta und Tilda nach Hause überführt werden können. Und dann sehen wir weiter.« Ihr Blick erschien ihm trotzig, während sie eine Haarsträhne zwischen ihren Fingern drehte.

Thomas Hartwig seufzte. Er erzählte ihr nicht, dass ihr Ex-Verlobter zu den dringend Verdächtigen gehörte, und dass er befürchtete, er könnte womöglich noch immer in der Nähe sein. »Bitte, pass auf dich auf.« Er packte ihre Schulter und sah sie beschwörend an. Stina nickte und lehnte ihren Kopf an seine Brust.

KAPITEL 23

»So, min Deern, du ziehst dir jetzt zügig etwas Trockenes an und dann setzt du dich vor den Ofen. Ich möchte nicht, dass du zu allem Übel noch eine Erkältung bekommst. Es wäre in Zeiten von Corona schrecklich, wenn dein Immunsystem kollabiert. Du bist durch die Operation eh nicht so ganz auf der Höhe. Können wir uns darauf einigen?« Dirk räusperte sich plötzlich und hustete in die Armbeuge. Charlotte Hagedorn sah ihn fragend von der Seite an.

»Das musst du gerade sagen. Keuchst hier herum, als wenn du Schwindsucht hättest. Aber ja, wenn du dich … das Boot …« Sie verstummte, rümpfte die Nase und nieste. »Siehst du? Ich habe es geahnt. Und ja, ich kümmere mich sofort um den Kahn von deinem Hafenmeister, versprochen.« Westermann hielt zwei Finger in die Höhe und lächelte sie an. »Sieh du zu, dass du aus den feuchten Klamotten kommst, ich brauch dich gesund.« Er zwinkerte ihr zu, drückte ihre Hand und stieg aus dem Wagen. Galant öffnete er ihr die Beifahrertür und begleitete sie zum Hauseingang. Sie drehte sich ein letztes Mal um. »Trink du mal einen heißen Grog, dann geht's dir wieder besser. Und …

für euer Problem finden wir auch eine Lösung«, sagte sie zum Abschied und ließ ihn mit fragendem Blick zurück.

Eine Viertelstunde später rollte Westermanns Audi in den Hafen von Burgstaaken. Er war immer noch so trostlos wie bei seinem letzten Besuch hier. Der Wind peitschte schaumgekrönte Wellen gegen die Planken der Schiffe, und die Möwen flogen kreischend über die Stege. Der Kommissar stellte den Motor ab und stieg aus. Als er die Holzplanken betrat, bemerkte er, wie schlierig sie waren. Er wich dem Vogeldreck aus, der an vielen Stellen das Holz bedeckte. Westermann rückte die Pfeife im Mund zurecht, zündete sie an und begab sich auf die Suche nach besagtem Hafenmeisterboot. Er entdeckte es am Ende des vorletzten Steges, weil sich um das rot-weiße Boot bereits eine Gruppe versammelt hatte, die dabei waren, Spuren zu sichern. »Moin, Kollegen. Ihr seid ja schon fleißig«, lobte er und blies eine Rauchwolke gen Himmel. Im gleichen Moment musste er husten.

»Na ja, ihr habt es dringend gemacht. Du solltest das Schmöken aufgeben, klingt nicht gut«, grinste Henning und plierte unter der weißen Kapuze hervor. »Ach, ist nur eine Erkältung. Nicht der Rede wert. Kommt ihr gut voran?«, fragte Westermann und verfolgte interessiert die Aktivitäten der Spurensicherung. Der Kriminaltechniker nickte. Dirks Blick streifte über das Hafengelände, dann fiel sein Blick auf das Boot, mit dem jemand unbefugt unterwegs gewesen war. Der Hauptkommissar stellte den Kragen der Jacke auf. Langsam bewegte er sich dorthin. Die Sohlen seiner Stiefel rutschten über die vermoosten Holzplanken, und er musste ein Auge darauf haben, nicht auszurutschen.

Als er das Boot erreichte, sah er, dass die Banderole und das Siegel unbeschädigt waren. Es hatte demzufolge niemand versucht, erneut auf das Kajütboot zu gelangen. Wenn ich nur wüsste, wo du dich versteckt hältst?, grübelte er und seufzte. Ein eisiger Schauer durchzog seinen Körper, und er ging zurück zu den Kollegen. Die feuchte Kälte machte ihm zu schaffen, und er hatte das Gefühl, dass die Erkältung schlimmer wurde. Das Kratzen im Hals und die angeschwollenen Schleimhäute in der Nase verstärkten sich. Er atmete tief durch und musste immer öfter husten. Wenn doch alles so eindeutig wäre wie meine Erkältung, dachte er und blieb vor den Polizeibeamten stehen. »Und? Könnt ihr schon etwas sagen?«

»Was willst du denn hören? Meinst du, das hat sich in fünf Minuten geändert?«, wollte Henning wissen. »Bisher haben wir jede Menge Fingerabdrücke. Aber von wem die sind, müssen wir erst herausfinden.« Der Kriminaltechniker verzog das Gesicht. »Soweit mir bekannt ist, fahren mit dem Boot nur zwei Leute: der Hafenmeister Hinnerk Jacobsen und der Kollege von Burgtiefe, ein gewisser Elmar Neuwerk. Schick doch am besten einen deiner Leute in die Inselklinik. Da liegt Jacobsen, und der Chef von Burgtiefe dürfte auch nicht so schwer zu finden sein. Dann habt ihr genug Material für das Ausschlussverfahren.« Er zuckte die Schultern. »Der Rest müsste für dich ein Kinderspiel sein«, schmunzelte Westermann und wollte die erloschene Pfeife neu entzünden, als das Kratzen im Hals sich wieder verstärkte. Er steckte sein Lieblingsutensil in die Jackentasche und verzichtete vorsichtshalber auf den Genuss. »Ach ja, und bitte am liebsten gestern, wenn es geht.«

Henning sah ihn forschend an. »Wenn ich mich nicht irre, haben wir es hier mit einem alten Fall zu tun. Der

Täter scheint nach mehr als zehn Jahren wieder angefangen haben zu töten.«

»Aha! Da erzählst du mir nichts Neues. Soll heißen, wir müssen Gas geben, bevor der nochmal zehn Jahre untertaucht, oder?« Westermann sah ihn an und wollte zum Wagen zurück. »Und was ist mit dir? Du siehst gar nicht gut aus.«

*

Katrin befand sich noch im Büro, als es an der Tür von Charlottes Appartement klingelte. »Nanu, wer ist das denn jetzt?«, wollte die Fotografin wissen und beeilte sich, zur Tür zu gelangen. »Ja, wer ist da?«, fragte sie. »Hier ist Nele, nun mach schon auf, oder soll ich mir hier draußen den Tod holen?«

»Tod holen? Um Gottes willen, nein!«

Charlotte warf einen Blick auf die Uhr. Es war kurz nach 17 Uhr, und sie hatte nicht mit Besuch gerechnet. War auch bundesweit untersagt. Seitdem das Virus die Welt vereinnahmte, hatte die Regierung alle Inseln an Nord- und Ostsee komplett abgeriegelt. Ganz Schleswig-Holstein war abgeschottet. Also genaugenommen war die Insel doppelt abgeriegelt, weil sie innerhalb Schleswig-Holsteins die Insel noch einmal für sich abgeriegelt hatten. Sie ähnelte einem Kokon. Einer behördlich verordneten Schutzhülle.

Kinder vom Festland durften ihre Eltern, die auf den Inseln lebten, nicht mehr besuchen. Besitzer von Feriendomizilen, die nicht von einer der Inseln stammten, konnten ihren Zweitwohnsitz nicht aufsuchen. Es war zum Verrücktwerden. Die Situation schürte plötzlich Angst bei vielen Bewohnern, die überwiegend oder ausschließlich mit dem

Tourismus zu tun hatten. Irgendwie schien alles surreal. Und das erzeugte Panik. Über die wirtschaftlichen Konsequenzen der Pandemie mochte Charlotte sich überhaupt keine Gedanken machen. Wenngleich sie selbst finanziell nicht betroffen war. Aber Katrin musste ohne Einnahmen sehen, wie sie die laufenden Kosten beglich. Sie lebte von dem Polster, das sie sich im letzten Sommer für den Winter geschaffen hatte. Aber ob es reichte?

Flink zog Charlotte ihr zerknittertes T-Shirt zurecht und drückte auf den Knopf, der die Tür entriegelte. Sie warf einen hastigen Blick in den Spiegel und ordnete ihre Haare. Eilig schlüpfte sie in ihre Birkenstocklatschen und öffnete die Tür. Sie hörte den Aufzug rattern und wartete, bis er ihre Etage erreichte. Dann sah sie Nele Martin, dick eingepackt in einen blauen Steppmantel und mit einer roten Mütze, aus dem Fahrstuhl steigen. Sie hatte ihren Schal über Nase und Mund gezogen, und Charlotte konnte nur ihre Augen ausmachen. »Na, das ist ja mal eine Überraschung«, murmelte sie und bat Nele in den Flur. »Was machst du denn hier? Du weißt schon, dass wir nicht miteinander …«, sagte sie und schluckte. »Ich will Eier kaufen«, flachste sie. »Nein, im Ernst, ich war am Sund spazieren. Henning schläft, und ich dachte, ich sollte eine Runde laufen, bevor es dunkel ist. Ich musste unbedingt raus aus unserer Isolation und meinen Kopf klarkriegen. Verstehst du? Henning dreht langsam durch. Er leidet weitaus mehr als ich unter der ganzen Situation. Grübelt von morgens bis abends. Mich macht das total verrückt. Als ich eben an deiner Wohnung vorbeilief, habe ich mir gedacht … Hast du einen Kaffee für mich?«

»Ja, natürlich. Und ich freu mich, dass du mich besuchst. Trotz der ganzen Umstände. Außerdem bin ich auch so genug beschäftigt. Wir haben einen Fall zu lösen.«

Nele Martin sah ihre Freundin mit ernster Miene an. Sie zog die Mütze vom Kopf und fuhr mit einer Hand durch die wilde blonde Lockenpracht, die sich elektrisiert aufrichtete.

»Hm, hätte ich mir ja denken können, dass du wieder mit im Spiel bist.«

»Was soll das denn heißen? Nun zieh erst mal deinen Mantel aus, und dann setzen wir uns ans Feuer.« Nele nickte und folgte Charlotte ins behagliche Wohnzimmer. »Oh, hier ist es ja kuschelig warm«, stellte die Freundin fest und setzte sich in den Ohrensessel der Künstlerin, was die kommentarlos zur Kenntnis nahm. »Kaffee sagtest du oder Likörchen? Für Käffchen ist doch fast ein bisschen zu spät.« Charlotte Hagedorn schmunzelte und nahm eine Flasche aus der Vitrine. »Du nu wieder. Warum nicht. Einer geht. Soll ja die Nerven beruhigen, und überhaupt: Alkohol desinfiziert«, kicherte sie. »Aber du weißt, dass ich noch fahren muss.« Charlotte schlurfte zum Sessel und reichte Nele ein Glas mit rubinrot leuchtendem Inhalt. »Hm, was ist das Feines?«

»Na, mein Schlehenfeuer«, entgegnete sie und klopfte sich gegen die Brust. »Die letzten Jahre hatten wir ja fast keine Schlehen, aber in diesem Winter war ich im November los, und siehe da, es reichte für ganze vier Flaschen des edlen Gebräus«, gluckste Charlotte und prostete Nele zu. »Sag, was gibt es bei euch sonst Neues?«

»Och, uns geht's soweit gut. Bis auf Hennings Nervenkostüm.

Wir werden das alles überstehen … hoffe ich zumindest. Bisher können wir die Verluste noch in Grenzen halten. Darf nur nicht zu lange dauern. Na ja, und dann haben wir diesen außergewöhnlichen Hausbesuch, wie du ja sicher weißt. Krieg ich aber hin. Unser Urlaub findet jetzt ja sowieso zu

Hause statt. Deshalb muss ich ab und zu raus, sonst drehe ich noch durch.« Sie hielt Charlotte ihr Glas vor die Nase. »Ja, ist alles schon sehr merkwürdig und beängstigend. Es freut mich, dass die Kommissare trotz allem bei dir unterkommen dürfen.«

»Na ja, sie sind ja im Nebenhaus, und Frühstück gibt es nicht! Hab nur für das Mädel einen Teller zubereitet und ihr rübergebracht. Die ist ja ganz von der Rolle, die arme Deern. Wo sollten sie denn sonst auch hin?« Nele sah Charlotte an. »Gibt es außer diesen schrecklichen Morden was Neues in Burg?« Die Inseldetektivin stellte ihre Ohren auf Empfang und wartete auf Neles Bericht. Sie nahm die Flasche mit dem selbstgebrauten Likör in die Hand und schenkte der Freundin nach. Sie selbst nippte nur am Glas und prostete ihr erneut zu. »Likörchen!«

»Ja, es gibt tatsächlich was Neues. Du kennst doch das kleine Stadthaus in unserer Straße, in dem der Kapitän gewohnt hat?« Charlotte nickte. »Der ist verstorben, 94 ist er geworden. Stolzes Alter.«

»Und? War er krank? Hatte er das Virus?«

»Nein, wo denkst du hin. Er war einfach nur alt und ist eines Morgens nicht mehr aufgewacht. Aber was ich damit sagen wollte … nun steht das Haus leer. Seine Kinder wohnen in Bayern und wollen es, so viel ich verstanden habe, vermieten oder verkaufen.«

»Verkaufen, meinst du sicherlich. Heute verscheuern die doch alles, was nicht niet und nagelfest ist. Für dieses kleine alte Haus würden die ein Vermögen bekommen. So verrückt sind die hier mittlerweile. Fast schon wie auf Sylt.« Charlotte leerte ihr Glas und schenkte nach. »Nun mal nicht so böse. Jeder sieht doch zu, dass er ein Stückchen vom großen Kuchen abbekommt, oder nicht? Außerdem könnte das ja nun bald vorbei sein. Wenn die Wirtschaft den Bach runtergeht, wird auch die Immobilienblase platzen.«

»Wollen wir mal nicht hoffen. Aber die Kinder möchten das Häuschen wirklich nur vermieten. Außerdem glaube ich nicht, dass man in der jetzigen Situation Häuser verkauft, wenn man nicht muss. Jeder sollte sein Eigentum erhalten. Aber zur Miete, wäre das nichts für dich?«, wollte Nele wissen. »Für mich? Was soll ich mit einem Haus in Burg, wo ich hier …?

Du spinnst. Katrin würde mir den Hals umdrehen.« Sie spitzte die Lippen und schwieg. Ihre Mimik veränderte sich, und Nele sah an der tiefen Falte zwischen ihren Augenbrauen, dass sie grübelte. Nach einigen Augenblicken erhellten sich ihre Gesichtszüge wieder. »Vielleicht hast du gar nicht mal so unrecht.«

»Ja, und dann könnten wir uns viel öfter sehen.«

»Genauso ist es.« Charlotte nickte. »Stell dir vor, wenn du wirklich mal krank werden solltest oder Katrin heiraten will? Ich glaube nicht, dass sie dann mit ihrem Kommissar bei dir auf dem Sofa ihre Abende verbringen möchte.« Auf einmal sah sie den traurigen Gesichtsausdruck ihrer Freundin. »Das liegt näher, als gedacht«, murmelte sie leise. »Wieso, will Katrin am Ende heiraten? Verstehen könnte ich das ja, bei dem tollen Mann.«

»Ne, heiraten wollen sie nicht. Vorerst zumindest nicht.

Aber, und das bleibt unter uns, Dirk möchte mit meiner Nichte zusammenziehen. Du verstehst? Das habe ich zufällig mitangehört. Aber behalte das bitte für dich.« Nele nickte.

»Ich weiß nicht, wie wir das hinkriegen sollen«, jammerte Charlotte und schenkte wieder nach. Ihre Ohren fingen an zu glühen, was nicht am prasselnden Feuer im Ofen lag. »Aber dann wäre das Haus doch die ideale Lösung«, preschte Nele vor und rieb sich die Hände. »Wie, und ich soll hier alleine in der Wohnung bleiben und die beiden in Burg?«

»Ach, iwo, die wohnen hier im Appartement und du kommst nach Burg. Das wäre für alle die beste Lösung, oder nicht?«

»Miete zahlen? So unendlich ist meine Rente nun auch wieder nicht, dass ich zwei Objekte bezahlen kann«, antwortete Charlotte.

»Papperlapapp. Den Betrag sollen die beiden für dich übernehmen. Oder sie zahlen dir Geld für dein Appartement und du davon die Miete in Burg … geritzt?« Nele war angetan von ihrem eigenen Vorschlag. Sie nahm die halbleere Flasche in die Hand und schenkte nach. »Wenn ich es richtig bedenke, hast du recht. Ich wäre in der Nähe von Katrins Büro. Arzt, Bäcker … einkaufen, meine Freunde. Das ist die Lösung!«, rief die Künstlerin und lachte über das ganze Gesicht. »Jetzt müssen wir zwei das nur geschickt verpacken, sodass die beiden es gar nicht merken«, kicherte Nele. »Ich sag einfach, dass das Haus zu vermieten ist und ich näher bei meinen Freundinnen sein möchte und die Zeit nicht immer alleine am Sund verbringen will. Gerade im Winter kann das einsam sein, wenn ich nicht mehr mit dem Rad losfahren kann. Bisher funktioniert das ja alles. Katrin erbt das Appartement eines Tages sowieso … warum dann nicht gleich.« Charlotte Hagedorn strahlte über das ganze Gesicht und schenkte noch einmal ein. Ihre Wangen glühten.

»Prost, so machen wir das … Likörchen!«

Als Nele die Flasche betrachtete, war sie leer. »Oh … guck einer an. Nun muss ich wohl meinen Henning anrufen …«

✳

Am nächsten Morgen saß Becker allein in der verwaisten Dienststelle und kaute sein mitgebrachtes Frühstücksbrot. Er hatte sich weitere Akten auf den Schreibtisch gelegt und war emsig dabei, der Kripo bei der Aufklärung des Falles behilflich zu sein. Er roch an dem Tilsiter, mit dem sein Graubrot belegt war, und rümpfte die Nase. »Bäh, der stinkt«, sagte er und stopfte sich den Rest des Brotes in den Mund. »Hm, schmeckt aber gut.«

Das Telefon klingelte. Er nahm ab und hielt den Hörer in sicherer Entfernung vom Ohr. »Ja, Frau Helm. Das wissen wir auch nicht. Nein, Sie dürfen nicht ins Café. Die sind alle geschlossen. Wann es wieder Klopapier gibt? Weiß ich doch nicht!

Ich verstehe Ihre Sorgen ja, aber …« Becker schüttelte den Kopf und legte den Hörer zurück auf die Station. »Dieser Virus macht die Leute immer neurotischer. Wenn das so weitergeht … da wird einem ganz mulmig zumute.« Er strich sich über die feinen Haare. Oh Mann, die müssten auch langsam mal geschnitten werden, dachte er, nahm einen Stift und unterstrich einen Satz in der Akte, als das Telefon auf dem Schreibtisch erneut klingelte. »Das geht hier ja zu wie im Taubenschlag. Nun, langsam könnten die Kollegen mal anrücken.« Hastig schluckte er die Reste seines Brotes hinunter und nahm den Hörer in die Hand. »Polizeidienststelle Burg, Becker? Jo … mach ich … tschüss …« Der Hauptmeister beendete das Telefonat und schrieb eine kurze Mitteilung auf einen losen Zettel. Dann deponierte er das Blatt neben dem Computer und las weiter in den Unterlagen.

Eine halbe Stunde später trafen Olaf Schütt und Jasper Veit ein, die ihre Kontrollrunde gefahren waren. »Am Wald ist alles ruhig«, murmelte Veit und zog die Jacke aus. »Ich denke, dass der Kerl, der die Mädels auf dem Gewissen hat, die Insel längst wieder verlassen hat. Der weiß, dass wir ihm auf den Fersen sind, und hat sich aus dem Staub gemacht.«

»Ja, runter kommt man ja auch!«, entgegnete Schütt. »Obwohl das völliger Blödsinn ist. Die Insulaner fahren in die Städte und könnten das Virus dann zurückbringen. Nicht gut durchdacht.« Er guckte aus dem Fenster, das zur Straße zeigte. »Wenn ich mir die Situation mit der Pandemie da draußen vor Augen halte, wird mir übel. Wir werden uns wahrscheinlich alle testen lassen müssen. Das ist eine große Katastrophe. Erst die Morde, dann obendrein noch das Virus. Wo soll das hinführen?« Er zog ebenfalls die Jacke aus und bewegte sich auf seinen Schreibtisch zu. Stirnrunzelnd fuhr er den Computer hoch, um den Bericht über einen Diebstahl im Supermarkt zu verfassen. Das Telefon klingelte. »Ja, ich komme. Ich muss noch mal los, da prügeln sich zwei im Hafen von Burgstaaken. Also, ich bin dann mal weg«, sagte er, streifte die Jacke wieder über und verschwand. Dirk Westermann betrat die Dienststelle und marschierte den Flur entlang, direkt in sein Büro, ohne sich bei den Kollegen anzumelden. Er setzte sich an seinen Schreibtisch, schob die Brille auf die Nase und nahm die Viten der Verdächtigen erneut ins Visier. Er trommelte mit den Fingern auf die Tischplatte und griff nach seinem Handy. Sein Blick war hellwach, als er auf den Bildschirm sah. Zumindest hatte er einigermaßen gut geschlafen. Die dunklen Ringe unter seinen Augen waren verschwunden, und er wirkte aufgeräumt. »Jo, Westermann, Kripo Oldenburg. Ich bräuchte Informationen zu einem entlassenen Insassen.«

Eine Viertelstunde später wusste er, dass sein letzter Verdächtiger, ein gewisser Ludger Hanke, wegen des Totschlags an einem Juwelier zu zehn Jahren Haft verurteilt worden war. Er bekam die Auskunft, dass der Mann mit seinem

Motorrad zu besagtem Geschäft gefahren war, nicht mit der Anwesenheit des Inhabers gerechnet hatte, und es zu einem Kampf kam, bei dem der Geschäftsinhaber von Hanke getötet wurde. Dieser verschwand daraufhin und wurde, nachdem er Tage später wieder auftauchte, in seiner Wohnung in Altona festgenommen. Die Polizei hatte die Aussagen eines Passanten, der ihn beobachtet und das Kennzeichen des Motorrades notiert hatte. Auf die Nachfrage, wo die Maschine geblieben sei, kam die Antwort, dass sein Bruder es vier Wochen nach seiner Verhaftung abgeholt hätte.

Westermann zog erneut seine Jacke über, griff nach den Notizen und verließ das Büro.

Nur zwei Stunden später hielt er vor einem Wohnblock in der Ottensener Hauptstraße. Als er nach minutenlangem Suchen endlich einen Parkplatz gefunden hatte, atmete er erleichtert auf. Seitdem die Leute zu Hause bleiben mussten, war an eine Parklücke überhaupt nicht mehr zu denken. Westermann stieg aus und lief über die menschenleere Straße. Er schwitzte, als er ausstieg und führte es auf die aufgedrehte Heizung im Wagen zurück. Sein Atem ging schwer, als er vor dem Eingang stehenblieb und auf der Klingelleiste nach dem Namen »Hanke« suchte. Er drückte den Klingelknopf. Beim dritten Versuch öffnete sich die Tür. Westermann lehnte sich mit der Schulter gegen das Türblatt und schob es auf. Er versuchte seit jüngster Zeit, den Kontakt mit Gegenständen und Personen, so gut es ging, zu vermeiden. Der Kommissar warf einen Blick nach oben und entdeckte im zweiten Stock die Umrisse eines Mannes, der über das Geländer in seine Richtung guckte. Ohne zu zögern, rannte er die Stufen hinauf, obwohl ein Fahrstuhl vorhanden war. Westermann erreichte den Mann keuchend, der mit fragendem Gesichtsausdruck vor ihm stand. »Der Postbote sind

Sie wohl nicht!«, fragte er und starrte den Hauptkommissar von oben bis unten prüfend an. »Nein, bin ich nicht«, entgegnete der und zog seinen Dienstausweis aus der Innenseite seiner Jacke. »Westermann, Kripo Oldenburg. Sie sind doch Jens Hanke?« Der Mann Anfang 60 nickte und starrte ihn irritiert an. »Ich habe ein paar Fragen zu Ihrem Bruder Ludger. Darf ich eintreten?« Erneut nickte der hagere Mann, der sich mit beiden Händen durch die kurz geschnittenen grauen Haare fuhr und verlegen sein kariertes Holzfällerhemd zuknöpfte. »Ja, kommen Sie. Aber halten Sie Abstand! Ich habe keine Lust, mich seinetwegen auch noch mit diesem Coronavirus anzustecken. Was hat er jetzt wieder ausgefressen?« Westermann betrat die Wohnung. »Wir haben keinen Kontakt mehr und ich weiß auch nicht, was ich Ihnen erzählen könnte.« Der schlaksige Mann schlich mit hängenden Schultern durch den Flur in das spartanisch eingerichtete Wohnzimmer. Sein Barthaar stand struppig und ungepflegt um seinen Mund und er fuhr immer wieder mit einer Hand durch das graue Gestrüpp. »Ich habe nur ein paar Fragen betreffend einen alten Fall.« Jens Hanke hob fragend den Kopf und bot Westermann einen Platz auf dem schmutziggrauen Sofa. Der Hauptkommissar öffnete die Knöpfe seiner Jacke und setzte sich. Er zog ein schwarzes Notizbuch aus der Jackentasche. »Sie wohnen in dem gleichen Haus, in dem Ihr Bruder damals wohnte?«

Hanke nickte. »Ja, wo sollte ich denn hin? Meine Frau war nach dem ganzen Theater mit Ludger abgehauen, und diese Wohnung ist verhältnismäßig billig. Mehr steht mir nicht zu.

Eine neue Bleibe kann ich mir nicht leisten, und an die schrägen Blicke der Nachbarn …« Er zuckte die Schultern. Westermann spürte, dass der Mann einsam war und Redebedürfnis hatte. Er wollte ihn nicht in seinem Redefluss unterbrechen. »Wissen Sie, man wird gleich mit verurteilt, und es ist, als wenn ich hier seine Strafe absitzen müsste. Und seit diesem Virus ist das hier wirklich wie im Knast.« Der Mann verschränkte die knochigen Finger und sagte: »Wissen Sie, mir bleibt nicht mehr so viel Zeit, ich bin ziemlich krank, da ist das schon fast egal. Aber auf diese Art zu enden? Das hatte ich mir nicht so vorgestellt.« Westermann betrachtete den Mann, der ihm einen unruhigen Blick zuwarf. Er sah nicht nur abgemagert aus, sondern richtig elend. Tiefe Ringe unterstrichen den müden Ausdruck seiner Augen. »Mein Bruder, der soll sehen, dass er auf die Beine kommt. Ich hatte gehofft, dass es ihm gut geht. Wenn er jetzt wieder was ausgefressen hat, muss er selbst damit klarkommen.«

»Nein, so ist es nicht. Wir haben einen alten Fall neu aufgerollt und untersuchen sämtliche Spuren, die uns zu einem Täter führen könnten. Wir brauchen jeden Hinweis, dem wir nachgehen können. Und meine Frage ist, ob Sie wissen, wo das Motorrad Ihres Bruders abgeblieben ist? Wie man mir mitteilte, haben Sie es vier Wochen nach seiner Inhaftierung aus dem Asservat geholt. Können Sie mir dazu etwas sagen?«

»Und deshalb kommen Sie zu mir?« Hanke sah Westermann erstaunt an und schüttelte den Kopf. »Was wollen Sie denn mit dem Ding? Das Motorrad ist längst verkauft.«

Der Kommissar sah auf. »An wen?«

»Das hat sich ein Typ vom Kiez abgeholt, ein paar Hunderter hingelegt und ist wieder verschwunden.« Jens Hanke verzog den Mund. »An wen genau? Wissen Sie, wie der Mann hieß? Sie müssen ihm doch die Papiere ausgehändigt haben.«

»Ne, das war irgendein Typ vom Kiez. Bullig, schwarze Lederjacke. An seinen Namen kann ich mich beim besten

Willen nicht mehr erinnern. Aber was wollen Sie denn mit dem Ding?«

»Wir brauchen Spuren …«

»Aber Fingerabdrücke habt ihr doch in der Kartei, wenn ich mich nicht irre.« Westermann nickte. »Ja, es handelt sich um andere Spuren, die wir überprüfen müssen. DNA. Wie war Ihr Bruder? Hatte er eine Freundin oder war er verheiratet?«

»Nö, der wollte wohl, aber …« Hanke ließ den Kopf sinken. »Was heißt das, er wollte, aber?« »Na, er fand keine. Vielleicht war er zu anspruchsvoll. Hat nicht geklappt.«

»Ist er sonst mit dem Gesetz in Konflikt geraten? Hatte er Probleme mit Frauen?«

»Ne, der Überfall war eine riesen Dummheit. Nö, er war nur mit sich allein beschäftigt. Ein richtiger Eigenbrötler. Mehr kann ich Ihnen auch nicht sagen.«

»Wissen Sie, wo er sich aufhält?«

»Nein, sagte ich doch. Keine Ahnung, der soll sein Leben auf die Reihe kriegen. Mich soll er in Ruhe lassen. Wir sind fertig miteinander.«

Westermann stand auf. »Danke, dass Sie uns trotzdem weitergeholfen haben.« Was hatte er zu finden gehofft? Eigentlich hatte er von Anfang an nicht damit gerechnet, dass Ludger Hanke etwas mit den Morden zu tun hatte. Und ob an dem Krad noch DNA hing, wagte er aufgrund der langen Zeit zu bezweifeln. »Ich bring Sie raus«, sagte der Mann, dem die Hose um die Hüften schlotterte. »Ich hab sowieso nicht verstanden, warum er nach dem schweren Unfall noch mal auf eine Maschine gestiegen ist.«

»Schwerer Unfall?«, fragte Westermann erstaunt und zog die linke Augenbraue hoch. »Ja, Ludger hatte einen bösen Motorradunfall. Wir waren froh, dass er den überhaupt überlebt hat. Er war damals 18 Jahre und hatte gerade den Motorrad-Führerschein gemacht. Ein halbes Jahr lag er nach dem Unfall in der Uniklinik. Wir dachten, er schafft es nicht. Dass er danach so auf die schiefe Bahn geraten würde, hätte niemand geahnt. Er lebte, wie schon gesagt, immer zurückgezogen. Hat wenig Ärger gemacht. Saß nur in seiner Bude. Mit seiner Behinderung hatte er es nicht leicht. Die Weiber wollen so einen nicht! Wer will was mit einem Krüppel anfangen? Wir konnten froh sein, dass er überhaupt wieder laufen konnte.«

»Wieso laufen?«, fragte Westermann. »Na, das linke Bein ist seitdem bestimmt zehn Zentimeter kürzer als das rechte. Aber wie gesagt, er hätte tot sein können.«

»Wissen Sie zufällig, ob er wieder ein Motorrad hat?« Hanke schüttelte den Kopf. »Auto? Hat er einen Wagen?«

»Ich sagte doch, dass wir keinen Kontakt mehr haben. Und Auto? Hat nie eins besessen ... keinen Führerschein.«

KAPITEL 24

Thomas Hartwig stellte den schwarzen A7 auf dem Parkplatz ab. Seine Wohnung, die er seit dem Tobsuchtsanfall von Watson nicht wieder aufgesucht hatte, würde sich nicht von allein in den alten Zustand zurückverwandelt haben. Da musste er durch. Den Hund hatte er sicherheitshalber im Hundekäfig des Wagens gelassen. Er hatte keine Lust auf weiteren Ärger mit den Nachbarn. Bevor er in die Wohnung schlich, öffnete er den Briefkasten, um seine Post herauszunehmen. Er griff nach dem Stapel Briefe und lief die Stufen hinauf. Als er den Schlüssel ins Schloss steckte, holte er tief Luft, bevor er endgültig aufschloss. Mit einem einzigen Blick erfasste er die desolate Situation. Thomas Hartwig schluckte, stieg über den demolierten Holzboden hinweg und schlich mit mulmigem Gefühl in sein Wohnzimmer. Er musste sich um die Renovierung kümmern und wollte sich, sobald sie den Fall gelöst hatten, Urlaub nehmen, um das Chaos zu beseitigen. Er blätterte den Stapel Briefe durch.

Außer Werbung schien nichts Wichtiges ... »Von der Hausverwaltung?«, murmelte er und legte die restliche Post auf die Fensterbank. Nachdenklich riss er das Kuvert auf und zog ein weißes am Computer geschriebenes Blatt heraus.

»Außerordentliche Kündigung ... sehen wir uns gezwungen, Ihnen hiermit fristlos zu kündigen ...«, las Hartwig und hielt den Blick starr auf das Papier gerichtet. Die Sicherheit sämtlicher Mieter sei gefährdet, las er, und von Angst und unzumutbarer Lärmbelästigung war die Rede. »Verdammte Scheiße«, flüsterte Hartwig und trat mit dem Fuß gegen eine am Boden liegende Lampe, die krachend an die Wand flog. »Was mache ich denn jetzt? Wo soll ich mit dem Hund hin?« Er wusste, dass er gegen dieses Schreiben nichts ausrichten konnte und sich umgehend um eine neue Bleibe kümmern musste. Hartwig schluckte. Vielleicht sollte alles so kommen, dachte er und fing an, am Boden liegende Stühle aufzurichten. Mit einer Wohnung in einem Wohnblock, das war nicht zu machen. Er brauchte Platz. Er schlurfte ins Schlafzimmer, um sich neue Klamotten zu holen. Auf einmal entspannten sich seine Gesichtszüge. Er hatte bisher alles geschafft. »Vielleicht sollte es so kommen.« Hartwig zog zwei Paar Jeans, einen Stapel Sweater, Socken und Unterhosen aus der angefressenen Kommode und stopfte die Sachen in die Sporttasche, die er mitgebracht hatte. Er warf einen kurzen Blick in die demolierten Zimmer, nahm das Schreiben in die Hand und verließ die Wohnung. Als er die Stufen hinunterrannte, folgten ihm grinsende Blicke des Nachbarn, der ihn vor Kurzem beschimpft und jetzt lautlos die Wohnungstür geöffnet hatte und ihm nachschaute.

Eine Stunde später saß Hartwig an seinem Schreibtisch und durchkämmte das Internet nach geeigneten Woh-

nungsangeboten. Aber je mehr er suchte, umso deprimier-
ter wurde er. Bei jedem Anruf und der Mitteilung, dass er
Polizist mit einem Diensthund der besonderen Art war,
schlug ihm die negative Einstellung der Makler oder der
Hausbesitzer entgegen. Sobald sie hörten, was für einen
Hund er mitbringen würde, hagelte es Absagen. Bis er an
eine Maklerin geriet, die ihm ein Angebot machte: »Warum
kaufen Sie sich kein Haus? Eines, das eine gute Alleinlage
hat. Damit können Sie allem Ärger aus dem Weg gehen,
und Sie und Ihr Hund hätten genügend Freiraum. Bei den
niedrigen Zinsen und Ihrem Beruf dürfte es überhaupt kein
Problem sein, einen günstigen Kredit zu bekommen.« Thomas Hartwig hielt dies zwar für eine adäquate Lösung, entgegnete allerdings mit einem großen Aber: »Und wie soll
ich das finanzieren? Bei meinem Gehalt? Sie wissen doch
auch, dass Polizeibe…«

»Ist nicht wichtig. Sie sind Beamter?«

»Ja.«

»Na also, dann sollten wir eine Finanzierung aus dem
Boden stampfen, die Ihnen gerecht wird, oder?« Thomas
Hartwig hielt für einen Moment inne. »Sind Sie noch da?«,
wollte die weibliche Stimme wissen. »Jaja, aber …«

»Nichts aber. Und ich hätte sogar das passende Objekt.
Es müsste zwar einiges«, sie räusperte sich, »renoviert werden, allerdings ist es sofort frei, und der Preis ist auch durch-
aus fair.«

»Wo ist dieses Haus?«

»In Lütjenbrode.«

»Wo ist das denn?«, wollte Hartwig wissen. »Zwischen
Großenbrode und Heiligenhafen. Sowohl Fehmarn als auch
Oldenburg sind sehr gut zu erreichen. Das müsste Ihnen
doch entgegenkommen.« Die Stimme am anderen Ende

schwieg, als wollte sie dem Kommissar Bedenkzeit geben. Thomas Hartwig überlegte kurz, dann fragte er: »Kann ich mir das Haus ansehen?«

*

Westermann erreichte die Burger Dienststelle und parkte den Wagen unmittelbar vor der Tür. Der Regen hatte sich in Graupel verwandelt und verbreitete eine unangenehme Atmosphäre. Der Hauptkommissar betrat den Flur. »Moinsen«, murmelte er und öffnete die Tür zu Schütts Büro. »Na, gibt's was Neues? Ich mag schon gar nicht mehr fragen«, sagte er, ohne das Zimmer zu betreten. »Nichts«, entgegnete der Revierleiter und schüttelte den Kopf. »Na dann.« Dirk trottete mit quietschenden Schritten den Flur hinunter und betrat sein Büro, als das Telefon klingelte. »Moin, Westermann … ja, guten Tag … Wie es ihr geht? … Ich denke besser … Ja, wenn Sie möchten, können Sie Ihre Tochter morgen mit nach Hause nehmen. Wir haben die Untersuchungen soweit abgeschlossen und die beiden To… Frauen sind zur Überführung freigegeben. Ich denke, wir werden bei Fragen mit Ihnen in Kontakt treten … Ja, mach ich. Ich fahre später hin. Stinas Handy? Ja, das ist in der Kriminaltechnik zur Auswertung. Ich richte es ihr aus … bis dann.« Westermann beendete das Gespräch. Er wusste zwar immer noch nicht, wer die Morde verübt hatte, aber er war sich sicher, dass es bald einen Durchbruch geben würde. Die Untersuchungen liefen auf Hochtouren, und es konnte nur eine Frage der Zeit sein, bis der Mörder einen Fehler beging oder sie die richtige Spur fanden. Die Tür öffnete sich, und Thomas betrat mit Watson das Büro. »Ach, Chef, sieht man dich auch noch mal?« Hartwig wollte flapsig klingen, aber Westermann spürte, dass ein brüchiger Unterton mitschwang. »Platz, in deinen Korb«, wies er den Hund schroff an. »Was hat er denn verbrochen? Ist dir eine Laus über die Leber gelaufen?« Der Hauptkommissar sah seinen Kollegen eindringlich an. »Ne, aber der geht mir im Moment auf die Nerven.« Watson knurrte leise und sah unschuldig von einem zum anderen.

»Ja, tu nur nicht so scheinheilig du … du …«

»He, was ist denn passiert, dass du so sauer auf ihn bist? Der arme Kerl liegt ganz brav in seinem Korb. Außerdem wusstest du doch vorher, was mit so einem Hund auf dich zukommt. Ich habe dich gewarnt.«

»Was passiert ist? Der hat mir die ganze Bude demoliert und hier«, er schmiss Westermann das Kündigungsschreiben auf den Schreibtisch, »das ist passiert.« Sein Vorgesetzter nahm das Schreiben in die Hand und las. Dann ließ er das Blatt sinken und guckte Thomas entgeistert an. »Das ist doch nicht wahr. Hast du mit dem Vermieter gesprochen? Das kannst du nicht einfach so hinnehmen.« Westermann sprang vom Stuhl auf. Hartwig schüttelte den Kopf. »Soll ich mit ihm reden?«

»Nein, ich will das alles nicht mehr. Mir ist klar geworden, dass ich mit Watson zusammen eindeutig mehr Platz brauche. Ich werde der Kündigung zustimmen und habe schon mit einer Maklerin telefoniert. Eventuell kaufe ich mir ein Häuschen.« Hartwig sah seinen Chef an. Plötzlich griente er. »Was ist so lustig?«, fragte Westermann verunsichert. »Ist das nicht Ärger genug, um verzweifelt zu sein?«

»Verzweifelt? Sieh dir die Fotos meiner Wohnung an, dann weißt du, was Verzweiflung ist.« Hartwig reichte Westermann sein Handy. Er scrollte durch die Galerie und wurde blass. »Das hat Watson angerichtet? Allein? Das darf nicht wahr sein!« Entsetzt warf er einen Blick auf den Hund, der sich im Korb überhaupt nicht rührte. »Wie hast du das denn hingekriegt?«, richtete er seine Worte an Watson.

Der grunzte verhalten. »Mann, da hat der Kerl aber ganze Arbeit geleistet. Kein Wunder, da würde ich mich auch irgendwo im Wald einmieten. Ich sagte doch, der hat's faustdick hinter den Ohren. Und jetzt?«

»Ich seh mir ein Häuschen an. Das steht zum Verkauf, und ich kann damit gleich zwei Fliegen mit einer Klappe schlagen. So hab ich halt gleich etwas für meine zukünftige Familienplanung.« Thomas Hartwig griente über das ganze Gesicht. »Wo ist das Haus?«

»In Lütjenbrode. Alleinlage mit großem Grundstück.« Thomas schwieg plötzlich und sah seinen Vorgesetzten an, der gedankenverloren schien. »Hallo? Ist irgendwas? Du guckst so komisch.«

»Ich … ne.« Dabei hatte er gerade an seine komplizierte Lage mit Katrin gedacht. Wie gern würde er dieses Häuschen mit ihr zusammen … »Ne, alles in Ordnung. Wir müssen uns beeilen. Ach ja, die Eltern von Stina Christiansen haben vorhin angerufen. Sie wollen sie morgen abholen.

Selbst wenn sie nicht will, sie muss raus aus der Situation. Ich denke, wir haben sämtliche Spuren soweit gesichert, die beiden Toten sind freigegeben und werden nach Frankfurt überführt, und wir sollten alle Hebel in Bewegung setzen, damit wir zum Ende kommen.«

Westermann sah aus dem Fenster. Der Graupelregen war in Schnee übergegangen, und der Wind hatte ebenfalls zugenommen.

»Und dann kümmerst du dich um eine neue Wohnung. Und bring die Baustelle wieder in Ordnung.«

»Haus, Chef, Haus.«

»Ach, bevor ich es vergesse. Ich war in Hamburg bei dem Bruder von Ludger Hanke, der weiß auch nicht, wo der steckt.«

»Und?«

»Die Fahndung läuft. Mehr können wir nicht tun. Ich habe den Kollegen gerade die neue Info gegeben.«

»Neue Info?«

»Der Hanke hatte einen nicht zu übersehenden Gehfehler. Ob der für unsere Morde infrage kommt, wage ich zu bezweifeln. Viel zu auffällig, der Mann.«

»Hm, ich seh zu, dass ich noch etwas über den anderen Kerl aus Frankfurt in Erfahrung bringe. Was ich von Stina Christiansen weiß, ist, dass er ein gut aussehender, großzügiger Mann ist, der sich gern mit Luxus umgibt und sich nach Aussagen seiner Assistentin, auf der anderen Seite eiskalt durchs Leben bewegt.«

»Woher hat er den Luxus?«, wollte Westermann wissen und setzte sich. »Er ist Startupper und verdient im Monat so viel Asche wie wir beide im ganzen Jahr. Wir reißen uns für die Leute den Arsch auf, halten die Köpfe hin, und so einer macht mit Marketing Millionen. Da stimmt was nicht.«

»Der muss schon plietsch sein, um so viel Geld zu verdienen. Jedem das Seine. Oder schwingt da ein bisschen Neid mit?«

»Quatsch, aber so ein Typ kann sich die Mädels aussuchen. Hast du Kohle, hast du die Frauen, die du willst. Wo gibt es heutzutage welche, die auf Charakter stehen? Und plietsch bin ich auch.« Hartwig schlug sich die Faust gegen die Brust. »Na, den Charakter sieht man nicht gleich, den Porsche schon«, grinste Westermann. »Du sitzt in Schleswig-Holstein und er im Bankenviertel.«

»Da jette ich kurz mal hin. Einer muss doch den CO_2-Ausstoß aufrechthalten.«

»Untersteh dich. Nein, im Ernst, du kannst dich bei unseren Frankfurter Kollegen einwählen und Infos erbitten. Dir wird dort sicher eine nette Kollegin zur Seite gestellt, die mehr über ihn herauskriegen kann als du von hier aus.«

»Gute Idee. Gleich morgen früh mache ich mich an die Arbeit.«

»Und jetzt?«

»Geht nicht. Ich muss zur … Christiansen und nach ihr sehen. Ich will nicht, dass der Täter sie womöglich aufspürt und sie allein in dem großen Haus ist.« Hartwig wurde rot. Irgendwas stimmt mit ihm nicht, dachte Westermann und neigte den Kopf. »Und du? Wo willst du hin?«

»Es ist gleich 21 Uhr. Ich glaube, ich mache für heute Schluss und fahr nochmal zur Katrin.«

»Bisschen kuscheln?«, feixte Hartwig und stand auf. Er zog seine Jacke an, pfiff leise nach Watson, und sie verschwanden.

Dirk Westermann schaltete den Computer aus und zog sich ebenfalls die Jacke über. Bisschen Kuscheln wäre schön, dachte er und machte sich gedankenversunken auf den Weg zum Wagen.

*

Die zurückliegenden Nächte hatten Ludger gutgetan. Er war ausgeruht und seinem Ziel so nah wie nie. Die Gründe für seine Aktionen lagen direkt vor ihm, weshalb er diesen unbequemen Weg auf sich genommen hatte. Jetzt wollte er nur noch die Beute aus dem Versteck holen und dann ein für alle Mal von hier verschwinden. Niemand würde ihn jemals wieder zu Gesicht bekommen. Mehr als zehn Jahre hatte er auf diesen Moment warten müssen. Er hatte die ganze Haftzeit über geschwiegen, hatte sich nie zur Tat geäußert und nicht einmal mit seinem Zellennachbarn darüber geredet. Jetzt war es endlich soweit. Sein Herz klopfte, und er wollte es zu Ende bringen. Pfeifend betrachtete er sein Spiegelbild im Bad über dem Waschbecken und trocknete sich das Gesicht. Nichts erinnerte mehr an den Mann, der er noch vor Kurzem gewesen war. Gelassen wandte er sich zum Esstisch in der Mitte des Raumes. Die Stehlampe in der Ecke neben dem Sofa brannte. Sie spendete nur diffuses Licht. Es störte ihn nicht. Er zog die Taschenlampe aus der hinteren Hosentasche, knipste sie an und klemmte sie zwischen seine Lippen. Dann rückte er den alten Tisch und die Stühle beiseite. Hanke ging auf die Knie und rollte den Teppich zur Seite. Der durchtrainierte, schlanke Mann hörte die Eule, wie schon so oft. In den Ecken des Raumes war es dunkel. Ein Ast kratzte gegen das Fenster und hinterließ in Hanke das Gefühl, als lauerte jemand davor und versuchte, ins Innere zu gelangen. Ihm stellten sich die Nackenhaare auf. Seitdem er sich in der Hütte aufhielt, hatte er den Eindruck, als wenn jemand sein Vorgehen beobachtete. Aber es gab niemanden in dieser Waldhütte, niemanden außer ihm. Hanke stand auf, bewegte sich zum Fenster und starrte in die Dunkelheit. Kein Mensch, nicht einmal die Besitzer der Hütte, hatte bis heute herausgefunden, dass sich hier unter dem Tisch eine Luke verbarg und darunter eine ausgehöhlte Grube, die seine Schätze enthielt. Ludger grinste. Sein Plan war perfekt. Er hatte sich nach dem Überfall daran erinnert, dass er als Jugendlicher mit seinen Eltern in dieser Gegend die Ferien verbracht hatte. Im Knast war ihm die Idee mit der einsamen Waldhütte gekommen. Hanke begab sich zurück zur beinahe unsichtbaren Luke im Boden. Er hatte die Schere in der Hand, mit der er sich vor wenigen Tagen die Haare geschnitten hatte. Mit sicherem Blick senkte er die Scherenspitze und drückte sie an einer speziellen Stelle zwischen zwei Planken. Nur er kannte die Lage der Verriegelung sowie den Mechanismus, um diese Luke zu öffnen. Es gab ein kaum hörbares Klickgeräusch, dann bewegte sich die Klappe wenige Millimeter nach oben. Ludger hebelte die Scherenblätter unter eine der Holzlatten und hob sie an. Wie ein Tor zu einer geheimen Schatzkiste öffnete sich die Luke mit leisem Knarzen. Ein Schwall modriger Luft kam ihm entgegen, und er hielt den Atem an. Und auf einmal hatte er wieder dieses Gefühl von Bedrohung. Es schien, als hätte ein eiskalter Luftzug seinen Nacken gestreift. Ludger Hanke fuhr sich mit der Hand über die Stelle und erhob sich. Er schaute sich um. Dann ging er auf das Fenster zu. Es war geschlossen. Der Wind drückte mit Kraft gegen die Scheiben. Aber sie waren dicht und ließen nicht einmal einen winzigen Luftzug durch. Hanke schüttelte den Kopf und zog die Vorhänge zu. Er schluckte und wandte sich wieder der Luke zu. So konnte ihn wenigstens niemand von draußen beobachten. Als er sich hinkniete, um den Einstieg zu öffnen, kratzte es an der Tür.

*

Stürmische Böen wehten seine Haare aus der Stirn. Eilig setzte sich Westermann in den Wagen. Als er den Motor startete, sah er, wie Schütt mit Veit im Büro zusammen am Tisch saß und heftig mit ihm diskutierte. Der Hauptkommissar nahm es zur Kenntnis, rollte vom Gelände und wollte die Strecke über Wulfen zum Sund nehmen. Die

Straßen waren von einem rutschigen Film überzogen und erschwerten die Fahrt. Der Schneefall hatte zugenommen und breitete auf der Scheibe einen weißen Teppich aus, den die Wischblätter in regelmäßigem Takt wieder zerstörten. Mühsam versuchte er, den Blick auf die leere Straße zu halten. Vor morgen früh würde hier kein Räumdienst fahren, mutmaßte er, als er eine Viertelstunde später vor dem Haus parkte, in dem Katrin mit ihrer Tante höchstwahrscheinlich gemütlich vor dem Kamin saßen.

Zielstrebig eilte er zur Eingangstür und klingelte. Wie vermutet, kuschelten die Frauen vor dem Kaminofen und betrachteten das knisternde Feuer, als er den Flur betrat. Katrin empfing ihn nicht wie gewohnt mit einem Kuss. Die beiden Frauen unterhielten sich angeregt, das hörte er sofort. Er ging zum Wohnzimmer, klopfte an die Holzzarge und bemerkte auf Anhieb, dass die Luft nicht von Harmonie geprägt, sondern zum Schneiden dick war. »Moin, meine Lieben. Was ist denn hier los?«, wollte er wissen, als er in Jacke und Mütze vor den beiden Frauen stand. Er hatte das ungute Gefühl, als ginge es um ihn, weil das Gespräch augenblicklich verstummte, als er das Zimmer betrat. »Was ist los?«, fragte er noch einmal. »Jungchen!«, rief Charlotte überschwänglich und sprang von ihrem Sessel auf. »Tee?«

»Lass uns das jetzt ausdiskutieren und hör auf mit deinem Tee!« Katrin wirkte auf Dirk richtig schlecht gelaunt. »Soll ich wieder gehen?«, fragte er und sah die Frauen an. Er zog die Stirn kraus und musste husten. Er war sicher, dass er störte. »Ne, mein Freund. Da es dich genauso betrifft, zieh mal lieber deine Jacke aus und setz dich. Hast du dich doch erkältet«, murmelte Charlotte. Ohne darauf einzugehen, ging er zurück in den Flur, zog Caban und Stiefel aus und marschierte zurück ins Wohnzimmer, während er seine Haare ordnete, die verschwitzt am Kopf klebten. »Setz dich und trink doch was! Du siehst nicht fit aus«, sagte Katrin. Dirk Westermann steuerte auf seine Freundin zu und drückte ihr einen Kuss auf die Lippen. »Tag, mein Schatz. Schön, dich zu sehen. Ich hoffe, es geht dir gut?«, spulte er seine Begrüßung herunter und betrachtete sie durch die Gläser seiner schwarzgerahmten Brille. Katrin sah ihn verwirrt an. Seine Augen wirkten glasig. »Ja ... oh ja, du hast ja recht. Entschuldige. Ich bin nur richtig sauer, dass Charlotte das einfach mal so entschieden hat.« Sie sah ihre Tante mit hochrotem Kopf an und pustete sich eine Haarsträhne aus dem Gesicht. »Aber was ist denn passiert? So schlimm kann es doch nicht sein, dass ihr zwei euch streitet. Egal, was es ist, da wird sich sicher eine Lösung finden, oder?«, hustete Dirk in die Armbeuge.

»Hört sich echt nicht gut an. Aber hast du eine Ahnung, wie schlimm es ist, worum wir uns hier so streiten? Setz dich lieber, sonst fällst du um.«

Dirk Westermann setzte sich neben Katrin auf das Sofa und lauerte. »Nun? Was ist so dramatisch?«

»Charlotte zieht aus, das ist so dramatisch!«, polterte Katrin. Dirk blieb der Mund offen stehen. »Wie, du ziehst aus? Willst du das Appartement verkaufen?«

»Nein, das will ich natürlich nicht. Aber ich muss auch weiterdenken. Ich werde schließlich nicht jünger und ... und ich möchte hier nicht den ganzen Tag alleine herumsitzen.«

»Aber du sitzt doch hier nicht alleine rum und hast alles, was du brauchst. Eine Wohnung mit einem Blick, für den andere töten würden und ich bin doch auch da«, rief Katrin. Ihre Stimme überschlug sich. »Ich will ja nicht ganz weg. Ich habe nur die Möglichkeit, ein kleines Häuschen in Burg zu mieten.« Sie sah für einen Moment zu Boden, dann wieder auf die beiden Menschen, die ihr am nächsten standen. Ihre Ohren waren gerötet und die Wangen glühten. »Ich wäre in der Nähe deines Büros und kann zu Fuß zum Arzt, wenn ich mal krank bin, und meine Freundinnen wohnen auch alle in Burg«, beendete sie fast trotzig ihren Satz. »Nun mal ganz sachte. Wie hast du dir denn das vorgestellt? Was soll denn aus Katrin werden? Sie muss sich dann ebenfalls eine neue Wohnung suchen.« Dirk schien erstaunt über Charlotte Hagedorns Anwandlungen zu sein. Er verstand nicht, was sie bewogen hatte, diesen herrlichen Flecken Erde aufzugeben. Sie liebte dieses Appartement, diesen einzigartigen Blick auf den Sund und die Strandspaziergänge. »Was ist denn plötzlich in dich gefahren?« Dirk nahm sich das Recht, so mit seiner Miss Marple zu sprechen. »In mich ist gar nichts gefahren. Aber ich sehe euch immerzu an und denke, dass ihr so nicht weitermachen könnt.« Endlich war es heraus. Charlotte sah die beiden an. Sie knetete ihre Hände und saß auf ihrem Sessel wie ein kleines Mädchen, das beim Klauen erwischt worden war. Ihr Blick senkte sich auf den Boden. Sie erwähnte nicht, dass sie das Gespräch der beiden belauscht hatte, sondern tat, als wäre es allein ihre Entscheidung. »Ja, aber wie hast du dir das weiter vorgestellt?«, wollte Westermann wissen und hustete erneut. Er räusperte sich. In ihm keimte auf einmal eine leise Hoffnung auf. Katrin schnaubte nach wie vor und schüttelte unentwegt den Kopf. »Lass es mich bitte erklären! Ich habe mir überlegt, dass du hier zu meiner Nichte ins Appartement ziehst und ich euch jederzeit besuchen kann, wenn ich Sehnsucht nach dem Sund habe. Ansonsten bin ich in der Stadt hervorragend aufgehoben. Die ganzen Altenteiler gehen schließlich alle nach Burg.«

Dirk sah sie verblüfft an. »Ja, aber wovon willst du das alles denn bezahlen? Ich kann dir das Appartement nicht abkaufen, und so viel Rente bekommst du auch nicht«, sagte Katrin immer noch trotzig. »Papperlapapp. Das habe ich mir genau überlegt.« Dirk richtete sich kerzengerade auf. Er hatte nicht zu hoffen gewagt, dass sich überhaupt etwas an der Situation ändern würde, und nun geschah genau das und schneller, als er es für möglich gehalten hätte. Er ahnte nicht, dass Charlotte Hagedorn seine innersten Sehnsüchte kannte. Wenn alles stimmig war, hatte seine Freundin keine Ausrede mehr, nicht mit ihm zusammenzuziehen. Charlotte lächelte und sah ihre Nichte liebevoll an. »Meine liebe Katrin. Falls ich mal nicht mehr bin, erbst du sowieso alles. Warum nicht mit warmen Händen geben?«

Katrins Gesicht erstarrte. »Aber ich will gar nicht erben. Du sollst 150 Jahre alt werden.«

»Das ist ja süß, meine Liebe, ändert allerdings nichts an der Tatsache, dass das Leben hier am Sund an mir vorbeifliegt. Ich möchte am Puls der Zeit sein, und das gelingt mir nur im Herzen der Insel.«

»Aber du kannst doch nicht noch ein Haus kaufen?«, sagte Katrin und schluckte. »Will ich auch gar nicht. Das Häuschen ist langfristig zu mieten, und Nele hat den Finger für mich drauf. Wenn ich zusage, geht es los. Ihr dürft dann gern die Miete übernehmen, und alle sind glücklich und zufrieden.«

»Und weiter?«

»Dann zieht dein Kommissar zu dir, und ihr seid glücklich bis ans Ende eurer Tage. Ist das so schlimm?«

»Aber so geht das nicht. Du kannst nicht über Dirks Zukunft entscheiden. Vielleicht will er das überhaupt nicht.«

»Einspruch! Darf ich jetzt auch mal etwas dazu sagen? Ich will es wirklich gern, du musst mich nur lassen.« Er sah sie von der Seite an. »Nein, so geht das nicht«, rief Katrin, sprang auf und verließ den Raum. Charlotte und Dirk hörten, wie die Tür zu ihrem Zimmer laut knallend ins Schloss fiel. »Da hast du aber etwas losgetreten«, sagte er und verschränkte die Arme vor der Brust. »Ja, mein Jung, ich sehe, wie ihr beide leidet. Da hatte ich die Idee mit dem Haus. Das war wirklich purer Zufall – ehrlich. Wenn alles klappt und du willst, dann übernehmt ihr die Miete und braucht kein schlechtes Gewissen haben. Wo ist das Problem?«

»Die Idee ist grundsätzlich wunderbar, aber du kennst deine Nichte. Sie wird dem niemals zustimmen. Und ich werde mich ihr nicht aufdrängen. Die Entscheidung muss sie allein treffen. Aber wenn es so sein soll … ich bin dabei.« Charlotte sprang auf und umarmte den Hauptkommissar herzlich. »Ihr würdet mich zum glücklichsten Menschen machen. Außerdem kann ich von Burg aus wesentlich besser recherchieren«, zwinkerte sie. »Lass die Lütte erst mal darüber nachdenken. Die braucht Zeit, um das zu verarbeiten. Du weißt ja, Insulaner brauchen ein bisschen länger.«

»Ich dachte, die Süße kommt aus Hamburg?«, lachte Westermann und hielt sich die Hand vor den Mund. Es musste den Anschein haben, als würden sie hinter Katrins Rücken etwas aushecken. Das wollte Dirk auf keinen Fall. Alles hing an einem seidenen Faden.

»Aber noch mal was anderes. Wie weit seid ihr mit euren Ermittlungen?«

»Nicht viel weiter. Ich hab eine Reihe möglicher Verdächtiger aufgesucht, die zur Zeit der damaligen Morde in Haft waren und somit nicht hätten töten können, aber …« Westermann schwieg. »Was aber?«, wollte Charlotte wissen, schlich zur Vitrine und kam mit zwei Schnapsgläsern zurück. Dann holte sie die Flasche mit dem Schlehenfeuer aus dem unteren Fach. Sie setzte sich und schenkte ein. »Hier, nimm. Das brauchen wir jetzt«, sagte sie und leerte ihr Glas in einem Zug. Dirk Westermann folgte ihrem Angebot und ließ die Flüssigkeit seine Kehle hinunterlaufen.

»Ach, das passt alles nicht. Der eine hat sich das Leben genommen, der andere hat ein wasserfestes Alibi, und der Ex-Freund der Christiansen ist nicht auffindbar.«

»Das war alles?«, fragte Charlotte und verzog den Mund.

»Ja, nichts, um genau zu sein. Und der Letzte auf meiner Liste ist genauso verschwunden wie der Ex von Stina Christiansen und kommt, meiner Meinung nach, auch nicht wirklich in Betracht.«

»Warum nicht?«

»Weil der einen Überfall verübt hat, bei dem der Inhaber durch seine Schuld ums Leben kam und seit seiner Entlassung abgetaucht zu sein scheint. Außerdem ist er behindert. Der kommt nicht infrage!«

»Behindert?«

»Ja, der hatte mit 18 einen schweren Motorradunfall, und seit der Zeit ist ein Bein verkürzt. Er ist gehbehindert und hinkt wahrscheinlich ziemlich auffällig.«

»Dann habe ich ihn gesehen«, sagte Charlotte entgeistert.

Westermanns Handy klingelte.

»Moin, na, Thomas, was gibt es? Ja, das könnt ihr doch machen. Ja, bis später.« Der Hauptkommissar beendete das Gespräch. »Und wo hast du ihn gesehen?«

»Auf dem Weg von Meeschendorf nach Burg ... zu Fuß.«

»Bist du sicher?«

»Natürlich. Ein dunkel gekleideter, schlanker Mann.«

»Hast du sein Gesicht gesehen?

»Nein, die Kapuze hatte er weit ins Gesicht gezogen.« Sie stutzte. »Aber dass er hinkte, das weiß ich genau. Ich habe mich noch darüber gewundert, dass jemand mit so einem Handicap zu Fuß nach Burg humpelt.«

»Das passt zur Beschreibung vom Hafenmeister. Vielleicht sind wir unserem Ziel näher, als wir glauben.« Westermann wirkte plötzlich hellwach. »Ich rufe die Spurensicherung an, und morgen stellen wir die Hütte und das ganze Gebiet noch mal gründlich auf den Kopf. Irgendwo muss der Kerl sein. Ich frage mich nur, was sucht der hier auf Fehmarn?«

»Wer war da eigentlich am Telefon? Was Wichtiges?«

»Ne, das war Thomas. Er wollte mir nur sagen, dass er mit Stina Christiansen morgen Nachmittag zur Hütte fährt, um ihre Sachen zu holen. Ihre Eltern kommen, um sie abzuholen.«

Charlotte sah, dass Dirk beinahe die Augen zufielen. Er schien angeschlagen zu sein. Er sah aus, als hätte er Fieber. Vorsichtig hielt sie ihren Handrücken gegen seine Stirn. Heiß. »Du glühst.« Charlotte war besorgt, stand auf, nahm die Wolldecke vom Hocker und legte sie über seinen Oberkörper. Westermann war von einer Sekunde zur anderen eingenickt. Die Künstlerin ahnte, dass ihm der Fall und die Streitgespräche mit Katrin zusätzlich Energie raubten. Sie wollte ihn für eine Stunde schlafen lassen und schlich leise aus dem Zimmer. Sie hoffte, dass sie ihrem Kommissar einen entscheidenden Hinweis gegeben hatte.

✳

Thomas Hartwig klopfte leise an Stinas Tür. Sie öffnete zögerlich und lugte zwischen dem schmalen Spalt hindurch.

»Ach du bist es«, sagte sie und zog ihn am Ärmel in das Appartement. Leise verschloss sie die Tür wieder. Stina stand in Jeans vor ihm und schmiegte sich an ihn. Sie war froh, nicht allein zu sein. Thomas schob sie von sich und betrachtete ihr blasses Gesicht. »Wie geht's dir? Alles in Ordnung?«

»Ja, mir geht es einigermaßen.« Stina versuchte ein zaghaftes Lächeln. »Ich muss mit dir sprechen. Kannst du mir mehr über deinen … Ex-Lover erzählen?«

»Ex-Lover, wie das klingt! Wir waren verlobt. Aber ich habe euch doch alles erzählt, was ich weiß. Was willst du denn noch hören?« Sie ging zum Sofa und setzte sich.

»Hat er irgendwelche krummen Geschäfte getätigt oder war er schon mal straffällig oder …«

»Halt, halt. Jetzt ist mal gut. Er war ein knallharter Geschäftsmann, aber mit mir ist er lieb und großzügig umgegangen. Ich sollte die Mutter seiner Kinder werden. Er hat mich nie grob angefasst, wenn du das meinst.« Thomas schluckte. Die Antwort schien ihm nicht zu gefallen. »Aber so glatt kann kein Mensch sein, als dass es nicht irgendwo eine Schwachstelle gibt.

Außerdem hat mir seine Assistentin ein völlig anderes Bild von ihm offengelegt. Er war ein Fiesling, was Frauen anging. Sie hat es anscheinend selbst am eigenen Leib erfahren«, knurrte Hartwig und setzte sich auf den Sessel neben der Couch. Er zog den Reißverschluss seiner Lederjacke runter und zerrte den Schal vom Hals. Stina drehte eine lange Haarsträhne zwischen ihren Fingern. »Woher willst du das wissen?«, fauchte sie. »Recherche, meine Süße und … du hast mir selbst erzählt, dass du ihn in flagranti in eurem Bett mit einer anderen erwischt hast, und deiner Aussage nach war das kein Blümchensex. Da kann irgendwas nicht koscher sein. Ist dir das nicht merkwürdig vorgekommen?«

Stina zuckte mit den Schultern. »Ich weiß überhaupt nicht mehr, was ich von der ganzen Sache halten soll«, schluchzte sie plötzlich auf. »Ruf doch seine Kumpels an, die können dir sehr wahrscheinlich weit mehr über ihn erzählen. Die haben viele Nächte mit ihm verbracht. Ich war so gut wie nie in seinem Büro. Das wollte er nicht. Mit denen aber hat er jede Menge Zeit verbracht.« Thomas wurde hellhörig. »Hast du Namen, Adressen, Telefonnummern? Dann kümmere ich mich darum.« Warum hatten sie nicht früher daran gedacht …

»Aber warum willst du das alles so genau wissen? Er hat doch nichts mit dem Tod meiner Freundinnen zu tun, oder?«

Auf einmal wurde Stina kreidebleich.

»Nein, mach dir keine Sorgen. Aber wir müssen uns ein Bild von dem Mann machen, der dich hintergangen hat und dir bis auf die Insel gefolgt ist. Verständlich, oder? Es ist nur eine dünne Spur, aber sie ist nicht mehr von der Hand zu weisen.«

Stina nickte. Sie wirkte hilflos und wusste nicht, wie sie sich verhalten sollte. Ihr Herz klopfte, und ihre Stimmung schwankte ständig. Und sie konnte Thomas' zornigen Blick nicht einordnen. »Bist du böse auf mich?«, wollte sie wissen. »Auf dich? Oh nein! Natürlich nicht.« Hartwig sprang vom Sessel auf und trat auf Stina zu. Er zog sie an sich und wiegte sie in seinen Armen. »Ich bin doch nicht böse auf dich. Aber ziemlich sauer auf dieses Schwein, und wenn ich den erwische, dann soll er sich warm anziehen. Wie könnte ich dir böse sein?« Er gab ihr einen Kuss auf die Wange und schob sie von sich. »Ich muss jetzt noch mal weg. Aber wenn ich wiederkomme, fahren wir zu dieser Hütte und holen deine Sachen. Ist das für dich okay? Eigentlich wollte ich das morgen mit dir machen. Aber was wir haben, haben wir, oder?« Stina nickte und wurde rot. »Kann ich nicht mitkommen ... jetzt?«

»Nein, bleib du hier, falls deine Eltern eintreffen. Ich bin schnell wieder zurück, damit wir vor dem Dunkelwerden zur Hütte kommen.« Er nahm sie in den Arm und drückte sie fest an sich. Stina schlang ihre Arme um seinen Hals.

Hartwig griff nach seinem Schal, schloss die Jacke wieder und verabschiedete sich. Dann lief er die Stufen hinunter.

*

Westermann blinzelte, als er den Duft von Zimt wahrnahm. Er liebte den Geruch und schlug die Augen ganz auf. Sein Gesicht glühte noch mehr als zuvor. Er fühlte sich schlapp. Charlotte war dabei den Tisch zu decken und stellte die Kuchenplatte mit dem Apfelkuchen in die Mitte. Westermann rieb sich die Augen. »Bin ich eingeschlafen?« Sie nickte. »Und wo ist Katrin? Hat sie sich wieder beruhigt?«

»Die Hiobsbotschaft hat euch anscheinend ziemlich viel Kraft gekostet. Sie schläft auch, tief und fest. Ich lass sie noch ein Weilchen.«

Westermann stand auf und sog den Geruch von frisch aufgebrühtem Kaffee ein. »Das riecht aber gut, Charlottchen. Das wird meine müden Lebensgeister wieder mobilisieren. Ich weiß gar nicht, was mit mir los ist. Ich fühl mich richtig schlapp.« Er setzte sich zu ihr an den Tisch, während sie ihm Kaffee einschenkte. Dann schnitt sie den Kuchen an und legte ihm ein Stück auf den Teller. »Nicht so viel, Charlotte. Genug!«

Sie lächelte und schob sich ein nicht minder großes Stück auf den Kuchenteller. »Auf Fehmarn isst man entweder richtig Kuchen oder gar nicht. Nun können wir doch noch ein wenig fachsimpeln, wo ich dich für mich allein habe. Aber sag mal, du hast dich hoffentlich nicht mit diesem Virus angesteckt?«, murmelte sie und stopfte sich ein Stück in den Mund. Westermann schüttelte den Kopf. »Ich? Nein, ganz sicher nicht.« Sein Handy klingelte. »Ja, Becker, was gibt's? Was? Wieso erfahre ich das erst jetzt? Vergessen? Und … und von wem sind die Fingerabdrücke? Red schon!« Der Hauptkommissar sah seine Tischnachbarin fassungslos an. »Mann, das hätte ich längst wissen müssen.« Wütend beendete er das Gespräch. »Was ist los?« Charlotte Hagedorn konnte das Schweigen Westermanns kaum ertragen. »Sie haben einen Treffer auf dem Hafenmeisterboot gelandet, und Becker hat die Information seit gestern auf dem Tisch liegen und vergessen! Dieser Depp!«

»Dirk! Red schon, wer ist es?«

Die selbsternannte Miss Marple konnte ihre Aufregung kaum verbergen. Ihr Gesicht wurde rot, und sie zappelte auf ihrem Stuhl herum.

»Die Fingerabdrücke sind von diesem Hanke.«

»Was?«, rief Charlotte.

»Wie sich jetzt herausstellt, muss er sich auf dem Hafenmeisterboot aufgehalten haben«, sagte Westermann und sah sie erstaunt an. »Aber warum? Das ergibt keinen Sinn? Ich könnte schwören, dass er allein wegen seines Handicaps nicht der Täter ist. Wenn er tatsächlich das Boot benutzt hat, dann allenfalls, um unerkannt zu seiner Beute zu kommen. Das ist für mich die einzige Erklärung. Er hat meiner Meinung nach nichts mit den Morden zu tun.«

»Dirk. Das ergibt jetzt alles sehr wohl einen Sinn. Der hat sehr wahrscheinlich keinen Wagen und konnte so unerkannt zum Wald kommen. Ich habe ihn selbst gesehen. Diesen Weg machst du einmal, aber nicht öfter! Er wollte zu seiner Beute, aber die Mädels kamen ihm in die Quere. Die *musste* er beseitigen.

Aber, um ganz ehrlich zu sein, ich hatte auch eher die Vermutung, der Andresen, dieser Schuft, war's.

Somit festigt sich meine erste Idee, dass der Hanke der Mörder sein kann, weil er die letzten zehn Jahre durch seine Inhaftierung nicht in der Lage gewesen wäre zu töten«, murmelte Charlotte.

»Ich habe es von Anfang an nicht für unmöglich gehalten. Meiner Meinung nach ist der Hanke körperlich überhaupt nicht dazu in der Lage. Aber diese Theorie hatten wir auch bereits.« Westermann schüttelte verwirrt den Kopf. »Die Mädchen hätten sich vehement gewehrt. 100-prozentig.«

Der Hauptkommissar sprang auf, eilte in den Flur und zog das Notizbuch aus der Jackentasche. »Was ist denn los?«, fragte Charlotte erstaunt. »Ich muss es jetzt genau wissen. Ich habe da so ein merkwürdiges Bauchgefühl. Vielleicht kannte der sich hier doch gut aus.« Er suchte nach der Telefonnummer der Gutsbesitzer. Dann nahm er sein Handy aus der Hosentasche und wählte. Charlotte schwieg. Sie rutschte auf dem Stuhl umher, und ihre Ohren fingen an zu glühen. »Moin, Westermann, ja, Kripo Oldenburg. Ich habe eine wichtige Frage. Hatten Sie vor ungefähr zehn Jahren einen Feriengast in ihrer Hütte mit dem Namen Marcel Andresen? Das versteh ich. Ja bitte, rufen Sie mich umgehend zurück. Ich warte auf Ihren Anruf.«

»Und?«

»Sie muss eine etwaige Buchung erst raussuchen und meldet sich später.« Er sah Charlotte an und überlegte. »Ich denke, er könnte unser Mann sein. Ich glaube, ich liege nicht falsch, wenn ich sage, dass der Hanke irgendwo auf der Insel seine Beute von damals versteckt hat und sie jetzt holen will. Dieses Zusammentreffen der beiden unterschiedlichen Geschichten im Wald, zum einen die der Mädchen, die einfach nur Urlaub machen wollen, zum anderen der Mann, der seine Beute holen will, ist reiner Zufall.«

»Das wäre nicht abwegig«, mutmaßte Charlotte.

»Und wenn der eine so schwere Behinderung hat, dann hätten sich die Mädchen wehren können«, sagte Westermann erneut, als wollte er seine eigenen Worte bekräftigen. »Die waren sportlich und die Tilda … nein.«

»Bei dem Andresen bin ich mir nicht sicher, ob sie sich hätten wehren können. Das war ein richtig aggressiver Typ, als er da vor der Hütte auftauchte. Und er sah nicht gerade zierlich aus«, entgegnete Charlotte.

Dirk blätterte in seinem Notizbuch. Erneut wählte er eine Nummer. »Wenn rufst du jetzt …«

»Psst. Ja, Westermann, Kripo Oldenburg. Ja, ich war bei Ihnen. Ich habe eine wichtige Frage an Sie. Hat Ihr Bruder jemals von der Beute des Überfalls gesprochen oder wo er sie versteckt hat? Nein? Danke. Ach ja, hat er irgendwann mal Fehmarn erwähnt, Urlaub oder Ähnliches? … Was? … Sie waren schon als Kinder dort? Das ist interessant. In Meeschendorf. Das ist gut zu wissen. Also kannten sie beide die Insel. Danke noch mal. Sie haben mir sehr geholfen.« Charlotte sah ihn entgeistert an. »Ja, du hast es gehört. Hanke kannte sowohl die Insel als auch den Staberholz. Sie haben da als Jugendliche ihre Ferien in einer Ferienfreizeit in Meeschendorf verbracht und sind des Öfteren im Wald gewesen. Ich gehe davon aus, dass Hanke den Forst als sicheres Versteck für seine Beute ausgeguckt hat.« Westermann machte Notizen. »Das erklärt auch, warum er dort herumgelungert ist und du ihn auf dem Weg nach Burg gesehen hast. Und es bedeutet, dass er zu Fuß unterwegs war und sich ein besseres Transportmittel gesucht hat – das Boot von diesem Hafenmeister. Ich denke, Ludger will an seine Beute und dann verschwinden. Der hatte kein Interesse an den Frauen.« Er leerte seine Tasse »Noch ein Stück Kuchen?«, bat er Charlotte und deutete auf den Apfelkuchen, als sein Handy erneut klingelte. »Ja … ach, wunderbar. Sie haben die Unterlagen gefunden? Aha … nichts, kein Andresen … Danke. Sie haben uns wirklich sehr geholfen. Was mit dem Mann ist? Kann ich Ihnen im Moment nicht sagen. Laufende Ermittlungen.« Auf einmal kam ihm eine Eingebung. »Ist vielleicht der Name Hanke in Ihren Buchungsunterlagen aufgetaucht? Ich weiß, dass das unmöglich ist. War nur eine Vermutung. Ja, ich warte.« Westermann verzog das Gesicht und hielt die Hand über das Handy. »Sie sucht … oh … das ist klasse, vielen Dank.« Dirk beendete das Gespräch. »Also, die hat mich ganz schön runtergeputzt. Aber, Hanke hatte im Februar 2011 für eine Woche die Hütte gemietet. Ich glaube, er hat die Beute nach dem Überfall dort irgendwo versteckt. Die ist laut polizeilichen Aufzeichnungen bis heute nicht wieder aufgetaucht. Wir müssen morgen, sobald es hell ist, die Spurensicherung auf die Beute ansetzen. Ich bin sicher, wir finden etwas, wenn er seinen Schatz nicht bereits gehoben und die Insel verlassen hat.«

»Ja, ich glaube auch, er ist mit dem Boot von Hinnerk gefahren, um von der Seeseite zum Wald zu gelangen. Wenn er die Insel kennt, weiß er, wie er zum Staberholz kommt, ohne entdeckt zu werden.«

Westermann schüttelte den Kopf. »Ein einziger Fingerabdruck. Unfassbar! Ich frage mich nur, wie er auf die Insel gekommen ist? Der muss irgendeine Mitfahrgelegenheit gehabt haben, weil er weder ein Auto, geschweige denn einen Führerschein hat. Das hat mir sein Bruder erzählt.«

»Mit der Bahn?«, überlegte Charlotte.

»Die Gefahr, mit einem öffentlichen Verkehrsmittel zu fahren und erkannt zu werden, ist viel zu groß. Er wurde gerade erst aus der Haft entlassen, und ich denke, dass die Kollegen ihn mit Sicherheit im Auge behalten, um an die verschwundene Beute zu kommen. Die geben nicht so schnell auf. Ich schätze, der hat sich abgeseilt, weil er weiß, dass die vom LKA ihn observieren. Und irgendwie ist er ihnen durch die Lappen gegangen. Reine Spekulation.

Ich glaube eher, dass er per Anhalter gefahren ist«, mutmaßte Westermann und leerte die Tasse. »Wir müssen die Fahndung ausweiten, so viel ist sicher. Vielleicht finden wir ihn dann endlich. Zumindest kommt dann die Beute wieder zum Vorschein. Und letztendlich, wenn wir ihn haben, können wir die Befragung in unserem Fall durchführen.

Viel wichtiger ist es aber, diesen Marcel Andresen dingfest zu machen. Der ist weitaus gefährlicher. Sein Hass wird mittlerweile so groß sein, dass er alles daransetzen wird, um an Stina Christiansen heranzukommen. Und sei es, um sie ebenfalls zu töten. Dieser gleiche Schauplatz beider Aktivitäten ist purer Zufall, wenn auch ein perfider.«

Dirk hustete und fuhr sich über den kratzigen Dreitagebart, als Katrin den Raum betrat. »Ach, ihr esst fleißig Kuchen, und ich?«, murrte sie und huschte verschlafen auf Dirk zu. »Komm, setz dich auf meinen Schoß. Sollst auch was abhaben.« Westermann lächelte sie zaghaft an und räusperte sich. Katrins Wangen waren rosig und ihre Haare umrahmten ihr ebenmäßiges Gesicht. Er zog sie auf seinen Schoß und schob ihr mit seiner Gabel ein Stück Apfel-Zimt-Kuchen in den geöffneten Mund. Sie lehnte sich gegen seinen Brustkorb. Charlotte beobachtete die beiden und hoffte, dass alles gut werden würde, als Dirk erneut hustete. »Das solltest du aber wirklich nicht mehr auf die leichte Schulter nehmen«, mahnte Katrin. Er winkte ab, nahm noch einmal sein Handy zur Hand und wählte die Nummer von Thomas. »Du siehst nicht gut aus. Du solltest dich hinlegen«, flüsterte sie. »Hoffentlich hast du dich nicht mit diesem Virus angesteckt, dann sind wir alle in Gefahr.«

KAPITEL 26

Es schneite seit Stunden. Der Sturm peitschte weiße Eiskristalle über die Felder und schob sie vor den Knicks zusammen, sodass sie sich zu gewaltigen Schneeverwehungen auftürmten. Stina saß im Wagen und bog in die einsame Straße, die zum Staberholz führte. Thomas war nicht gekommen, und sie wollte ihre Sachen holen, solange es hell war. Sie war wütend darüber, dass er sie alleine zur Hütte fahren ließ, obwohl sie verabredet gewesen waren. Sie hatte sich so auf ihn verlassen. Der Wagen schlitterte gefährlich auf der schneeglatten Fahrbahn. Stina zwinkerte mit den Augen, um überhaupt irgendetwas erkennen zu können. Sie fluchte, was ihre Angst zum Ausdruck brachte. Sie hatte Thomas nicht einmal anrufen können, um ihm Bescheid zu geben, dass sie unterwegs war. Ihr Handy befand sich noch immer bei der KTU. Sie hoffte, dass er am Eingang zum Wald auf sie warten würde. Er hatte gesagt, so schnell wie möglich. Wie gut, dass Frau Martin ihre Notiz für ihn entgegengenommen hatte. Vielleicht hatte sie ihn falsch verstanden. Er würde ihre Mitteilung erhalten, wenn er sich nicht schon auf dem Weg zum Forst befand, da war sie sicher.

Trotzdem war ihr auf einmal nicht mehr wohl bei dem Gedanken, sich alleine in diesem Gebiet aufzuhalten. Kein Licht weit und breit. Sie holte tief Luft und konzentrierte sich wieder auf die rutschige Fahrbahn. Das Dröhnen des Sturms drang bis ins Wageninnere und verursachte ihr eine Gänsehaut. Jede Böe ließ den ganzen Wagen erzittern.

Stina schluckte und folgte mit ihrem Blick dem Lichtkegel der Scheinwerfer, als ein Hase plötzlich über die schmale Fahrbahn hoppelte und sie erschreckt auf die Bremse trat.

*

Thomas Hartwig fuhr an die Zapfsäule der Tankanlage. Er hatte die Hausbesichtigung im Eiltempo hinter sich gebracht und rief nun Frau Martin an, damit sie Stina ausrichten möge, er wäre auf dem Weg. Thomas hatte sich Sorgen gemacht und wollte nicht, dass sie sauer auf ihn war. Sie erwiderte, dass sie längst mit dem Auto dieser toten Freundin losgefahren sei, weil ihre Eltern sich angekündigt hätten, die schon kurz vor der Insel waren.

Er hatte sie doch eindringlich gebeten, auf ihn zu warten! Hartwig wurde nervös. Jetzt musste er sich beeilen. Vor ihm standen vier Wagen an den Säulen, die Fahrer hielten sich im Inneren der Tankstelle auf, um zu bezahlen. Der Wind wirbelte Schneeflocken unter das Dach der Tanksäulen. Thomas zog den Kragen seiner Lederjacke hoch und blies sich warmen Atem in die Hände, während er darauf hoffte, dass endlich eine der Säulen frei wurde. Er sah auf seine Uhr. Wertvolle Minuten verstrichen. Sauwetter, dachte er und war froh, als der Wagen vor ihm endlich losfuhr. Thomas hielt den Zapfhahn in den Tank und wartete so lange, bis die Zapfsäule klickte. Er hängte den Zapfen zurück und rannte über den Platz zum Häuschen. Als er die Tür öffnete, kam ihm ein warmer Schwall nach Öl und Bier riechende Luft entgegen. Ein Mann stand abseits der Kasse an einem runden Stehtisch und starrte ihn durch zusammengekniffene Augen missbilligend an, während seine Lippen an einer Bierflasche hingen. Hartwig hatte mitbekommen, dass Fremde und ihre Nummernschilder zurzeit ausgiebig beäugt wurden. Er stellte sich hinter die drei Personen, die durchwegs mit Mundschutz vor dem Gesicht und in gesichertem Abstand darauf warteten, bezahlen zu können. Automatisch zog er seinen Schal über Nase und Mund, obwohl er wusste, dass das kein geeigneter Schutz gegen dieses verdammte Virus sein würde. Er musste sich beeilen. Es stand so viel auf dem Spiel.

Eine halbe Stunde war es her, seit er mit Nele Martin telefoniert hatte, die ihm erzählt hatte, das Stina mit Lottas Wagen unterwegs war. Er sah immer wieder auf seine Armbanduhr. Eindringlich hatte er sie gebeten, auf ihn zu warten, aber sie hatte sich anders entschieden und wollte sich, nach Aussage der Vermieterin, am Eingang des Waldes mit ihm treffen. Wie leichtsinnig. Was, wenn der Mörder in diesem verdammten Wald lauert?

Wenn Dirk das mitkriegt, habe ich ein echtes Problem, stellte er fest, während er in der wartenden Schlange nervös mit den Füßen wippte. Eine ältere Frau mit dickem Mantel, tief ins Gesicht gezogener Wollmütze und selbstgenähtem Mundschutz drängte sich an ihm vorbei zum Ausgang. Der dünne Kerl, der nach ihr an der Reihe war, zahlte per Kreditkarte, bestellte zwei Schachteln Zigaretten und entschied sich am Ende noch für eine Packung Kaugummi, die nachträglich gebongt und mit Karte bezahlt werden musste.

Hartwig trommelte mit den Fingern auf seine Unterarme, als das Handy in seiner Jackentasche klingelte. Hastig zog er es heraus und schaute auf das Display. »Verdammt«, murmelte er, wurde augenblicklich rot und nahm zögernd das Gespräch an. »Ja?« Am anderen Ende war Dirk Westermann. »Wo bist du? Habt ihr die Sachen geholt?«

»Chef, ich steh hier in Großenbrode. Der Tank war fast leer und ...«

»Was? Sieh zu, dass du die Kleine abholst und ihr das erledigt. Das Wetter lässt euch sonst nicht mehr zum Wald kommen.«

»Sie ist schon auf dem Weg«, stotterte Hartwig leise. »Wie, auf dem Weg?«, wollte Westermann wissen. Seine Stimme klang hart. Thomas hörte an der Stimmlage seines Chefs, dass es für ihn ungemütlich wurde. »Sie ist mit Lottas Wagen zum Wald und will mich dort am Waldrand treffen«, murmelte er.

»Sie sofort zu, dass du da hinkommst! Passiert der Kleinen etwas, drehe ich dir eigenhändig den Hals um. Was, wenn der Kerl hier noch irgendwo unterwegs ist? Du hattest eine ganz klare Anweisung. Was ist, wenn der genau dort auf sie wartet?«, röchelte Westermann heiser.

Das Gespräch wurde jäh unterbrochen. Thomas Hartwig schluckte. Sein Hals wurde rau. Er wusste, dass er keine Zeit verlieren durfte. Er drängte sich ungefragt an den Wartenden vorbei, zückte seinen Dienstausweis und sagte mit rauer Stimme: »Dies ist ein Polizeieinsatz!« Er legte unaufgefordert einen 50-Euro-Schein auf die Kasse, verließ den Kiosk und rannte zum Wagen zurück. Hektisch startete er den Motor und packte das Blaulicht auf das Autodach.

Dann raste er mit quietschenden Reifen vom Gelände.

✻

Der Wagen, in dem Stina saß, geriet ins Schleudern. Der Hase war verschwunden, und sie hatte Mühe, das Auto zurück in die Spur zu bekommen. Sie trat vorsichtig auf die Bremse und brachte den Wagen rutschend zum Stehen. Ihr Herz raste, und ihre Finger klebten schweißnass am Lenkrad. Um sie herum herrschte unheimliches Geheule. Es wurde schon dämmerig, und der Sturm, der den Schnee wild vor sich hertrieb, verursachte ihr Angst. Ein Schauer nach dem anderen jagte ihr über den Rücken. Die Lage wurde immer chaotischer und sie würde kaum noch Zeit haben, ihre Sachen aus der Hütte zu holen, bevor der Schnee die Straße unbefahrbar gemacht hatte. Gott sei Dank würde Thomas bei ihr sein. Stina hoffte, dass er auf sie wartete.

Langsam rollte der Wagen wieder an. Mit Schritttempo fuhr sie Richtung Wald, der sich mächtig und finster vor ihr aufbaute. Sie war erleichtert. Gleich hatte sie ihr Ziel erreicht. Morgen verließ sie endlich mit ihren Eltern diesen unglücksbringenden Ort, der den Rest ihres Lebens in ihr Gedächtnis eingebrannt sein würde. Nie wieder würde sie diese Insel betreten. Langsam bog sie in den schmalen Waldweg ein. Sie konnte kaum etwas sehen, der Schnee hatte die Seitenscheiben und das Heckfenster zugepappt. Ihre Hände fingen an zu zittern, als sie feststellte, dass von Thomas Hartwig keine Spur zu sehen war. Ihre Enttäuschung wich einer unbändigen Wut, die sich in ihrem Körper ausbreitete. Sie schnaubte und klopfte mit ihrer Hand immer wieder gegen das Lenkrad. »Verdammt … verdammt, als hätte ich es geahnt.« Ihr Gesicht glühte. »Jetzt kann ich hier in dieser Wildnis auf ihn warten«, fluchte sie laut. Sie lenkte den Wagen an die Seite und stellte den Motor aus, um zu überlegen, was sie tun sollte.

Was, wenn er überhaupt nicht kam, wenn ihn etwas aufgehalten hatte. Sie konnte ihn nicht einmal telefonisch erreichen. Allein die Gewissheit, alleine zu sein, schürte Angst in ihr. »Was mache ich denn jetzt?« Das Wetter hatte ihr bereits einen dicken Strich durch die Rechnung gemacht und nun die Sache mit Thomas Hartwig. Sie musste sich selbst helfen. Das ungute Gefühl in ihrer Brust schnürte ihr die Kehle zu. Gleichzeitig verspürte sie den Drang, das hier jetzt zu Ende zu bringen. Ob mit ihm oder ohne ihn. Entschlossen wischte sie ihre Angst beiseite, zog den Reißverschluss ihres Anoraks hoch, stülpte die Kapuze über den Kopf und stieg aus dem Wagen. Der Schnee peitschte ihr eiskalt ins Gesicht, als sie gegen das Schneegestöber ankämpfte.

*

Hartwig fuhr schneller, als das Wetter es eigentlich zuließ, auf die Brücke und geriet prompt ins Schleudern. Der Wind hatte flache Schneewehen vor ihm aufgetürmt, die den Wagen ins Schlingern versetzten. Nur mit Mühe brachte er das Auto wieder unter Kontrolle. Seine Hände schwitzten und er musste den Puls runterbringen. Watson lag im Fond und jaulte unentwegt. »Sei still«, ermahnte er den Hund, leise zu sein.

Unkonzentriert fuhr er durch die menschenleere Altstadt. Das Virus hatte auch hier alles außer Kraft gesetzt. Die Erde stand still. Kaum ein Licht, das die Straßen erhellte. Sämtliche Geschäfte waren dunkel und verschlossen. Nur die Reklametafel des Lebensmittelmarktes leuchtete. Langsam rollte er über das Kopfsteinpflaster. Er wusste, wie rutschig die Fahrbahn hier sein konnte. Nur wenig später erreichte er Meeschendorf. Links und rechts der Straße hatte sich der Schnee fast einen Meter hoch aufgetürmt. Einige Schneewehen hatten sich in die Fahrbahn geschoben. »Verdammte Scheiße. Wir müssen sehen, dass wir hier wieder wegkommen«, fluchte er und gab Gas.

*

Stina blies der eisige Wind wie mit feinen Nadelstichen ins Gesicht, bis sie den Wald betrat. Es wurde zunehmend dunkler, und ihre Wangen brannten wie Feuer. Wenn sie gehofft hatte, zwischen den Bäumen wäre es ruhiger, hatte sie sich getäuscht. Zu dem Sturm, der die Schneeflocken zwischen Ästen und Bäumen hindurchtrieb, kam das gruselige Tosen der Brandung, die direkt unterhalb der Steilküste tobte und in ihren Ohren dröhnte. Stina konnte die Geräusche des Sturmes und des Meeres nicht mehr voneinander unterscheiden. Es erschien ihr wie ein unendlicher Missklang von bedrohlichen Lauten, die durch den dunklen Wald jagten. Gegensätzlicher konnten Empfindungen nicht sein. Stina schluckte und versuchte, ihre Angst zu unterdrücken. Sie musste couragiert sein und stapfte in der Hoffnung, Thomas würde bald nachkommen, voran. Sie konnte die Hand vor Augen kaum noch sehen und wusste doch genau, welchen Weg sie einschlagen musste. Der Schnee lag an Stellen, wo der Wald kleine Lichtungen aufwies, mittlerweile bis zu 30 Zentimeter hoch, und sie war froh, dass sie ihre fellgefütterten Stiefel anhatte, die wenigstens die Füße warm und trocken hielten.

Die Hände tief in die Taschen ihrer Jacke vergraben, stapfte sie weiter. Morgen würde sie diesen grausamen Ort mit ihren Eltern verlassen. Trotz der Kälte und der Finsternis breitete sich auf einmal Wärme in ihrem Körper aus. Nur noch wenige Schritte, dann hatte sie die Hütte erreicht. Sie blieb erleichtert stehen, klopfte den Schnee von ihrer Jacke und setzte einen Fuß auf die knarrenden Stufen. Als sie sich auf die Tür zubewegte, entdeckte sie fahles Licht im Inneren der Hütte. Entsetzt blieb sie stehen.

Sie fürchtete, ohnmächtig vor Angst zu werden.

*

Endlich hatte Thomas Hartwig Staberdorf erreicht. Nur noch wenige Kilometer, dann war er am Ziel. »Hoffentlich ist die Kleine nicht schon da«, brummte er.

Der Weg wurde mit jedem Meter, mit dem er sich dem Staberholz näherte, unübersichtlicher. Der Sturm hatte den Schnee so auf die Fahrbahn geweht, dass dem Wagen kaum noch Platz blieb, um zügig voranzukommen. »Ich hoffe, sie ist nicht da«, murmelte Thomas und stellte das Fernlicht an, um besser sehen zu können. Die Scheibenwischer schafften es kaum, die Frontscheibe schneefrei zu halten.

*

Stinas Herz raste. Sie drehte sich um und schlitterte die Stufen wieder hinunter, um schnellstens zu verschwinden, als hinter ihr die Tür aufgerissen wurde. Sie wollte nicht wissen, wer sie geöffnet hatte. Sie konnte kaum mehr atmen und wusste, dass Thomas es nicht sein konnte, weil sie sein Auto nirgends entdeckt hatte. Ein stechender Schmerz erfasste sie, als sie auf der letzten Stufe umknickte und ihr übel wurde. Sie hatte das Gefühl, ohnmächtig zu werden. Benommen versuchte sie, sich humpelnd von der Hütte wegzubewegen und die Bäume als Deckung zu nutzen. Sie wusste, dass möglicherweise ihr Leben davon abhing, unentdeckt zu bleiben. Jetzt war sie dem Sturm dankbar, der das Geräusch ihrer Schritte in der Dunkelheit verschluckte. Keuchend verbarg sie sich hinter einem Baumstamm, als sie sich weit genug von der Hütte entfernt wähnte. Sie drehte den Kopf, um zurückzuschauen. Sie hoffte, dass derjenige sich zurückgezogen und nicht bemerkt hatte, dass sie überhaupt dagewesen war. Angsterfüllt presste sie die Hand gegen ihre Brust. Sie musste den Wald schnellstens wieder verlassen und darauf hoffen, dass Thomas kam. Was ist mir nur eingefallen, alleine hierher zu kommen?, haderte sie mit sich. Tränen stiegen in ihren Augen hoch und liefen heiß brennend über ihre Wangen. Noch einmal drehte sie den Kopf, sah zur Waldhütte und entdeckte plötzlich einen Lichtkegel, der direkt in ihre Richtung zeigte und anscheinend das Gelände absuchte. Der hat mich doch bemerkt. Der wird mich töten, rasten unkontrollierbare Gedanken durch ihren Kopf. Sie begriff, dass, wer immer sich in der Hütte befunden hatte, ihr auf den Fersen war. Stina schluckte und hielt die Luft an. Panisch überlegte sie, wie sie aus der Falle entkommen könnte. Sie musste sofort hier weg. Sie wollte weiterlaufen, als sie den brennenden Stich in ihrem linken Knöchel wahrnahm, der bis zu ihrem Kopf hochschoss. Stöhnend presste sie ihren Körper dichter an den Baumstamm. Sie bekam keine Luft mehr, so sehr beherrschte er sie. Stina hielt inne, lauschte und hoffte, dass er sie nicht fand. Sie betete, dass er in die entgegengesetzte Richtung lief. Der Lichtkegel entfernte sich tatsächlich von ihrem Versteck, als sie den Kopf erneut zur Hütte drehte. Stina atmete erleichtert auf. Sie presste die Hand auf den Mund. Sie musste zum Auto, so schnell wie möglich. Vielleicht war Hartwig schon auf dem Weg zu ihr. Sie hoffte es so sehr und wollte ihm entgegenlaufen. Bitte, lieber Gott, lass ihn da sein. Ein letztes Mal wollte sie sich vergewissern, dass der Verfolger weg war, bevor sie weiterlief, als sich der Lichtpunkt plötzlich wieder näherte. Stina verhielt sich ganz still. Ihr Körper zitterte, und die Hände fingen an, taub zu werden. Sie war froh, dass es dunkel war und der Sturm ihre Bewegungen nicht verriet. Dann stapfte die dunkle Gestalt an ihr vorbei. Es war nur eine Frage der Zeit, bis er sie entdeckte. Denn, dass ein Mann sie verfolgte, dessen war sie sich sicher. Das tiefe Atmen, die schweren, schleppenden Schritte. Dass es derselbe war, der ihre Freundinnen getötet hatte, daran hatte sie mittlerweile auch keinen Zweifel mehr. Stina hielt den Atem an, als sie sah, dass der Lichtkegel zurückschwenkte. Sie bewegte ihren Körper um den Baumstamm, um aus seinem Sichtfeld zu verschwinden, und wusste, dass sie nur eine einzige Chance hatte. Sie musste sich in der Hütte verstecken und warten, bis Thomas kam. Er musste jeden Augenblick kommen. Stina nahm all ihren Mut zusammen, überwand ihre Angst und den beißenden Schmerz und humpelte, so schnell sie konnte, Richtung Hütte. Sie wollte sich im Geräteschuppen hinter der Waldhütte verstecken. Dort würde er sie hoffentlich nicht vermuten. Der schwerfällige Schritt des Mörders kam näher. Sie schlich von einem Baumstamm zum nächsten, um unbemerkt näher an die Hütte zu kommen. Die Kälte hatte ihre Finger betäubt. Ihre Nase lief und ihre Kräfte verließen sie. Mit eisernem Willen schleppte sie sich weiter. Das Licht der Ferienhütte rückte näher. Als sie wahrnahm, dass die Tür offenstand, hechtete sie die Treppenstufen hoch. Es war allemal besser als der Schuppen. Sie konnte die Tür verriegeln und sich in der Hütte verschanzen. Plötzlich erschien ihr die alte Holzhütte wie eine rettende Trutzburg. Sie musste den Mörder ihrer Freundinnen aussperren, bis Hilfe kam. Die Tür hatte ein sicheres Schloss. Sie würde nicht kampflos aufgeben. Sie hinkte ins Innere und schob, so geräuschlos sie konnte, die Tür zu. Der Schlüssel? Wo war der Schlüssel? Da steckte kein Schlüssel! Sie hatte keine Zeit, nach ihm zu suchen. Die Tür ließ sich nicht verriegeln. Sie hörte den Mann näherkommen. Stina zerrte die Kapuze vom Kopf und sah sich um. Lange Haarsträhnen hingen vor ihrem Gesicht. Die Haut glühte und in ihren Augen schimmerten Tränen. Dann sah sie die Kommode. Mit letzter Kraft hinkte sie darauf zu und schob das Möbelstück schwer atmend vor die Tür, in der Hoffnung, die Anrichte würde den Mann zumindest für eine Weile abhalten. Stina sah sich hektisch um und entdeckte eine im alten Holzfußboden eingelassene Luke, die einen Spalt weit offen stand. Tilda hatte also doch recht gehabt, kam es ihr in den Sinn. Keine Zeit mehr. Ich habe keine Zeit mehr.

Stina hörte, wie der Mann sich der Hütte näherte und die Stufen hinaufhumpelte. Die junge Frau riss schweißgebadet mit letzter Kraft die Luke zurück und starrte in ein finsteres Nichts!

✳

Thomas Hartwig bog in die Straße zum Staberholz ein. Die Fahrbahn war kaum noch erkennbar, und die Verwehungen hatten sie fast unpassierbar werden lassen. In Schlangenlinien umfuhr er die Schneehaufen und trieb den Wagen schlingernd voran. Immer wieder geriet der Wagen ins Schleudern. Bloß nicht stecken bleiben, dachte er. Und bevor seine Gedanken endeten, steckte er in einem der Schneehaufen fest. Er schaltete in den Rückwärtsgang, gab Gas. Die Räder drehten durch und er manövrierte sich immer tiefer hinein. Watson fing an zu jaulen. »Sei ruhig. Wir müssen hier wieder rauskommen. Verdammt!« Er hatte sich festgefahren. »Scheiße!«, schrie er und schlug die Hände aufs Lenkrad. Er presste die Zähne zusammen, bis der Kiefer schmerzte. »Bete, mein Freund, dass sie nicht da ist«, fauchte er und stieg aus. Er umrundete das Auto und sah sich den Schlamassel an, in den er sich hineinmanövriert hatte. »Nichts zu wollen, wir stecken fest«, sagte er und öffnete die Heckklappe, um Watson rauszulassen. »Wir müssen zu Fuß weiter.« Fluchend stapfte Thomas Hartwig mit dem Hund den verschneiten Weg entlang. Immer wieder drängte der Wind ihn an den Straßenrand, und er versank bis über die Knöchel im Schnee. »Von wegen Sonneninsel«, fluchte er und fing an zu laufen. Watson blieb unbeirrt an seiner Seite. Durchgefroren bog er in den Waldweg ein. Thomas lief ein eiskalter Schauer den Rücken hinunter, als er den Wagen von Dirk und den von Lotta am Feldrand entdeckte. »Los, Watson, wir müssen zur Hütte. Der Chef ist bereits da. Gott sei Dank.« Dann hörte er trotz des lauten Sturmgetöses einen markerschütternden Schrei. »Stina! Lauf, Watson, lauf …«

*

Stina hörte die schleppenden Schritte direkt vor der Holztür und wusste, dass sie in wenigen Augenblicken dem Tod geweiht war, wenn sie nicht einen Ort fand, an dem sie sich versteckten konnte. Dieses Loch war ihre einzige Chance. Vielleicht ließ sich die Luke von innen verriegeln. Der Wind pfiff beängstigend durch sämtliche Ritzen, als sie hörte, dass jemand sich am Türgriff zu schaffen machte. Sie hob die Luke an und entdeckte eine Stiege, die in die Tiefe führte. Gelähmt vor Angst starrte sie in die Gruft, als die Tür sich knarzend einen Spalt öffnete. Zitternd sah sie, dass die Kommode langsam zur Seite geschoben wurde. Wer auch immer dort stand, hatte keine Eile.

Stina bekam kaum noch Luft. Sie setzte den ersten Fuß auf die oberste Stufe. Sie musste sich verstecken. Zitternd nahm sie den nächsten Tritt, starrte zur Tür, die sich immer weiter aufschob, und rutschte weg. Der Schnee unter ihren Stiefeln hatte sich gelöst und einen schmierigen Film unter ihren Sohlen hinterlassen. Sie verlor den Halt, stürzte mit einem Schrei die Leiter hinunter und knallte mit dem Rücken auf den harten Boden. Die Luft blieb ihr weg. Es schien, als zerquetsche jemand ihre Lunge. Als sie die Füße anziehen wollte, um sich aufzurichten, warfen sie erneut stechende Schmerzen zurück. Sie konnte ihr Bein nicht mehr bewegen. Sie lag hilflos da und spürte spitze Gegenstände, die sich durch Jacke und Hosen gearbeitet hatten. Eines der Holzteile hatte sich tief in das Fleisch ihres Oberschenkels gebohrt. Anscheinend lag sie auf einem Haufen morscher Äste. Einige davon zerbrachen unter dem Gewicht ihres Körpers. Betäubt und einer Ohnmacht nah blieb sie regungslos nach Luft ringend liegen. Dabei musste sie schnellstens in eine der dunklen Ecken gelangen, um aus dem Sichtfeld des Mannes zu verschwinden. Er würde wissen, dass sie sich hier unten aufhielt, aber es war die letzte Gelegenheit, Zeit zu gewinnen, bis Hilfe kam. Es war finster in dem Loch und roch faulig. Wie in einem Grab. Stina nahm den linken Arm hoch und tastete neben sich. Sie suchte etwas, auf das sie sich stützen und womit sie sich aus seinem Blickfeld behelfen konnte. Sie ertastete nur diese spitzen, zersplitterten Äste. Als sie sich zur Seite drehen wollte, um aus dem erhellten Teil der Grube zu verschwinden, sah sie den Schein einer Taschenlampe auf sich gerichtet. Panisch ließ sie den Ast fallen. Sie war verloren.

*

Wie dumm, dachte er. Dabei war alles so einfach gewesen, wären die blöden Weiber ihm nicht in die Quere gekommen. Diese Blondine mit ihrem Buch.

Er hatte, als er bemerkt hatte, dass die Hütte bewohnt war, ein Taschenmesser aus der Hosentasche gezogen und lautlos die Klinge zwischen die Holzlatten geschoben. Immer wieder hatte er sich umgesehen und gelauert. Ständig die Blitze, die ihn hätten verraten können. Dann sah er seine Chance gekommen. Mit dem Messer hebelte er das verriegelte Fenster auf und schob den Fensterflügel nach innen. Wie eine Katze sprang er auf den Sims und ließ seinen Körper in den Raum gleiten. Lautlos schlich er durch das Zimmer. Sie schien ihn nicht einmal gehört zu haben. Er liebte selbstbewusste Frauen, die selbst in so einer einsam gelegenen Hütte keine Angst zeigten. So machte die Jagd viel mehr Spaß. Sie schien so vertieft in ihr dämliches Buch.

Er war fast fasziniert von ihr, ihrer Schönheit, die gleichzeitig seinen Hass schürte. Diese hochnäsigen Weiber, die ihn immer wieder … er schnaubte.

Geräuschlos hatte er die Tür erreicht und in das Wohnzimmer der Waldhütte gesehen. Gemütlich wirkte der Raum, in dem das Feuer im Kaminofen brannte. Fast wie damals, als er die Beute hier versteckte.

Er hatte die halbleere Flasche und zwei weitere Gläser neben der Spüle entdeckt. Sie war nicht allein, aber wo waren *die* anderen? Es hatte ihn nervös gemacht, und er musste sich beeilen. Aber eines wusste er mit Sicherheit: Sie würden ihn nicht aufhalten.

Sein Herz fing an zu rasen, als er an dem Abend durch den Türspalt sah und sie nichtsahnend dort auf dem Sofa sitzen sah. Nichts in der Hütte rührte sich. Nur das Knistern im Ofen. Die blonde Schönheit war nach wie vor in ihr Buch vertieft. Das hatte es ihm leicht gemacht und seine Erregung gesteigert. Ein weiterer Blitz war dem Donner vorausgegangen, und er sah seinen Moment gekommen. Er blickte sich um, dann setzte er zum Sprung an. Wie einfach war es gewesen … Genau wie diese Verrückte, die glaubte, sich gegen ihn wehren zu können. Sie hatte diesem anderen Lackaffen an der Tür Angst einjagen können, aber nicht ihm.

Es hatte ihn irrsinnig erregt, den Bauschaum in ihr Maul laufen zu lassen. In ihre von Panik geweiteten Augen zu sehen, bis der Blick brach. Nur die vielen Leute, die sich überall rumtrieben, die wären seinem Vorhaben fast in die Quere gekommen.

Jetzt holte er sich das letzte der Weiber und dann …

Die dunkle Gestalt schob die Tür soweit auf, dass sie hindurch konnte. Es war für ihn ein Kinderspiel, die Kommode wegzuschieben. Wie einfältig. Seine Hände waren kalt, als er mit schleppendem Schritt die Hütte betrat. Er lächelte. Da war dieses dumme Mäuschen tatsächlich direkt in seine Arme gelaufen. So einfach hatte er es sich nicht vorgestellt.

Die beiden Freundinnen, die sich bis zum Schluss gewehrt

hatten, genau wie all die anderen Weiber. Diese Schlampen, die ihn ausgelacht hatten.

Ausgelacht wie die einzige Frau, die er je geliebt hatte. Warum hatte sie ihn an besagtem Abend, der sein ganzes Leben veränderte, so erniedrigt. Er erinnerte sich, wie 1.000 Mal zuvor, an den Polterabend seines besten Freundes. Er war damals gerade 18, und sie hatte ihn vor allen lächerlich gemacht. Sie hatte ihn als Loser bezeichnet, als seelischen Krüppel, mit dem niemals eine Frau etwas anfangen würde. Sie hatte gelacht wie eine Hyäne, als er sich von der Party entfernte. Er erinnerte sich daran, wie er gedemütigt nach Hause geschlichen war, sich ein Seil aus dem Schuppen geholt und es über den dicksten Ast der alten Buche im Garten seiner Eltern geworfen hatte. Er fühlte die Kränkung bis auf den Grund seiner Seele und den Schmerz, der sein Herz in der Brust zu zerreißen drohte, als er sich die Schlinge um den Hals gelegt hatte und sich einfach fallen lassen wollte. Diese Erniedrigung!

Wie in einem Film lief sein Leben vor ihm ab. Die Erkenntnis, dass nie wieder etwas so sein würde, wie es war. Er wollte den Holzschemel von sich stoßen, als Wut in ihm aufstieg, unsagbare Wut und Hass. Er war 18 Jahre alt und würde sich rächen. An all jenen, die ihn verlachten, demütigten. Seine Männlichkeit und seine Loyalität infrage stellten. Er hasste sie ... alle!

Als er eines Tages eine Dose mit Bauschaum in Händen hielt, hatte er die Lösung für all seinen Hass!

Er hatte sich an ihnen gerächt, ihnen das Maul gestopft. Vier waren es, nein sechs bis heute ... sechs Weiber, die es verdient hatten zu sterben. Endlich war er frei, konnte er alles nachholen ... sein Hass hatte die Seele genährt und die Grausamkeiten in ihm wachsen lassen. Seine Zeit war jetzt.

Er grinste.

Die zierliche Puppe war die Letzte, die er aus dem Weg räumen musste, dann konnte er sein Werk hier auf der Insel beenden. Er griff nach der Dose in seiner Jackentasche und streichelte sie wie eine alte Freundin. Jedoch wollte er zuerst Spaß haben, bevor er sie ausfüllte. Sie sollte sterben wie alle anderen. Kein Mitleid. Niemals würden sie ihm draufkommen.

Die Leiche der Brünetten, die einen Waldspaziergang gemacht hatte und ihn mit ihrem dämlichen Gesabbel genervt hatte, als er Holz vor der Hütte hackte, konnte da bleiben, wo sie seit mehr als zehn Jahren lag. Kühle dunkle Küstengruft, besser geht es gar nicht, dachte er und schloss leise die Tür hinter sich. Ein breites Grinsen zog über sein Gesicht. Er hatte sofort gesehen, dass die Luke geöffnet worden war. Hatte sie geglaubt, sie könnte sich dort vor ihm verstecken? Es würde auch ihr Grab sein, und kein Mensch sollte sie jemals finden.

Er lachte verächtlich und näherte sich der eiskalten Grube. Nicht mehr lange, dann hielt er Diamanten für einige Millionen Euro in seinen Händen. Langsam zog er die Dose aus der Jackentasche. Er betrachtete sie und schob sie wieder zurück. Auf die Idee muss man erstmal kommen, die Weiber mit Bauschaum mundtot zu machen. Von denen lacht jedenfalls keine mehr. Siegessicher trat er an den Rand der ausgehobenen Höhle. Ludger vernahm das leise Stöhnen. »Na, Süße, hast du dir wehgetan? Ich hole dich gleich da raus. Ich helfe dir«, flüsterte er und hielt den Lichtkegel direkt in ihr Gesicht.

Langsam setzte er einen Fuß auf die oberste Stufe der Holzleiter, ohne den Lichtschein von der zarten Person zu nehmen.

Stina konzentrierte sich. Sie spannte ihren Körper an und wandelte ihre Angst in pure Energie. Angestachelt von ihrem Überlebenswillen ließ sie die Hand neben sich gleiten. Die tiefe, kalte Stimme des Mannes verursachte in ihr einen ungeheuren Schauer. Ihre Nackenhaare stellten sich auf. Er wollte sie herausholen? Vielleicht war er doch nicht der Mörder? Nein, er hatte ihre Freundinnen auf dem Gewissen, da war sie sicher. Sie strich mit der Hand über den Boden und ertastete ein Stück Holz mit einer scharfen Kante an einem Ende. Sie griff danach und packte es so, dass die Spitze nach oben zeigte und sie den Ast als Waffe einsetzen konnte.

Lauernd umklammerte sie ihr Kampfgerät und betete. Sie zitterte am ganzen Körper, als sie hörte, dass der Mann einen Fuß auf die erste Stufe der Holzleiter setzte. Sie würde bis zum Schluss kämpfen. Ihr Bein schmerzte höllisch und schien gebrochen zu sein. Sie richtete ihren Oberkörper auf, soweit es möglich war, und streckte die Waffe dem unheimlichen Mann entgegen. Dann sah sie den Schatten auf sich zukommen.

*

Thomas stürmte, so schnell es ihm möglich war, hinter dem Hund her. Watson bellte und blieb unvermittelt stehen, als Hartwig strauchelte und fiel. »Verdammt, was …« Er richtete sich schwerfällig auf und lenkte das Licht der Taschenlampe auf den Baumstamm, der ihn zu Fall gebracht hatte. Erstarrt blieb er hocken. »Dirk?«, flüsterte der Kommissar und kroch zu seinem Vorgesetzten, der bewusstlos am Boden lag. Thomas Hartwig schüttelte ihn und schlug ihm mit der flachen Hand immer wieder auf die Wange. Watson setzte sich neben die Männer und wartete. Westermann kam stöhnend zu sich und hob den Kopf. »Was machst du hier?«, fragte Thomas. »Ich hatte Angst, dass du nicht rechtzeitig hier bist. Da bin ich losgefahren. Ihr Auto stand da. Wo warst du so lange?«, stöhnte er und ließ den Kopf wieder sinken.

»Ist doch jetzt scheißegal, wir müssen zur Hütte. Ich habe sie schreien gehört.« Er stand auf, reichte Westermann eine Hand und zog ihn hoch. Der Hauptkommissar hielt sich für einen Moment den Kopf und schüttelte sich. »Geht's? Los, komm! Ich hoffe, wir kommen nicht zu spät!« Dann befahl er. »Watson, such Stina, such …«

✳

Der Mann setzte den Fuß auf die zweite Stufe, als er vor sich am Fenster einen weißen schemenhaften Schleier wahrnahm, der sich auf ihn zubewegte. Er rieb sich mit der freien Hand über die Augen und erkannte eine Frau in dem gespenstischen Gebilde. Halluzinationen, ich hab Hallus, erst dieser verdammte Kerl, jetzt dieser … Schatten? Er schüttelte den Kopf, als die Gestalt plötzlich auf ihn zuraste.

Ludger Hanke schrie auf und hielt den Arm vor die Augen. Die Taschenlampe glitt ihm aus der Hand. Dann verlor er den Halt, und seine Füße rutschten von den Stufen. Die Lampe landete im dunklen Loch und erleuchtete die etwa zwei mal zwei Meter große und zwei Meter tiefe Grube gespenstisch. Stina Christiansen lag schwer verletzt am Boden des Verlieses und umklammerte verzweifelt den Ast. Sie wusste, wenn nicht bald ein Wunder geschah, hätte sie keine Chance mehr, dem Mistkerl zu entkommen, und würde das gleiche Schicksal erleiden wie ihre Freundinnen. Ihr Gebet wisperte durch den Raum, als der Fremde auf einmal das Gleichgewicht verlor und schreiend die Treppe herunterstürzte. Stina umklammerte den spitzen Gegenstand, als sie seinen Oberkörper wie ein Geschoss auf sich zustürzen sah. Sie ließ die Arme mit dem Holzspieß nach oben schnellen, stieß einen lauten Schrei aus und schloss die Augen. »Lieber Gott, hilf mir!«

*

Watson jagte als Erster die verschneiten Stufen hoch und blieb laut bellend vor der offenen Luke stehen, aus der ihm leises Stöhnen entgegentönte. Der Hund kläffte, bis Thomas Hartwig keuchend die Treppenstufen hinaufstolperte. Atemlos erreichte er Watson und blieb stehen. Er beugte sich über die weit geöffnete Luke und erschrak. Der Blick, der sich ihm bot, war an Grausamkeit kaum zu überbieten. Auf dem Boden der Höhle lag Stina stöhnend mit verdrehtem Bein, das aussah, als wäre es gebrochen. Auf ihr, von einem spitzen Gegenstand durchbohrt, der aus dem Rücken herausragte, lag ein Mann. Ob er tot war, konnte er nicht erkennen. Jedenfalls bewegte er sich nicht. Angeleuchtet von einer Taschenlampe, die neben Stina am Boden lag und alles in surreales Licht tauchte, entdeckte er, dass etwas, das wie ein Knochen aussah, seinen Oberkörper durchbohrt hatte. Das Mädchen war offensichtlich auf den Gebeinen eines Toten gelandet, weil sich kalkweiße knochige Gebilde, die aussahen wie Arme, ausgestreckt vom dunklen Boden abhoben und ein Schädel nur wenige Zentimeter neben Stinas Kopf lag.

Thomas wurde bleich. »Psst … alles wird gut. Bleib liegen, ich bin sofort bei dir.« Er steckte die Taschenlampe zwischen die Zähne, wollte die Holzleiter hinunter, um Stina von dem Mann zu befreien, als Westermann stöhnend in die Hütte gewankt kam. »Wo ist sie?«, schrie er, presste eine Hand gegen die Taille und blieb gebeugt neben Thomas und Watson stehen. »Sie ist da unten«, erklärte Hartwig und blickte seinen Chef schuldbewusst an. »Ich habe es dir gesagt«, brüllte er, griff nach Thomas' Jacke, schüttelte ihn und hustete, bis er würgen musste. Watson stand neben der Luke und kläffte. Dann stieß Dirk Westermann seinen Kollegen unsanft von sich. Er bückte sich und hielt sich die Seite, als er einen weiteren Hustanfall bekam. »Herr Kommissar, gut, dass Sie endlich da sind«, vernahm er eine leise Stimme aus der Grube. Der Hauptkommissar richtete sich auf und zog fassungslos seine Augenbrauen hoch. »Sie lebt?«

»Du hast mich ja nicht zu Wort kommen lassen«, entgegnete Hartwig und stieg erleichtert die Stufen hinab.

EPILOG

Am nächsten Morgen wurde die Hütte ein weiteres Mal zum Treffpunkt der Spurensicherung.

Die Kriminaltechniker untersuchten die Ferienhütte gründlich. »Ich verstehe nicht, wie wir diese Luke übersehen konnten«, sagte Hartwig und deutete nach unten. »Die konnte man nicht erkennen. Das war so fiegelinsch ausgetüftelt, da wäre nie einer draufgekommen. Schau mal. Der hat die Holzlatten genau an der Schnittkante aufgesägt. So konnte man diese Stellen nicht wahrnehmen. Und öffnen konnte er die Luke nur mit einer technischen Raffinesse. Siehst du diesen kleinen Schalter? Er hat genau gewusst, wo er ansetzen musste. Das konnte niemand finden. Der Typ war schlau. Aber dann doch nicht schlau genug. Jeder macht irgendwann einen Fehler.«

»Ja, aber der Leichengeruch? Watson hätte das wahrnehmen müssen.« Thomas überlegte. »Hat der Hund nicht beim ersten Betreten der Hütte Alarm gegeben, und ich habe ihn ins Auto gebracht, weil ich dachte, er spinnt? Ich war der Idiot, der nicht erkannt hat, was Watson mir mit seinem Gebell mitteilen wollte.«

»Oh Mann«, sagte der Kriminaltechniker plötzlich und hielt einen weißen Gegenstand in die Luft. »Was ist das?«, wollte Hartwig wissen und kniete sich vor die Luke, um besser sehen zu können. »Das ist, wenn ich mich nicht täusche ... du wirst es mir nicht glauben.«

»Red schon«, forderte der junge Kommissar aufgebracht. »Das ist PU-Schaum ... Bauschaum! Ich denke, wir haben die vermisste vierte Leiche gefunden. Selbst wenn sich die Leiche bis auf das Skelett aufgelöst hat, der PU-Schaum bleibt. Und ich denke, wir haben den Mörder der toten Frauen.«

Hartwig erinnerte sich an die zurückliegenden Mordfälle, die nie geklärt wurden und deren Akten sie bis ins kleinste Detail untersucht hatten. Dann die letzte vermisste Frau, die nie aufgefunden wurde. Und immer wieder dieser verdammte Bauschaum, mit dem die Opfer getötet worden waren. Sie hatten nicht nur den Mörder von Lotta Freimann und Tilda Kempe aufgespürt, sondern sehr wahrscheinlich auch den Mann, der die jungen Frauen aus dem Raum Schleswig-Holstein auf dem Gewissen hatte. Sie hatten einen Serienkiller zur Strecke gebracht. Offensichtlich war die Tote in diesem kalten Grab die lang vermisste Frau. Sie hatten sie gefunden. Ein DNA-Abgleich würde Klarheit bringen. »Habt ihr einen Ausweis gefunden?«

Henning schüttelte den Kopf. »Ne, nix, außer den Rucksack des Toten.« Hartwig stand auf und verschränkte die Arme vor der Brust. Plötzlich rief ein weiterer Kollege, der die Höhle untersuchte: »Ich hab da was!«

Der Techniker kam mit einem Leinensack auf Henning zu. »Das gibt's doch nicht«, antwortete er, als er das Säckchen vorsichtig öffnete und einen Blick hineinwarf. »Red schon«, sagte der Kommissar und beugte sich über die Holzkante, die zur Grube führte. Henning reichte ihm das Leinensäckchen, das in etwa die Größe einer Melone hatte und ebenso schwer schien. Thomas Hartwig packte den Sack, legte ihn auf seine Oberschenkel und öffnete ihn. Ihm schimmerten Schmuckstücke entgegen. Als er die Hand hineingleiten ließ und wieder zurückzog, hielt er viele glitzernde Steine auf seinem Latexhandschuh. Er erinnerte sich an die Gespräche mit Westermann über den Raubüberfall, weswegen Ludger Hanke eingesessen hatte. »Jetzt ist klar, warum der so lange stillgehalten und nicht mehr getötet hat. Zehn Jahre ist das her«, sagte er leise. »Was ist zehn Jahre her?«, wollte Henning wissen und stutzte. Dieser Überfall auf den Hamburger Juwelier!

»Hab dir davon erzählt …!«

Sie hatten den Mörder gefasst, der mindestens sechs Frauen auf dem Gewissen hatte, der wegen Raubes mit Todesfolge über zehn Jahre eingesessen hatte, und sie hatten das letzte Opfer gefunden. »All die ungeklärten Fälle können endlich abgeschlossen werden«, sagte er zu Henning, der sich mit dem Skelett befasste, und nickte.

»Wie geht's Dirk?«, wollte der Techniker wissen.

*

Dirk Westermann lag im Krankenhausbett, als der Arzt ins Zimmer kam. Katrin saß vor dem Eingang zum Intensivzimmer auf einem Stuhl und hielt den Kopf zwischen den Händen. Sie hatte in den letzten Stunden aus Angst um ihn kein Auge zugemacht und auch nichts gegessen. Ihre Wangen waren eingefallen, und sie hatte furchtbare Angst. Nicht um sich, sondern um Dirk. Seine Symptome waren eindeutig, und es schien, als hätte ihn das Virus erwischt. Seine fiebrig glänzenden Augen, dieser Husten und das Unwohlsein. Als sie Stina gefunden hatten und er sie in Sicherheit wusste, brach er am Tatort zusammen. Nur eine halbe Stunde später lag er in dem einzigen Intensivzimmer der Inselklinik. Umgehend wurden die Untersuchungen durchgeführt, um ihn auf das Coronavirus zu testen.

Der Chefarzt, ein Mann um die 50, erschien im Flur. Aufgeschreckt sprang Katrin auf. Mit flehendem Blick sah sie den Mediziner im weißen Kittel an, der Handschuhe und Mundschutz trug. Sie versuchte, an seinen Augen ein Ergebnis der Tests ablesen zu können. Hilfesuchend faltete sie die Hände wie zum Gebet. Wider Erwarten lächelten die Augen des Mannes die blasse Frau an, und dann sagte er mit ernstem Ton: »Sie sollten sich ausruhen. Sie sehen nicht fit aus. Geht es Ihnen nicht gut?« Er zog ein Fieberthermometer aus der Kitteltasche und hielt es ihr vor die Stirn. »36,2. Alles in Ordnung, oder?«

Katrin nickte. »Doch, mir geht's gut. Aber was ist mit Dirk? Hat er? Ist er …?« Sie stotterte und umklammerte die Hand des Arztes, der sie ins Krankenzimmer schob und Dirk Westermann ansah, der mit gerötetem Gesicht und fiebrigem Blick im Krankenbett lag. »Seien Sie beruhigt.« Er wandte sich an den Hauptkommissar. »Sie haben, außer einer richtig heftigen Erkältung, keine weiteren Symptome die nicht auch zu Hause auskuriert werden könnten.« Der Mediziner steckte die Hände in die Taschen seines weißen Kittels. »Außerdem sollten Sie Urlaub machen. Sie sind total erschöpft. Ihre Werte sind im Keller und Sie brauchen zwingend Ruhe und … gute Pflege.« Er zwinkerte Katrin zu, der Tränen über die Wangen liefen. Sie sah zerbrechlich aus in ihrer schwarzen Bluse und den streng nach hinten gerafften Haaren. »Ich lasse Sie jetzt allein, und dann können Sie heute Nachmittag nach Hause, wenn Sie wollen.«

»Ich will«, entgegnete Dirk schwach und sah seine Liebste an. Er war erleichtert und wusste, dass er einiges in seinem Leben ändern musste.

»Und ich will auch«, hauchte sie und senkte weinend ihren Kopf an seine Schulter. »Was willst du auch?«, fragte er leise.

»Mit dir zusammenleben. Ich will mit dir zusammen sein. Nichts ist mir in diesen Tagen so klar geworden wie das. Lass uns zusammenziehen. Ich freue mich darauf, dass du mit mir am Sund leben wirst … wenn du überhaupt noch willst.«

Wortlos verschwand der Arzt und schloss leise die Tür hinter sich, als Dirk Katrin zu sich zog und sie zärtlich küsste. »Und wie ich will! Das müssen wir unbedingt Charlotte erzählen.«

*

Charlotte Hagedorn zog sich in ihre selbstauferlegte Quarantäne zurück. Sie hatte von Katrin und Dirk vernommen, dass sie dem Umzug ihrer Tante zustimmten. War sie erleichtert! Nun würde alles gut werden. Sie kniete auf dem Boden und wickelte die alten Sammeltassen in Zeitungspapier. Sie war froh, dass sie gemeinsam mit den Kommissaren aus Oldenburg diese grausamen Mordfälle gelöst hatte. Sie ahnte, dass es nicht der letzte auf der Insel bleiben würde. Aber für den Moment hatte sie genug von all der Verbrecherjagd. Das hätten die ohne mich niemals geschafft, dachte sie, pustete sich eine Haarsträhne aus ihrem erröteten Gesicht und legte die Päckchen in den Umzugskarton. Sie wollte ihr Hab und Gut verpacken, damit sie in Kürze in das kleine Häuschen in der Altstadt umziehen konnte.

Ach, was für ein neues Abenteuer! Während sie weiter packte, dachte sie an den rotzfrechen Ex-Freund dieser Stina.

Aber wo war dieser Marcel Andresen?

Der wurde bereits am Tag vor Tildas Mord bei einer Routinekontrolle, bei dem sein Porsche durch das Nummernschild negativ aufgefallen war, der Insel verwiesen, weil er sich unrechtmäßig dort aufgehalten hatte. Niemand, der hier nicht arbeitete, durfte die Insel betreten. Auch er nicht. Marcel Andresen wollte ein neues Leben beginnen. Er löste seine Firma auf, packte ein paar Sachen und fuhr Richtung Schweiz. Durch seine beruflichen Beziehungen hatte er die Möglichkeit, das Land zu verlassen und in die Schweiz einzureisen. Er würde sich ein neues Leben aufbauen. Geld hatte er genug. Und Frauen … Frauen gab es überall, denen er es auf seine *besondere* Art besorgen konnte. Als er an die Grenzkontrolle fuhr, musste er wieder husten. Auf seiner Stirn glänzten Schweißperlen, und irgendwie hatte er das Gefühl, dass es ihm überhaupt nicht gut ging. Er öffnete das Seitenfenster, als der Grenzer mit einem Fieberthermometer zum Wagen kam …

Und wie geht es weiter?

Wesentlich später, im darauffolgenden Sommer, holte Charlotte eines Morgens im Juli das *Tageblatt* aus dem Briefkasten. Sie warf einen Blick auf die erste Seite und erstarrte.

Unfall der Kiterin in Orth war Mord!

ENDE

DANKE

An alle, die an meinem neuen Projekt beteiligt waren.

Im Besonderen der wunderbaren Lektorin Claudia Senghaas. Sie vollbringt Höchstleistungen. Du bist wunderbar
und hast echt gute Nerven. Dafür meinen besonderen Dank.
Ich drück dich.

Großen Dank an den sehr erfolgreichen Gmeiner Verlag
und dem gesamten Team. Ihr macht hervorragende Arbeit.
Das ist bewundernswert! Es würde mich sehr freuen, noch
lange in eurem Team ein Player sein zu dürfen.

Ich danke meiner Freundin und Erstleserin Marina, die
es immer noch schafft, sich meine Geschichten zu Gemüte
zu führen.

Danke dir, lieber Oberkommissar (POK), Heiko Goertz.
Du hast mir in vieler Hinsicht in kriminalistischen Fachfra-
gen weitergeholfen. Ich freue mich, einen Spezialisten an
meiner Seite zu wissen. Wir kriegen sie alle!

Auch meiner lieben Freundin Conny einen herzlichen
Dank für jahrzehntelange Wegbegleitung und die tolle
Zeichnung der Barockscheune auf dem Staberhof. Groß-
artig! Die Kapiteltrenner machen die Bücher besonders.

Margarethe Heydebreck danke ich für den Plausch im
Café, der mir viel Wissenswertes über den Staberhof, das
Staberholz und seine Geheimnisse verraten hat. Wirklich
nettes Kaffeekränzchen.

Und einen letzten innigen Gruß an meine Familie, die
mich auf Händen trägt und mich auch in Zeiten, wenn mich

ab und zu der Mut verlässt, aufbaut und motiviert. Ich liebe euch …

Aber nicht zu vergessen seid ihr. Meine lieben Leser, die mich in meinem Tun bestätigen, mir die Welt des Schreibens ermöglichen und die meine Geschichten in die Welt hinaus tragen. Was wären meine Geschichten ohne euch? Ich danke euch von Herzen und freue mich auf weitere Lesefreundschaft. Wenn euch meine Geschichten gefallen, empfehlt mich weiter und gebt gerne Rezensionen ab. Von euch und euren Informationen leben Autoren …

Danke

Weitere Titel finden Sie auf den
folgenden Seiten und im Internet:

WWW.GMEINER-VERLAG.DE

Kommissare Westermann und Hartwig ermitteln:

1. Fall: Küstenschrei
ISBN 978-3-8392-1851-8

2. Fall: Küstenschatten
ISBN 978-3-8392-2036-8

3. Fall: Küstendämon
ISBN 978-3-8392-2230-0

4. Fall: Küstenwolf
ISBN 978-3-8392-2403-8

5. Fall: Küstenlüge
ISBN 978-3-8392-2579-0

6. Fall: Küstensturm
ISBN 978-3-8392-2836-4

weitere:
Fehmarn
ISBN 978-3-8392-2002-3